Uli T. Swidler

Das Leben ist eine Nudel

Neues vom Monte Dolciano

Kindler

1. Auflage September 2010

Satz Adobe Caslon PostScript (InDesign)
bei Pinkuin Satz und Datentechnik, Berlin
Druck und Bindung GGP Media GmbH, Pößneck
Printed in Germany
ISBN 978 3 463 40590 2

MIX
Papier aus verantwortungsvollen Quellen
FSC® C014496

Das für dieses Buch verwendete FSC®-zertifizierte Papier
Munkenprint Cream liefert Arctic Paper Munkedals, Schweden.

Für

Nicole
Käte
Triestina

Prolog

Ginos Attacke auf Spaccone war der Hammer, niemand hätte ihm je so etwas zugetraut, ich am allerwenigsten.

«*Ou*, Spaccone!», brüllte er und trat aus der Dunkelheit ins grelle Scheinwerferlicht vor Spaccones *rustico*, seine Machete in den dunklen Nachthimmel gereckt.

Spaccone tollte gerade mit seiner neuen Gespielin Tamara im Swimmingpool herum. Die beiden spielten Ringelpiez mit Anfassen, so hieß es in Spaccones Generation, wenn ein Sexualakt erwünscht war, aber weiblicherseits alle körperlichen Annäherungsversuche des Mannes mit albernem Quieken beantwortet wurden.

«Guck an», formulierte Spaccone mit etwas Mühe, wahrscheinlich war da neben den Hormonen auch Alkohol im Spiel. «Gino, der Zwergmaurer. Was willst du denn hier?»

Gino wedelte drohend mit der Machete. «Komm raus! Ich will mit dir reden.»

«Komm du doch rein», antwortete Spaccone erstaunlich gelassen und dümpelte wie eine feiste Robbe in der Mitte des Beckens. Weil sein sonnenbrandgeröteter Rotweinbauch einen gewaltigen Auftrieb erzeugte, konnte er nicht untergehen und sogar noch Tamara mit über Wasser halten. Oder war es umgekehrt? Tamara wog locker hundertvierzig Kilo und hatte ihren eigenen Auftrieb.

«*Faccia di merda!*»*, brüllte Gino.

«*Testa di minchia!*»**, schrie Spaccone zurück.

* Arschgesicht!

** Scheißkopf!

«Betrüger!»

«Du italienisches Stinktier!»

«*Fanfarone!*»* Gino vollführte jetzt bedrohlich aussehende Bewegungen mit seiner Machete.

«*Imbecillone!*»** Spaccone strich sich mehrfach mit dem Zeigefinger das Kinn hoch, wahrhaftig keine entspannungsfördernde Geste einem Mann wie Gino gegenüber, der mütterlicherseits neapolitanischer Abstammung war.

Um es an dieser Stelle einmal in aller Deutlichkeit zu sagen: Eigentlich verabscheute Gino Gewalt. Er glaubte an die Kraft des Geistes und der Worte, und wann immer sich Gelegenheit bot, zitierte er aus Dantes «Göttlicher Komödie». Sogar bei seiner Arbeit als Maurer ging er einfühlsam und vorsichtig, ja, fast buddhistisch zu Werk. «Ich gebe einem Stein, den ich vermaure, die Gelegenheit, Teil eines großen Ganzen zu werden», hatte er mir einmal gesagt. Natürlich hatte ich gelacht, aber er hatte es ernst gemeint. Und dann hatte ich selbst einmal gehört, wie er beim Arbeiten zu seinen Steinen sprach, so etwas wie: «Und du, du wirst deinen Platz an dieser Stelle finden, du siehst schön aus, deshalb darfst du etwas weiter aus der Wand herausragen. Jetzt ein wenig Mörtel, track! Siehst du? Da sitzt du nun für die Ewigkeit.»

So kannte ich Gino bisher: als Maurer und Philosophen, Sozialisten und Humanisten, Romantiker und eben als halben Neapolitaner. Und genau dieser gewann in jener Sekunde die Oberhand.

«*Tira la cuoia!*»***, schrie Gino, rasend vor Wut, und plötzlich beschleunigte er seinen kompakten Körper wie einen

* Angeber!

** Schwachkopf!

*** Beiß ins Gras! Stirb!

Testarossa auf der Überholspur, die Machete vorgereckt wie eine Lanze. Weder Tamara noch ich zweifelten daran, dass er sich gleich voll angekleidet mit der Machete ins Wasser und auf Spaccone stürzen würde. Was bei Tamara dazu führte, dass sie quiekend die Flucht ergriff, und bei mir, dass ich Gino hinterherjagte, um vielleicht noch das Schlimmste zu verhindern.

Dabei hatte der Tag gar nicht so schlecht angefangen. Obwohl … na ja.

1.

«Du willst doch jetzt nicht etwa diesen Benzinstinker anmachen?», pflaumte mich Gino an und deutete auf meine Motorsense.

«Was denn sonst? Soll ich mich mit der Nagelschere durch die Brombeeren nagen?»

Va bene, es gibt bessere Scherze, und ein mitleidiges Lächeln wäre in Ordnung gewesen. Gino jedoch führte sich auf wie eine schwer beleidigte Leberwurst. «Habe ich etwas von Nagelschere gesagt?», legte er los. «Habe ich nicht. Nagelschere, *che stupidaggine*! Was glaubst du eigentlich, wie Generationen von Bauern vor dir Brombeeren geschnitten haben? Eine handgeschmiedete Machete haben sie benutzt. So wie diese.» Er holte ein respekteinflößendes Teil aus dem Kofferraum seines Fiat Panda, das aussah wie eine mittelalterliche Hellebarde und einen sehr scharfen Eindruck machte. Mir reichte er eine zweite, die allerdings in erbärmlichem Zustand vor sich hin rostete.

«Ist ja gut, Gino, mein Gott», versuchte ich ihn zu beschwichtigen. «Ist doch nicht wichtig.»

«Wenn ich dir helfen soll, ist es wichtig!»

«Ich habe dich nicht gefragt, ob du mir hilfst», ereiferte ich mich. «Du hast dich angeboten.»

«*Ragazzi!*», ging Anna dazwischen. «Jetzt beruhigt euch mal.»

«Ich bin ganz ruhig», tat Gino scheinheilig.

«Vor allen Dingen», maulte ich. «Du verbreitest hier eine ziemlich üble Stimmung.»

«Ah!», rief Gino, klatschte in die Hände und schoss eine

Salve von raumgreifenden Gesten ab, derentwegen er erst einmal einen Schritt zurücktreten und Platz schaffen musste. «Ich? Nein, nein, *compagno*, ich habe eher den Eindruck, dass du hier wie eine Trauerweide herumstehst und dich beschwerst. Ich bin Italiener, wir nehmen die Dinge nicht so», er rührte mit seinen Händen herum, als würde er mit fünf frischgefangenen Seeigeln jonglieren, «nicht so wichtig!»

«Was soll das denn jetzt», stöhnte ich matt. Wenn man, wie ich, seit Jahren über angeblich fundamentale Unterschiede zwischen Deutsch und Italienisch diskutieren musste, also zwischen dem Schweren und dem Leichten und dem Dunklen und dem Hellen und dem Kühlen und Heißen, dann wurde man es tatsächlich irgendwann leid. Dieses Themenfeld war unendlich und mit Steinen, Landminen und gebrauchten Babywindeln übersät, die Italiener einfach in die Landschaft pfefferten und Deutsche ordnungsgemäß entsorgten. Oder etwa nicht?

Gino zwinkerte Anna zu. «Max hat diesen Hang zum Melancholischen.»

Anna lächelte und kraulte Uilly. Der hatte, seit Anna hier vor einigen Wochen aufgetaucht war, vollkommen vergessen, wer sein Herrchen war, und nur noch Augen, Ohren und Nase für sie. Ich sah den Hund eindringlich an, um ihn daran zu erinnern, dass er ohne mich längst zu Seife verarbeitet worden wäre. Uilly schloss entspannt die Augen und leckte hingebungsvoll an Annas Hand, was so viel bedeutete wie: Ich würde auch als Seife eine gute Figur abgeben.

«Danke für deine Unterstützung, Anna», meckerte ich.

Anna legte ihren Arm um mich. «Gino, kann es sein, dass du heute schlecht gelaunt bist?»

«Keine Spur», entgegnete Gino und zog probeweise die blitzscharfe Machete einmal durch das äußerst widerstandsfähige Brombeergestrüpp. Zapp, Donnerwetter! «Gar nicht.»

Das war schlicht und einfach gelogen. Schon die Art, wie er sich jetzt über das Gestrüpp hermachte, sagte alles.

«Italiener sind nie schlecht gelaunt», sagte ich spöttisch.

«Eben», entgegnete Gino.

«Und Deutsche kapieren einfach überhaupt nichts, richtig?»

«Ohne mich, lieber Max, hättest du in der Tat keinen Schimmer, wie die Welt hier auf dem Monte Dolciano funktioniert.»

Anna klatschte in ihre Hände. «*Forza, i miei cari!** Ich glaube, ein bisschen Bewegung tut euch beiden gut.» Sie klopfte Uilly mit dem Knöchel ihres Zeigefingers auf die Nase, was ein hohles Geräusch verursachte, keine Ahnung, warum sie das tat. «Seit wann hast du den Kleinen hier eigentlich, Max?»

Uilly wedelte begeistert wie ein Welpe mit dem Schwanz und lehnte sich mit seinem gesamten Körper gegen Annas Beine. Den Kleinen? Dieser Hund kapierte einfach nicht, dass er kein Schoßhündchen, sondern ein ausgewachsener, fünfzig Kilo schwerer Pastore Maremmano war, ein Hütehund, dafür geschaffen, allein auf sich gestellt eine ganze Schafherde Tag und Nacht gegen Wölfe, Wildschweine und nervige Touristen zu verteidigen.

«Schwer zu sagen», antwortete ich. «Er war von Anfang an da und gehörte irgendwie allen auf dem Berg. Erst seit ich seine Haftpflichtversicherung bezahle –»

*«Porco Guida!»***, fluchte Gino. Ein dicker grüner, elastischer

* Auf geht's, meine Lieben!

** Zum Teufel nochmal!

Brombeerzweig hatte zurückgeschlagen und seine Dornen in Ginos Unterarm gekrallt.

«Motorsense, sag ich doch», bemerkte ich und bemühte mich überhaupt nicht, den leisen Unterton von Schadenfreude zu verbergen.

Gino beachtete mich gar nicht und entfernte die Ranke mit einem beiläufigen Ruck. Rambo hätte es genauso gemacht. Wieder ließ er die Machete dramatisch durch die Luft wirbeln. Von da an werkelten wir über eine Stunde schweigend vor uns hin, während Anna mit Uilly herumtollte – oder es zumindest versuchte. Uilly war, was Spielen betrifft, eher der rationale Typ mit einem klaren Standpunkt: kostet Energie, macht müde, erzeugt Hunger – ist nichts für mich. Anna versuchte mit großer Hingabe, ihn umzustimmen, vergeblich. Was seinen Dickkopf betraf, war Uilly ein echter Maremmano, denen man nachsagt, nicht nur schwer, sondern prinzipiell überhaupt nicht erziehbar zu sein. Ein Maremmano hörte sich immer freundlich an, was man zu sagen hatte, um sich dann erst einmal entspannt zum Schlafen hinzulegen; wenn er wieder erwachte, konnte doch wohl niemand erwarten, dass er sich an irgendetwas erinnerte.

Anna gab auf und holte ihr Zeichenbuch hervor, das sie ständig mit sich herumtrug, und begann sich der Landschaft zu widmen, die jetzt, Ende September, vor allem von Brauntönen in allen Schattierungen geprägt war. Der Sommer war ungewöhnlich heiß gewesen, und die *macchia* bestand, abgesehen von Steineichen, Hainbuchen und Ginsterbüschen, kaum noch aus Grünem. Die Felder waren abgeerntet und zeigten ihre lehmige, umbrafarbene Seele, durchsetzt mit sehr vielen Steinen. Heuballen warteten, in schöner Regelmäßigkeit über die Äcker verteilt, auf ihren Abtransport, und da, wo dieses Jahr Sonnenblumen geerntet worden waren, wirkte der Boden verklebt und leblos. Was hauptsächlich mit den trostlosen, dreißig Zentimeter hohen Stängeln zu tun hatte, die die Erntemaschinen zurückließen und die erst untergepflügt wurden, wenn es galt, die Wintersaat auszubringen.

«Ich wusste, dass keiner kommen würde. Nicht, bevor wir mit der Arbeit fertig sind», grummelte Gino vor sich hin.

Die Arbeit bestand darin, die fast zugewucherte Bocciabahn unterhalb der *Chiesa del Monte Dolciano* von ihrem Gestrüpp zu befreien und schadhafte Stellen an der Betonumrandung auszubessern. Vor ein paar Tagen hatte ich Sestina, Giuseppes Frau, auf einen *caffè* besucht. Giuseppe hatte sich entgegen seinen sonstigen Gepflogenheiten nicht sofort verdrückt, um in Ruhe ein Schläfchen zu halten, sondern hatte sich zu uns an den Küchentisch gesetzt und mich einige Minuten schweigend angesehen, wobei er mir jedes Mal, wenn sich unsere Blicke kreuzten, lächelnd zunickte. Ein Vorspiel, ganz klar.

«Die Bocciabahn, Max», sagte er unvermittelt, als Sestina aufstand, um den winzigen Fernseher anzuschalten, am Nachmittag sah sie sich immer die Wetterkarte auf dem *canale verde* an. «Man müsste einen finden, der sie von all dem *robace* befreit.»

Damit meinte er das inzwischen wieder wildwuchernde Grünzeug auf der Bahn. Vor allem die pestartig sich verbreitenden Paradiesbäume, *guarda cielo*, hatten erneut eifrig für Nachwuchs gesorgt.

«Wer soll das denn sein, Giuseppe, der all das *robace* wegmacht?», fragte ich ihn. «Du etwa?»

Giuseppe nahm einen Schluck aus seiner Espressotasse und schnalzte mit der Zunge.

«Also gut, ich mach's, keine Sorge», fügte ich mich ins Unvermeidliche. Seit ich, ebenfalls nur mit Ginos Hilfe, vor einem Jahr die Bahn nach ihrem jahrzehntelangen Dornröschenschlaf freigelegt und repariert hatte, war ich so etwas wie ein Platzwart, und der hatte eben ein paar Pflichten. Auch wenn Giuseppe derjenige war, der die Bahn mit Abstand am häufigsten benutzte.

«Warte nicht zu lange», warnte er mich. «Du weißt, wie schnell das Zeug hier wächst.»

«Du kannst ja in der Zwischenzeit schon mal anfangen», sagte ich, worauf Giuseppe freundlich lachte und mir herzlich zunickte, was in der unmissverständlichen italienischen Gebärdensprache so viel heißt wie: Netter Versuch, *compagno*, aber weißt du überhaupt, mit wem du es hier zu tun hast? Nicht? Das dachte ich mir.

«Außerdem muss endlich das Holzbrett an der Kopfseite angebracht werden. Alles andere verstößt gegen die internationalen Spielregeln.» Er tippte auf einen Stapel von losen Zetteln, die seit einigen Wochen auf dem Küchentisch lagen und die Sestina nicht wegräumen durfte. Es handelte sich um die offiziellen Spielregeln der *Federazione Italiana Bocce*, deren Präsident Romolo Rizzoli Giuseppe direkt angeschrieben hatte, bzw. er hatte Nardini gebeten, den Brief nach seinen Vorgaben zu Papier zu bringen, und die Vorgaben waren simpel: Hier lebt ein talentierter Kerl auf dem Monte Dolciano, ein Naturtalent, und der will bei euch mitmischen.

«Bei einem *Volo*-Wurf mag das noch hinkommen ohne Brett, aber wenn ich einen *Raffa*-Wurf ansage …» Giuseppe schaufelte mit beiden Händen in Höhe seines Herzens Luft, was in der unmissverständlichen italienischen Gebärdensprache so viel heißt wie: Es gibt Schlimmes, es gibt Entsetzliches, aber das wäre schlimmer und entsetzlicher.

Giuseppe spielte fast jeden Tag auf der Bahn, meistens gegen sich selbst und besessen von dem Gedanken, irgendwann so gut zu sein, dass er zusammen mit seinem großen Vorbild Pasquino, dem Vizemeister der regionalen Boccia-Liga, ein Turnier wagen konnte. Zuerst hatte er mit buntlackierten Holzkügelchen gespielt, die er billig auf dem Wochenmarkt in Cagli erstanden hatte, den er jeden Mittwoch mit seiner Ape und schräg in die Stirn geschobenem Strohhütchen besuchte. Seit er sich zu den Bocciaspielern zählte, hatte der Markttag für ihn neben dem Herumflanieren eine zusätzliche Bedeutung bekommen. *Vicecampione* Pasquino verkaufte dort nämlich Obst und Gemüse am Stand seines Schwagers Italo. Pasquino hatte Giuseppe seinerzeit bei der Einweihung unserer Bahn erklärt, dass Profis wie er von Zeit zu Zeit ihre professionellen Wettkampfkugeln abstoßen mussten, die exakt 857 Gramm das Stück wogen und nur aus synthetischem Material hergestellt sein durften. Denn durch die harten Profi-Wettkampfbedingungen wurde bei jedem Spiel eine Winzigkeit an Material abgerieben, und irgendwann wog so eine Kugel eben nicht mehr 857 Gramm und genügte damit nicht mehr den professionellen Anforderungen, was zur Disqualifikation führen konnte. Giuseppe hatte an seinen Lippen gehangen. So viel Professionalität imponierte ihm, und zugleich wartete er geduldig, bis Pasquino mit seiner Abhandlung «Ein Profi und sein Arbeitsgerät» fertig war, um die entscheidende Frage zu stellen:

«Pasquino, sag mir eins: Was passiert eigentlich mit so einer Kugel, wenn sie nur noch, *diciamo*, 856 Gramm wiegt?»

«Ich könnte sie nach Afrika verkaufen», sagte Pasquino mit einem unbestreitbar überheblichen Unterton. «Da nehmen sie es nicht so genau mit dem professionellen Wettkampfgewicht.»

«Oh», hatte Giuseppe enttäuscht geantwortet.

«*Solo scherzo!*», lachte Pasquino. «Da wäre ja der Transport teurer als alles andere.» Er machte eine Pause, die etwas Gönnerhaftes hatte, immerhin war er ein *Cagliese*, also ein Teil der modernen Welt, und Giuseppe war nur ein einfacher Bauer, also ein Fossil, ein Relikt aus längst überholten und mehrfach überrundeten Zeiten. «Wenn du willst, kannst du sie haben.»

«Oh», sagte Giuseppe, dieses Mal erfreut.

«Ich weiß natürlich nicht, wann es so weit ist. Du musst also immer wieder mal nachfragen.»

Genau das tat Giuseppe von da an jeden Mittwoch. Dass Pasquino sich jedes Mal wie eine Diva gebärdete, bevor er mit seinem Zustandsbericht, immer noch 856,5 Gramm!, oder gar mit einer Kugel herausrückte, störte Giuseppe nicht. Früher oder später würde er sein Ziel erreichen, nämlich acht Kugeln zusammenzubekommen, um sein kleines privates, semiprofessionelles Spielchen auf dem Monte Dolciano abzuhalten. Seine Traumgegner waren Piccarini, Franco, Nardini und ich, weil er dann weitgehend sicher sein konnte zu gewinnen. Anna hätte er auch gerne wenigstens einmal dabeigehabt, um herauszufinden, ob sie eine gefährliche Gegnerin war. Wenn ja, konnte er sie ja wieder ausladen, sie war ja nur eine Frau.

Eine Stunde später, in der Gino und ich konzentriert weitergewerkelt hatten, war alles Grünzeug beseitigt.

«Pause, *ragazzi*!», rief Anna. «Ich habe ein paar Oliven, einen Pecorino und eine Flasche *Falerio** im Auto.»

«Oh, gut», sagte Gino und hängte die Machete in eine Lederschlaufe an seinem Gürtel.

«Und hoffentlich etwas Leitungswasser für Gino», fügte ich hinzu. Ich war jetzt richtig sauer auf den kleinen, kompakten Maurer, weil er jeden meiner Versuche, mit ihm zu reden, ein-

* Eine Cuvée aus der Trebbiano-, Passerina- und Pecorino-Traube

fach ignoriert oder allerhöchstens mit einem schlechtgelaunten Grunzen beantwortet hatte.

«Du trinkst keinen Wein?», fragte Anna. Schließlich kannte sie Gino noch nicht so lange und wusste nichts von dessen Ablehnung aller berauschenden Substanzen, also Alkohol, Tabak, italienisches Fernsehen, die Lega Nord und sogar Kaffee, sofern es sich um mehr als eine Tasse –

«Durchaus, hin und wieder», entgegnete Gino.

«Wie bitte?», erregte ich mich. «Bis zu dieser Sekunde warst du immer gegen alles Berauschende», ich zählte auf: «Alkohol, Tabak, italienisches Fernsehen, die Lega Nord und sogar Kaffee, wenn es sich um mehr als eine Tasse –!»

«Finde ich gut, wenn einer nicht stur an seinen Prinzipien festhält», unterbrach mich Anna und lächelte Gino an.

Gino grinste so breit, wie selbst Mick Jagger es nicht hinbekommen würde.

«Du Schleimer! Das gibt es doch gar nicht!», schnaubte ich aufgebracht, während Anna zum Auto ging.

«Alles relativ, Max.»

«Was ist denn daran relativ?»

«Du willst wissen, was Relativität ist?»

«Nein, das will ich nicht.»

«Kann ich dir erklären.» Gino nahm eine breitbeinige Haltung ein, als würde ihn seine eigene Erklärung möglicherweise umwerfen, und holte tief Luft.

«Ich weiß, was Relativität ist», versuchte ich ihn zu stoppen. Natürlich vergeblich.

«Wenn man zwei Stunden lang mit einem schönen Mädchen zusammensitzt, meint man, es wäre eine Minute vergangen. Sitzt man jedoch eine Minute auf einem heißen Ofen, meint man, es wären zwei Stunden. Das ist Relativität.»

Was war denn nur mit diesem kleinen Maurer los, der sich

gerne seiner besonderen Sensibilität rühmte und männliches Balzgehabe und Machosprüche als Beleidigungen des weiblichen Geschlechts ansah? «Machst du jetzt auf Gigolo, oder wie?»

Gino warf mir einen tadelnden Blick zu. «Das war ein Zitat. Albert Einstein hat das gesagt. Ein Intellektueller. Kein, wie sagt ihr immer, Latin Lover.»

Ich verkniff mir die Bemerkung, dass Einstein seinerzeit mit nicht gerade unerheblichem Eifer Frauen umgarnt und etliche parallele Liebschaften gehabt hatte.

Anna hatte inzwischen eine Decke auf der Wiese vor der Brombeerhecke ausgebreitet und einen meiner Weidenkörbe daraufgestellt, aus dem eine Weinflasche herausragte. Pasquino, der Vize-Bocciameister, flocht die Körbe in seiner Freizeit, allerdings nur, wie er immer wieder betonte, um sich seine ruhige Hand zu bewahren, schließlich wollte er endlich einmal den Meistertitel gewinnen, den Fausto Monachi, sein Widersacher, seit elf Jahren hielt. Pasquinos größte Angst war, dass man ihm seine bäuerliche Herkunft unter die Nase reiben würde, deshalb legte er betont Wert auf eine moderne Lebensgestaltung, und Weidenkörbe flechten gehörte definitiv nicht dazu. In der Beziehung war er wie die Mehrheit der *Cagliesi*, der Bewohner der marchigianischen Kleinstadt Cagli, die bösen Zungen zufolge seit dem 26. Januar 1994 vor allem fortschrittlich sein wollten, dem Tag, als Berlusconi verkündete, in die Politik zu gehen, und seine Partei Forza Italia gründete. Bauern hatten in diesem Weltbild keinen Platz mehr, sie waren traditionell nicht sehr gebildet und taten jedes Jahr dasselbe, nämlich säen und ernten – was sollte denn daran bitte schön fortschrittlich sein? Witzigerweise führte die Bewunderung für den steinreichen Cavaliere nie zu einer politisch rechten Kommunalregierung in Cagli, obwohl die Mehrheit der Verachteten, also eben die Bauern, rechts wählten. Warum sie das taten, obwohl sie am härtesten von der rechtspopulistischen Regierung in Rom gebeutelt wurden, wird kein Soziologe je ergründen können.

Gino hockte sich auf die Decke. Uilly ließ sich schwer und mit einem demonstrativen Seufzer neben ihn fallen, als hätte er die gesamte Brombeerhecke im Alleingang flach gesenst.

«*Vai via!*», knurrte Gino ihn an und fuchtelte mit seiner Rechten vor Uillys Nase herum, was der für eine Geste der Zuneigung hielt und deshalb versuchte, an der Hand zu lecken.

«Was ist?», fragte Anna erstaunt.

«Ich mag keine Hunde.» Gino verschränkte die Arme hinter dem Kopf und kaute auf einer Olive herum. «Kennt ihr den? Treffen sich zwei Jäger, sagt der eine: Es gibt Hunde, die bedeutend klüger sind als ihre Besitzer. Sagt der andere begeistert: Ja, genau, ich hab so einen!»

«Das ist kein Hund, das ist Uilly», sagte ich, um mir wieder ein wenig von Uillys Sympathie zurückzuerobern, aber der Maremmano stand wie immer über den Dingen und schloss seine Augen für ein kleines Schläfchen. Uilly regelte die Dinge auf seine Weise, und die war meiner in jeder Hinsicht überlegen.

«*Tu parli coi piedi*»*, brummelte Gino.

«Verdammt, Gino, jetzt rück endlich raus! Was ist mit dir los?»

«*Niente*. Rede ruhig weiter, was immer du reden willst.» Seine offene Rechte kreiste mit elastischen Fingerbewegungen im engeren Raum neben seinem rechten Auge, was in der unmissverständlichen italienischen Gebärdensprache in etwa

* Du redest unsinniges Zeug.

so viel bedeutete wie: Ich werde vor Langeweile sterben, du bist dran schuld, und demzufolge musst du für die Kosten des Begräbnisses aufkommen.

«Heißt das, du willst es mir nicht sagen?»

«Das Leben ist so nicht, Max.»

Oje, wenn Gino schon beim Leben im Allgemeinen angelangt war, dann sah es düster aus. Ich stellte mich schon auf weitere Stunden mit einem widerborstigen Kerl ein, der in seinen besten Momenten von herzerwärmender Liebenswürdigkeit, in seinen schlechtesten jedoch schlimmer als eine biblische Plage sein konnte, als Anna sich neben ihm auf dem Rücken ausstreckte, die Arme so wie er hinter ihrem Kopf verschränkte und beiläufig fragte: «Also, was ist los?»

Plötzlich zeigte Gino freudige Begeisterung. Er wackelte mit seinem Kopf zur rechten Seite hin, während er mit der linken Hand wie eine Kaulquappe schwänzelte, was nichts anderes bedeutete als: Ich bin ja in keiner Weise wichtig, aber sollte man nicht auch mich armen Wicht gelegentlich fragen, was los ist?

«Die Bank. Sie will meinen Bagger und meinen Laster pfänden.»

Anna stöhnte auf. «Wieso das denn?»

«Wegen der 94 Millionen Lire, die Spaccone dir noch schuldet?», fragte ich.

Gino lachte zwar und versuchte weiterhin, freudig und begeistert zu tun, aber ein Anflug von Verzweiflung war nicht zu überhören. «Die Phönizier haben das Geld erfunden; fragt sich nur, warum so wenig.» Er stupste mir in die Rippen. «Was, Max?»

Das war kein Anflug, das war pure Verzweiflung, einen solchen Satz würde Gino im Normalfall niemals von sich geben.

«Und jetzt?», fragte Anna bestürzt.

«Irgendwie schaffe ich es schon.»

«Ja, aber wie?»

Gino sprang auf und massierte sich den Unterarm. «Zum Beispiel, indem ich das Geld von Spaccone eintreibe!»

«Du weißt, dass er nicht zahlt», sagte ich mit leicht genervtem Unterton, das Thema hatten wir in den letzten Wochen schon so oft. «Außerdem ist er in Deutschland.»

«Er wird schon wieder zurückkommen.»

Ich winkte ab. «Das nützt dir nichts. Er hat doch schon klargemacht, wie er seine Schulden begleichen will: Er wartet, bis du tot bist.»

«Wenn er sich da mal nicht täuscht.»

«Komm, Gino, du weißt, wie das hier in Italien läuft. Du hast jetzt Klage eingereicht, aber die Verhandlung wird frühestens in zehn oder fünfzehn Jahren sein.»

«Vielleicht. Vielleicht aber auch nicht.»

«Ich sag's ja nicht gerne, Gino, aber deine Chance, dann noch zu leben, ist –»

«Max! Was redest du denn da!», unterbrach Anna mich entrüstet.

«Er tut nur immer so nett», sagte Gino mit überzeugendem Ernst. «In Wahrheit ist er eiskalt.»

«Ich verstehe das nicht. Ich denke, ihr seid Freunde?»

Gino formte mit den Fingern der Rechten eine Pyramide, indem er die Fingerspitzen zusammenpresste, und ließ diese vor und zurück pendeln. «Der und ich? Das ist doch wohl ein Witz!»

«Ein schlechter Witz», ergänzte ich. «Italiener und Deutsche können niemals Freunde sein.»

Anna sah empört von einem zum anderen.

«Die Deutschen lieben die Italiener, aber respektieren sie

nicht», erklärte ich. «Die Italiener respektieren die Deutschen, lieben sie aber nicht.»

«Wer sagt denn, dass ich dich respektiere», sagte Gino und senkte seine Stimme in düstere Tiefen. «Ich werde mir diesen Mistkerl vorknöpfen.»

«Und was dann, Gino? Willst du ihn foltern? Mit der Gartenschere zuerst den kleinen Finger abschneiden und dann nach und nach die anderen?»

«Igitt, Max!» Anna sah mich bestürzt an, so, als wäre ich der mit der Gartenschere und schon beim Zeigefinger angekommen.

Gino wandte sich Anna zu. «Max sieht zu viele Mafiafilme mit Al Pacino und Robert De Niro.»

«Er wollte seine Verwandten in Neapel um Hilfe bitten», erklärte ich Anna und sagte zu Gino: «Hast du mir nicht immer gesagt: Die sind hart drauf, mit denen legt man sich besser nicht an, und wenn, dann garantiere ich für nichts?»

«Sind die bei der Mafia?», fragte Anna. Für sie war es undenkbar, dass Gino irgendeine dunkle Seite haben konnte.

«Mafia?», fragte Gino, als hätte er dieses Wort noch nie gehört.

«Mafia, Cosa Nostra, so heißt die doch, oder?», blieb Anna am Ball.

«Cosa Nostra wird die Mafia in Sizilien und nicht die in Neapel genannt.»

«Na, dann eben 'Ndrangheta.»

«Die sind in Kalabrien aktiv», fachsimpelte Gino selbstgefällig wie ein Super-Spezial-Experte fürs Bandenwesen.

«Mensch, Gino, du weißt doch, was ich meine. Sind die jetzt Mafiosi oder nicht?»

«*Sei matto?* Nur weil wer in Neapel wohnt, ist er nicht gleich ein Mafioso.» Irgendwie schaffte Gino es, diesem Satz eine Melodie zu geben, die einen gedanklich ergänzen ließ: Aber meine Verwandten, die gehören ganz klar zum harten Kern. «Außerdem habe ich sie gar nicht angetroffen, weil sie nicht da waren. Die waren auf einer Hochzeit. Meine Cousine dritten Grades hat geheiratet. Oder ist die jetzt vierten Grades? Mhm. Aber eingeladen hat mich keiner.»

«Du wärst doch sowieso nicht hingegangen», warf ich ein. Für Gino gab es weder Weihnachten noch Geburtstage, noch Taufen und am allerwenigsten Hochzeiten.

«Dieser Spaccone», fragte Anna, «ist das der Deutsche, dessen Frau vor ein paar Monaten gestorben ist?»

«Weil es da nur um die Geldgeschenke geht und um nichts anderes», antwortete Gino mir, ohne sich um Annas Frage zu kümmern.

«Hallo?», brachte sich Anna in Erinnerung.

«So ein Blödsinn!», ereiferte ich mich.

«Ach was!», tönte Gino genervt.

«Hochzeiten sind ein wichtiges Symbol und –»

«Ach was», unterbrach er mich, «du mit deinem Halbwissen über italienische Sitten und –»

«Und die Gastgeber sind ja auch sehr großzügig», unterbrach ich ihn meinerseits. «Neun-Gänge-Menü, dann eine Liveband und –»

«Auf einer italienischen Hochzeit sind sechs von neun Gängen ungenießbar.»

«Essen! Darum geht es auch nicht, da geht es um zwei Menschen, die –»

«Ach was! Eine italienische Hochzeit ist eine Leistungsschau des Brautvaters, nichts anderes, und wenn du was anderes –»

«Verdammt nochmal!» Anna sprang auf, böse wie ein Tasmanischer Teufel. «Jetzt reicht's mir aber! Kann ich vielleicht mal erfahren, was hier los ist? Habt ihr jetzt Streit oder nicht?»

«Ich streite nicht mit Max. Weil der sowieso immer den Kürzeren zieht. Das verstößt gegen die Menschenrechte.»

«Man darf Gino nicht so ernst nehmen, Anna. Ich zum Beispiel tu das nie.»

Anna sah von einem zum anderen und wieder zurück. Die Wut verschwand aus ihrem Gesicht und wich einer Coolness, die für mich völlig neu an ihr war.

«Okay, ihr Komiker, ich verstehe.» Sie setzte sich wieder, zog die Weinflasche aus dem Korb und werkelte an dem halb eingesteckten Korken herum. «Die Sache ist im Grunde ernst und bedrohlich, aber, typisch Männer, ihr wollt so tun, als hättet ihr alles im Griff. Deshalb scherzt ihr lässig herum und findet euch ganz toll.»

Gino riss erstaunt seine Augen auf.

«Also, ich habe alles im Griff», nörgelte ich empfindlich, ich konnte Sätze nicht leiden, in denen Formulierungen wie «typisch Mann» vorkamen und «Männer sind so und so». «Bei mir will keine Bank irgendwas pfänden.»

Anna goss sich ein Glas Falerio ein und roch konzentriert daran. «Du bist wegen 94 Millionen Lire pleite?»

«Also, nicht direkt», wand Gino sich, peinlich berührt.

Anna verdrehte die Augen: Diese umständlichen Männer, und jetzt auch noch unpräzise.

«Insgesamt sind es wohl an die 150 Millionen.» Gino war regelrecht eingeschüchtert.

«Dieser Spaccone – wie heißt der eigentlich richtig?»

«Ors-o.»

«Horst», verbesserte ich Gino. Es gibt zwei Dinge, die für einen Italiener unannehmbar sind: zum einen ein Wort, das mit einem Konsonanten und nicht einem Vokal endet. Zum anderen ein Wort, das mit einem H beginnt. Kommt beides zusammen, verfallen sie vorübergehend in eine Art Totenstarre und hoffen, dass andere sich die Zunge brechen.

«Orst-e, meinetwegen», bot Gino einen Kompromiss an.

Ich wollte noch einmal «Horst» sagen, aber Annas drohender Blick hielt mich davon ab. «Alle nennen ihn eben Spaccone.»

«Dieser Horst schuldet dir also 150 Millionen?»

«Weißt du, Anna, das Leben ist eine merkwürdige Sache», begann Gino. Ganz eindeutig handelte es sich hier um den Versuch eines Befreiungsschlags: plötzlicher Wechsel vom Faktischen ins Philosophische, und zwar am besten in einem la-a-a-ngen Monolog. «Das Leben, da passieren Dinge, die entziehen sich der Logik und der Sachlichkeit. Da sind Kräfte am Werke, die –» Er zuckte erschrocken zusammen, als Anna ihre Hand mit Entschiedenheit auf seinen Arm fallen ließ.

«Weißt du, Gino», sagte sie mit einem ironischen Lächeln, «wenn du um den heißen Brei herumreden willst, dann kannst du das mit Max machen. Mir ist meine Zeit dafür zu schade. Da sehe ich mir lieber in Ruhe die Landschaft an, trinke einen Falerio und esse ein bis zwei Oliven.»

Das warf Gino endgültig aus der Bahn. Ich war mir sicher, er hatte schon längst im Sinn gehabt, seine heißgeliebte Geschichte vom Lehrer aus Florenz* zum Besten zu geben. Wahrscheinlich war er innerlich schon ganz aufgeregt, schließlich würde das eine Premiere mit einer uralten Nummer werden, denn Anna kannte die Geschichte ja noch nicht, als Einzige auf dem gesamten Monte Dolciano. Doch Gino erholte sich erstaunlich schnell. Schon nach wenigen Schrecksekunden zwinkerte er mir zu.

* «Toskana für Arme», Seite 179

«Wie Luciana», trällerte er. «Die bringt auch immer alles auf den Punkt. Ist sie nicht wie Luciana? Wie Luciana!»

Ich lächelte stolz. Was für ein Kompliment, wenn man bedachte, dass Luciana, die Inhaberin der *Bar Furlo*, die mit Abstand attraktivste und begehrteste Frau hier auf und rund um den Monte Dolciano war.

Unbeeindruckt spuckte Anna einen Olivenkern im hohen Bogen ins Brombeergestrüpp. Uilly öffnete ein Auge, um die Lage zu sondieren, und schloss es sofort wieder, Oliven taugten für ihn nicht einmal zur Dekoration.

«Was ist jetzt, Gino?», fragte Anna, holte den Pecorino hervor und brach ein Stück heraus. Zwei Sekunden später war Uilly im Bilde, hob seinen Kopf und starrte Anna an, oder besser gesagt ihre Hand mit dem Käsestück. Anna zeigte erstaunliche Härte und aß es einfach auf. Ohne Uilly vermenschlichen zu wollen, aber er schien mir etwas enttäuscht zu sein von seiner neuen Freundin.

«Ich habe zum Beispiel für Angelo Visconti einige Arbeiten gemacht, oben, noch hinter Ripidello», begann Gino. «Das Dach gerichtet, einen Kamin gebaut, so was. In der Zwischenzeit hat Angelo aber sehr viel Pech gehabt. Bei einem Schneesturm im letzten Winter hat er sich verletzt. Schwer verletzt. Fast zwei Meter Schnee in eineinhalb Tagen. Das Dach von seinem Stall ist über ihm zusammengekracht. Rums! Ein Wirbel war gebrochen, ein paar Rippen und das Hüftgelenk. Und kein Krankenwagen kam nach da oben durch.»

«O Gott! Wie ist er denn gerettet worden?»

«Enrico hat sich mit seiner Raupe auf den Weg gemacht. Kannst du dir das vorstellen? An manchen Stellen lag der Schnee so hoch, dass er unter der Schneedecke gefahren ist, wie ein U-Boot.»

«Wahnsinn. Kaum zu glauben.»

«So war es. Ich schwöre», bekräftigte Gino mit großem Ernst.

«Natürlich glaube ich dir, Gino.»

«Auch das mit dem U-Boot unter der Schneedecke?», fragte ich.

«Na ja», sagte Anna, «ich nehme es als Symbol dafür, wie dramatisch die Lage war.»

Gino sah mich mitleidig an: Die weiß, wie wir Italiener ticken, im Gegensatz zu dir, du Teutone! «Sein Rücken jedenfalls ist hin», fuhr er fort. «Seine Schafe und Ziegen musste er verkaufen.» Gino rotierte mit der Rechten, ganz eindeutig mit der universellen Botschaft: Alle kapieren es, nur der Teutone an sich nicht. «Also habe ich ihm gesagt: Angelo, hör zu, bezahl mich, wenn du wieder Geld hast.»

«Immerhin sechsunddreißig Millionen Lire», ergänzte ich.

Annas Blick wurde weich. «Wie großherzig von dir.»

Gino fühlte sich geschmeichelt, wollte es sich jedoch nicht anmerken lassen. «Ich bin Sozialist. Ich finde, die Menschen müssen zusammenhalten und Lasten gleichmäßig auf allen Schultern verteilen.»

«Du bist echt süß», sagte Anna gerührt.

«Angelo hat sich inzwischen ein neues Auto, eine Digitalkamera und einen PC gekauft», warf ich ein, weil ich mich schon lange darüber ärgerte, dass Gino sich darüber nie aufregte.

«Sei doch nicht so negativ, Max!» Anna deutete heftig mit dem Weinglas auf mich, und ein guter Teil des Falerio schwappte heraus.

«Bin ich nicht. Ich finde eben, wenn von zweien nur einer Sozialist ist, funktioniert die Sache nicht.»

«Wir sind Freunde. Wir sind Nachbarn.» Gino ruderte etwas unbeholfen mit beiden Armen, was in der unmissverständlichen italienischen Gebärdensprache so viel heißt wie: Mir fällt gerade die passende Geste nicht ein, *porcheria*!

«Und wenn du jetzt zu Angelo gingest», fragte Anna, «und du sagtest: Ich brauche das Geld, könnte der dann bezahlen?»

Gino riss die Augen auf und warf die Arme seitlich von sich, als wollte er sie loswerden. «Perfekt! Dieser *condizionalis*!» Gino sah mich tadelnd an. «Hast du das gehört, Max? D a s ist gutes Italienisch.»

«Ich weiß auch, wie man das *condizionale* bildet», warf ich ein.

«Vielleicht. Aber bis du die Verben richtig konjugiert hast, sind deine Gesprächspartner schon essen gegangen, haben das Tiramisù vertilgt und fragen nach einem *caffè*.»

«Gino», mahnte Anna. «Könnte Angelo bezahlen?»

Gino ließ die Arme schwer herunterfallen, man wird sie eben doch nicht so leicht los. «Ich weiß es nicht.» Die Angelegenheit war ihm äußerst unangenehm.

«Einen Teil bestimmt», sagte ich.

Anna füllte ihr Glas wieder auf. Bei der Gelegenheit bemerkte sie, dass sie die Einzige war, die Wein trank.

«Dann frag ihn doch mal, Gino», sagte sie und goss auch mir Wein ein.

«So funktioniert das hier nicht. Nicht hier auf dem Monte Dolciano», erwiderte Gino verärgert. «Wenn Angelo das Geld hätte, würde er auch bezahlen. Ich bin nicht der einzige Handwerker, der Außenstände hat. Auf lange Sicht hat noch jeder sein Geld gekriegt. Oder es haben sich andere Möglichkeiten ergeben. Nimm Nardini, dem habe ich ein Fundament für seinen Wohnwagen zementiert. Dafür hat er mir ein paar Briefe geschrieben.»

«Was für Briefe?», fragte ich, was Gino mit einer unwilligen Geste beantwortete.

«Mhm», sagte Anna, «nur eines verstehe ich nicht: Wieso bist du sauer, dass Horst nicht zahlt, aber nicht sauer, dass Angelo nicht zahlt?»

«Das ist etwas anderes.»

«Wieso?»

«Das ist etwas anderes», wiederholte der kleine Maurer trotzig, sprang auf und stürmte wieder auf die Bocciabahn.

Anna sah mich erstaunt an. «Was hat er denn auf einmal?»

«Da kommt einiges zusammen. Gino hat ein Jahr praktisch ausschließlich für Spaccone gearbeitet, ein komplett neues Dach gebaut, einen Swimmingpool, dann innen das Haus verputzt, Wände neu hochgezogen. Als er fertig war und sein Geld haben wollte, hat Spaccone ihm aufgezählt, womit er nicht zufrieden ist. Eine sehr lange Liste. Und er will erst zahlen, wenn Gino all das wieder geändert hat.»

«Während der ganzen Zeit vorher hat dieser Horst nichts gesagt?»

«Kein Wort.»

«Und Gino hat nie zwischendurch nach Geld verlangt?»

«Das ist die andere Seite der Geschichte, die kompliziertere. Gino wollte Valerie so nah wie möglich sein, und das konnte er am besten, indem er in dem Haus arbeitete, in dem Valerie wohnte. Über Geld und Bezahlen hat er einfach gar nicht nachgedacht. Gino wollte ihr geben, was die anderen ihr verweigerten: Anerkennung, sie auf Händen tragen, ja, sogar Liebe. Spaccone hat genau gemerkt, wie beseelt Gino von seinen Gefühlen für Valerie war, und hat ihn gnadenlos ausgenutzt.»

«So ein Mistkerl! Und danach? Wäre es schwer gewesen, die Änderungen durchzuführen?»

«Unter anderem wollte Spaccone den Swimmingpool dreiundneunzig Zentimeter näher am Haus haben.»

«Oh.» Anna schüttelte den Kopf.

Ich brach mir auch ein Stück aus dem Pecorino heraus, teilte es in zwei Hälften und hielt Uilly eine hin. Der schnappte sogleich zu und schluckte ohne zu kauen, zeigte aber keinerlei Anzeichen von Dankbarkeit. *Bastardo!*

«Ich habe Gino sogar davor gewarnt, den Auftrag anzunehmen. Ich war mir sicher, dass Spaccone nicht zahlen würde.»

Anna nickte und sah dem kleinen Maurer zu, wie er sich an einer entlegenen Stelle, die nun wirklich nicht gerodet werden musste, wütend mit den Brombeeren herumschlug. Währenddessen kraulte sie Uilly rund um die Ohren, wofür der sich mit merkwürdigen Geräuschen bedankte, hin und wieder das Maul öffnete und es mit spastischem Zucken wieder schloss. Das war seine Art zu sagen: Besser geht's nicht, und morgen um dieselbe Zeit bitte dasselbe nochmal.

«Gino hält grundsätzlich jeden Menschen im Kern für anständig. Das klingt naiv, aber hier auf dem Monte Dolciano ist er damit immer gut gefahren. Mal kommt er, mal kommt der andere besser weg. Hier kennen sich alle untereinander, jeder ist ein bisschen schlitzohrig und auf seinen Vorteil bedacht, aber am Ende hält sich alles in etwa die Waage, weil keiner riskiert, von der Gemeinschaft ausgeschlossen zu werden. Spaccone ist der Erste, der rücksichtslos nur an seinen eigenen Vorteil denkt.»

«Aber warum hat denn keiner etwas gesagt? Die Frau von Spacc… von Horst zum Beispiel, wie hieß sie noch?»

«Luise. Die war klasse. Die hat immer genau gewusst, was richtig und was falsch ist. Glasklar. Und sie hat nie ein Blatt vor den Mund genommen. Außer bei ihrem Ehemann, da hat ihr Urteilsvermögen völlig versagt.»

«Wahrscheinlich ist er mal ihre große Liebe gewesen», sagte Anna leise. «Der großen Liebe verzeiht man manches.»

Ich lächelte sie an und nahm ihre Hand. Sie legte ihren Kopf an meine Schulter und schloss die Augen. Uilly hob den Kopf, wahrscheinlich fand er das sentimental und kitschig. Möglicherweise war es das, na und? Wir hätten jedenfalls noch ewig so sitzen bleiben können. Zumindest bis zum Wintereinbruch.

Es war Ende September, die Sonne schien kräftig, und die Temperaturen waren fast sommerlich. Um uns herum herrschte die Stille der Natur: keine Autos, keine Säge, kein Geräusch von Menschenhand, kein Gedröhne, keine Klimaanlage. Nur wenn man seine Ohren anstrengte, war da ein vielfältiges Geraschel, Gezirpe und Singen zu vernehmen. Bienen mit Torschlusspanik summten herum, um noch schnell die letzten Tröpfchen Nektar einzusammeln. Glückliche Eidechsen tobten zwischen den trockenen Gräsern umher, als Wechselwarmblüter wussten sie warme Tage sehr zu schätzen, schon der nächste Kälteeinbruch konnte sie lahmlegen. Und selbst Ginos Wüten im Gestrüpp klang irgendwie natürlich, wie eine Kohorte von Wildschweinen, die sich durchs Unterholz fräste auf der Suche nach liebevoll angelegten Gärten, die sie ihrem miesen Charakter entsprechend verwüsten konnten.

«Du musst dein Leben hier sehr lieben, Max», flüsterte Anna in mein Ohr, und es klang für mich, als wollte sie eigentlich sagen: Aber ich gehöre hier nicht hin. Mir wurde kalt ums Herz. Was, wenn Anna dem Leben hier tatsächlich nichts abgewinnen konnte?

2.

Gerade wollte sich der schwermütige Teil meiner Seele dieser erschreckenden Vorstellung hingeben, da schnitt ein Ton wie vom Bohrer beim Zahnarzt in unsere Ohren.

«Was ist das?», fragte Anna erschrocken.

Mit der Hand, die eben noch Annas gehalten hatte, schirmte ich meine Augen gegen das Sonnenlicht ab. «Giuseppe mit seiner neuen Ape.» Giuseppe hatte das Dreirad oben an seinem *rustico* in Ripidello gestartet und heizte nun im ersten Gang mit viel zu hochdrehendem Motor den Hang herunter auf die Madonnina zu. Irgendwie wirkte sein Gefährt instabil, warum, konnte ich aus unserer Perspektive nicht erkennen.

«Völlig überladen, diese kleine Ape, das sieht doch jeder», brummte Gino, der unvermittelt hinter uns stand und jetzt noch schlechter gelaunt war. Er kippte sich etwas Wasser über die von blutigen Kratzspuren übersäten Unterarme. Die Brombeeren hatten sich also nicht kampflos ergeben.

Plötzlich zuckte er zusammen, als hätte ihn eine Viper erwischt. Er reckte sich und deutete links hoch, wo die Straße zum Friedhof und hinab ins Tal führt. Von dort kam ein silberner Mercedes Geländewagen mit großer Geschwindigkeit herangeprescht und näherte sich der Madonnina.

«Spaccone!», grollte er. «Da kommt Spaccone, *porca madosca! Che sfacciataggine!*»*

Giuseppe erreichte die Madonnina vor Spaccone. Mit viel zu hohem Tempo bog er um die Kurve, ein Hinterrad hob sich taumelnd in die Luft, und die Ape rasierte knapp am

* Was für eine Frechheit!

Straßenrand entlang, wo es senkrecht vier Meter in die Tiefe ging.

«Nein!», schrie Anna auf.

Giuseppe schien sich der Gefahr gar nicht bewusst zu sein und winkte uns gut gelaunt zu. Der Geländewagen holte jetzt mächtig auf.

«Leg bitte die Hand an den Lenker», flüsterte Anna entsetzt.

Wie in Zeitlupe senkte sich endlich das dritte Rad zu Boden. Augenblicklich begann die Ape heftig zu schlingern, was mit der langen Holzbank zu tun hatte, die hinten weit über die Ladefläche hinausragte. Obwohl der Teufelsfahrer sein Gefährt nur mit großer Mühe auf Kurs halten konnte, verringerte er sein Tempo kein bisschen. Spaccone setzte zum Überholen an und drückte mit wildem Staccato auf die Hupe, eine monströse Fanfare, die eine eindeutige Sprache sprach: Ich bin der Größte, weg da!

Giuseppe zuckte zusammen, die Ape geriet gefährlich ins Schleudern, trotzdem zog Spaccone an ihr vorbei, ohne Rücksicht zu nehmen, und nebelte sie mit einer riesigen Staubwolke ein.

*«Faccia da merda!»**, ächzte Gino, die Linke zur Faust geballt, mit der Rechten die Machete schwingend. Seine fast schwarzen Augen blitzten Spaccone entgegen, doch der machte keine Anstalten, bei uns anzuhalten. Winkend und noch einmal hupend zog er vorbei und jagte wie ein junger Hirsch bergauf zu seinem Haus. Giuseppe wurde endlich langsamer, nicht, weil er das Gas wegnahm, sondern weil die Straße bis zur Bocciabahn ziemlich steil wieder anstieg. Er schaffte es nicht, herunterzuschalten, und die Drehzahl des

* Du Arschloch!

Motors sank bedrohlich ab. Bis er absoff. Mit ein paar Bocksprüngen kam die Ape zum Stehen.

«Er hat die Ape erst seit ein paar Tagen», erklärte ich Anna.

«Neu ist die aber nicht», bemerkte sie.

«Neuer als die vorige», antwortete ich. «Die war Baujahr 1968.»

Giuseppe stieß die Fahrertür auf und tropfte förmlich heraus. Er war ein dünner, zäher Kerl, der selbst im heißesten Sommer fünf Stunden am Stück über den Wochenmarkt in Cagli schlendern konnte, aber mit Geschwindigkeit und schnell aufeinanderfolgenden Ereignissen hatte er es nicht so. Seine ersten Worte waren komplett unverständlich, ich vermutete jedoch, dass sie viel mit Hölle, Teufel, Untoten und Viechern zu tun hatten, die vorrangig in gutgefüllten Sickergruben leben. Doch mit jeder Sekunde erholte er sich mehr von seinem Schrecken und begann mit wachsender Energie herumzuhüpfen und gegen die Reifen seiner ungeliebten neuen Ape zu treten, wobei er mit seinen Ärmchen Spaccone würzige Beleidigungen hinterhergestikulierte.

Anna beobachtete ihn eine Weile interessiert, dann zog sie ihr Skizzenbuch hervor und begann zu zeichnen. Sie würde ohnehin nichts verstehen, Giuseppes Dialekt kam einem unknackbaren Geheimcode sehr nah, und man brauchte schon viel Übung, um den Sinn seiner Worte wenigstens zu erahnen.

Oben an seinem *rustico* mit dem Namen *Ca'Piero* sah man Spaccone aus dem Auto springen, trotz seines beachtlichen Rotweinbauchs flitzte er beschwingt auf die Beifahrerseite und riss die Tür auf. Heraus tasteten sich zwei im Prinzip nackte, nicht gerade superschlanke Beine, irgendwo weiter oben musste sich auch ein Rock befinden, der war aber auf die Entfernung nicht zu erkennen, und dann stand sie da: Tamara, Spaccones neue Flamme, die, wie wir später erfuhren, Luises Platz einnehmen wollte, zumindest hatte Spaccone ihr eine baldige Hochzeit in Aussicht gestellt.

«Ich werde ihm einen kleinen Besuch abstatten», knurrte Gino und packte seine Machete fester.

«Mach keinen Mist, Gino», sagte ich.

«Die Würfel sind gefallen», zitierte Gino mit einem gewissen Pathos den römischen Feldherrn Gaius Julius Caesar.

«Warum Krieg führen, es ist ja nichts passiert», versuchte ich ihn zu beruhigen.

«*Eatur quo deorum ostenta et inimicorum iniquitas vocat*», erwiderte Gino, schob die Machete in die Lederschlaufe an seinem Gürtel und marschierte los in Richtung Spaccones Haus.

Ich war sprachlos. Mittlerweile hatte ich mich ja daran gewöhnt, dass Gino ganze Passagen aus Dantes «Göttlicher Komödie» zitieren konnte, aber jetzt auch noch Latein? Hilfesuchend sah ich Anna an, die im Gegensatz zu mir ihr Abitur mit einer hervorragenden Durchschnittsnote bestanden hatte.

«Dorthin führt der Weg, wohin die Zeichen der Götter und die Schandtaten der Feinde rufen», übersetzte sie, ohne von ihrer Zeichnung aufzublicken.

Oje. «Warte, ich komme mit!», rief ich Gino hinterher und wollte aufspringen. Dummerweise war mein rechtes Bein eingeschlafen, und ich kam nicht hoch.

«Die Sache mit Spaccone geht nur mich und ihn etwas an», rief Gino mir drohend zu, ohne anzuhalten.

«Lass ihn», sagte Anna. «Die werden sich ein bisschen anbrüllen, und das war's dann.»

Ich streckte mein Bein aus, in dem inzwischen ein Ameisenstaat im großen Stil Brennnesseln züchtete. Das Schlimme war, dass ich eine eindeutige Intuition hatte. Da war ein kleines, eindringliches Stimmchen, das sagte: Pfeif auf dein eingeschlafenes Bein, zieh es zur Not hinterher, auch Störtebeker hatte ein Holzbein, und trotzdem hat er als Pirat einiges zustande gebracht.

«Ich weiß nicht», sagte ich stattdessen lahm. «Wieso bist du dir da so sicher?»

«Männer», sagte Anna.

«Was soll das denn schon wieder heißen?», entgegnete ich. Wenn wir Männer einmal einfach nur «Frauen» sagten, wurden wir sofort des Biologismus verdächtigt und augenblicklich in die geistige Nähe von Feuchtnasenaffen, Büschelohrmakis und anderen Lemuren gerückt.

«Männergetue. Schwanzmessen. Wer hat den größeren. So was.»

«Gino ist nicht so ein Typ», warf ich ein. «Er verabscheut Gewalt. Er glaubt an die Kraft des Geistes und der Worte.»

«Pass mal auf, Max.» Anna legte sanft ihre Hand auf meinen Arm. «Ich weiß, die Welt hier ist dein persönliches Paradies. Du willst nicht, dass hier die gleichen Regeln gelten wie im Rest der Welt, du willst, dass der Monte Dolciano ein idealer Ort bleibt. Aber das geht nicht. Außerdem war er das mit Sicherheit nie, du hast es nur nicht sehen wollen.»

Annas Worte zischten wie kleine Blitze durch meinen Körper. Am liebsten hätte ich jetzt hundert Gegenargumente angeführt, doch sie hatte ja recht: Ein Gino, der sich wie ein Rächer aufführte und mit tätlicher Gewalt drohte, und ein Spaccone, der sich unehrenhaft und zynisch verhielt, waren in meinem Paradies nicht vorgesehen.

*

Während ich Anna zusah, wie sie die Szenerie in einer sehr plastischen Bleistiftzeichnung einfing, lauschte ich Giuseppes Tirade, aus der sich langsam ein Sinn herauskristallisierte. Vor allem bejammerte er den Tod seiner 1968er Ape und schimpfte auf alles, was nach 1968 erschaffen wurde – für Spaccone setzte er das Zeitfenster sogar noch auf 1952 herunter, dem Jahr von dessen Geburt. Meinen Hinweis, dass seine verstorbene Ape zum Schluss weder einen funktionierenden Rückwärtsgang noch intakte Bremsen gehabt hatte und mit ihren schräg nach innen stehenden Hinterrädern leichte Beute für jede Windböe gewesen war, ignorierte er einfach.

Eine Zeitlang registrierte Giuseppe Annas Zeichnen nur aus dem Augenwinkel, sein Wüten war ihm wichtiger. Als er jedoch sah, wie exakt ihre Skizze seine Ape abbildete, deutete er auf die weiße Fläche neben dem Dreirad. «*Mi piant' ma lì?*»

Anna sah mich fragend an.

«Pflanzt du mich da ein?», übersetzte ich.

«*Poss'gelarmi.*» Giuseppe grinste. «Ich kann mich einfrieren» war wahrscheinlich witzig gemeint für: Ich könnte kurzfristig aufhören, wie ein gedoptes Wiesel durch die Gegend zu springen.

«Er könnte vorübergehend stillhalten», dolmetschte ich etwas freier.

Anna lächelte und nickte. Giuseppes Ärger verflog sofort. Er stellte sich in Positur, Seitenprofil, schob seinen Strohhut zurecht, noch ein wenig kecker in die Stirn, legte seine Hand auf das Dreirad, als wäre es ein Nashorn, das er gerade mit der bloßen Hand erlegt hatte, und rührte sich nicht, bis Anna das Buch drehte und ihm das Ergebnis zeigte.

Lange Zeit sagte Giuseppe nichts. Dann tippte er auf seine Nase und wandte sich an mich: «Die ist doch im Leben nicht so spitz.»

Anna verzog keine Miene und radierte und korrigierte so lange, bis er zufrieden war und die Nase auf dem Papier gar nichts mehr mit dem Original in Giuseppes Gesicht zu tun hatte.

«Wäre es möglich, dass ich die Zeichnung haben kann?», fragte Giuseppe.

«Ich kann dir eine Kopie machen», antwortete Anna.

Giuseppe neigte seinen Kopf respektvoll. *«Vi ringrazio, Signorina.»*

«Bitte», sagte Anna und nickte Giuseppe höflich zu.

«Das Brett ist ja noch nicht angebracht», wandte sich Giuseppe jetzt an mich und deutete kopfschüttelnd auf die Stirnseite der Bocciabahn.

«Ein andermal, Giuseppe», antwortete ich, «es ist ja ein Jahr lang auch so gegangen.»

«Ich will Pasquino, den Vizemeister, zu einem Spielchen einladen. Dem kann ich doch nicht mit einer Bahn ohne Holzplatte kommen! Hast du noch nie einen Blick in die Spielregeln geworfen?»

«Habe ich nicht. Wenn ich Boccia spiele, mach ich das aus Spaß und sonst nichts.»

«Spaß», grummelte Giuseppe, «hier geht es doch nicht um Spaß. Weißt du, wie viele Mitglieder die FIB hat?»

«Was für eine FIB?»

Giuseppe verdrehte die Augen. «*Il Signore mi aiuta!* Die *Federazione Italiana Bocce*! Wie oft muss ich das eigentlich noch erklären?»

«Und die Mitglieder der FIB haben alle keinen Spaß beim Bocciaspielen, oder was?»

«Einhundertdreißigtausend sind es. Stell dir das mal vor!»

«Ich sehe eine Armee von mit großen Kugeln bewaffneten

Männern, die ernst ihrem grausamen Handwerk nachgehen», sagte ich lächelnd, ich konnte einfach nicht anders.

Giuseppe schüttelte fassungslos den Kopf. «Hilf mir wenigstens, die Bank abzuladen.»

«Was willst du denn mit diesem Riesenteil?»

Giuseppe schwang sein dürres rechtes Ärmchen und knetete seinen sensiblen semiprofessionellen Finger. «Pasquino ist ein durchtrainierter Profi, so viel ist mal sicher. Aber vielleicht ist er ja zwischendurch für einige Momente müde. Dann kann er sich hinsetzen und ein wenig ausruhen. Und siehst du hier?» Er ging zu der Bank und klappte die Sitzfläche hoch. «Hier stelle ich eine Flasche von meinem Wein rein. Zur Stärkung.»

O Gott, armer Pasquino, dachte ich, sagte aber nichts. Wenn es um seinen selbstgekelterten Säuerling ging, hörte bei Giuseppe jeder Spaß auf, und ich schätzte, selbst Pasquino würde sich in der Beziehung keine Frechheiten erlauben dürfen.

Nachdem wir die Bank am Kopfende jenseits der Bahnumrandung platziert und mit einer Plane aus zusammengeklebten Düngemittelsäcken abgedeckt hatten, fuhren wir hoch zu Giuseppes Haus in Ripidello. Sestina wollte wissen, was denn da unten vorgefallen sei, sie hatte beobachtet, wie ihr *marito* fast von der Straße hinuntergestürzt war. Giuseppe jedoch beantwortete jeden ihrer Versuche, etwas herauszubekommen, mit seinem ewig gleichen *stai zitta*. Wie immer legte ich mich deswegen mit ihm an: Wieso er seiner Frau den Mund verbat, sich so herrisch und unfreundlich verhielt etc. Und wie immer wiederholte er sein einziges Argument: Wie soll ich sie denn sonst zum Schweigen bringen? Anna hatte nur meine Worte verstanden, erspürte aber genau, worum es hier ging, und machte sich sofort zu Sestinas Komplizin. Sestina selber begehrte nie wirklich gegen ihren Ehemann auf, auch wenn es sie sehr ärgerte, wie er sie behandelte.

Anna hielt ihr die Zeichnung hin und fragte sie, was sie darüber dachte. Giuseppe reckte sich stolz, er fand auf dem Bild eindeutig sich interessanter als die Ape, Sestina jedoch bemängelte sofort, seine Nase sei in Wirklichkeit viel spitzer. Sie wusste ihrerseits genau, wie sie ihren missgelaunten Gatten ärgern konnte. Giuseppe war sofort auf hundertachtzig, wiederholte zum zigsten Mal sein *stai zitta* und ging wütend zum *armadio**, um sich ein Glas Wein einzuschenken, während Sestina hinter seinem Rücken sehr leise, aber doch verständlich murmelte: Sieht doch jeder, wie spitz sie in Wirklichkeit ist.

Während Giuseppe mir auch einen eingoss und weiter die Vorzüge seiner verstorbenen 68er Ape pries, sah ich, wie sich Anna erneut Giuseppes Nase widmete, daran radierte und zeichnete, bis Sestina zufrieden nickte, Annas Unterarm tätschelte und ihr zuflüsterte: Früher haben wir ihn Pinocchio genannt. Die beiden lachten verschwörerisch, und Giuseppe fragte mich: Was heißt eigentlich *stai zitta* auf Deutsch? Anna sah mich warnend an, was überflüssig war, denn mir war auch so klar, dass ich ihr weder mit «Halt den Mund!» noch *«stai zitta!»* kommen konnte. Sestina, die Ruhelose, war inzwischen aufgesprungen, holte einen 5-kg-Sack Mehl *tipo* 00 aus dem *armadio*, pflanzte ihn mit Schwung auf den Küchentisch unter die 25-Watt-Birne und forderte Anna auf, mir ihr zusammen die Tagliatelle fürs Abendessen zu machen. Das war Sestinas Art, ihre Sympathie auszudrücken. Anna war sofort begeistert, und ich ergab mich meinem Schicksal, noch das eine oder andere

* Kommodenartiger, halbhoher Schrank mit hochklappbarem Deckel, um darunter Brot oder die Pasta vom letzten Essen aufzubewahren

Gläschen von dem Säuerling trinken zu müssen, was ich mit absoluter Sicherheit noch in der Nacht bereuen würde. Zum Glück jedoch erinnerte Anna mich an den Korb im Auto. Ich holte ihn und bot Giuseppe meinerseits ein Gläschen von dem Falerio an. Giuseppe lehnte erst einmal kategorisch ab, dann fragte er, was so eine Flasche koste, dann entschied er sich, heute eine Ausnahme zu machen und ein Konkurrenzprodukt zu testen. Er schnupperte an dem Falerio, hielt ihn gegen das Licht, schwenkte ihn im Glas herum, studierte die Spuren, die er auf dem Glas hinterließ, schnupperte wieder, bis er endlich den ersten Schluck nahm und sofort stöhnte und jammerte: «Zu süß! Und dieser Schwefel! Wer macht denn so was? Gib lieber mir das Geld, bevor du es für solchen Schund ausgibst!»

Porco mondo, was für ein Getue von einem, dessen Säuerling schon nach wenigen Schlucken die Darmflora gründlich durcheinanderbrachte und den nächsten Tag noch mit üblen Kopfschmerzen abrundete. Aber mir war es recht, so blieb er bei seinem Wein, und ich konnte meinen alleine trinken, wobei Giuseppe jeden meiner Schlucke mit einem mitleidigen Kopfschütteln kommentierte.

Gino hatte ich erstaunlicherweise komplett vergessen, und das, nachdem ich mir eben noch so viele Gedanken gemacht hatte. Vermutlich hatte Anna recht gehabt, die beiden würden sich ein wenig anbrüllen, und fertig. Erst als Giuseppe über die kalten, arroganten Deutschen im Allgemeinen und Spaccone im Besonderen zu schimpfen begann, tauchte das Bild von Gino wieder vor meinem inneren Auge auf, wie er sich auf den Weg zu seinem Peiniger gemacht hatte, die Machete unheilvoll hin und her schwingend.

«Lass man gut sein, Giuseppe», unterbrach ich den in hoher Stimmlage sich ereifernden glücklosen Ape-Fahrer. «Wir können ein andermal weiterreden. Ich muss dringend rüber zu Spaccone.»

«Was willst du bei dem, eh?»

«Hast du vergessen? Ich bin auch Deutscher», antwortete ich ernst.

«Du bist was Komisches. Aber ein richtiger Deutscher bist du nicht.»

«Ach ja? Was Komisches? Was denn?» Mir war klar, dass er kneifen würde. Er nahm seine Nasenspitze zwischen zwei Finger und knetete sie, kein Wunder, dass sie so spitz war.

«Was denn?», wiederholte ich meine Frage.

Giuseppe erhob sich und deutete auf eine Tür neben dem *armadio*, hinter der sich ein kleiner Raum befand, in dem Sestina früher ihren *pecorino* zum Reifen ausgelegt hatte. «Da werde ich wahrscheinlich ein Klo einbauen lassen. Aber bis dahin geh ich zum Pinkeln raus.» Sprachs und verschwand.

Ich ließ ihm einen kleinen Vorsprung und machte mich dann meinerseits auf den Weg. An die Steinmauer zu Emilias Grundstück gelehnt, ging Uilly seiner Lieblingsbeschäftigung nach: Fliegen erhaschen, ein Hobby, das er seit dem Welpenstadium pflegte. Für die Insekten, die ihn umschwärmten, war das eine gefahrlose Sache, ich habe in all den Jahren nie erlebt, dass es ihm auch nur ein einziges Mal geglückt wäre, irgendein Viech zu erwischen. Der Hund geriet ins Grübeln, ob er mich begleiten sollte, doch dann übermannte ihn die Müdigkeit, und er ließ sich auf die Seite fallen, um augenblicklich einzudösen.

Inzwischen hatte die Dämmerung eingesetzt. Die blaue Stunde. Der Himmel war völlig wolkenlos. Die letzten Reflexionen der kurz zuvor untergegangenen Sonne schufen dieses bläuliche, indirekte Licht, das überall gleich hell zu sein schien, alle anderen Farben aus der Welt heraussaugte und keine Schatten warf. Die *macchia* wirkte nicht mehr mediterran, sondern gleichgültig und langweilig. Die Berge der Apenninen am Horizont, der Monte Catria, der Monte Acuto, hatten ihre lebendige Massigkeit verloren und waren zu zweidimensionalen Silhouetten geworden. Felsen, Wald und Wiesen waren nur noch monochrome, ihrer Struktur beraubte Flächen. In einer halben Stunde würde es hier auf dem Monte Dolciano bis auf die wenigen erleuchteten Fenster der umstehenden *rustici* und die 10-Watt-Kühlschrankbirne in der Madonnina stockfinster sein. Trotzdem ging ich zu Fuß, ich kannte hier jeden Stein, und zur Not baumelte an meinem Autoschlüssel eine Minitaschenlampe, mit der ich zumindest die nächsten zwei, drei Meter ein wenig erleuchten konnte. Und was die Wildschweine betraf, hoffte ich, dass sie gerade anderswo ihrem Job nachgingen, vielleicht nahmen sie ja in dieser Sekunde meinen Garten auseinander und pflügten die mühsam hochgepäppelte Wiese um.

Gleich hinter der ersten Kurve war Schluss mit der geheimnisvollen Bläue. Spaccones Haus am Hang oberhalb der Kirche leuchtete wie der Justizpalast in Bozen bei Nacht, den Mussolini als das faschistischste aller faschistischen Bauwerke gerühmt hatte. Es fehlten nur noch die Lichtbalken von himmelwärts gerichteten Flak-Scheinwerfern davor. Alle Fenster im ersten Stock warfen grelles Licht in den Abend hinaus. Andere Menschen stellten vielleicht eine Kerze auf die Fensterbank – Spaccone machte es nicht unter 150-Watt-Halogenscheinwerfern. Einige Walnussbäume vor dem Haus wurden von unten bestrahlt, und auf der verputzten Hauswand – Spaccone hatte als Einziger hier die schönen Natursteine mit einer ebenmäßig weißen Mörtelschicht zupappen lassen – reflektierte das bewegte Blau des mit starken Unterwasserscheinwerfern ausgeleuchteten Swimmingpools. Das wenigstens sah auf eine Art schön aus, wenn auch völlig deplatziert auf einem Berg, dessen Bewohner ihr Leben lang mit Wassermangel und versiegenden Quellen zu kämpfen hatten.

Ich schleppte mich die steile Straße hinauf, der Falerio schien sich komplett in meine Beine verlagert zu haben. An manchen Tagen sollte ich einfach keinen Alkohol trinken. Als ich durch das Gartentor ging, ertönte plötzlich lautes Grunzen, gefolgt von spitzen Schreien. Gino? Im Geiste sah ich ihn schon sowohl Spaccone als auch dessen neue Gespielin züchtigen und malträtieren. Doch dann war da ein Geräusch wie von einer Schubkarre voller Sand, die man ins Wasser warf, Wellen klatschten gegen den Beckenrand des Pools, und die Lichtreflexe an der Hauswand tanzten wild. Das Prusten und Planschen und Spritzen zerstreute meine Befürchtungen: Das konnte nur Spaccone mit seinem kugelrunden Rotweinbauch gewesen sein, der sich da ins Wasser hineingeworfen hatte. Kurz darauf erklang das gleiche Geräusch noch einmal, dieses Mal jedoch etwas leiser, und die Wellen waren kleiner. Aha, seine Gespielin war ihm hinterhergesprungen.

Und tatsächlich, ein paar Schritte weiter konnte ich den Pool einsehen, in dem die beiden nackt herumtollten. Ich blieb stehen, bei so etwas will man nicht unbedingt dabei sein und sich dem Verdacht aussetzen, als Spanner durch die Nacht zu schleichen. Einen Moment kam ich mir vor wie Enrico aus Monticello drüben, der keine Gelegenheit ausließ, unbekleideten Frauen hinterherzuspionieren.* Gerade wollte ich kehrtmachen, als neben mir ein Schatten auftauchte. Mir blieb das Herz stehen, fast hätte ich aufgeschrien, bemerkte jedoch zum Glück, dass der Schatten mir nur bis zur Schulter reichte und von äußerst kompakter Statur war. Gino.

* Siehe «Toskana für Arme», Seite 8

«*Faccia di merda!*», knurrte der kleine Maurer und starrte die beiden an, als könnte er sie dadurch in Kröten verwandeln. «Vor ein paar Monaten hat er seine Frau unter die Erde gebracht. Und nun sieh ihn dir an. *Testa di minchia!*»

«Verdammt, Gino, muss das sein?», zischte ich.

«Was?»

«Warum schleichst du hier durchs Unterholz wie ein *guardone**?»

Gino antwortete nicht.

«Was hast du den halben Tag hier gemacht? Nur herumgestanden?»

Wieder antwortete er nicht.

«Was ist? Hast du mit Spaccone gesprochen?»

Und wieder keine Antwort. Stattdessen hob Gino eine Walnuss auf, knackte die Schale zwischen seinen Handballen und holte den vollkommen unversehrten Kern heraus. «Weißt du, wie man eine Walnuss knackt, ohne den Kern zu zerbröseln?»

Ich verdrehte die Augen, was er nicht sehen konnte, und stöhnte leise auf, was er sehr wohl hören konnte, ihm aber gänzlich gleichgültig war.

«Du musst den Druck nicht auf die Flanken der Nuss ausüben, sondern auf die spitzen Seiten. Pass auf.» Er bückte sich und hob zwei Nüsse auf, eine hielt er mir hin, die andere knackte er und holte erneut den Kern am Stück heraus. «Probier es.»

Mir war klar, dass die meisten Menschen sich an dieser Stelle aufgeregt hätten. Ein paar Jahre früher hätte ich das auch gemacht. Doch mittlerweile hatte ich gelernt, Gino so zu nehmen, wie er nun mal war, nämlich friedliebend, streit-

* Spanner

süchtig, nachgiebig, dickköpfig, tolerant, fundamentalistisch, despotisch, umgänglich – je nachdem und eins nach dem anderen. Seit heute musste noch «rachsüchtig» mit auf die Liste, und zwar mit Ausrufezeichen. Ich hatte auch gelernt, dass man besser nicht allzu viel Widerstand aufbaute, wenn gerade eine der negativeren Eigenschaften die Oberhand hatte. Deshalb sagte ich nichts, nahm die Nuss und versuchte sie wie von Gino beschrieben zu zerdrücken. Außer einem stechenden Schmerz im Handballen passierte allerdings nichts. Gino schüttelte missbilligend den Kopf, rupfte mir die Nuss aus den Händen und knackte sie in null Komma nichts.

«Toll, Gino, du bist der Größte», sagte ich. «Und jetzt lass uns gehen.»

Keine Antwort. Gino warf sich den Kern in den Mund und zermalmte ihn, ohne seinen Blick von den beiden übergewichtigen badenden Turteltauben abzuwenden. Jetzt regte ich mich doch auf.

«Okay, du verdammter Dickschädel! Ich gehe jetzt da hin und versuche die Sache für dich zu klären.»

«*Per niente*, Max.» Gino legte seine Hand auf meinen Arm.

Ich schüttelte sie ab. «Du kannst ja noch ein paar Nüsse knacken, bis ich wieder zurück bin.» Ich ging los. Da griff Gino wie mit einer Kneifzange zu und zog mich zurück.

«Das ist meine Sache», knurrte er. Auch gut, dachte ich, als er aus dem Dunkeln heraus ins blendende Scheinwerferlicht trat. Doch dann, plötzlich und völlig unerwartet, riss er seine Machete aus dem Gürtel, reckte sie in den Himmel und brüllte: «*Ou*, Spaccone!»

Was für ein psychologisch geschickter Einstieg! Schneller kann man die Grundlage für ein einvernehmliches Gespräch doch gar nicht schaffen. Bravo, Gino!

Spaccone brauchte eine Weile, bis alle visuellen und akustischen Reize in seinem Gehirn angekommen waren, eine Zeitspanne, in der seine Gespielin etliche spitze Schreie unterbrachte, aus dem Pool sprang, sich ihren Minirock vor den Körper hielt, zuerst vor den Busen, dann doch vor den Unterleib, und davonhüpfte und -wackelte. Das musste ziemlich schmerzhaft sein, weil die Fläche rund um den Pool nur mit grobem, scharfkantigem Schotter bedeckt war, denn bevor Gino die gewünschten Terrakottafliesen hatte verlegen können, war der Streit zwischen den beiden entbrannt. Spaccone sah seiner fliehenden Gespielin mit schweren Augen hinterher.

«Guck an», formulierte er mit etwas Mühe, «Gino, der Zwergmaurer. Was willst du denn hier?»

Gino zeigte mit der Machete drohend auf Spaccone. «Komm raus! Ich will mit dir reden.»

«Komm du doch rein», antwortete Spaccone.

«*Faccia di merda!*»*

«*Testa di minchia!*»**

«Betrüger!»

«Du italienisches Stinktier!»

«*Fanfarone!*»***

«*Imbecillone!*»****

«*Tira la cuoia!*»*****, brüllte Gino zurück, und dann passierte es: Mit Vollgas und erhobener Machete jagte er los. Tamara, die gleich hinter der Tür haltgemacht hatte und nur den Kopf

* Arschgesicht!

** Scheißkopf!

*** Angeber!

**** Schwachkopf!

***** Beiß ins Gras! Stirb!

herausstreckte, schrie, was ihre Lungen hergaben, und das war nicht wenig, ihr Körper insgesamt hatte barocke Ausmaße, da waren die stämmigen Beine noch das Schlankste. Spaccone brüllte etwas von Carabinieri, lebenslänglich und Da-musst-du-schon-früher-aufstehen. Und nach einer Schrecksekunde spurtete ich Gino hinterher, um das Schlimmste zu verhindern. Aber keine Chance, Gino war in seiner Wut schnell wie ein Frettchen, erreichte weit vor mir die Schotterfläche, die Machete fauchte durch die Luft, hin und her, und dann passierte es: Gino rutschte auf dem losen Geröll aus, sein rechter Fuß geriet in ein Bodenloch am Rande des Pools, er verlor das Gleichgewicht und ging mit einem bösen Knochen-Knorpel-Knirschen zu Boden. Sofort versuchte er sich aufzurappeln, um seine Attacke fortzusetzen, doch es ging nicht, stöhnend sackte er weg.

«Da hast du es, du Witzfigur!», höhnte Spaccone und hatte Mühe, die Erleichterung in seiner Stimme zu verbergen. «Da siehst du es selber! Überall Löcher! Hättest du deine Arbeit anständig gemacht, wäre das nicht passiert!»

Gino tastete noch einmal nach seiner Machete, entdeckte sie ein Stück bergab, wollte darauf zurobben, wahrscheinlich um sie wie einen Tomahawk zu werfen, und Murphys Gesetz zufolge würde sie mit Sicherheit Spaccones Schädel spalten. Aber sein Fuß gehorchte ihm nicht mehr. Noch einmal versuchte er aufzustehen, vergeblich, er rollte den Abhang hinunter auf mich zu. Ich packte ihn unter den Armen und zog ihn hoch, obwohl er sich wie ein kleiner Junge wehrte. Spaccone fühlte sich jetzt sehr sicher, blühte regelrecht auf, dümpelte entspannt wie ein Fettauge auf dem Wasser und verhöhnte den hilflosen Maurer ohne Unterlass und mit steigender Gemeinheit. Merkwürdigerweise verlor er kein Wort über meine Anwesenheit, die ja nicht gerade selbstverständlich war. Gino versuchte, Spaccones Wortschwall etwas entgegenzusetzen, aber es fehlte ihm einfach die Niedertracht, um mithalten zu können. Ich sah ihn schon an einem Herzinfarkt dahinscheiden, vorzeitig niedergestreckt von Spaccones Wortschwall, der dann seine offene Rechnung ganz sicher nicht bezahlen müsste.

Ich legte mich jetzt richtig ins Zeug, und so gelang es mir trotz Ginos Gegenwehr endlich, ihn fortzuzerren. Sogar die Machete hob ich noch auf. In dieser aufgeheizten Situation hielt ich es glatt für möglich, dass Spaccone sie an sich nehmen und damit seine Tamara köpfen würde, um es dann Gino in die Schuhe zu schieben. Wenn einer ständig neue Freundinnen hat, ist ihm eine einzelne eventuell nicht so wichtig. Tamara hielt es wohl auch für möglich, denn von ihr war nichts mehr zu sehen und zu hören.

Nach einer Weile gab Gino seinen Widerstand auf, wahrscheinlich weil ihm langsam dämmerte, dass er ohne mich auf allen vieren würde kriechen müssen. Das hinderte ihn jedoch nicht daran, die nächsten paar hundert Meter in einem fort zu schimpfen und zu fluchen. Bis die Nebennierenrinde mangels unmittelbarer Bedrohung die Adrenalinproduktion einstellte und höllische Schmerzen von seinem Fuß hoch ins Schmerzzentrum seines Gehirns krochen, dort, wo entschieden wird, ob man noch jammert, schon weint oder gleich ohnmächtig wird. Obwohl Gino mannhaft versuchte, alle Pein wegzustecken, hangelte er nur noch an einer Ohnmacht entlang. Auch ich kämpfte gegen einen betäubenden Schwindel an, nie hätte ich gedacht, dass ganze 1,62 Meter Mensch so schwer sein können. Hinzu kam meine Wut über diesen Kerl, die mit jedem Meter Strecke wuchs. Irgendwann hielt ich es nicht mehr aus und drückte den Maurer gegen einen Baumstamm, wo er hilflos herumzappelte und mich verwünschte, mit einer

Hand hielt er sich an einem Ast fest, mit der anderen gestikulierte er hitzig wie ein Süditaliener in meine Richtung.

«Was sollte das da eben? Bist du jetzt unter die Vollidioten gegangen oder was?», brüllte ich ihn an und schlug ihm meine Faust gegen die Brust.

Gino verstummte. Dass ich tätlich werden könnte, schien er nicht für möglich gehalten zu haben.

«Du wärst doch glatt in den Pool gesprungen. Und dann? Was hättest du dann gemacht?»

«Ich hätte mich auf Spaccones Kugelbauch gesetzt und wäre ein bisschen durch den Pool gepaddelt», antwortete Gino im liebenswürdigsten Ton, bevor auch er losbrüllte. «Wie die Saat, so die Ernte! Schon mal gehört? Cicero hat das gesagt.»

«Ja, kenne ich. Und im Alten Testament steht: Wie du mir, so ich dir.»

«Zum Beispiel.»

«Na und? Das bringt doch nichts. Das kann ewig so weitergehen, und am Ende gibt es nur Verlierer.»

«Du bist so schlau wie ein Mönch, Max. Vielleicht solltest du dich mehr mit Nardini abgeben als mit mir.» Nardini war der Gelehrte vom Monte Dolciano, einer, der die Geschichte eines jeden Gebäudes auf dem Berg kannte, dessen großes Vorbild Don Romano war, die graue Eminenz und intellektuelle Speerspitze aller Mönche in der Region Pesaro–Urbino. «Ich bin ein *compagno*, ein einfacher Arbeiter, ich habe keine hochtrabende Moral.»

«Blödsinn! Bis vorhin hattest du noch eine. Warum lässt du dich von einem Idioten wie Spaccone zu etwas machen, was du nicht bist?»

Gino schwieg. In seinem Gesicht war Bewegung, hier ein Zucken, da ein Pressen. Als er endlich antwortete, klang er sehr ruhig. «Ich habe mein ganzes Leben lang gearbeitet. Wenn die Bank mir den Bagger und den Laster wegnimmt, wird mein Leben mit nichts enden. Meine Hände werden umsonst gearbeitet haben.»

Ich musste schlucken und kam mir vor wie ein Depp.

«Ich rede nicht von Geld», fuhr Gino fort. «Wenn Angelo Visconti das Geld, das er mir schuldet, nicht bezahlt, ist das nicht schön, aber meine Arbeit hat trotzdem einen Sinn gehabt. Sie hat einem Menschen geholfen, der es bitter nötig hatte. Und du kannst ganz sicher sein: Wenn ich Angelo sage, dass die Bank mir alles wegnehmen will, wird er sein Auto und seine Kamera sofort verkaufen, um mir zu helfen.»

Wahrscheinlich hatte er damit sogar recht.

«Aber ich werde es ihm nicht sagen. Denn dann werden zwei Menschen schlecht dran sein, er und ich. Nur für den, der das alles verursacht hat, wird sich nichts ändern. Dieser Spaccone wird weiter darauf hoffen, dass ich sterbe, damit er mir mein Geld nicht geben muss. Wo ist da die Moral?»

«Da ist keine, ich weiß», erwiderte ich ziemlich kleinlaut. «Aber deswegen hast du noch lange nicht das Recht, mit einer Machete auf ihn loszugehen. Im Ernst, Gino: Was hättest du gemacht, wenn du nicht gestolpert wärst?»

«Ich weiß es nicht, Max», antwortete Gino leise. «Ich weiß es nicht.»

Das war das erste Mal, dass ich spürte, wie verzweifelt er wirklich war.

Es dauerte noch einmal eine Viertelstunde, bis ich mit Gino Sestinas Küche betrat. Ginos geschwollenes Fußgelenk konnte man inzwischen nur noch als elefantös bezeichnen, er war erschöpft und auf eine gemessene, ja vornehme Art sehr ruhig. Ein schlechtes Zeichen, ich kannte ihn lange genug, um zu wissen, wie es unter der Oberfläche in ihm brodelte, wenn er sich diesen Anschein aristokratischer Beherrschtheit gab.

«Ich wünsche einen schönen Abend! Giuseppe, Sestina, Anna», rief er mit einem Lächeln, wie es unechter gar nicht sein konnte. «Ihr macht Pasta!»

«Wie ist es gelaufen?», fragte Anna.

Gino legte seine Stirn in diverse Falten und hob eine Hand, was eindeutig hieß: Ich glaube, morgen ist Donnerstag oder doch schon Freitag. Oder etwa Mitternacht?

«Aha», sagte Anna mit unverhülltem Sarkasmus und sah mich fragend an. Ich tat so, als wäre ich voll und ganz damit beschäftigt, den kleinen, kompakten Maurer am Umfallen zu hindern, was in der Tat nicht leicht war. Wo hatte dieser Mensch eigentlich seinen Schwerpunkt? Im Gebiss? Oder noch höher?

Sestina schob Gino einen Küchenstuhl hin und deutete mit ihrem ein Meter langen Nudelholz auf Ginos Fuß. «Bist du in einem Loch stecken geblieben, Basili?» Sie war die Einzige, die Gino immer nur mit seinem Nachnamen ansprach.

«Die Karnickel, Sestina. Überall graben sie Löcher.»

«Oder die Trüffelsucher. Ich bin auch mal stecken geblieben, *poveretta me*. Dauerte zwei Wochen, bis ich wieder richtig gehen konnte.»

«Ich frage mich, wofür man zwei Augen hat. So ein Loch sieht man doch», nörgelte Giuseppe, worauf Sestina Anna etwas ins Ohr flüsterte und beide grinsten.

«Es ist dunkel, Giuseppe, da sieht man auch mit zehn Augen nichts», erwiderte Gino angesäuert. Wieder flüsterte Sestina etwas in Annas Ohr, dieses Mal lachten beide. Wie ich später hörte, hatte Sestina gesagt: Der fällt in kein Loch. Der hat Angst im Dunkeln. Da geht der gar nicht erst raus.

Giuseppe warf seiner Frau einen unfreundlichen Blick zu,

und wenn sein übliches «*stai zitta*» sonst vielleicht noch etwas Spielerisches hatte, jetzt war Schluss damit. «*Cazzo! Datti da fare, moglie*»*, knurrte er böse.

Sestina zuckte zusammen, duckte sich ein wenig und legte einen Zahn zu. Bei aller Lebendigkeit, Herzensgüte und Kraft, die sie besaß – die althergebrachte Hierarchie wagte sie nicht in Frage zu stellen, und wenn Giuseppe einen solchen Ton anschlug, dann gehorchte sie. Anna war darüber sichtlich bestürzt und sah mich fragend an. Ich zuckte mit den Schultern, in bestimmten Bereichen des Lebens auf dem Monte Dolciano hatten wir nichts zu suchen, ob es uns passte oder nicht. Auch Gino, der im Allgemeinen gerne über die gleichen Rechte von Mann und Frau dozierte, hielt sich heraus. Ein unangenehmes Schweigen breitete sich aus.

Anna zog ihre Augenbrauen hoch und schüttelte den Kopf. «Männer», sagte sie auf Deutsch und begann ein freundliches Gespräch mit Sestina, die zuerst kaum etwas sagte und mit hektischen Bewegungen an ihrem Nudelteig herumwerkelte, sich dann aber langsam entspannte, ohne allerdings ihr Arbeitstempo zu verringern.

Nach einer Weile stieß Gino mir in die Rippen, und während er Anna und Sestina freundlich zunickte wie der Papst seinen Schäfchen am Ostersonntag vom Balkon des Petersdoms, flüsterte er durch die Zähne: «Ich muss nach Neapel. Zu meinen *cugini***. Übermorgen.» Er deutete auf seinen Fuß. «Und du musst mich fahren.»

*

* Zur Hölle, mach dich ans Werk, Weib!

** Cousins

Zu den Tagliatelle machte Sestina einen Sugo, der aus Tomaten, Erbsen, Knoblauch, Zwiebeln, einigen Wacholderbeeren, ein paar Löffeln Schmalz, etwas *salsiccia* und einer nicht unerheblichen Menge Olivenöl bestand; nicht extra vergine, davon hielt sie nichts, weil sie es für verschwenderisch hielt, eine Olive nicht so lange auszupressen, bis alles Öl aus ihr herausgedrückt war. Und Gewürze wie Basilikum oder Oregano benutzte sie nie. Anna verspeiste zwei randvolle Teller, ich sogar drei, und beide mussten wir unsere Gürtel um mindestens ein Loch weiter stellen. Auch Sestina verputzte drei Teller, die sich als deutliche Wölbung unter ihrem Kleid abzeichneten, aber sie wirkte keineswegs so apathisch wie wir.

Sestina hatte immer schon einen gesegneten Hunger gehabt. Das kam noch aus der Zeit, als sie jeden Tag mit ihren Schafen auf den Berg gezogen war, eine harte Arbeit, die erst spät am Abend endete, wenn sie die Viecher gemolken und aus der Milch Käse gemacht hatte. Die Schafe hatte sie inzwischen verkauft, nur ihr Appetit war geblieben. Jede andere hätte wahrscheinlich pro Woche ein Kilo Gewicht zugelegt, Sestina jedoch wuselte den ganzen Tag herum und war immer in Bewegung, sie brauchte das, um sich wohl zu fühlen. Wenn es gar nichts zu tun gab, kroch sie auf allen vieren über ihren Acker und sammelte die dicken Steine auf, die der Pflug an die Oberfläche gezerrt hatte, eine Arbeit, die von ihren Nachbarn auf dem Monte Dolciano sehr belächelt wurde. Selten sah man sie einfach nur dasitzen und nichts tun. Nur manchmal hockte sie in der Morgensonne neben ihrer Haustür auf der kleinen Bank, die sie aus ein paar Steinen und einem uralten, durchgebogenen Eichenholzbrett zusammengesetzt hatte. Dann kaute sie auf einem Hölzchen herum, dachte ein wenig nach und wirkte zart wie eine Elfe, die ihre vom Morgentau feuchten Flügel trocknete. Ab und an fuhr ich morgens eigens an ihrem Haus vorbei, setzte mich zu ihr und sagte: «Schön hier, auf dem Monte Dolciano.» Dann lächelte sie, nickte, sagte: «*Si, cocco*», und kaute weiter auf ihrem Hölzchen.

Während wir aßen, saß Gino vor seinem Glas Wasser, und was auch immer Sestina sagte oder wie heftig sie ihn schließlich sogar beschimpfte, er wollte einfach nichts essen. Dafür redete er ununterbrochen, fast als wollte er sich selbst von allzu düsteren Gedanken ablenken. Er zog alle Register, erzählte, wie er früher für die *forrestale* den halben Monte Dolciano aufgeforstet hatte, den die Schiffsbauer aus Fano über die Jahrhunderte kahl geschlagen hatten. Wie er Wasserdepots angelegt hatte, aus denen während der meist trockenen Sommermonate die Kühe oben auf dem Berg versorgt wurden. Er erzählte, wie schwierig es ganz früher, in seiner Jugend, gewesen war, überhaupt hier heraufzukommen, als es die Straße noch nicht gab, sondern nur einen Trampelpfad, der ständig von Ginster und anderem Grünzeug überwuchert wurde. Überhaupt sei das Leben zwar beschwerlich, doch zugleich wunderschön gewesen ohne all diese modernen Errungenschaften, die man unbedingt einmal auf höherer Ebene, am besten von einer Art Weltregierung, hinterfragen lassen müsste. Giuseppe nickte in einem fort und sagte so etwas wie «*ragione*», «*bravo*» oder einfach nur «*si*», während Sestina schwieg und Anna verzückt zuhörte. Gino liebte seine Geschichten aus der Vergangenheit, und diese Liebe übertrug sich auf seine Zuhörer. Selbst wenn er von den Härten des Lebens in früheren Zeiten erzählte. Zum Beispiel, wie die Bauern unter der Last der *mezzadria*, der Halbpacht, litten, die sie zwang, die Hälfte ihres Ertrags abzugeben, und die nur den Großgrundbesitzern zu Wohlstand verhalf. Oder dass jedes vierte Kind im ersten Jahr nach der Geburt starb, weil es den nächsten Arzt erst im vier Stunden Fußweg entfernten Cagli gab, oder dass es nach einer Missernte schlimmste Hungermonate durchzustehen galt.

Gino hatte sich so in Fahrt geredet, dass ich ihm mehrmals unauffällig Zeichen geben musste. Giuseppe und Sestina, die nie nach 22 Uhr ins Bett gingen, hatten schon größte Mühe, ihre Augen offen zu halten. Natürlich würden sie nichts sagen, für sie war Gastfreundschaft nach alter Tradition ein sehr hohes Gut, aber umgekehrt gehörte es zu den Pflichten eines Gastes zu erkennen, wann es Zeit war zu gehen. Gino war allerdings in dieser Beziehung generell nicht sehr sensibel, und heute schien er mir sogar entschlossen, sich erst mit der Morgendämmerung zu verabschieden. Am Ende stand ich einfach auf und sagte kategorisch, dass ich nun ins Bett müsse. Wie immer sahen die Italiener mich erst einmal sprachlos an, bis sie sich daran erinnerten, dass ich Deutscher war, und Deutsche sind nun mal ruppig, da kann man nichts machen. Die zweite Reaktion war bei Giuseppe ein Aufatmen, bei Sestina ein dankbares Lächeln, nur Gino fühlte sich in der freien Entfaltung seiner Persönlichkeit eingeschränkt und muffelte herum, musste sich aber dreingeben, weil er mit seinem Elefantenfuß darauf angewiesen war, dass ich ihn nach Hause brachte.

Auf der Fahrt hinunter nach Furlo waren wir sehr still. Ginos Gesprächigkeit war verflogen, und er brütete finster vor sich hin, nur zum Abschied forderte er uns mit strengem Blick auf, niemandem etwas von seiner Attacke auf Spaccone zu erzählen. Dafür wird Spaccone schon selber sorgen, da kannst du dir sicher sein, wandte ich ein. Trotzdem, kein Wort, entgegnete er, dem glaubt doch sowieso keiner. Und das mit der Bank weiß niemand außer euch beiden.

Anna konzentrierte sich die ganze Zeit mit geschlossenen Augen darauf, die Tagliatelle zu verdauen, wohingegen ich, der ich schon einige Übung mit Sestinas Pasta hatte, dunkle und schwere Befürchtungen in meinem Kopf wälzte. Wie war es bloß um die Zukunft des Monte Dolciano bestellt, wenn Gino tatsächlich seine neapolitanischen Cousins ins Spiel brachte, mit denen ja angeblich nicht zu spaßen war.

Übermorgen sollte ich ihn nach Neapel fahren. Ich hatte also noch einen ganzen Tag Zeit, das Unheil irgendwie abzuwenden.

3.

Anna hatte nicht einschlafen können, trotz eines Teelöffels Natron und eines Esslöffels Heilerde, und nachdem sie sich zwei Stunden lang stöhnend und klagend hin und her gewälzt hatte, sammelte sie ihre Malutensilien zusammen und verzog sich in die Halle. Wenn sie schon keinen Schlaf fand, wollte sie wenigstens an ihren Zeichnungen weiterarbeiten, und da sie beim Malen gerne laut Musik hörte, konnte sie ihr eigenes Zimmer nicht nutzen, weil es unmittelbar neben unserem Schlafzimmer lag.

Anna liebte die Halle, einen riesigen, acht Meter hohen, lichtdurchfluteten Raum, der ein Drittel von Ca'Tommaso ausmachte und wesentlich später gebaut worden war als das alte Haus. Ursprünglich hatte es im neuen Teil vier Räume gegeben, zwei unten, zwei oben, aber Ragniero, einer meiner Nachbarn, hatte über die Jahrzehnte, in denen das Haus leer stand, alle handgefertigten *mattoni*, die den Fußboden des ersten Stockwerks bildeten, geklaut, um seine eigenen Böden damit zu erneuern und vor seiner Küchentür eine schöne, breite Treppe hochzuziehen.

Ich war zwar schnell eingeschlafen, wurde allerdings von Albträumen gepeinigt, in denen Mafiosi, mein lebendiger Leib, eine stumpfe Säge, hämisches Gelächter und Körperteile eine Rolle spielten, die selbst von einem Pathologen aus Neapel, der schon einiges erlebt hatte, nicht mehr ihrem ursprünglichen Platz zugeordnet werden konnten – es war schlimm. Jedes Mal, wenn ich hochschreckte, erklang aus der Halle andere Musik. Den Anfang machte Lou Reed mit den sanften Klängen seines Albums *Blue Mask*. Dann wurde es von Mal zu Mal härter. Velvet Underground, Skunk Anansis, und im Morgengrauen, als ich mich mit einem Gefühl aus dem Bett quälte, eine Woche lang nichts als Schokoladenpudding gegessen zu haben, ohne auch nur einmal auf der Toilette gewesen zu sein, war Anna bei einer CD von Megadeath angekommen, die im Player auf Endloswiederholung eingestellt war. Ich warf einen Blick in die Halle und sah sie friedlich auf der Couch schlafen. Zu ihren Füßen lag Uilly, der seinen Kopf in einen Berg von Kissen geschoben hatte, um sein Gehör vor ernsthaften Schäden zu schützen. Ich zog mich wieder zurück. Eines wusste ich noch von früher: Anna hasste es, morgens geweckt zu werden, und konnte sehr giftig werden, wenn man es trotzdem tat. Mir war das heute sogar recht, denn so musste ich ihr nichts erklären und konnte mich ungestört sofort auf den Weg machen.

Spaccone. Wenn der seine offene Rechnung bezahlte, war alles gut. Die Chance, ihn dazu zu überreden, lag zwar praktisch bei null. Doch angesichts der Ereignisse von gestern Abend musste ich es wenigstens versuchen. Hier ging es schließlich um etwas Wichtigeres als meine Abneigung gegen ihn. Ginos Panda stand noch oben auf dem Parkplatz, zum Glück ließ er den Schlüssel immer stecken. Langsam steuerte ich das Wägelchen die schmale *vicinale* entlang, an der *Chiesa del Monte Dolciano* vorbei. Auf dem steilen Weg zu Ca'Piero, Spaccones Haus, würgte ich fast den Motor ab, so langsam kroch ich voll böser Vorahnung den Berg hinauf. Ginos Panda war zudem ein schwachbrüstiges Gefährt mit nur 34 PS, wobei mindestens zehn davon im Laufe seines vierzehnjährigen Lebens auf der Strecke geblieben waren. Ich parkte vor dem Gartentor, das erstaunlicherweise mit einem Vorhängeschloss gesichert war – Luise hatte in all den Jahren nie abgeschlossen. Von oben hörte ich, wie eine Tür zuschlug. Rufen machte keinen Sinn, Spaccones Haus war ein Klotz mit nur wenigen winzigen Fenstern, war man drin, hörte man nicht mehr, was draußen passierte. Also flankte ich über den Zaun, er würde ja wohl in der Zwischenzeit keine Selbstschussanlage installiert haben. Vom Pool her vernahm ich merkwürdige, quietschende Geräusche, wie wenn man Gummi aneinanderreibt, gefolgt von hektischem Plätschern, und zu meinem Erstaunen entdeckte ich Spaccone, der vollkommen angezogen im Pool auf zwei übereinandergelegten Luftmatratzen hockte. In der einen Hand hatte er einen Spaten, mit dem er sich paddelnd in der Mitte des Beckens hielt, mit der anderen hob er ein Funktelefon hoch in die Luft.

«Max! Bist du allein? Oder ist der Irre bei dir?», fragte er und reckte seinen Kopf, als hätte ich Gino hinter meinem Rücken versteckt.

«Was machst du da, Horst?», fragte ich zurück.

«Ich warte auf die Carabinieri.»

«Schaffst du es nicht alleine bis zum Ufer?»

«Deinen Spott kannst du dir sparen. Du hast doch gestern selber gesehen, wie dieser Irre auf mich losgegangen ist.»

«Dieser Irre, wie du ihn nennst, ist mein Freund und heißt Gino.» Ich sah mich suchend um. «Wo ist denn deine …», ja, was sollte ich sagen: Freundin, Gespielin, Ersatzfrau?, «deine Bekannte?»

«Die ist fort. Todesangst, mein Lieber. Hat sich ein Zimmer unten in der Albergo Furlo genommen. Sie ist eine Frau, in Ordnung, sie darf abhauen. Aber ich lass mich nicht aus meinem Haus verjagen!» Mit dem Spaten korrigierte er nervös seine Position, der leichte Wind hatte ihn in Richtung Beckenrand getrieben. «Da muss der schon früher aufstehen. Dieser Irre!»

«Hast du wirklich die Carabinieri gerufen?»

Spaccone ruderte mit dem Telefon in der Luft herum. «Ich habe die Nummer schon mal eingegeben.» Wieder reckte er seinen Kopf und sah sich suchend um. «Ich brauche nur auf Wahlwiederholung zu drücken.»

«Lass uns mal in Ruhe reden, Horst», begann ich meinen Schlichtungsversuch.

Augenblicklich wurde Spaccone ganz hibbelig. «Der Kerl hat mein Haus ruiniert! Der Pool steht an der falschen Stelle, überall Löcher im Boden, meine Frau ist tot.»

«Wie, jetzt soll Gino auch an Luises Tod schuld sein?»

«Die Aufregung, Max, ihr Herz, die Nerven.»

Dieses scheinheilige Frettchen! Wenn Luise etwas zerrieben hatte, dann waren es seine Parallelfrauen, seine Tamaras, Elkes und Hannelores gewesen. Aber ich biss mir auf die Zunge, schließlich war ich ja hier, um Gino zu helfen.

«Lass uns offen reden, Horst, ich –»

«Gegen dich habe ich nichts, Max», unterbrach mich Spaccone. «Wir sind Intellektuelle, du und ich.» Er sah mich auffordernd an, damit ich seine These bestätigte, was ich jedoch nicht tat. «Ich werde einen Roman schreiben», fuhr er fort. «Einen großen Roman. Mein Leben», er gestikulierte ausladend mit dem Spaten und wäre dabei fast von den Luftmatratzen gerutscht, «mein Leben bisher war ein Ereignis, eine Achterbahn, *a big challenge*, *una specialità*. Andere wären daran zerbrochen.» Unbeholfen wie einer, der zwei linke Hände hat, paddelte er gegen die sich drehende Luftmatratze an, um nicht den Blickkontakt mit mir zu verlieren. «Und ich werde auch hierüber schreiben. Was sich an diesem Ort gestern ereignet hat. Ein wildgewordener Maurer, der sich mit einer Machete auf mich stürzt! Das glaubt einem wieder kein Mensch. Wie so oft ist die Wirklichkeit verrückter als die Fiktion.»

«Nichts gegen deinen Roman», startete ich einen neuen Versuch, «aber hier geht es doch –»

«Tisch School of the Arts», unterbrach er mich. «Sagt dir das was?»

«Schon. Das ist ein Ableger der –»

«Das ist eine der *fifteen schools that make up New York University, my friend.* Die gibt's seit 1965. *Well*, fragst du, na und? Ich sage es dir: Ich war einer der Ersten, der da *Creative Writing* studiert hat. *Fuck!*»

Fuck!? Was war denn in Spaccone gefahren? Würde er als Nächstes behaupten, eigentlich ein Schwarzer aus der Bronx zu sein und in den letzten Jahren sieben erfolgreiche Hip-Hop-Hits produziert zu haben?

«Ist ja gut, Horst, reg dich ab. Willst du nicht mal langsam an Land kommen?»

«Fuck!», brüllte er erneut und schloss einen Moment die Augen, berauscht von seiner *street credibility* und seiner saftigen Männlichkeit. «Ich werde das alles aufschreiben. Hier geht es um etwas anderes als Geld, mein lieber Max. Um etwas ganz anderes.»

«Ich sehe das so, Horst –»

«Du wirst sehen», unterbrach er mich schon wieder, «du –»

«Nein, jetzt hörst du mal zu», unterbrach ich ihn endlich auch einmal. Ich spürte, wie mir Röte ins Gesicht stieg und zwei völlig neue Senkrechtfalten meine Stirn zerfurchten. «Gino hat ein Jahr für dich gearbeitet. Mag ja sein, dass dir nicht alles gefällt, was er gemacht hat, trotzdem ist hier unheimlich viel getan worden. Der Pool, in dem du da dümpelst, ist real. Dafür wurde gebaggert, Erde abtransportiert und gemauert. Dafür musst du bezahlen. Du kannst doch nicht ein Jahr lang keinen Ton von dir geben und nachher sagen: Mir gefällt das alles nicht, ich gebe dir gar nichts. Zahl ihm, was weiß ich, einen Teil, 70 Millionen und streite dich mit ihm um den Rest. Was du machst, ist nicht anständig. Du trittst einen Menschen in den Dreck, der wahnsinnig viel für dich getan hat.»

Spaccone hatte während meiner Worte demonstrativ Löcher in den Himmel gestarrt. Fehlte nur noch, dass er angefangen hätte zu singen. Vermutlich so etwas wie «Hoch auf dem gelben Wagen» oder irgendetwas von Richard Wagner. Vielleicht aber auch ein ganz seltenes Jazzstück, das außer ihm nicht einmal dessen Komponist kannte. «Aha. Na, bitte. Also. Da haben wir es doch. Jetzt ist es raus, Max. Jetzt weiß ich, auf welcher Seite du stehst. Luise», er stöhnte schmerzensreich, um vorzutäuschen, wie unendlich ihn der Tod seiner Frau heute noch schmerzte, «Luise wäre zutiefst enttäuscht von dir. Zutiefst.»

«Verdammt nochmal, Spaccone!» Es war vorbei, nichts konnte meine Wut mehr zügeln. «Du scheinheiliges Arschloch! Luise hat tausend Stunden geweint, ja. Aber wegen dir, du Mistkerl!»

Spaccone atmete tief ein, wie einer, der von der Wut anderer lebt und gerade eine wirklich kalorienreiche und schmackhafte Mahlzeit zu sich genommen hat. «Oha», sagte er und lächelte mit milder Melancholie, «wie sehr habe ich mich in dir getäuscht, Max. Meine Sympathie für dich hat mich geblendet. Das schmerzt mich. *Veramente*. Du hättest viel von mir lernen können. Für mich warst du wie ein», er tippte sich ergriffen mit dem Telefon an die Stirn und schloss die Augen, «wie ein Sohn, ja, das warst du. *Get off.* Geh jetzt. Es ist besser, du gehst jetzt.» Wegen der geschlossenen Augen merkte er nicht, wie eine Bö ihn an den Poolrand trieb. Ich hätte ihn jetzt trockenen Fußes packen können. Aber was dann?

«Wer den Wind sät, wird den Sturm ernten, Horst. Überleg es dir nochmal.»

«Altes Testament, Hosea, Kapitel 8, Vers 7», sagte Spaccone, die Augen immer noch geschlossen. «Willst du was von William Shakespeare hören? Um sein Ziel zu erreichen, zitiert selbst der Teufel aus der Bibel.»

Alle Achtung, das hätte ich ihm gar nicht zugetraut. Im Grunde ärgerte mich, dass er nicht einfach nur dumm und ungebildet war. Vielleicht konnte ich ja doch etwas von ihm lernen?

«Du, lieber Max, das kann ich dir jetzt schon versprechen, du wirst in meinem Roman eine tragische Rolle spielen.» Er öffnete die Augen und begann hektisch zu paddeln. «Aber mach dir keine Illusionen: Es wird nur eine Nebenrolle sein, der kleine Auftritt eines Menschen, dessen Geist zu gering ist, um auch nur einen Bruchteil der Welt zu begreifen. Und nun fordere ich dich zum letzten Mal auf, mein Land zu verlassen. *Buzz off, amigo!*» Das klang sehr nach einem John-Wayne-Zitat mit einer Prise Arnold Schwarzenegger. «Und sag diesem Irren, dass ich mir eine Schrotflinte zulegen werde. *Lupara**, *capisci*? *Pump gun if you know what I mean*. Ab jetzt wird zurückgeschossen!»

«Wie in Polen, 1939?», fragte ich mit allem mir zur Verfügung stehenden Sarkasmus.

«Wie in Polen», antwortete Spaccone mit der selbstgefälligen Inbrunst eines Mannes, der keine Selbstzweifel kannte.

«Du weißt schon, dass nicht die Polen den ersten Schuss abgefeuert haben. Das waren die Deutschen. Hitler wollte den Krieg um jeden Preis.»

* Schrotgewehr, bei dem sowohl der Lauf als auch der Kolben abgesägt wird. Früher vor allem bei der sizilianischen Mafia sehr beliebt.

Spaccone sah mich mitleidig an. «Ich sag ja, du hättest viel von mir lernen können. *Tantissimo!* Doch jetzt ist es zu spät. Und du musst dein Leben weiter in dumpfer Einfalt leben.»

4.

Auf dem Weg hinunter ins Tal musste ich mich wiederholt ermahnen, langsamer zu fahren, und es war keine dumpfe Einfalt, die mir zu schaffen machte, sondern der Zorn und die Erbitterung über diesen heuchlerischen Mistkerl. Obwohl ich mir keine großen Chancen ausgerechnet hatte, ihn umzustimmen, das Ergebnis der Unterhaltung war niederschmetternd. Gino hatte recht: Spaccone wollte ihn demütigen, das Geld war nur zweitrangig. Er hasste den kleinen Maurer und Philosophen, warum, das war mir schleierhaft. Es musste ein Geheimnis zwischen den beiden geben, von dem ich keine Ahnung hatte.

Der Asphalt der Straße oben, wo die *strada bianca* endete, war übersät mit notdürftig geflickten Löchern, und Ginos Panda sprang wie ein Jungbulle hin und her, von funktionierenden Stoßdämpfern keine Spur. Ich reduzierte mein Tempo, im Grunde war die Straße zu gefährlich, besonders das erste Drittel mit seinen engen Kurven und einem Gefälle von bis zu 20 Prozent. Zumindest war das auf den alten Schildern zu lesen gewesen, bevor sie kürzlich durch neue ersetzt worden waren, auf denen nur noch von 15 Prozent Gefälle die Rede war. Wie mir Maurizio erzählte, der als *cantoniere** für die Ausbesserung aller Straßen auf dem Monte Dolciano zuständig war, gab es neuerdings eine Verordnung, der zufolge die *comune* verpflichtet war, bei Gefällen über 15 Prozent durchgehende Leitplanken zu installieren. Während Tontini, der in der *comune* Cagli für Wasser und Straßen zuständig war, noch

* Straßenwärter

schockiert auf den Kostenvoranschlag für 600 Meter verzinkte Leitplanken starrte, hatte Maurizio einfach die neuen 15-Prozent-Schilder malen lassen und gegen die bisherigen ausgetauscht. Tontini war restlos begeistert von dieser Methode, die Wirklichkeit an die Schilder anzupassen anstatt umgekehrt, und gewährte Maurizio, ohne herumzuzicken, eine ordentliche Gehaltserhöhung, nicht ganz in der Höhe, wie Maurizio sie gefordert hatte, aber doch hoch genug, dass der *cantoniere* endlich die Tiefgarage unter seinem *rustico* in Angriff nehmen konnte, ein kleiner Luxus, von dem er schon lange geträumt hatte.

Nach dem steilen Teil folgte ein fast gerades Stück Straße. Ich beschleunigte Ginos Panda und war kurz davor, in den vierten Gang zu schalten, als aus einer *vicinale*, die zu den Feldern oben auf dem Monte Lorenzo führte, eine Ape herausgeschossen kam und in abenteuerlicher Schlangenlinie auf mich zuraste. Ich ging vom Gas und hielt mich so weit rechts wie möglich. Doch der Ape-Fahrer schlingerte mit gewaltigen Amplituden von einem Straßenrand zum anderen. Ohne zu zögern, lenkte ich Ginos Panda auf den schmalen Grünstreifen neben der Straße und versuchte die Spur irgendwie zu halten. Einen Meter weiter rechts ging es ziemlich steil in die Tiefe. Aus dem Augenwinkel erkannte ich Giuseppe, der wie ein Irrer lachte, als er an mir vorbeifuhr. Geladen hatte er mehrere mit Wasser gefüllte *damigiane*. Zum Glück gelang es mir, auf den Asphalt zurückzukehren. Im Rückspiegel sah ich noch, wie eine *damigiana* über Bord ging und auf der Straße zerplatzte und wie Giuseppe einfach weiterfuhr.

Trotz aller Widrigkeiten erreichte ich die *Bar Furlo* nach rekordverdächtigen dreizehn Minuten. «*Ou,* Max! *Come va?*», begrüßte mich Luciana, die mit Spülmaschineausräumen und anderen Sisyphusarbeiten beschäftigt war, die nun einmal zum Alltag einer *barista* gehörten.

«Geht so», muffelte ich, nahm mir ein *tramezzino* aus der Vitrine und setzte mich in eine Ecke, weit weg von Artur und Nardini. Ich wollte mir Gedanken darüber machen, wie ich weiter vorgehen sollte.

«Ich hasse Menschen», hörte ich Artur vor sich hin nörgeln. «Ich hasse dieses Gewürmel, diese Vielfalt, dieses Wichtige.» Er saß vor einem Glas Rotwein und ignorierte Nardini, der neben ihm konzentriert in einem doppelten Espresso rührte und ihn dabei anstarrte. Ich war froh, dass ich mich nicht bemerkbar gemacht hatte. Insbesondere Artur war so ziemlich der letzte Mensch, mit dem ich mich an diesem Morgen unterhalten wollte. Überhaupt war es ein schlechtes Zeichen, dass er hier bei Luciana aufgetaucht war. Artur verkehrte normalerweise ausschließlich in der *Bar Commercio* in Cagli, wo er oft stundenlang herumsaß und großzügig seine miese Laune an alle verteilte.

«Cos'è?», fragte Nardini. Artur hatte deutsch gesprochen.

«Ich habe nicht mit dir geredet, Nardini. Wenn ich mit dir reden wollte, würde ich italienisch reden.»

«Und was hast du genau gesagt?»

«Wenn ich dir etwas hätte sagen wollen, hätte ich italienisch geredet, Nardini.»

Nardini schlürfte mit spitzen Lippen seinen tiefschwarzen *caffè*. Selbst ein doppelter Espresso war nicht viel, da musste man haushalten. «Es klang so, als wäre es wichtig.»

«Es war wichtig.»

Nardini zeigte mit dem Löffel auf Artur, dessen mürrisches Gesicht jede Frischmilch sofort hätte sauer werden lassen. «Mir war doch so. Es gibt Melodien beim Sprechen, die sagen mehr als die benutzten Worte.»

«Da bin ich jetzt aber wirklich neugierig», erwiderte Artur mit größtmöglichem Desinteresse.

«Für mich», sagte Nardini, kippte mit Schwung den letzten Schluck *caffè* und machte sich sogleich mit dem Löffelchen über den Zuckerrest her, «klang es so wie: ‹Lasst mich in Ruhe, lasst mich in Frieden, ihr Ungläubigen, ihr Haltlosen.›»

Artur warf Nardini einen überraschten Blick zu und murmelte auf Deutsch: «Auch nicht schlecht.»

«Das wiederum könnte bedeuten: Der Islam ist nichts für mich.»

«Genau das habe ich gesagt. Tolle Technik, Nardini.»

«Hast du beispielsweise den amerikanischen Film *Blair Witch Project* gesehen? Wo drei junge Leute sich auf den Weg in einen Wald machen, um herauszufinden, ob das Gerücht stimmt, dass dort eine Hexe unzählige Kinder hat verschwinden lassen? Und dann tauchen die ersten Anzeichen der Hexe auf, die Stimmen der jungen Leute drücken immer mehr Panik aus und –»

«Ich interessiere mich nicht für Hollywood», unterbrach Artur Nardinis drohenden Redefluss und zog seinen Kopf noch tiefer zwischen die Schultern. «Meine Kunst ist die des Theaters.» Er war einmal Schauspieldirektor am Stadttheater Bern gewesen, bis man dort seiner immer schlechter werdenden Laune und seiner Besserwisserei überdrüssig geworden war und ihn abserviert hatte. Danach hatte er nie wieder eine Stelle an irgendeinem Theater bekommen und war in Frührente gegangen.

«Ich behaupte, man versteht den Film, ohne auch nur ein Wort Englisch zu sprechen. Allein vom Klang der Stimmen her.»

«Wie beim Theater, bei der Pantomime. Nur da gibt's noch nicht mal die Stimme. Und auch sonst ist alles anders. Und überhaupt.» Er nahm einen großen Schluck Rotwein und verzog sein Gesicht, wahrscheinlich waren sogar die billigsten Schweizer Weine besser.

Nardini nickte bedeutungsschwer und stellte seine Espressotasse ab. «Es war interessant, sich mit dir zu unterhalten, Artur.»

Artur winkte wie einer, der cool sein will, und schwenkte den Wein gegen das Neonlicht der Bar, als suchte er im Lichtbrechungskoeffizienten die Erklärung für dessen dürftige Qualität. Nardini kam zu mir herüber.

«Was war das denn?», fragte ich ihn.

Nardini zuckte mit den Schultern. «Mir war langweilig.»

«Willst du wissen, was er wirklich gesagt hat?»

«Nein, wieso?»

«*Va bene.* Im Grunde sagt Artur sowieso immer dasselbe.»

Nardini nickte. «Er braucht eine Aufgabe.» Er sah Artur prüfend von der Seite an. Der Schlechtgelaunte knetete mit beiden Händen sein Weinglas, und mit den Augen versuchte er, zwei Löcher in die Wand hinter der Theke zu bohren. «Ich glaube, Schweizer sind so. Die brauchen immer ein Ziel, auf das sie zusteuern.»

«Damit könntest du recht haben», erwiderte ich der Einfachheit halber. Eigentlich war ich gegen jede Verallgemeinerung und gegen das Festschreiben nationaler Eigenschaften.

«Deswegen bauen sie die besten Tunnel der Welt.»

«*Ma vai,* Nardini!», brauste ich auf und ertappte mich dabei, schon wie Gino zu klingen. Es musste an diesem dürren, kopflastigen Schrat liegen, dass man nach einer gewissen Zeit und in periodischen Abständen immer so etwas sagen musste wie: «*Dai!* Nardini!», oder: «*Ti supplico, smettila!*»* Oder:

* Ich bitte dich, hör auf!

«Veramente, Nardini, no!» Was diesen in der Regel zu noch absurderen Theorien anspornte. Wobei man sagen muss, dass Gino Nardini in dieser Hinsicht in nichts nachstand. Legendär war zum Beispiel Ginos Theorie: Der kulturelle Stand einer Nation lässt sich daran ablesen, ob sie in der Lage ist, streufähiges Speisesalz herzustellen.*

Ich erhob mich, um bei Luciana zu bezahlen, die sich gerade einen Cappuccino machte. Nardini ging mir heute zu sehr auf die Nerven.

«Die Schweizer können einen Berg von zwei gegenüberliegenden Seiten anbohren und treffen sich in der Mitte auf exakt derselben Höhe und Breite!», rief Nardini mir hinterher. «Wir Italiener bohren immer nur von einer Seite und wundern uns dann, wo wir auf der anderen rauskommen. Das kann dann schon mal Rom sein, obwohl wir in Mailand angefangen haben und eigentlich nach Bozen wollten.»

«Was ist mit Nardini los?», fragte ich Luciana. Im Allgemeinen waren Nardini die Italiener und alles Italienische heilig. Obwohl es auch in seinem Leben etliches gab, das ihn daran zweifeln lassen müsste. Zum Beispiel, dass ihm sein Fiat unterm Hintern wegrostete, während sogar deutlich ältere VW Polos noch keine Anzeichen von Rost zeigten.

«Ist er wieder bei seinen Tunnel-Theorien?» Luciana stäubte etwas Kakao auf die perfekte Schaumkrone.

«Wieso wieder? Für mich sind die völlig neu.»

Luciana beugte sich vor und winkte mich näher zu sich heran, eine Geste, die bei jedem Mann hier auf dem Monte Dolciano leichte Euphorie auslöste – außer bei Julian, den nichts aus der Bahn werfen konnte, was mit Weiblichkeit zu tun hatte, und den man eher mit einer guten Ladung

* Toskana für Arme, Seite 88

Männerschweiß beeindrucken konnte. «Es hat irgendwas mit Klöstern zu tun und Tunneln, die die Mönche angeblich gegraben haben, um –», sie zupfte ihren BH zurecht und zog eine Augenbraue hoch, «na, du weißt schon.»

«Tatsächlich? Nardini lässt doch normalerweise weder auf Mönche noch auf die Kurie etwas kommen.»

«Frag ihn am besten selber.»

Ich steckte schnell mein Wechselgeld ein. «Auf keinen Fall.»

«Was ist los, Max? Hast du es eilig?»

Ich zögerte. «Es ist wegen Gino», sagte ich vorsichtig.

«Der Verrückte, der. Was hat er denn jetzt wieder angestellt?» Luciana lächelte liebevoll, sie mochte Gino aus tiefstem Herzen, ganz egal, was er anstellte.

«Eigentlich nichts», blieb ich im Diffusen, schließlich hatte Gino mich ja verpflichtet, nichts zu erzählen.

«Du meinst die Sache mit seinem Fuß?»

«Ach, du weißt Bescheid?» Ich atmete erleichtert auf.

«Dass er sich beim Arbeiten auf deinem Dach verletzt hat?«

«Auf meinem Dach?», fragte ich überrascht zurück.

Luciana sah mich prüfend an. Dann wurden ihre Augen dunkel, sehr dunkel, und sie schüttelte missbilligend den Kopf. «Ich wusste doch, dass er mich anlügt.»

Lügen sind wie Kinder, hatte sie mir einmal gesagt, wenn man sie in die Welt setzt, muss man auch bereit sein, für alle Zeiten sein Leben mit ihnen zu teilen, da sollte man sich vorher überlegen, wie viele man sich leisten will. Sie war nicht naiv, ganz im Gegenteil, und sie erwartete nicht, dass alle Menschen dachten wie sie. Nur von ihren Freunden, da erwartete sie absolute Ehrlichkeit. Ganz besonders von Gino.

«Gino ist in einer sehr schwierigen Situation», sagte ich vorsichtig, «aber ich darf nichts sagen.»

Luciana zog eine Augenbraue hoch, was wie immer einfach klasse aussah, und sie sah mir mit einer Entschiedenheit in die Augen, der niemand auf und rund um den Monte Dolciano etwas entgegensetzen konnte. Sie deutete mit ihrem Zeigefinger auf meine Nasenspitze. «Du erzählst mir jetzt, was los ist. Und komm mir nicht mit irgendwelchen Sprüchen, *compreso*?»

Ich stöhnte. «Ich habe versprochen, nichts zu sagen.»

Wieder hob sie eine Augenbraue, dieses Mal eindeutig aus Wut. «Los, fang endlich an», sagte sie mit mehr Stahl in der Stimme, als Monsieur Eiffel für den Bau des gleichnamigen Turms verwendet hatte.

«Gino ist pleite. Die Bank will ihm den Bagger und den Laster wegpfänden.»

«*Cos'è?*», erregte sie sich. «Die Bank will Gino –» Nardinis Kopf ruckte herum, und selbst der Misanthrop und Sozialfaschist Artur zeigte Interesse.

«*Porca madosca!*», zischte ich. «Warum hängst du nicht gleich ein Plakat auf?»

Luciana winkte mich noch näher zu sich heran. Unwillkürlich starrte ich auf das feinziselierte Kreuz an einer dünnen Goldkette, das normalerweise wie ein Zerberus ihr wahrhaft beeindruckendes Dekolleté bewachte, jetzt aber zwischen ihren durch das Aufstützen auf die Theke hochgewuchteten Brüsten eingeklemmt war und nur als herausstakender Querbalken zu sehen war.

«Max», sagte sie tadelnd.

«Tut mir leid, Luciana. Aber wenn du so nah … also, wohin soll ich denn –».

Sie unterbrach mich mit einer unwilligen Geste, nahm ihren Cappuccino und ging hinüber in den Nebenraum. Ich dackelte hinterher.

Der Nebenraum war doppelt so groß wie die Bar selbst und wurde nur benutzt, wenn einer der im Sommer zahlreichen Reisebusse so viele Touristen ausspuckte, dass in der Bar nicht mehr genug Platz war. Der *Gola del Furlo* mit seinen mehrere hundert Meter senkrecht in die Höhe weisenden glatten Felswänden war ein angesagtes Besichtigungsziel, zu dem viele auf dem Weg nach Rom oder nach Apulien einen schnellen Abstecher machten.

Luciana setzte sich mit einer Pobacke auf einen Tisch, wobei ihr Rock hochrutschte. Sie machte es einem wirklich verdammt schwer. Um mir nicht noch einmal ihre Missbilligung zuzuziehen, sah ich konzentriert zum Fenster hinaus.

«Unsere *Banca delle Marche* hier in Acqualagna?»

«Sieht so aus.»

«Dieser verdammte Torello! Kennst du ihn? Torello di Amato?»

«Klar, ich habe mein Konto bei ihm eröffnet und –»

«Er ist befördert worden», unterbrach sie mich, «und seitdem nervt er alle mit seiner Überkorrektheit. Was ist eigentlich so interessant da draußen, Max, dass du immer zum Fenster rausstarrst?»

«Nichts», sagte ich und fixierte die Stelle zwischen ihren Augen. In einem Survival-Handbuch hatte ich einmal gelesen, dass man einem Buschmann, den man unerwartet in der Wildnis trifft, nicht direkt in die Augen sehen soll, um ihn nicht zu reizen, denn bei manchen Stämmen wird der direkte Blick als Aggression betrachtet. Dasselbe gilt übrigens auch für Fahrgäste in der New Yorker U-Bahn.

«Sieh mir in die Augen, Herrgott! *Che cosa sta succedendo*?*» Sie legte ihre Hände um ein Knie, zog es sanft hoch und

* Was ist los mit dir?

wippte ein wenig auf der Tischkante hin und her. «Entweder du fängst jetzt an zu erzählen, oder du kriegst zwei Monate Hausverbot», flötete sie und lächelte mir äußerst liebenswürdig zu. Ich zweifelte keine Sekunde, dass sie es ernst meinte, und packte aus.

Als ich fertig war, rutschte sie mit einer lässigen Bewegung vom Tisch herunter. «Ich geh mir was anderes anziehen, und dann statten wir diesem Torello einen Besuch ab.»

«Ho capito.»

«Und kein Wort zu Gino. Er kann so verdammt stolz, dickköpfig und verbohrt sein, möglicherweise will er sich nicht von mir helfen lassen.»

«Ich denke, du hältst nichts von Lügen, Luciana.»

«Nerv mich nicht. Das hier ist ein Notfall, da gelten andere Gesetze.»

«Ich weiß nicht», quengelte ich schlecht gelaunt, irgendwie hatte ich das Gefühl, wie ein plumper Medizinball hin und her geschubst zu werden.

«Max, jetzt reicht's! *Non mi rompere le palle!**»

Ich grinste sie an, wahrscheinlich ziemlich blöd. Wie, bitte schön, konnte ich ihr, einer Frau, auf die Eier gehen?

«Nimm dich in Acht», sagte sie drohend und kalt wie flüssiger Stickstoff. «Treib es nicht zu weit.»

«Tutto chiaro», erwiderte ich artig wie ein Hündchen. Widerstand gegen Lucianas Entschiedenheit machte so viel Sinn, wie ein Stück Marmor als Hustenbonbon zu lutschen.

Ich ging wieder hinüber in die Bar. Julian hatte inzwischen auf dem Weg nach Fossombrone, wo er seit einiger Zeit Englischunterricht gab und sich ein schmales Zubrot verdiente, kurz auf ein Aprikosenteilchen hereingeschaut. Nardini füt-

* Geh mir nicht auf die Eier!

terte ihn gerade mit irgendwelchen Informationen, seinem typischen, süffisanten Grinsen nach zu urteilen handelte es sich um etwas, von dem er sicher war, dass niemand außer ihm es wusste. Julian war hin und her gerissen, ob er noch ein paar Minuten bleiben oder besser gleich gehen sollte, weil Nardini sich wieder einmal in irgendwelchen Absurditäten erging. Beide verstummten, als sie mich sahen. Artur, zwei Meter weiter, hielt das für ein Signal dafür, dass nun seine Meinung gefragt war.

«Wer bringt denn das Schlechte in die Welt?», nörgelte er los. «Doch nicht wir Kreativen oder die kleinen Handwerker oder die von fiskalischen Abgaben geplagten abhängig Beschäftigten. Es sind die Banken und der industriell-militärische Komplex. Auch hier in dieser gottverlassenen Gegend. Ihr seid doch total naiv, wenn ihr etwas anderes glaubt.»

«*Ou*, Max», fragte Nardini beiläufig, eigentlich platzte er vor Neugierde, «ist irgendwas mit Gino?»

«Hier gibt es keinen industriell-militärischen Komplex, Artur, hier gibt es nur Jäger, ein paar Polizisten und eine Jeansfärberei», sagte Julian, bevor er sich mit seinem typischen, charmanten Lächeln mir zuwandte. «Mich stuft die Bank schon seit Jahren als nicht kreditwürdig ein.»

Netter Trick, Julian, dachte ich, deswegen falle ich noch lange nicht drauf herein. «Gino hat sich den Fuß verstaucht, als er auf einer *banana* ausgerutscht ist», sagte ich scheinheilig.

Nardini grinste mich verschwörerisch an. «Ihr habt doch eben von der *banca* gesprochen und nicht von einer *banana*.»

«Blödsinn», antwortete ich und nahm mir noch ein *tramezzino* aus der Vitrine. Wenn ich schon auf Luciana warten musste, wollte ich wenigstens nicht Hunger leiden.

«Das ist doch ein und dasselbe Geschnetzelte», knurrte Artur. «Die Banken machen samt und sonders Rüstungsgeschäfte. An dem Geld, das ihr euch leiht, klebt Blut. Und ihr tut so, als wärt ihr unschuldig. Aus den Zinsen, die ihr zahlt, werden Raketen. Habt ihr überhaupt eine Ahnung, welche Renditen dadrin sind? Mehr als im Drogengeschäft!»

Julian strahlte den Misanthropen mit überwältigender Liebenswürdigkeit an. Er gehörte zu den sehr wenigen, die sich überhaupt noch auf einen Disput mit ihm einließen. «Wie schon gesagt, lieber Artur, die Bank leiht mir kein Geld.»

«Herrgott! Und womit bezahlst du deine, deine … das, was du da isst?»

«Also ist deine Theorie, dass an allem Geld, egal, ob geliehen oder erarbeitet, Blut klebt.»

«Meine Theorie ist, dass man nicht durch die Welt tölpeln und ständig den Ahnungslosen, Harmlosen spielen kann. Man muss die Dinge beim Namen nennen.»

Julian lächelte den ewig schlechtgelaunten Schweizer an, schob sich den letzten Bissen *pasta* in den Mund und strich sich sanft über das Kinn, während er mit gelassener Ruhe kaute. Sir Julian. Der Prinz Charles vom Monte Dolciano. Den Kopf leicht vorgestreckt, stand er da wie ein gütiger Landadeliger, der sich auf keinen Fall zu schade dafür ist, auch die Stimmen der kleinen Leute zu hören, dessen Leben sich allerdings so von ihrem unterscheidet, dass ihn nichts von dem, was er hört, wirklich erreicht. Vorsichtig rieb er die Fingerspitzen gegeneinander, um die letzten Krümel zu entfernen, den kleinen Finger der *Pasta*-Hand aristokratisch abgespreizt. War da nicht noch etwas klebrige Aprikosenmarmelade? Er zog eine Serviette aus einer der in italienischen Bars allgegenwärtigen Spenderboxen, befeuchtete seine Fingerspitzen und rieb sie sauber.

Artur verzog sein Gesicht zu etwas, was wohl ein überlegenes Lächeln hätte sein sollen. Alles keine Gegner, dachte er höchstwahrscheinlich, es gibt keine gleichwertigen Köpfe in dieser intellektuellen Einöde, in dieser Diaspora des Geistes, in diesem Tal menschlicher Einfalt, an diesem Hort der Ignoranz, in dieser saftlosen Leere bäuerlicher Simplizität, in diesem von Bergen umrandeten Nichts.

Julian tupfte sich zum Schluss noch den Mund ab, faltete die Serviette, strich sie glatt, legte sie auf die Theke, beugte sich vor – und küsste den Misanthropen, den Sozial-Nazi und ewigen Besserwisser mitten auf den Mund und säuselte mit einem schmachtenden Augenaufschlag: «Artur, du bist phänomenal, ich liebe dich!»

Artur erstarrte und stellte vorübergehend das Atmen ein. Man konnte leicht erahnen, welche Aufregung und Verwirrung in seinem Gehirn herrschten, zumal der frühe Rotwein eine eindeutige und koordinierte Reaktion verhinderte.

Julian streckte sich. «*Folks*, ich muss los.» Er wandte sich mir zu. «Max, ich habe gerade kein Geld bei mir, könntest du?» Er deutete auf die Vitrine mit den *paste*. «Ich gebe es dir sofort zurück, wenn ich in drei bis vier Stunden aus Fossombrone zurückkehre.»

«Ich will dein blutbeflecktes Geld nicht», grinste ich und brach damit Arturs Starre.

«Ihr irregeleiteten Hinterwäldler! Ihr Ahnungslosen!», platzte er heraus, er, der im Allgemeinen so stolz auf seine Selbstbeherrschung war. «Du», er deutete auf Julian, «du schnorrst dich hier durchs Leben, spielst den charmanten Briten, und für uns alle soll es eine Ehre sein, dich einzuladen. Wie steht es denn um deine Ehre?»

«Also, ehrlich gesagt», Julian strich sich sanft übers Kinn, «ich bin käuflich. In meinem Leben gibt es nichts, was 100 000 Lire nicht reparieren könnten.»

«Pfui, sage ich da! Pfui!», schrie Artur, sprang von seinem Barhocker herunter und musste sich, von Schwindel erfasst, sogleich festhalten; vielleicht war es für einen Liter Rotwein doch zu früh gewesen. Er kramte seinen Autoschlüssel hervor. «Wieso gebe ich mich überhaupt mit euch ab. Ich dachte, die *Cagliesi* wären alles Ignoranten, aber ihr hier seid ja noch viel schlimmer. Zahlen!» Erst jetzt merkte er, dass Luciana nicht da war.

«Zwei halbe Rote. Macht neuntausend Lire», rechnete ich ihm vor. «Und das Aprikosenteilchen von deinem neuen Freund könntest du eigentlich auch bezahlen. Macht genau zehntausend.»

«Ich habe keinen neuen Freund, ich habe überhaupt keine Freunde», stieß Artur in einem Anflug von Selbsterkenntnis hervor, der jedoch schnell vorüberging. «Meine Freunde sind in Zürich, in Wien, in Berlin, in New York! In London! In Paris!» Er knallte einen 10 000-Lire-Schein auf die Theke. «Ja, ich zahle das Aprikosending, das er in sich hineingewürgt hat. Bitte sehr! Wenn ihr mich nur in Ruhe lasst.»

Der letzte Satz klang ziemlich jämmerlich, und zumindest ich hatte plötzlich ein schlechtes Gewissen.

«Oh, wie ich euch Menschen hasse», wiederholte Artur seinen Text von vorhin. «Dieses Gewürmel, diese Vielfalt, dieses Wichtige. Dieses zugleich Beliebige.» Grußlos verließ er die Bar, begleitet von Julians zufriedenem Lächeln.

«Er schreibt gerade ein Theaterstück», gluckste Nardini. «Das sind die ersten Zeilen. Mehr hat er noch nicht.»

«Ich hoffe, ihr hattet euren Spaß.» In Lucianas Stimme schwang eindeutige Missbilligung, als sie aus dem Halbdunkel der Küche heraustrat. Sie holte einen 1000-Lire-Schein aus der Kasse und heftete ihn an die Pinnwand, die mit Postkarten übersät war, denn aus irgendeinem Grund meinte jeder, der in dieser Bar verkehrte, ihr eine schicken zu müssen, wenn er mal Ferien machte. «Wenn Artur nochmal hier auftaucht, kriegt er sein Geld zurück. Und du, Julian, du wirst deine *pasta* dieses Mal selber zahlen, verstanden?»

«Diese Option war mir ohnedies schon in den Sinn gekommen», beeilte sich Julian zu sagen, «es wäre durchaus denkbar, dass …» Er fasste in seine Tasche und tat grenzenlos erstaunt, als er einen 50 000-Lire-Schein hervorzog. «*Holy cow*, da verfüge ich ja noch über stattliche Geldmittel!»

Luciana gab ihm das Wechselgeld heraus, und ihr Blick sagte: Wenn ich dir in die Tasche fassen würde, lieber Julian, wäre da neben Krümeln und anderen Lebensmittelresten sicherlich noch der eine oder andere Schein zu finden. «Nardini, siehst du dich imstande, die Bar zu führen, bis ich wieder zurück bin?»

Nardini sah sie einige Sekunden regungslos an. «Nein.»

«Habe ich mir schon gedacht. Was ist mit dir, Max?»

«Ich kann nicht, Luciana, weil ich dich begleiten werde.»

«Und wenn ich jetzt sage: Nichts da, das mache ich alleine?»

«*Nemmeno per sogno**, ich komme mit.»

Sie sah mich prüfend an. Dann nickte sie. «*Va bene*. Alle raus, die Bar wird vorübergehend geschlossen!»

Julian verabschiedete sich, er musste ja sowieso zu seinem Unterricht nach Fossombrone. Nardinis ohnehin schon langes Gesicht verlängerte sich noch, doch dann setzte er sich draußen auf der Terrasse unmittelbar neben den Eingang und hoffte, dass Luciana nicht zu lange weg sein würde.

«Wir nehmen mein Auto, Max», kommandierte sie und ging mit energischem Schritt voraus. Sie sah auch ohne De-

* Auf keinen Fall!

kolleté umwerfend aus, nicht aufgebrezelt, im Gegenteil, sie trug lediglich ein hochgeschlossenes umbrafarbenes Strickkleid, das ihren Körper eng wie ein Kondom umspannte, und über die Schultern hatte sie sich ein zwischen Schwarz und Chamois changierendes Seidentuch gelegt. Dazu trug sie halbhohe, elegante Business-Pumps, das war's. Ihr Gang allerdings war noch derselbe wie zuvor, und der alleine musste meiner Meinung nach den widerspenstigen Torello di Amato, seines Zeichens neuernannter Filialleiter der *Banca delle Marche*, in null Komma nichts umstimmen.

5.

Um es abzukürzen: Das Gegenteil war der Fall. Torello, ein blasser, teigiger Mensch, dem es eindeutig an Frischluft mangelte, wählte das einfache Gegenmittel, Luciana nicht anzusehen und stattdessen seine Blicke unablässig über sein Büroinventar streichen zu lassen, als arbeitete er an einer Liste, was noch alles fehlte, obwohl es ihm, seinem neuen Status gemäß, unbedingt zustand. Zudem wurde Luciana sehr schnell sehr kategorisch, was zu ihr als gradlinigem Menschen passte, hier jedoch, wo Diplomatie gefragt war, die Fronten verhärtete. Ich versuchte Torello begreiflich zu machen, wie schön gerade diese kleine, überschaubare Welt rund um den Monte Dolciano sei, in der jeder jeden kennt und eine Kreditvergabe neben der Bonität eines Kunden durchaus auch dessen Charaktereigenschaften mit einbeziehen kann. Torello nickte zu allem und antwortete immer dasselbe: Er persönlich würde Gino jeden Kredit dieser Welt geben oder verlängern oder was auch immer, aber in seiner neuen Eigenschaft als Leiter dieser Filiale der *Banca delle Marche* müsse er eben Kriterien anlegen, die auch in der Zentrale in Ancona Bestand hätten. Und in Ancona beurteile man Ginos Situation ganz anders: Außenstände im dreistelligen Millionenbereich, das sei einfach zu viel in diesen wirtschaftlich schwierigen Zeiten, zumal bei einem siebzigjährigen Maurer, den es jeden Tag dahinraffen konnte.

Luciana und ich sahen uns betroffen an. Spaccone setzte auf Ginos Tod, um nicht zahlen zu müssen, und die Bank setzte keinen Pfifferling mehr auf Ginos Leben, das nach ihrer Sicht nicht mehr lange genug währen würde, um den Kredit abzutragen. Selbst mein Einwand, der mir ehrlich gesagt schon sehr schwerfiel, die Bank könne doch seinen Bagger, seinen Laster und seine Raupe pfänden, wenn er wirklich in nächster Zeit sterben sollte, fruchtete nicht. Gino könnte ja vor seinem Tod alles verkaufen und das Geld weitergeben, sodass für die Bank nichts mehr zu pfänden bliebe.

«Weitergeben?», fragte Luciana mit gefährlicher Schärfe. Ich tippte sie mit dem Ellbogen an, um sie zur Ruhe zu ermahnen, worauf sie meinen Arm mit einer wilden Bewegung zur Seite wischte. «Was soll das denn heißen?»

«Nun», erwiderte Torello und betrachtete seine schmuddelige Computertastatur, da wenigstens musste eine neue drin sein. «Man weiß ja, in dieser kleinen Welt», er grinste mich blöd an, «dass er beispielsweise diese junge Deutsche mit erheblichen finanziellen Mitteln unterstützt hat.»

Ich spürte, wie mein Blutdruck stieg, und Luciana neben mir strahlte plötzlich eine beängstigend unnatürliche Körperwärme aus. Gino hatte Valerie tatsächlich mit Geld unterstützt, denn ihr verdammter Ehemann, der sie samt der gemeinsamen Tochter hatte loswerden wollen, war fast nie seinen Unterhaltspflichten nachgekommen. Valerie hatte zwar alles getan, was die Mutter eines fünfjährigen Kindes tun konnte, um ein wenig Geld zu verdienen, aber der Monte Dolciano war keine Gegend, in der irgendwer unbedingt eine Putzfrau oder Babysitterin brauchte.

«Willst du im Ernst behaupten, Torello», presste Luciana hervor, «dass die paar Kröten, die Gino Valerie gegeben hat, das Problem sind?»

«Auch, Luciana, auch.» Torello betrachtete mit hoher Konzentration das Plakat hinter Luciana, das eine der wunderschönen kleinen Sandstrandbuchten am Fuße des Monte Conero zeigte.

Luciana holte tief Luft und richtete sich mit den funkelnden Augen einer Rachegöttin kerzengerade auf. Ich sah im Geiste schon, wie der widerspenstige Bürokrat auf der anderen Seite des Schreibtisches in wenigen Sekunden zu Asche verglühte.

«Torello», ging ich dazwischen, indem ich Lucianas Unterarm packte und zudrückte, «du weißt, dass Gino ein Jahr für Horst Fischer gearbeitet hat und der sich weigert, die Rechnung zu bezahlen. 94 Millionen Lire.»

«Das Geld kriegt er nicht, keine Chance», sagte Torello und warf einen neugierigen Blick auf meinen Griff, um herauszufinden, ob es sich dabei um Zärtlichkeit oder Brutalität handelte.

«Und wenn doch?», fragte ich und ließ Luciana los.

Ein wenig enttäuscht begann der Bankfilialleiter die Kugelschreiber durchzuzählen, die vor ihm auf dem Schreibtisch in einer Schale lagen. Vier, das waren nicht viele, wo doch fast jeder Besucher, der wegen eines Kredits bei ihm vorstellig wurde, einen mitgehen ließ. Ein Mann in seiner Stellung sollte mindestens zehn Kulis vorrätig haben. «Wie das? Wir sind in Italien. Da kommt eine Klage frühestens nach zehn Jahren zur Verhandlung.»

«Italien ist aber auch das Land der Improvisation, der Kreativität, der genialen Lösungen außerhalb der Norm», schleimte ich und erntete dafür einen befremdeten Blick von Luciana.

«Das war vielleicht mal», entgegnete Torello. «Heute haben wir Computer und ausgefuchste Programme. Da gibt es keinen Spielraum mehr.»

«*Sei scemo**, Torello?» Luciana ging ab wie eine Patriot-Rakete. «Du bist hier geboren! Wir beide sind auf dieselbe

* Bist du bescheuert?

Schule gegangen! Du kennst Gino, seit du auf der Welt bist! Was redest du hier für einen Dünnpfiff! Es geht um einen von uns! Benimm dich gefälligst nicht wie irgendein Kerl aus Rom oder Mailand, dem nichts heilig ist!»

Torello schrumpfte bei jedem ihrer Worte ein klein wenig mehr, und als er kaum noch über die Schreibtischkante gucken konnte, legte er seine flachen Hände zusammen wie zu einem katholischen Gebet alter Prägung und bewegte sie beschwörend auf und ab, während seine Augen die Zimmerdecke auf schadhafte Stellen absuchten, was in der unmissverständlichen italienischen Gebärdensprache so viel heißt wie: Ich weiß, dass ich in deinen strahlenden Augen nur eine Amöbe bin, aber auch ein Einzeller hat das Recht zu kleben, nein, zu weben, nein, verflixt, ich meine, zu leben! Und dein Strickkleid sieht wirklich toll aus. «Mir sind die Hände gebunden, Luciana. Ein Mann in meiner Position –»

«*Porca vacca!*»* Luciana beugte sich weit über den Tisch. «Jetzt mach endlich einen Vorschlag, wie wir Gino helfen können. Ich will wissen, was geht, und nicht, was nicht geht, *ci siamo intesi*?**»

Nur mit größter Mühe gelang es dem Bankmenschen, Luciana direkt in die Augen zu sehen. Schlagartig wurde sein Gesicht von einer pulsierenden Röte überzogen. «Nun, also, eh», stotterte er, «wir brauchen Sicherheiten, um den Kredit zu verlängern. Irgendetwas –»

«Wie wäre es, wenn Gino zum Beispiel einen großen Auftrag an Land zieht?», unterbrach ihn Luciana ungeduldig.

«Wenn er einen Vertrag darüber hätte, einen sicheren, dann im Prinzip ja.»

* Verdammt nochmal!

** Haben wir uns verstanden?

«Na, bitte, geht doch.» Luciana beugte sich noch einmal weit über den Tisch. Torello zuckte zusammen und bog seinen Oberkörper so weit zurück, wie es seine Stuhllehne zuließ. «Gino besorgt sich einen Auftrag, und du gewährst ihm einen Aufschub von einem Monat, *tutto chiaro*?»

«Mehr als zwei …», Torello musste sich mehrfach räuspern, um weitersprechen zu können, «mehr als zwei Wochen geht nicht.»

«*Dai*, Torello.»

Der Bankmann fasste sich an den Hals und schüttelte panisch den Kopf. «Wirklich nicht.»

«Also gut, zwei Wochen. Danke, Torellino!» Luciana strahlte ihn an, und langsam entspannte sich die Amöbe wieder. Mit jedem Atemzug wuchs Torello wieder ein Stück über die Tischkante hinaus. Plötzlich machte er Bewegungen wie ein amerikanischer Fernsehprediger.

«Sagt den Leuten draußen, wie gut ihr hier behandelt wurdet. Du auch, Max. Die *Banca delle Marche* ist eine Bank für die Menschen. Service heißt unser Auftrag.»

Luciana ordnete ihren Schal und ging zur Tür. «Damit warten wir besser erst mal, di Amato. Noch sind die zwei Wochen nicht vorüber. Immerhin kriegst du jetzt kein Hausverbot in meiner Bar.»

Torello bemühte sich zwar, es sich nicht anmerken zu lassen, aber es war unübersehbar, wie er aufatmete. «Ich kann ja … wegen dem Auftrag … umhören … also, ich mich … für Gino …», zerstückelte er einen an sich einfachen Satz, begleitet von umständlichen Bewegungen seiner Hände und zweier Schulterblätter, die sich fortwährend vor und zurück schoben.

«*Va bene,* Torello, *buona giornata.*» Luciana öffnete die Tür. «*Gim su*, Max.» Sie verließ den Raum.

«Bis heute Abend, Luciana», rief ihr der Bankmensch hinterher und warf mir einen triumphierenden Blick zu.

«Mach dir keine falschen Hoffnungen», sagte ich aus Gründen, die mir selbst schleierhaft waren, «an Luciana haben schon ganz andere vergeblich herumgebaggert.»

«Wenn du es sagst», antwortete Torello mit einem fiesen Unterton, über den ich mich leicht hätte aufregen können. Stattdessen verließ ich ohne ein weiteres Wort das Büro.

Luciana erwartete mich schon ungeduldig in ihrem Auto, ein BMW Cabrio übrigens. «Wir müssen was für Gino finden», sagte sie energisch.

«Er will, dass ich ihn morgen nach Neapel zu seinen Cousins fahre.»

Luciana sah mich überrascht an. «Zu den Tafani-Brüdern? Warum denn das?»

«Ich habe den Verdacht, sie sollen Spaccone ein wenig Feuer unterm Hintern machen.»

«Die?» Luciana lachte auf, wurde aber schnell wieder ernst. «Na ja, wenn das stimmt, was man sich über sie erzählt.»

«Was denn?», fragte ich besorgt.

«*Come non detto**, Max.» Luciana winkte ab. «Sind nette Jungs. Vielleicht ein bisschen schräg. Im Grunde wie Gino. Vielleicht ein wenig unberechenbar. Und empfindlich. Wie alle Süditaliener eben. Die können manchmal … ach, was soll's. Steig ein, ich habe nicht ewig Zeit. Lass uns noch kurz zu Claudio.»

Claudio war, das kann man ohne Einschränkung sagen, der schlechteste Architekt der Welt und leider der einzige in und rund um Furlo. Nicht dass die von ihm konstruierten Häuser, Scheunen und Lagerhallen gleich nach Einzug

* Vergiss es!

in sich zusammenfielen. Es waren mehr die Reibungsverluste, die durch fehlerhaft oder gar nicht gestellte Anträge beim Bauamt der *comune* entstanden, und die katastrophalen ästhetischen Ausrutscher, die er regelmäßig produzierte. Er hatte eine ausgefeilte Technik entwickelt, seine Unfähigkeit zu vertuschen. Nie präsentierte er seinen Auftraggebern einen fertigen Entwurf, an dem sich dann alle orientieren konnten. Vielmehr bosselte er ständig an seinen Zeichnungen und Berechnungen herum, sodass die Bauherren nach einer gewissen Zeit einfach den Überblick verloren und ihn machen ließen in dem Vertrauen, dass es so schlimm schon nicht werden konnte, schließlich hatte Claudio ja ein Diplom und Berufserfahrung.

Bestes Beispiel für Claudios «Kunst» war das jahrhundertealte *rustico* von Primo di Gregorio, ein sehr charismatisches Haus aus Natursteinen, das restauriert und dem bei der Gelegenheit gleich eine zweite Etage aufgesetzt werden sollte. An sich eine gute Idee, denn das Haus wirkte etwas gedrungen und würde durch die Aufstockung eine Grandezza bekommen, wie sie, so sah es Primo di Gregorio, seinem alten Familiengeschlecht zustand. Claudio war begeistert, malte, zeichnete, plante und präsentierte mal eine Fassade mit Balkon, mal ohne, mal mit Madonnina, mal ohne, mal mit Loggia im Dachgiebel, mal ohne, mal einen integrierten Wintergarten mit einer Palme, mal keinen und so weiter. Nach einem halben Jahr dann bildeten die Variationen einen gigantischen Stapel auf Claudios Schreibtisch, und Primo di Gregorio hatte die Schnauze voll und sagte: «Mach einfach eine zweite Etage drauf, Claudio, kein Schnickschnack *e via*! In einem halben Jahr bringe ich meine Möbel und ziehe mit meiner Frau, meiner Tochter und meiner Oma ein.»

«Soll ich dir noch einen Außenlift anbringen, für die

Oma?», fragte Claudio hilfsbereit und spitzte schon seinen Bleistift, worauf Primo mit wildrudernden Armen das Weite suchte und ununterbrochen «Nein! Nein! Nein!» brüllte.

Als Primo nach einem halben Jahr zur Schlüsselübergabe auftauchte, traute er seinen Augen nicht. Claudio hatte auf die wunderschönen Natursteinmauern als zweite Etage einen gigantischen Block aus Sichtbeton gesetzt. Die Fensteröffnungen darin waren winzig, und um die «Dualität zweier verschiedener historischer Epochen» zu symbolisieren, hatte er Fensterrahmen und -läden aus goldfarbenem Aluminium eingesetzt, die zu den traditionellen Pinienholzfenstern des Erdgeschosses passten wie ein Gletscher an den Strand von Rimini. Primo wurde bei dem Anblick übel, aber schon der Gedanke, diesen atombombensicheren Quader wieder abtragen zu lassen, bereitete ihm noch heftigere Übelkeit. «Gute Arbeit, Claudio», würgte er hervor, ließ sich die Schlüssel geben und nahm sich vor, einfach nicht mehr hochzugucken, wenn er sich seinem *rustico* näherte. Untenherum war es ja sehr schön.

Als Luciana Claudio das Problem grob umriss, sehr grob, Claudio war die größte Tratsche unter der Sonne, hob der entsetzt seine Hände, die Finger weit gespreizt, und riss die Augen auf, als wäre ihm gerade der Teufel persönlich an die Wäsche gegangen. «Mit Gino arbeite ich nicht», stieß er hervor, «mit Gino nicht!» Er beklagte bitterlich, dass Gino seine Autorität als Architekt schlichtweg nicht anerkannte und alle seine Entwürfe grundsätzlich in Frage stellte, ästhetisch, fachlich und statisch, das sei verletzend und überdies anmaßend. «Wer ist denn hier der Architekt, eh? Wer hat denn studiert, eh, eh? Dieser Gnom von einem Maurer oder ich?»

Ich sah, wie Luciana kurz überlegte, ob sie sich Claudio für seine Respektlosigkeit Gino gegenüber vorknöpfen sollte, aber sie ließ es bleiben. «*Dunque*, du willst Gino nicht helfen, das habe ich verstanden. Dann gib mir wenigstens einen Tipp, wen ich sonst noch fragen könnte.»

Claudio fuhr seine gespreizten Hände wieder ein und hielt sie auf merkwürdige Art vor seinen Brustwarzen gefaltet, das hatte etwas von einem gealterten Saurier mit Stummelärmchen. Oder vom Urmel aus der Augsburger Puppenkiste. «Also, hm», tönte er und machte ein Gesicht, als würde er wirklich sein Hirn nach einem guten Rat durchforsten. «Ich denke», ein für mein Gefühl verräterisches Lächeln huschte über sein Gesicht, «er sollte mal mit Volpini Kontakt aufnehmen, dem Geometer aus Cagli.»

«Warum ausgerechnet mit dem?», fragte Luciana nicht gerade begeistert.

«Ich habe läuten hören, dass er für die *comune* Cagli ein großes Bauprojekt plant, irgendetwas rund um das alte Theater.»

«Aha», erwiderte Luciana, «na, mal sehen.»

Wir verabschiedeten uns. Luciana wollte zurück in die Bar und dort ein paar Telefonate führen, und ich wollte noch ein wenig bei Bekannten in Cagli herumfragen.

«Das mit Volpini kannst du vergessen», sagte ich, als wir im Auto saßen. «Der ist nicht sauber.»

«Ich weiß, dass das alle sagen. Aber nenn mir einen Geometer, der einen guten Ruf hat.»

Da hatte sie recht. Was für die Hebräer die Zöllner waren, sind für die Italiener die Geometer, nämlich eine gierige Sippschaft, die gerne mehr Geld einstreicht, als ihr zusteht. Das muss nicht immer stimmen, aber mit Volpini hatte ich meine eigenen Erfahrungen gemacht. Volpini beherrschte alle Feinheiten des Geometergeschäfts und war zu solch weitblickenden, verschachtelten Winkelzügen fähig, dass man ihn schon fast für seinen Überblick bewundern musste. Andererseits bestand sein Leben von morgens bis abends aus nichts anderem, als sich Gedanken darüber zu machen, wie er sich irgendwelche Vorteile verschaffen konnte. Dabei kümmerte er sich auch um Kleinigkeiten. Zum Beispiel hängte er bei seinem Opel Astra Kombi an drei Tagen in der Woche die Tachowelle aus, damit der Kilometerstand nicht so hoch war, wenn er ihn in ein paar Jahren verkaufen wollte. Da allerdings jeder wusste, was er da trieb, konnte er den Wagen nicht bequem in Cagli, Acqualagna oder Furlo verkaufen, sondern musste ihn im fernen Ancona im Lokalteil des *Corriere Adriatico* inserieren.

Vor der Bar saß Nardini immer noch auf der Terrasse und strahlte wie die Sonne, als wir ausstiegen. Natürlich wollte er wissen, was denn eigentlich los war, aber weder Luciana noch ich hatten Lust zu erzählen. Luciana war sehr nachdenklich geworden, und anstatt sich ans Telefon zu hängen, füllte sie eine Gießkanne und begann die Geranien in den Holzkästen zu gießen, mit denen sie ihre Terrasse eingegrenzt hatte. Ich holte mir ein Eis, das so steinhart war, dass ich es erst einmal in die Sonne legen musste, um nicht mit den Lippen daran kleben zu bleiben, eine schmerzhafte Erfahrung, die man sonst nur am Nordpol macht. Schon seit zwei Monaten lief Lucianas Eistruhe unaufhaltsam auf Hochtouren und schuf eine arktische Temperatur von minus 35 Grad.

«Irgendwas stimmt nicht mit dem Thermostat», sagte Nardini und nickte mir zu, um mir zu verstehen zu geben, dass er genau Bescheid wusste. «Theoretisch wüsste ich, wie es zu reparieren wäre, aber praktisch ...» Er hob beide Hände und wackelte damit hin und her, was in der allgemein verständlichen italienischen Gebärdensprache so viel heißt wie: Sieh her, das sind Hände, hast du eine Ahnung, wofür die gut sind?

«Warum tust du dich nicht mit Orlando zusammen?», schlug ich vor. «Gemeinsam müsstet ihr es doch eigentlich schaffen.» Orlando war Lucianas Ehemann, der in allem das Gegenteil von Nardini war: praktisch veranlagt, schweigsam, herzlich und erdig.

«Solange die Sonne scheint, geht's ja», meinte Nardini, dankbar abgelenkt von Manfredo, der in aberwitzigem Tempo auf seiner frisierten Vespa angeknattert kam. Nardini hasste es, sich nützlich zu machen.

Manfredo bremste scharf, fuhr eine perfekte Kurve in abenteuerlicher Schräglage und ließ die Kante des Fußtrittbretts über den Asphalt rasieren, dass nur so die Funken flogen. Dann trat er die Fußbremse durch, kam mit radierendem Hinterrad exakt neben einem der Blumenkästen zum Stehen und lehnte seine Vespa im Absteigen mit einer flüssigen Bewegung dagegen. Respekt. Seine Fahrkünste rührten noch aus der Zeit, als er *postino* gewesen war, aber so wie es aussah, hatte er sie bis heute, da er als Leichenbestatter seinen Lebensunterhalt verdiente, nicht eingebüßt.

«Manfredo! Was soll das?», fragte Luciana, ohne von ihren Geranien aufzusehen.

Der Ex-*postino* deutete auf die Vespa. «Irgendwas stimmt mit dem Ständer nicht. Das verdammte Ding fällt immer um.»

«Dann leg das verdammte Ding auf den Boden. Aber nicht gegen meine Blumen.»

«Geht nicht», erwiderte Manfredo gut gelaunt. «Dann springt sie nicht mehr an.»

Luciana sah nur einen Moment lässig auf, bevor sie weiterwässerte. «Dann schmeiß sie auf den Müll und geh zu Fuß.»

Manfredo stöhnte auf und sah Nardini und mich hilfesuchend an.

«Aus diesem Grund hat die Firma Piaggio nur ein Jahr nach der Erfindung der Vespa die dreiräderige Ape eingeführt, Manfredo. Weil die Vespa immer umkippte. Das war 1947», dozierte Nardini und tippte mit dem Zeigefinger rhythmisch auf den Tisch.

«Moment mal, Nardini», wandte der Leichenbestatter ein und legte seine Vespa auf den Boden. Sofort begann Benzin herauszutropfen. «Der Urtyp der Ape hatte eine Ladefläche und konnte 200 Kilogramm Lasten transportieren. Deswegen kam es zu dem dritten Rad.»

Nardinis Lächeln gefror, mit derart kompetenter Gegenwehr hatte er nicht gerechnet.

«Gibt es eigentlich irgendetwas in deinem Besitz, was funktioniert, Manfredo?», fragte Luciana.

«Mein Urteilsvermögen. Ich kann Menschen einschätzen. Manchmal weiß ich sogar, was sie als Nächstes tun.»

«Lebende? Oder Tote?», fragte Luciana mit sanfter Ironie und wandte sich wieder ihren Blumen zu. Manfredo verstand den Sinn ihrer Frage nicht und holte einen Packen Briefe aus seiner Umhängetasche.

«Die erste Ape», explizierte Nardini verbissen, «hatte noch keine Kabine. Die gab es erst ab 1956 bei der Ape C. Und 1960 kam der Pentaro heraus, dabei handelte es sich um eine modifizierte Version der Ape C mit deutlich erhöhter Nutzlasttragfähigkeit.»

«Wenn du es sagst», erwiderte Manfredo gleichgültig, weil er wusste, wie sehr Gleichgültigkeit Nardini ärgerte, und hielt Luciana die Briefe hin.

«Wie?», fragte die erstaunt. «Bist du kein Totengräber mehr?»

«Leichenbestatter», korrigierte Manfredo empfindlich, «mein Beruf nennt sich Leichenbestatter. Aber –»

«Im Mittelalter», unterbrach Nardini mit erhobener, fast ein wenig hysterischer Stimme, «war Totengräber ein verachteter, unehrlicher Beruf, den in kleinen Kirchdörfern der Freiknecht mit zu übernehmen hatte, so eine Art Tagelöhner.»

«Der Leichenbestatter fungiert als der Begleiter der Toten und der Freund der Zurückgebliebenen, Nardini», erklärte Manfredo salbungsvoll.

«Der Hinterbliebenen», korrigierte Nardini und bedachte Manfredo mit einem stechenden Blick. «Zurückgebliebene sind aus anderen Gründen bedauernswerte Geschöpfe. Oft spielen sie sich auf, als wüssten sie alles.»

Manfredo schüttelte sich, als hätte ihn ein Fliegenschwarm belästigt, und wandte sich Luciana zu. «Aber zurzeit mache ich die Vertretung für den *postino*, der nach mir kam, Giordano, kennst du ihn?»

«Der bringt mir merkwürdigerweise jeden Tag die Post, stell dir vor», sagte Luciana spöttisch.

«Ja, klar, stimmt.» Manfredo hebelte seine Vespa mit einem Ruck hoch, ihm wurde es an diesem Morgen an diesem Ort zu kompliziert. «Jedenfalls hat sich Giordano den Mittelfuß gebrochen.»

«Bestimmt hat er auch auf Max' Dach gearbeitet», sagte Luciana mit bitterem Unterton und mehr zu sich selbst und stellte die leere Gießkanne ab.

«Fußball», antwortete Manfredo und trat den Kickstarter. «Dabei steht er nur im Tor.» Trotz heftiger Versuche wollte der *motorino* nicht anspringen. Manfredo sah Luciana vorwurfsvoll an.

«Zum Glück funktioniert ja wenigstens dein Urteilsvermögen», sagte die ein wenig geistesabwesend und ging in die Bar.

*«Puttanata!»**, fluchte Manfredo und trat noch einige Male vergeblich den Starter. *«Puttanataccia!»***

«Sag mal, Manfredo», ich winkte ihm zu, um auf mich aufmerksam zu machen, «weißt du von jemandem, der ein größeres Bauvorhaben plant und noch einen Maurer sucht?»

Für einen Moment ließ er von seiner widerspenstigen Vespa ab. «Du meinst wegen Gino? Weil die Bank seinen Bagger pfänden will? Weil dieser Deutsche da, Spaccone, nicht bezahlen will?»

«Woher weißt du denn das alles schon wieder?», fragte ich mit ehrlichem Erstaunen.

Manfredo lehnte die Vespa gegen seine Hüfte, legte die Fingerspitzen beider Hände zu Pyramiden zusammen und rüttelte diese vor seiner Brust vor und zurück. «*Ou*, Max, mit wem redest du hier, eh? Weißt du, wie viele Jahre ich *postino* war? Weißt du, wen ich alles kenne? Alle. Wenn die Carabinieri wen suchen, den sie nicht kennen, dann kommen sie zu mir. Und wenn du irgendetwas wissen willst, *in questa zona qui*, dann fragst du mich, okay?»

«Okay» grassierte in der letzten Zeit wie eine Grippewelle, wer *fico*, also cool sein wollte, sagte nicht mehr *«va bene»*, sondern benutzte das englische Wort, allerdings in der italienischen Aussprache «okai». Verantwortlich dafür war nach einhelliger Meinung aller Olivio Minzoni, der einzige Taxiunternehmer im Umkreis, ein Ein-Personen-ein-Auto-Betrieb, auf dessen Visitenkarten eines der klassischen New Yorker *Yellow Cabs* mit dem typischen schwarz-weiß karierten Band abgebildet war und auf der in winziger Schrift zu lesen war: «*Contadini! Cittadini!* Nutzt die moderne Welt,

* Scheiße!

** beschissene Scheiße!

okay? Fahrt nicht mit eurer Ape. Das ist viel zu unbequem und zu gefährlich. Ein Anruf, und Olivio Minzoni ist da! Okay?»

«Ich frage dich ja, Manfredo. Also, gibt es hier eine größere Sache für Gino?»

«Kennst du Volpini, den Geometer aus Cagli? Der plant was Großes. Die haben doch dieses Theater da, keine Ahnung, aus dem 18. Jahrhundert? Sieht innen aus wie die Muppet Show, Kermit der Frosch, Miss Piggy, du weißt Bescheid?»

«Und Statler und Waldorf, kenne ich, ja.»

«Wer soll das denn sein?»

«Die beiden Alten in der Seitenloge, die immer meckern.»

Manfredo hob seine nach oben geöffneten Hände wie ein katholischer Priester vor der Fürbitte. «Hab ich nie verstanden, was daran witzig sein soll.»

«Egal. Also, das *teatro* in Cagli.»

«Die *comune* will es wieder aufmöbeln. Noch weiß keiner Näheres, aber ich tippe auf locker 300 Millionen Lire, die da verbaut werden müssen.»

«Volpini», sagte ich, «ich weiß nicht, da kommt Gino vom Regen in die Traufe.»

«Du hast mich gefragt, ich habe dir geantwortet», beschied Manfredo kategorisch und begann wieder, den Kickstarter der Vespa zu malträtieren. Mittlerweile roch es so sehr nach Benzin, dass ich mich alarmiert danach umsah, ob vielleicht jemand mit einer brennenden Zigarette in der Nähe war und uns alle in die Luft jagen würde.

«So wird das nichts, Manfredo. Die ist abgesoffen.»

«Das weiß ich selber!», pflaumte er mich an und trat weiter den Starter.

«Wenn du weiter trittst und Vollgas gibst, wird es nur noch schlimmer.»

«*Che diamine**, ja!» Schweiß trat auf seine Stirn, und er musste eine kurze Pause einlegen. «Oben, die Neuen auf dem Monte Dolciano, die Ca'Sanguinaccio** gekauft haben», hechelte er, «zwei Deutsche, die wollen auch was bauen.»

Er meinte Sissy und Norbert. Sie war Schlagersängerin und hatte in ihrer Karriere nur einen einzigen großen Erfolg gehabt, ein Karnevalslied, von dessen Tantiemen sie gut leben konnte. Und er, ein durch und durch unausstehlicher Mensch, nannte sich ihr Manager und darüber hinaus freischaffender Künstler, hatte bisher jedoch weder etwas verkauft noch je eine Ausstellung gehabt.

«Früher haben die Deutschen unser Land überfallen», brachte sich Nardini wieder ins Spiel, der die letzten Minuten schweigend vor sich hin gebrütet und Manfredo mit bösen Blicken bedacht hatte. «Jetzt kaufen sie es auf. Und irgendwann werden sie hier auf italienischem Boden ihren eigenen Staat gründen, wie Israel, und wir Italiener werden die Palästinenser Europas.»

Ich sah ihn entgeistert an. «Das ist doch nicht dein Ernst, Nardini, oder?»

Nardini schob trotzig seine Unterlippe vor.

«Du meinst also, ich will hier einen Staat gründen, so was wie San Marino? San Monte Dolciano, und ihr seid meine Gefangenen?»

«Du nicht», lenkte er etwas verunsichert ein.

«Wieso nicht? Ich bin Deutscher.»

Nardini lächelte mich an und schwieg. Ich winkte ab, was sollte man zu so einem Schwachsinn sagen?

Manfredo war wieder zu Atem gekommen und legte den

* Teufel nochmal!

** Haus Blutwurst

zweiten Gang ein. «Sag Gino nicht, dass ich das weiß mit der Bank und so», sagte er und spurtete los, um die Vespa anzuschieben. «Der ist immer so empfindlich in solchen Dingen.»

«Dann erzähl's nicht jedem!», rief ich ihm hinterher.

«Nix da, ich bin *postino*!»

«Eben nicht! Du bist Totengräber! Der Freund der Zurückgebliebenen!»

Manfredos Antwort ging in dem Blubbern des Motors unter, der seinen Dienst weiterhin verweigerte. Zum Glück verlor sich das Gelärme schnell in der Ferne.

«Die Regierung will die Post privatisieren», sagte Nardini unheilschwanger. «Das ist der Anfang vom Ende. Weißt du, was dann kommt? Als Nächstes werden wir unsere Briefe selbst beim Postamt abholen müssen. Und dann wird es so kommen: Der Absender bezahlt, indem er eine Briefmarke aufklebt, und der Adressat zahlt ein zweites Mal, damit die Post seinen Brief rausrückt. Denk an meine Worte, wenn es so weit ist.»

Ich schüttelte den Kopf, mir reichte es für heute. Es war wirklich ein Kreuz mit diesem ewigen Thema *bella figura*. Im Grunde war Nardini nur sauer, dass Manfredo ihm mit seinem Wissen über die Historie von Vespa und Ape Kontra gegeben hatte. Für Nardini war so etwas in etwa so schlimm wie für andere, in einer Schlägerei den Kürzeren zu ziehen. Ich erhob mich.

«Wo willst du hin?», fragte Nardini.

«Nach Hause», log ich, am Ende wollte er noch mitkommen nach Cagli.

«Ah, na dann», entgegnete er enttäuscht und setzte noch einmal sein überlegenes Lächeln auf. «Du kannst mich ja zum Präsidenten machen.»

Präsident? Wovon? Ich sah ihn fragend an.

«So wie Ben Gurion damals Einstein gefragt hat, ob der Präsident von dem neugegründeten Staat Israel werden will.»

Ohne ein weiteres Wort machte ich mich davon und schwor mir mit aller Inbrunst, Lucianas Bar nie wieder zu betreten, wenn Nardini anwesend war.

Mein Auto hatte ich auf dem großen Parkplatz gegenüber der Bar geparkt, gleich neben der Terrasse des *Ristorante e Albergo Furlo.* Ermete, der Besitzer und Koch des Ristorante, hatte einen kleinen Teil der Fläche gepachtet und dort eine Terrasse für seine Gäste hingesetzt, die umrandet war von gedrechselten Steinsäulen und Marmormäuerchen, die von Jasmin überwuchert waren. Im Sommer sah das toll aus, und der Duft aus den eleganten, schlanken, kelchartigen Blüten war betörend genug, um einen leichtsinnig werden und mehr bestellen zu lassen, als man bezahlen konnte. Das *Ristorante Furlo* war mit Abstand das teuerste der ganzen Gegend, allerdings auch das beste. Im Herbst jedoch mochte man selbst bei schönstem warmem Wetter dort nicht sitzen. Sobald der Jasmin seine Blätter verlor, kam ein derart hässliches Eisengerüst zum Vorschein, von unkundiger Hand grob zusammengeschweißt, dass es einem in den Augen wehtat.

Jetzt jedenfalls war die Terrasse schön anzusehen, und tatsächlich saß da eine Frau vor *tagliatelle con tartufo*, einem Kotelett und einem Teller *insalata caprese*. Ihr Gesicht kam mir bekannt vor, aber erst als ich mir einen barocken weiblichen Körper und stämmige Beine dazu dachte, erkannte ich sie: Tamara, Spaccones Gespielin, die vor Ginos Attacke in die *Albergo Furlo* geflohen war.

«Hallo», begrüßte ich sie freundlich und ging zu ihr hinüber, «erinnern Sie sich an mich?»

Sie schob ihren Teller mit einem Ruck nach vorne und

stützte sich auf ihre Ellbogen. «Na sischer dat, isch han Se jrad enz schon erkannt, da woren Se kumme.»*

Zuerst dachte ich, das wäre Türkisch, vielleicht auch Polnisch oder irgendetwas Afrikanisches. Sie musste meinen Blick richtig gedeutet haben, denn sie fuhr auf Hochdeutsch mit starkem rheinischem Einschlag fort. «Sie waren gestern mit diesem gewalttätigen Zwerg am Pool von meinem Horst.»

«Sie dürfen das nicht so ernst nehmen, wie es aussah», sagte ich. «Gino ist wirklich ein sehr netter Mensch. Er und Horst haben nur ein Problem, das die beiden unbedingt lösen sollten.»

Sie warf sich gegen die Lehne ihres Stuhls zurück. Eine wahrhaft üppige Frau, bei der dabei einiges in Bewegung geriet. «Ach, wat. Behalt die 94 Millionen, sach ich dem Hotte immer, verkauf die Bude, kriegste vielleicht 250 Mio, macht zusammen 344. Davon können wir uns in Kärnten wat Schönes kaufen. Aus die Maus.»

«Na ja, Gino hat für Horst gearbeitet und –»

«Das war vor meiner Zeit», unterbrach sie mich. «Interessiert mich nicht.»

«Trotzdem, es ist doch ein schlechter Anfang mit Geld, das einem nicht gehört und –»

«Ach, wat, dat is für misch persönlich uninteressant. Is ja sovviso nisch minge Jeld.»

Netter Versuch, Max, sagte ich mir und winkte Tamara zum Abschied. Ich muss ziemlich belämmert geguckt haben, denn sie schüttelte missbilligend ihren Kopf, verdrehte die Augen und warf sich mit Energie wieder auf ihren Nudelteller, wobei

* Na, klar, ich habe Sie schon erkannt, da waren Sie gerade erst gekommen.

sie gleichzeitig eine Tomate mit einem Stück Mozzarella und einem Basilikumblatt obenauf ergriff und sich in den Mund schob. Um es auf den Punkt zu bringen: Spaccone hatte sich mit Tamara das absolut hundertprozentige Gegenstück zu Luise an Land gezogen.

6.

Wenn man sich von Norden näherte, präsentierte sich Cagli mit seiner teilweise noch gut erhaltenen Stadtmauer wie eine mittelalterliche Perle und mit einer nicht nur für Katholiken beeindruckenden Silhouette, die von verwirrend vielen Kirchtürmen geprägt wurde, insgesamt fünfundzwanzig Kirchen und Kapellen bei einer Einwohnerzahl von etwa 5500. Am südlichen Ende, über dem *torreone*, einem ovalen Wehrturm, erhob sich der bewaldete *Rocca dei Cappuccini* mit dem Kapuzinerkloster, das früher eine Einsiedelei gewesen war, heute jedoch von umtriebigen Mönchen wie Don Romano oder Don Stilvio bewohnt wurde. Letzterer tauchte gerne mal unerwartet auf dem Monte Dolciano oder dem Monticello auf, um uns zu ermuntern, die vom Zahn der Zeit arg angenagten Kirchen der Umgegend auf Vordermann zu bringen.

Ich hatte die *superstrada* von Furlo aus genommen und war an der Steinmühle *Casa Vecchia* auf die Via Flaminia eingebogen, passierte Matteacci, den weit und breit größten Laden für *elettrodomestici*, *telefonia, lista nozze, stufe e articoli regalo.* Dann vorbei an dem hässlichen Betonbau zur Linken, in dem oben auf Straßenebene Claudia ihren Blumenladen und in dessen Souterrain ihr Mann Leonardo seine Schlosserei hatte. Dann vorbei an Furio Sabatinis Werkstatt für Motorsensen, -sägen und kleinere Landwirtschaftsgeräte. Furio hatte einen großen Hass auf alles, was einen Motor besaß und aus China kam. An meiner erste Motorsäge aus der Metro mit einem deutschen Namen hatte er sehr schnell mit traumwandlerischem Gespür das winzige Schildchen «Made in China» gefunden und sich sogleich geweigert, sie zu warten, geschweige denn zu reparieren. Denn er vertrat die Theorie, sie wäre gar nicht erst kaputtgegangen, wenn sie beispielsweise «Made in Germany» gewesen wäre.

Kurz darauf ging es am *consorzio agrario** vorbei, das von einer unüberschaubaren Anzahl offensichtlich miteinander verwandter Männer zwischen fünfzig und siebzig geführt wurde, für meine Begriffe ausgesprochene Prototypen von Marchigiani, zumindest wie ich sie auf und rund um den Monte Dolciano kennengelernt hatte: sehr freundlich und stets zu einem Schwätzchen aufgelegt, hilfsbereit, mit einem guten Humor gesegnet, und wenn man's charmant anstellte, immer zu einem kleinen *sconto*** bereit. Zweihundert Meter weiter bog ich rechts in die Via Porta Lombarda ab, fuhr an der heruntergekommenen Agip-Tankstelle vorbei, die einfach immer ein paar Lire teurer war als die anderen in der Gegend, und manövrierte den Wagen vorsichtig durch das schmale Stadttor hindurch auf den fast genauso schmalen Corso 20 Settembre. Im Mittelalter hatte niemand vorhersehen können, dass irgendwann Menschen mit breiten Geländewagen in die Stadt hineinwollen würden, also hatten sie mit einem Ochsenfuhrwerk Maß genommen, noch einen knappen Meter für Fußgänger draufgelegt und hier und da mit zurückversetzten Hauseingängen Fluchtpunkte geschaffen, in die man hineinspringen konnte, wenn wieder einmal einer der gräflichen Mochi- oder der neureichen Fumelli-Söhne mit viel zu hohem Tempo seine Pferdekutsche durch die Gassen jagte. Da dieses Sich-in-Sicherheit-Bringen seit Jahrhunderten zum Alltag der *Cagliesi* gehörte, regte sich auch heut-

* Landwirtschaftliche Genossenschaft

** Preisnachlass

zutage niemand darüber auf, im Gegenteil, Jäger und Gejagte tauschten ein kurzes Lächeln aus, in dem die kleine Botschaft enthalten war: Sollte ich je Gelegenheit haben, eine ganze Stadt zu konzipieren, wird es dort keine Straßen mehr geben, sondern nur eine Schwebebahn wie in Wuppertal.

Der Corso mündete auf die Piazza, einen italienischen Klassiker mit Brunnen in der Mitte und symmetrisch angeordneten Laternen. Gegenüber dem Rathaus befand sich das *Caffè Commercio*, die wichtigste Nachrichtenbörse für Menschen über dreißig, die jüngeren gingen in das *Caffè d'Italia* an der Längsseite der Piazza. Wenn es etwas in Erfahrung zu bringen galt oder man selbst ein Gerücht in Umlauf setzen wollte, musste man nur im *Commercio* einkehren und ein wenig plaudern, meist reichte ein halbes Stündchen, vor allem am frühen Abend, wenn alle *Cagliesi* noch einmal durch die Stadt irrlichterten, bevor sie sich zu Hause oder in einem der umliegenden Restaurants ans Abendessen machten. Jetzt am Vormittag war nicht so viel los, und Marzia, die Besitzerin des *Commercio*, langweilte sich auf der Terrasse, während ihr Sohn Ottavio, es war ihr einziger und nicht etwa der achte, bediente. Marzia war freundlich, aber nicht herzlich, was daran lag, dass sie schon immer ein schweres Leben gehabt hatte. Männern gegenüber war sie eher reserviert, weshalb sie mehr für Gerüchte im Bereich Familie, außereheliche Verhältnisse und daraus resultierende finanzielle Engpässe zuständig war. Bauvorhaben gehörten nicht zu ihrer Spezifikation. Dafür wäre ihr Mann der Richtige gewesen, aber wie so oft war er unterwegs und unauffindbar.

Erfolgversprechender war da Massimo Casini, der einen Tisch weiter saß. Wie immer lag seine Hand auf der obligatorischen, aufnahmebereiten Videokamera. Massimo konnte rundum sorgenfrei von einer Erbschaft leben und hatte deswegen Zeit, Muße und Geld, jede Woche ein Videojournal über die neuesten Ereignisse in Cagli zu produzieren und aus seinem kleinen Studio neben dem Büro von Carmelo de Luca, dem einzigen Notar in der ganzen Gegend, zu senden, Reichweite etwa drei Kilometer. Exklusiv waren seine Neuigkeiten nie, weil ihm niemand wirkliche Geheimnisse erzählte. Mit der Erbschaft hatte er verlernt, den feinen Unterschied zwischen einem wirklichen Geheimnis und einer Heimlichkeit zu erkennen. Letztere wurde so lange wie möglich im lustvollen Stadium kurz vor der allgemeinen Offenlegung gehalten und diente ausschließlich dazu, demjenigen, dem man die Heimlichkeit zuflüsterte, zu signalisieren: Du und ich, wir gehören zum engeren Kreis, wir wissen Bescheid, wir sind etwas ganz Besonderes, ein Spiel, das gerade in Cagli mit größter Hingabe gespielt wurde. Nachdem Massimo einige Mal wahllos Heimlichkeiten und wirkliche Geheimnisse veröffentlicht hatte, bekam er nur noch Informationen, die sowieso in aller Munde waren.

«*Ou*, Max!», begrüßte er mich und legte automatisch seinen Zeigefinger auf den roten Startknopf der Kamera. «Was gibt's Neues bei euch da oben auf dem Monte Dolciano?»

«Drei Mafiosi aus Neapel sind gestern Nacht eingetroffen und erpressen Horst Fischer, der im Allgemeinen unter dem Namen Spaccone bekannt ist», antwortete ich.

Massimo nahm den Zeigefinger vom Startknopf und zog damit stattdessen sein unteres Augenlid herunter. «Na, klar, und Don Romano ist gestern zum Papst gewählt worden.»

«Ach, das wusste ich gar nicht», tat ich erstaunt.

«*Ecco.*» Er winkte Marzia zu. «Ich nehme noch einen *caffè*, und einen für den Witzbold hier.» Er meinte mich. «Und ein *tramezzino* mit Pecorino und Rucola», fügte er hinzu.

«Massimo», fuhr ich fort, «du bist doch immer auf dem

Laufenden. Weißt du etwas von einem größeren Bauvorhaben, bei dem noch ein Maurer gebraucht wird?»

Sofort wanderte Massimos Finger wieder zum Startknopf. «Wieso?», fragte er lauernd.

«Ach, 'ne blöde Sache. Ich habe Gino Basili für einen größeren Auftrag angefragt, er hat sich extra dafür frei gehalten, und jetzt habe ich Probleme mit der Genehmigung und so, du weißt sicher, was ich meine.»

«Nein. Erklär es mir.»

Ich log ihm etwas von neuen Bestimmungen für Ausländer in Italien vor und über die Mühsal, auf der *questura* in Pesaro Gehör zu finden, beides Themen, die ihn überhaupt nicht interessierten. Nach ein paar Minuten gähnte er demonstrativ.

«Lass man gut sein, Max. Ich habe schon bessere Infos bekommen. Was soll ich denn damit anfangen?»

«Na ja, du hast mich gefragt», tat ich enttäuscht.

«Macht nichts», sagte er gönnerhaft und klopfte mir auf die Schulter. «Mein Job ist es, die Spreu vom Weizen zu trennen. Das da», er deutete merkwürdigerweise auf den Boden unter mir, «das ist nichts. Mein Publikum interessiert sich für euch Deutsche nur, wenn ihr irgendeinen Mist baut oder euch so blöd anstellt, dass einem die Tränen kommen. Wie damals, als dir 'ne Dachpfanne auf den Kopf gefallen ist, und nachher stellt sich raus, dass es in Wahrheit der Deckel deiner Zisterne war, den du nicht richtig hingestellt hattest. Das war 'ne gute Geschichte.»*

«Mhm», machte ich und trank meinen *caffè*. Der wievielte war es eigentlich? Wenn das so weiterging, würde ich heute Nacht senkrecht im Bett stehen.

Er warf einen Blick auf meine Stirn und schien ein wenig

* Toskana für Arme, S. 45

enttäuscht darüber zu sein, wie gut die Narbe von damals verheilt war. «Das mit den drei Mafiosi, das wär auch was. Wenn es denn stimmte.»

«Na ja», sagte ich und grinste, aber Massimo hatte keinen Sinn für Scherze, wenn es um sein Lebenswerk ging.

«Ich als Journalist, ich muss mich an Fakten halten. Und das mit den Mafiosi, lieber Max, das erkennt doch jeder sofort als reinen Blödsinn. Hier», er tippte auf seine Videokamera, «geht es um Qualität. Ich halte mich an die fünf großen ‹W› des Journalismus: Wer, was, wann, wo, warum.»

«Verstehe.» Ich lehnte mich zurück und ließ meine Blicke über die Piazza streifen. Vor dem Rathaus gegenüber stand ein Pulk engagiert diskutierender Menschen, einige erkannte ich als Mitglieder des Stadtrates, wahrscheinlich stand eine wichtige Sitzung an. «Was ist das eigentlich für eine Geschichte mit dem Theater, das Volpini angeblich renovieren will?»

«Wer: Volpini», zählte Massimo auf. «Was: das Theater restaurieren. Wann: demnächst. Wo: na hier, in Cagli. Warum: Das ist eine interessante Sache, eine wunderbare Sache, eine, die mir als überzeugtem Europäer, als Kosmopoliten, das Herz erwärmt. Pass auf.»

Er wartete ungeduldig, bis Ottavio *caffè* und *tramezzino* serviert hatte. Dummerweise biss er eine gewaltige Portion aus dem Sandwich heraus, bevor er mit seiner Erklärung begann. «Alsch letzahrn Schameleichar», nuschelte er, unfähig, die Worte unbeschadet an Pecorino und Rucola vorbei hinauszubefördern.

«Lass dir Zeit, Massimo», sagte ich und kratzte mit dem kleinen Espressolöffel aus billigem Blech den Zucker vom Grund meiner Tasse. Ich hatte mir angewöhnt, zwar reichlich Zucker zu nehmen, aber nicht umzurühren, sodass ich am Ende immer noch so etwas wie ein Dessert zum *caffè* hatte.

Massimo würgte seinen Bissen hinunter. «Als ich letztes Jahr in Scharm-el Scheich war, das ist in Ägypten.»

«Tatsächlich?» Langsam begann er mich zu nerven.

«Da ist mir Folgendes klargeworden. Es gibt die anderen, Araber, Asiaten, Perser, Inder. Und es gibt uns, die Europäer, und ich würde sogar so weit gehen, die Türken dazuzuzählen. Wir sind aber nur so viele.» Er zeigte mit Daumen und Zeigefinger einen Abstand von vielleicht drei Millimetern an, keine Ahnung, wie viel er für die anderen ansetzen würde. «Deswegen müssen wir zusammenwachsen, zusammenhalten, uns gegenseitig unterstützen.»

«Das Theater», drängelte ich. «Was ist jetzt damit?»

«Hahaha», machte Massimo und ließ sich Zeit. «*Ascolta*, das ist was ganz Spezielles.» Ich sah ihm an, dass er fast versucht war, die Videokamera auf sich selber zu richten. «Es gibt einen Fonds zur Förderung ländlicher Kultur bei der EU in Brüssel. Aus diesem Topf kann man eine Milliarde Lire Subvention bekommen, wenn man, jetzt pass auf, Zitat: ‹eine historische Kulturstätte wieder nutzbar macht und ein kulturelles Ereignis initiiert, das dem europäischen Gedanken der Zusammenführung unterschiedlicher Kulturen gerecht wird›. *Cosa dici?*»

«Nein!», kommentierte ich, ehrlich erstaunt.

«Doch. Volpini hat das zusammen mit diesem deutschen Architekten, wie hieß er gleich?»

Mir wurde schwindelig. «Etwa Gantenbein?»

«Genau. Mit dem hat er die ganze Sache recherchiert und der *comune* vorgeschlagen, das alte Theater wieder auf Vordermann zu bringen.»

Gantenbein! Dieser Verbrecher, dieser Windhund, dieser Mistkerl! Gantenbein, gegen den zweiundzwanzig deutsche Hauskäufer aus der Gegend hier eine Sammelklage wegen

Betrugs in München eingereicht hatten, der zu drei Jahren Knast verurteilt worden war und eigentlich noch in der JVA Stadelheim sitzen sollte! Mir wurde noch schwindeliger. Wenn Gantenbein und Volpini gemeinsam etwas planten, dann war die Devise: Von dem Kuchen gehen hundert Prozent an die beiden, und die restlichen Krümel werden im Winter bei Frost an die Vögel verteilt, denn: Man hat ja ein gutes Herz.

«Für mich klingt das ziemlich haarig», sagte ich und kramte mein Geld hervor. Ich musste unbedingt mit meinem Freund Orfeo reden, seines Zeichens Kulturassessor von Cagli und zuständig für das *Teatro Comunale.*

«Wieso denn das? Für mich klingt das wie 'ne solide Sache. Ich plane schon einen kleinen Beitrag für nächste Woche.»

Ich entschied mich, nicht weiter darauf einzugehen. Volpini und Gantenbein zusammen – das konnte unmöglich solide sein. Ich warf einen Tausend-Lire-Schein auf den Tisch und deutete auf die Diskutierer vor dem Rathaus. «Ist heute Stadtratssitzung?»

«Woher soll ich das denn wissen?», fragte Massimo grenzenlos erstaunt zurück.

Ich winkte zum Abschied und wandte mich Marzia zu. «Hast du Orfeo heute schon gesehen?»

Sie sah mich wissend und melancholisch an. «Orfeo Favoloro?» Ein prüfender Blick. «Der ist ja meist anderweitig beschäftigt.»

Aha, Orfeos beklagenswerte Lebensumstände hatten es also schon vom wirklichen Geheimnis, von dem nur sehr wenige wussten, bis zur Heimlichkeit gebracht, über die jeder Vierte hinter vorgehaltener Hand redete. Das Geheimnis lautete, dass er seit zwei Jahren ein Verhältnis mit Raffaella hatte, ausgerechnet Volpinis einziger Nichte, die die Woche über im dreißig Kilometer entfernten Urbino wohnte, wo sie irgendetwas mit Mode und Design studierte. Vor kurzem hatte Loretta, Orfeos Ehefrau, das herausbekommen, aber niemandem erzählt, um im geschwätzigen Cagli nicht zum Gespött aller zu werden. Gedemütigt wie sie war, brauchte sie allerdings irgendein Ventil für ihre Wut und amüsierte sich seitdem aus Rache in verschiedenen Betten in Fano, in Pesaro, auch in Urbino, aber nie in Cagli, und quälte ihren untreuen Gatten morgens beim Frühstück mit detaillierten Beschreibungen ihrer sagenhaften Orgasmen. Orfeo steckte in einer Sackgasse: Wegen der Kinder wollte er sich nicht von seiner Frau trennen, aber weil seine Geliebte mit Volpini verwandt war, konnte er ihr nicht einfach den Laufpass geben, denn der Geometer hatte patenhafte Züge und würde eine solche Beleidigung mit aller Härte und allem Einfluss, von beidem besaß er reichlich, ahnden. Orfeo konnte also nur zwischen zwei Übeln wählen, und das machte ihn krank und rastlos. Dabei gab es eine einfache dritte Lösung für sein Problem, auf die ich ihn einmal hingewiesen hatte: Hin und wieder ungeduscht und verschwitzt bei Raffaella auftauchen, von Zeit zu Zeit und immer häufiger einen Präcox vortäuschen, nur noch schlechte Manieren an den Tag legen, sich öfter mal besaufen und randalieren, bei offener Toilettentür kacken – das alles würde mit tödlicher Sicherheit seine Attraktivität für Raffaella Stück für Stück reduzieren. Sie machte nämlich sehr auf vornehm, und im Endeffekt würde sie ihm ziemlich bald den Laufpass geben.

«Auf so etwas Deprimierendes kannst auch nur du als Deutscher kommen», hatte Orfeo mit fassungslosem Kopfschütteln darauf geantwortet.

«Ihr Italiener mit eurem *Bella figura*-Getue», hatte ich genauso kopfschüttelnd geantwortet.

«Wenn ich täte, was du vorschlägst», hatte er erwidert, tieftraurig über die begrenzten Möglichkeiten eines Italieners im Verhältnis zu einem Deutschen, «würde ich mich zum Gespött machen. Sieh mich doch an! Ich sehe klasse aus und bin der Schwarm aller Frauen. Von da an würden die mich wie ein Messer ohne Klinge sehen, bei dem auch noch der Griff fehlt. Nein», hatte er betont und seine Locken im vollen Bewusstsein ihrer Pracht nach hinten gestrichen. «Alles geht. Das nicht.»

«Wegen *bella figura* wirst du als Märtyrer sterben, Orfeo. Ist es das wirklich wert?»

Orfeo hatte mich daraufhin eine Weile regungslos angestarrt, bevor er antwortete: «Ja, das ist es.»

Bisher hatte Orfeo es vermieden, seine Freunde mit Raffaella bekannt zu machen, und ehrlich gesagt war das auch gut so, denn ich mochte seine Frau Loretta sehr. Jetzt gab es allerdings eine gewisse Dringlichkeit, noch heute mit Orfeo zu reden, und dafür musste ich schleunigst mit Raffaella Kontakt aufnehmen. Ich ging in die Bar und bat Ottavio, mir sein Telefonbuch herüberzureichen.

«Welche Nummer willst du wissen?», fragte er mich stattdessen. «Du weißt, ich habe sie alle hier.» Er deutete auf seine Stirn, hinter der sich eigentlich nur sein Gehirn befinden konnte.

«Ist was Privates, Ottavio», sagte ich.

«Privat», erwiderte er verächtlich. «In Cagli gibt es nichts Privates.»

«Hat nichts mit Cagli zu tun. Ich brauche eine Nummer aus Urbino.»

«3896919898», kam es wie aus der Lupara geschossen.

«Urbino hat mehr als einen Einwohner, Ottavio», sagte ich, er konnte ja wohl unmöglich wissen, wessen Nummer ich suchte.

«Raffaella Volpini», antwortete der Barkeeper mit einem Lächeln, wie es breiter nicht einmal Berlusconi hinbekam, wenn er mal wieder alle Staatsanwälte Italiens ausgetrickst hatte.

Irgendetwas musste hier passiert sein, wovon ich nichts mitbekommen hatte. Fragte sich nur was. «Sag nochmal», forderte ich den *barista* auf, zog eine Serviette aus dem Spender und signalisierte ihm, dass ich gerne den Bleistift geliehen hätte, den er sich hinter sein Ohr geklemmt hatte. Ottavio sah mich missbilligend an, verschränkte wortlos seine Arme und lehnte sich in aller Ruhe gegen die Registrierkasse. *Santa bella figura!* Ich hatte vergessen, ihn für seinen Scharfsinn zu loben. Also fragte ich mit gebührender Bewunderung in der Stimme: «Woher wusstest du, wen ich suche?»

«Raffaella war gestern hier und sagte, sie würde bald heiraten. Einen *Cagliese*. Wen meint sie wohl, eh? Dann habe ich gehört, wie du meine Mutter nach Orfeo gefragt hast. Orfeo ist heute nicht in Cagli, also ist er logischerweise in Urbino. Und wenn er da ist, dann ist er bei, eh? *Ragione*, bei Raffaella. *Insomma*, da macht es doch klick, Max, eins und eins sind immer noch zwei, eh?»

«Blödsinn», log ich, «ich brauche Raffaellas Nummer, weil ich ihren Onkel nicht erreichen kann. Das ist alles.»

Ottavio sah mich mit grenzenlosem Mitleid an, schrieb die Telefonnummer auf eine Serviette und reichte sie mir. «Grüß Orfeo von mir, okay?»

Ich verzog mich wortlos mit der Serviette. Es gibt Dinge, in denen ist der Deutsche dem Italiener schlicht und einfach unterlegen. Aus die Maus.

*

«Dieser verdammte Volpini», knurrte Orfeo und zerrupfte einen weiteren Bierdeckel, drei hatte er mit seinen nervösen Händen schon geschreddert.

«Verstehe ich nicht», sagte ich. «Was hat die Sache mit dem Theater damit zu tun, dass du offenbar Raffaella die Ehe versprochen hast und Volpini dich jetzt beim Wort nehmen will?»

Orfeo starrte zerknirscht die ramponierten Müllcontainer an, die auf der anderen Seite der Straße an der Brüstung der Stadtmauer standen und die, so vermutete ich, in ihrer trostlosen, sich nach Leerung sehnenden Überfülltheit am ehesten zu seiner Stimmung passten. Wir saßen vor der *Bar Tabacchi Vecchio Mulino* zu Beginn der Via Giacomo Matteotti. Im Gegensatz zu den Bars oben an der Piazza della Repubblica war diese hier ein typischer Treffpunkt für Verabredungen, die nicht an die große Glocke gehängt werden sollten.

«Die Ehe versprochen, das kann man so nicht sagen», wand sich Orfeo und nahm einen großen Schluck Bier, deutsches Bier, das es weit und breit sonst nirgends gab. Inklusive Bierdeckeln.

«Was denn jetzt, hast du, oder hast du nicht?»

Er nahm den nächsten Bierdeckel in Angriff. «Raffaella kann einen ganz schön heißmachen. Die ist eine Rakete, sag ich dir.»

«Deswegen hast du ja wahrscheinlich ein Verhältnis mit ihr. Aber was ist jetzt mit dem Eheversprechen?»

«Einmal, da war sie so richtig in Fahrt, wir hatten eine Stunde herumgeschmust, ich war kurz vor dem Explodieren, da legte sie noch einen Zahn zu! *Caro mio*, da weißt du nicht mehr, wo oben und unten und höchstens noch, wo hinten und vorne ist, dann fühlst du dich wie –»

«Orfeo, komm mal bitte zum Punkt.»

«Das ist der Punkt! In so einem Moment sagt sie plötzlich: Ich will ein Kind von dir, Orfeo, ich will deine Frau sein, ich will dir gehören, Orfeo, nimm mich, heirate mich! *Santo cielo*, da sagt man doch nicht: Nein danke, meine kleine Stute, lieber nicht.»

«Also, sie hat es ernst gemeint und du nicht», fasste ich das Problem zusammen. Orfeo nickte stumm.

«Und wo ist jetzt die Verbindung mit dem Theater?», fragte ich erneut.

Orfeo sah sich um wie ein Spion in einem Kinofilm, bevor er zu spionieren beginnt. «Das bleibt unter uns, *vabbè*?»

«*Va bene.*»

«Es gibt bei der EU einen Fonds zur Förderung ländlicher Kulturstätten.»

«Habe ich gehört. Von Massimo Casini.»

Orfeo verdrehte die Augen. «Der wird Volpini irgendwann ein Denkmal setzen, *che ignorante. Dunque*, Volpini hat den Stadtrat überzeugt, dass er als Geometer zusammen mit diesem deutschen Architekten –»

«Gantenbein», grollte ich.

«Genau. Die beiden übernehmen die Restaurierung.»

«Das klingt doch gut.»

«Max», sagte Orfeo unendlich müde, «würdest du dir bitte die ganze Geschichte anhören? Du redest ja schon wie Massimo.»

«Das war ironisch gemeint. Ich kann mir denken, was die vorhaben. Die machen eine Billigrenovierung, lassen sich überhöhte Rechnungen von irgendwelchen Handwerkern ausstellen, zahlen den Handwerkern die Hälfte oder nur ein Drittel und behalten den Rest für sich.»

«*Ecco-là*. Und auf dieselbe Weise will Volpini mit dem Kulturprogramm vorgehen! Ich soll die getürkten Verträge abzeichnen, bei der EU einreichen, und einen Teil seines Gewinns will er sich mit mir teilen. Als Grundstock für meine Ehe mit Raffaella, hat er gesagt. *Oddio santo.*» Orfeo sank betrübt in sich zusammen.

«Diese Ratte! Diese Schweinebande!», fluchte ich und hatte Mühe, meine Lautstärke dem konspirativen Rahmen unseres Treffens anzupassen. «Mach reinen Tisch, Orfeo. Trenn dich von Raffaella. Kehr zu deiner Frau zurück und sorg dafür, dass Volpini mit seinen Betrügereien nicht durchkommt *e via.*»

«*Bou,* zu spät, Max, zu spät.»

«*Macché*, im Gegenteil! Das ist eine gute Gelegenheit.»

Wieder studierte Orfeo eingehend die Mülltonnen auf der anderen Straßenseite, jetzt galt sein Hauptinteresse eindeutig nicht den optimistischen Recyclingtonnen, sondern dem endzeitlich gestimmten Restmüllcontainer. «Raffaella ist schwanger.»

«Nein! *Porca madosca.*»

«Doch.»

«Habt ihr denn nicht verhütet?»

«Sie verträgt die Pille nicht.»

«Dann eben Kondome.»

Orfeo schüttelte den Kopf, und kurz huschte ein seliges Lächeln über sein Gesicht. «Glaub mir, Max, wenn Raffaella loslegt, dann denkst du nicht mehr über Verhütung nach.»

«Na ja, ist ja sowieso zu spät. Und nun?»

«Sie hat's Volpini sofort erzählt, kaum dass dieser kleine Streifen aus der Apotheke, *come si dice?*, sich rot gefärbt hat.»

«Schwangerschaftstest.»

«Ja, aber der Name?»

«Mann, Orfeo, das ist doch piepegal!»

Ihm war es gar nicht piepegal, und er überlegte noch eine

Weile. «*Clear Blue*, so heißt er. Kaum hatte *Clear Blue* das Urteil gefällt, kaum hatte sie den Streifen in den Abfalleimer geworfen, stand keine zehn Minuten später Matteo Volpini bei mir im Büro. Du kennst ihn ja, robust, hart, unnachgiebig, wie eine Felswand, die jeden Moment auf dich drauffallen kann. Er schließt die Tür hinter sich. Meine Bürotür, wohlgemerkt, die ich immer offen stehen habe! Und weißt du, was seine Worte waren?»

«Orfeo, bitte», flehte ich, «komm zum Punkt!»

«Seine Worte waren: ‹Wenn du meine Raffaella sitzenlässt, lieber Orfeo, bist du ein toter Mann, *capisci*?› Und weißt du was, Max? Es gibt nur einen Menschen weit und breit, dem ich das glaube, und das ist Matteo Volpini.»

*

Die Dämmerung hatte schon begonnen, als ich die kurvenreiche Strada Monte Dolciano zurück bergauf fuhr. Wieder in dem schwindsüchtigen Panda, Gino hatte darauf bestanden, mit seinem Auto und nicht mit meinem nach Neapel zu fahren. Ich sollte ihn gleich morgen früh bei sich zu Hause abholen. Eins war klar: Ich hatte nichts erreicht, was ihn aus seiner misslichen Lage befreite, ein Tag war eben auch nicht viel Zeit. Aber nach dem Neapel-Trip würde ich einen neuen Anlauf nehmen.

Ich passierte das Haus von Granci, der übrigens mit Vornamen Ignazio hieß, was meiner Meinung nach ein nicht unerheblicher Grund für seine Verkorkstheit war, mit einem solchen Namen ist das Leben ab Sandkasten eine einzige Demütigung. Granci trug ständig einen seit dreiundzwanzig Jahren abgelaufenen Nachtwächterausweis in seiner Gesäßtasche und sah sich selbst als eine Art Hilfssheriff, der für die

Ordnung am Monte Dolciano zuständig war. Er war wie Gino Maurer, aber die beiden konnten sich nicht ausstehen. In der Nähe seines Hauses musste man vorsichtig sein, denn er besaß eine Unzahl kleiner Hunde, die alle einen Dachschaden hatten, weil sie sich schon seit Generationen nur inzestuös vermehrten und sich einfach nicht merken konnten, dass ein sich näherndes Auto höchste Gefahr bedeutete. So hatten schon einige ihr Leben lassen müssen, aber Darwins Theorie der besseren Anpassung durch Auslese konnte nicht greifen, weil die Generation, die den Plattgefahrenen folgte, wegen Inzest noch dümmer war. Ein Ende war jedenfalls nicht in Sicht, und Granci fand die kleinen Trottel sogar sehr praktisch, weil selbst er sich ihnen gegenüber wie ein Riese vorkam, sie nicht bellten und auch sonst keinen Ärger machten.

Einige enge, sehr steile Kurven später passierte ich die malerisch auf einer Felsnase gelegene *Pieve del Sasso*, eine eingefallene Pfarrkirche, die schon vor vielen Jahrzehnten von der Kurie aufgegeben worden war, weil ihr in diesem Teil des Monte Dolciano die Schäflein ausgegangen war. Nach dem Ende der *mezzadria* um 1960 herum hatten die meisten *contadini* nicht auf ihren kleinen Parzellen überleben können und waren als Maurer oder Gelegenheitsarbeiter nach Deutschland oder in die Schweiz gegangen, vor allem nach Sankt Gallen: Irgendeiner hatte zufällig als Erster dort Arbeit gefunden und, um in der Fremde nicht ganz alleine zu sein, nur zu gerne Freunden und Bekannten geholfen, dort ebenfalls einen Job zu finden. So hatten sich in der Ferne Enklaven des Monte Dolciano gebildet, kleine Inseln der Vertrautheit, wo niemand die ungeliebte deutsche Sprache sprechen musste. Dort schwangen sich selbst sehr traditionsbewusste Männer, die in der Küche zu Hause gerade mal wussten, wo sie den Flaschenöffner fanden, zu wahren Gourmetköchen auf, schnitten Knoblauchzehen mit Rasierklingen in feinste, duftende Scheiben und lernten Gerichte wie Walnuss-Risotto und *spaghettini fatto in casa* mit selbstgemachtem Pesto zuzubereiten.

Spartaco, ein etwas fragwürdiger Typ aus Mailand, hatte die *Pieve del Sasso* mit Volpinis Hilfe vor drei Jahren der Kirche abgekauft, eine der wenigen Immobilienaktionen, die an Don Romano vorbei getätigt wurden und die in einem Desaster geendet hatten. In Katakomben unter dem Fußboden des Kirchenschiffs waren jahrhundertelang die Menschen aus der Gegend begraben worden, weil der Boden ringsherum zu felsig war. Bei der eiligen Säkularisierung, die dem Kauf vorangegangen war, hatte niemand daran gedacht, die sterblichen Überreste herauszuholen und in geweihter Erde zu begraben. Wahrscheinlich hätte sich niemand darum geschert, doch als Spartaco die Gebeine entdeckte, veranstaltete er zusammen mit seinen Bauarbeitern, fremden, die er aus Mailand herangekarrt hatte, merkwürdige Spielchen mit Schädeln und Knochen: Fußball, Handball und sogar Baseball. Das wiederum hatte Franco aus Bordolino oben mitbekommen, der gerne auf der Suche nach Trüffeln durchs Unterholz schlich, auch, das muss ich ehrlicherweise erwähnen, weil er in seiner Ehe äußerst unglücklich war und den verqueren Traum kultivierte, irgendwann einmal in der *macchia* einer spärlich bekleideten Schönen zu begegnen, die sich ihm sofort und willig hingab. Franco war kein besonders religiöser Mensch, aber Fußball mit den Schädeln von Toten, das ging seiner Meinung nach zu weit, außerdem, wer wusste es denn schon, vielleicht kickten diese gottlosen Milanesen da gerade den Schädel eines seiner Onkel ins Tor. Franco berichtete Granci von dieser Ungeheuerlichkeit. Granci, der sich mit seinem Nachtwächterausweis nicht nur als Vollstrecker von Ordnung und Recht auf dem Monte Dolciano sah, sondern auch als verlängerten Arm von Don Romano und so gesehen vom Papst persönlich, war sofort auf hundertachtzig. Er stürmte hoch zur *Pieve* und hielt dabei seinen Ausweis wie das Kreuz eines Vampirjägers in den Himmel gereckt. Spartaco und seine Leute machten den Fehler, den kleinen Granci zu verhöhnen. Auch wenn Granci das von seiner eigenen Frau, die einen Kopf größer war als er, gewohnt war – hier kamen zwei Dinge zusammen: die offenkundig blasphemische Handlung und die Tatsache, dass Spartaco nicht einmal in Erwägung gezogen hatte, ihn, Granci, den Maurer, der in unmittelbarer Nähe zur *Pieve del Sasso* wohnte, mit den Bauarbeiten zu beauftragen. Noch am selben Tag fuhr Granci in seinem mintgrünen Panda 4x4 nach Cagli, hoch zum *Convento dei Cappucini*, in dem Don Romano residierte, wenn er nicht gerade in mehr oder weniger geheimer Mission im Vatikan unterwegs war. Normalerweise empfing Don Romano niemanden, schon gar nicht ohne Voranmeldung, aber Granci wollte nicht weichen, und weil er Angst hatte, ignoriert zu werden, kettete er sich mit Handschellen an Don Romanos Türklinke. So blieb dem Immobilien-Mönch nichts anderes übrig, als Granci anzuhören. Das Ende der Geschichte war eine Annullierung des Verkaufs der *Pieve*, eine Bestattung der Knochen auf Spartacos Kosten und ein von Don Romano durchgeführter Neuverkauf der Immobilie. Um sein bisher investiertes Geld nicht zu verlieren, blieb Spartaco nichts anderes übrig, als die Kirche erneut zu kaufen, jetzt zum doppelten Preis. Außerdem ließ Don Romano aus Furcht, Granci könnte sich als Nächstes an sein Fußgelenk fesseln, in den Kaufvertrag die Verpflichtung hineinschreiben, dass Spartaco Granci mit den Bauarbeiten beauftragen musste. Dies nun war der Grund, warum der Wiederaufbau der *Pieve* nicht vorankam. Granci war so besessen von der

Vorstellung, einen dicken Fisch an der Angel zu haben, dass er wahrhaft astronomische Preise für seine Arbeiten verlangte. Spartaco ging infolgedessen immer wieder mal das Geld aus. Das Ganze war ein nervtötender Prozess, und allgemein erwartete man, dass Spartaco kapitulieren und nach Milano zurückkehren würde. Wer Spartaco allerdings besser kannte, wusste, er würde eher Grancis Knochen in den nun leergeräumten Katakomben verteilen als aufgeben.

Ein paar hundert Meter hinter der *Pieve del Sasso* bog ich in die *strada bianca* ab, die nach Ripidello, Bordolino und eben auch zu meinem Haus führte. Ich passierte den Friedhof, auf dem Luise, Spaccones Frau, als einzige Deutsche zwischen all den alten Familien des Monte Dolciano ruhte, den Domenico, Ferri, Carpinetti, Pimpanini, Mascellini, Mazzi und wie sie alle hießen. Einen Kilometer weiter ging es in einigen engen Kurven durch die *macchia* wieder ein wenig bergab. Gegenüber am Berg, in Ripidello, funzelten die schwächlichen Küchenlampen von Sestina und Emilia. Ein Stück weiter rechts, genau in der Mitte zwischen Ripidello und Bordolino, strahlten die aggressiven Albert-Speer-Scheinwerfer von Spaccone in den Himmel. Unterhalb davon, dreihundert Meter weiter rechts, leuchteten die Fenster meines *rustico* Ca'Tommaso. Und über allem, in Bordolino, konnte man das Flackern der Kerzen im Haus der Familie Hermann erahnen, die letzten Monat ihren Stromanschluss bei der ENEL gekündigt hatte. Die Hermanns waren besessen davon, wo es nur ging Geld zu sparen. Vor einigen Wochen waren sie von Kaffee auf schwarzen Tee umgestiegen, der bei gleicher morgendlicher Weckleistung etwa 63,7 Prozent billiger war. Letzte Woche dann hatte Dieter die, wie er es nannte, «ultimative Endlösung» gefunden: grünen Tee, der noch preiswerter im Einkauf war und den Vorteil hatte, dass man die Teeblätter zweimal aufgießen konnte. «Das macht dann 121,3 Prozent», erklärte er mir stolz, und seine Frau nickte dazu ernst, sehr ernst.

Eine merkwürdige Stimmung, eine Mischung aus Melancholie und Wehmut, beschlich mich. Der Anblick dieses kleinen Tals war mir so vertraut geworden in den letzten Jahren. Hierher war ich gekommen, um Anna zu vergessen, als sie mich damals verlassen hatte, hier hatte ich neue Freunde gefunden und eine fast unberührte Natur kennengelernt. Hier schienen die Gesetze der Großstadt, in der ich zuvor gelebt hatte, außer Kraft gesetzt zu sein. Hier spielte es keine Rolle, welches Auto man fuhr oder welche Klamotten man trug. Hier und in den kleinen Dörfern, sogar in Cagli, lächelten sich die Menschen an, wenn sie einander auf der Straße begegneten, und jeder hatte immer Zeit für ein Schwätzchen, und sei es, dass er einem freundlich und ausufernd auseinandersetzte, warum er gerade jetzt ausnahmsweise einmal keine Zeit hatte. Ich hatte sie liebgewonnen, die Menschen vom Monte Dolciano, vor allem hatte ich gelernt, auch ihre Eigenarten zu mögen. Es hatte etwas Befreiendes, Menschen so zu nehmen, wie sie waren. Der Mensch sieht den Menschen, sagte Gino immer. In meinem früheren Leben hatte es viel Gleichgültigkeit und Abgrenzung gegeben, eine Notwendigkeit in der Großstadt. Und erstaunlicherweise hatte ich sogar einen Typen wie Spaccone auf eine Art liebgewonnen, jedenfalls bis er versucht hatte, Gino zu betrügen, denn seine krankhafte Aufschneiderei hatte einen gewissen Unterhaltungswert und machte neugierig, zu welchen Schwachsinnigkeiten er sich als Nächstes aufschwingen würde.

All das war plötzlich bedroht. Spaccone hatte die Raubtiergesetze, denen ich versucht hatte zu entfliehen, auf dem Monte Dolciano eingeführt und die Spielregeln der Menschen hier außer Kraft gesetzt. Es war wie der Einbruch eines Fressfeindes in ein funktionierendes Ökosystem, in dem selbstredend immer schon gefressen, übervorteilt und betrogen worden war, in dem jedoch die Schwächeren ihre Gegenstrategien entwickelt hatten und im großen Ganzen ein Gleichgewicht im Miteinander herrschte. In der ursprünglich bäuerlichen Kultur hatte niemand überleben können, der nur an sich dachte.

Plötzlich kam ich mir grenzenlos naiv vor, und ich fragte mich, ob ich mir all die schönen Seiten des Lebens auf dem Monte Dolciano nur eingebildet hatte. Galt in Wahrheit das, was Anna gesagt hatte? «Die Welt hier ist dein persönliches Paradies, Max, du willst nicht sehen, dass hier die gleichen Regeln gelten wie im Rest der Welt.»

An der *Chiesa del Monte Dolciano* bog ich in die *vicinale* ein, die zu Ca'Tommaso führte. Die Wildschweine hatten wieder einmal ganze Arbeit geleistet. Auf ihrem Vernichtungsfeldzug hinunter ins Tal hatten sie Unmengen von Felsen losgetreten, die den Weg zu einer üblen Holperstrecke machten. Wieder tagträumte ich von einem Gewehr mit Zielfernrohr, mit dem ich leicht jede Nacht mindestens zwei *cinghiali* den Garaus machen könnte. Das wären dann vierzehn pro Woche und sechzig in einem Monat, nach einem halben Jahr müsste diese elende Plage beendet sein. Leider hatte ich schon ein schlechtes Gewissen, wenn ich mal eine Eidechse totfuhr. Ein ganzes Wildschwein umzulegen war mit Sicherheit eine ganz andere Angelegenheit, womöglich blutete und quiekte es …

Ich beendete schaudernd dieses Gedankenspiel. Eine hilfreiche Erkenntnis gewann ich meinen Überlegungen noch ab: Die Wildschweine waren erst zur Plage geworden, als unersättliche Jäger eine wesentlich größere und schwerere Wildschweinart aus dem damaligen Jugoslawien eingeführt hatten, die sich mangels natürlicher Feinde hemmungslos vermehrte.

Die Gier Einzelner hatte das uralte natürliche Gleichgewicht gestört. Spaccone war so gesehen ein jugoslawisches Wildschwein, das es galt, wieder vom Monte Dolciano zu vertreiben, bevor es zu viel Schaden anrichtete. Nur wie?

«Ermorden», sagte Anna, als ich sie bei einem Rotwein vor dem Kaminfeuer an meinen düsteren Gedanken teilhaben ließ. Keine Ahnung, was ich daraufhin für ein Gesicht machte, jedenfalls begann sie schallend zu lachen. «Das war nicht ernst gemeint, Max!»

«Danke für dein Verständnis», sagte ich angesäuert und wischte mir den Schweiß von der Stirn, im Grunde war es viel zu warm für ein Kaminfeuer, aber es war romantisch. «Du scheinst die ganze Angelegenheit nicht besonders ernst zu nehmen.»

«Nein, das stimmt nicht. Ehrlich.»

«Ich bin hier nicht zu Besuch, Anna, ich lebe hier.»

Sie sah mich einen Moment schweigend an. «Ja, du lebst hier», sagte sie sehr ernst. Sie hätte genauso gut sagen können: Es ist deine Heimat, aber ich weiß nicht, ob es jemals meine wird.

«Vielleicht ist es gar keine schlechte Idee, wenn Gino diese Tafani-Brüder herankarrt», sagte sie leise, und in dem Moment war ich zu sehr mit meinen Problemen beschäftigt, um zu begreifen, was sie mir eigentlich sagen wollte, nämlich dass es neben diesen Dingen noch sie und mich gab und unsere Liebe, die drei Jahre geruht hatte und jetzt sehr neu und zart und verwundbar war.

«Ein paar heißblütige Mafiosi? Das macht die Sache doch nur noch schlimmer!» Meine Stimme überschlug sich am Satzende, ein sicheres Zeichen dafür, dass ich vollkommen verzweifelt war.

«Da wird schon nichts passieren. Vielleicht lassen sie Spaccone mal die Luft aus den Reifen. Oder werfen eine tote Katze in seinen Pool. Oder setzen sein Gartentor unter Strom. Oder präparieren sein Kaminholz mit Schwarzpulver. Oder –»

«Echt, Anna», unterbrach ich sie, «das ist doch Terror auf dem Berg, was du da beschreibst.»

Anna winkte ab. «Gino ist in seiner Ehre verletzt, und er braucht irgendetwas, um sich wieder stark zu fühlen.»

«Das ist genau das, wovor ich Angst habe.»

Anna sah mich eine Weile sanft lächelnd an, dann fasste sie meine Ohrläppchen und zog meinen Kopf zu sich herunter. «Wie lange wirst du weg sein?»

«Zwei Tage.»

«Zwei Tage!» Sie küsste mich auf den Mund. «Das ist ja wie ewig und drei Tage.»

«Zwei Tage sind zwei Tage», maulte ich, sie nahm mich einfach nicht ernst.

«Was könnte ich dir denn mit auf den Weg geben?» Sie küsste mich noch einmal, dieses Mal etwas intensiver.

«Vielleicht eine Locke von dir», sagte ich, irgendwie konnte ich meinen Ärger nicht aufrechterhalten.

«Dann such dir eine aus», flüsterte sie und zog mich in Richtung der Couch.

7.

«Ich kann es nicht fassen, dass ich das mache!» Ich versuchte, in den vierten Gang zu schalten, und wieder brachte ich außer einem Knirschen und Krachen nichts zustande.

«Du musst Zwischengas geben, Max», sagte Gino und sah gelangweilt zum Fenster hinaus.

«Und du musst dich endlich anschnallen, verdammt!»

«Italiener schnallen sich nicht an», erwiderte Gino mit großer Ruhe.

«Auch Italiencr fliegen bei einem Auffahrunfall durch die Windschutzscheibe.»

«Na, dann pass mal gut auf, wo du hinfährst, und verzettel dich nicht mit der Gangschaltung.»

«Soll ich bis nach Neapel im dritten Gang fahren? *Porca miseria*, Gino! Warum haben wir nicht mein Auto genommen?» Ich versuchte es noch einmal, dieses Mal mit Zwischengas, und endlich fand ich die winzige Lücke zwischen den abrasierten Getrieberitzeln und würgte den Vierten hinein. Weit waren wir noch nicht gekommen. Zumindest hatte ich durchsetzen können, dass wir die *superstrada* in Richtung Rom nahmen und nicht die Via Flaminia, wie Gino es wollte. Die alte römische Heerstraße war zwar schön zu fahren, zerrte aber an den Nerven, weil sie jedem verschlungenen Flusslauf folgte und zumindest bis Gubbio kein noch so kleines Dörfchen ausließ. Da wurde einem schon schwindelig, wenn man die Strecke nur auf der Karte studierte.

«Für die vierhundertfünfzig Kilometer bis Neapel wäre es sicherlich angenehm», antwortete Gino und betrachtete genussvoll die Landschaft. Vorgestern hatte er es zwar sehr eilig gehabt, zu seinen Verwandten nach Neapel zu kommen, doch heute konnte es ihm gar nicht gemütlich genug gehen. Inzwischen hatten wir die Marken hinter uns gelassen und befanden uns in den Ausläufern der Apenninen in Umbrien.

«Was kommt denn nach Neapel, wenn man nur bis Neapel will, Gino?», fragte ich sarkastisch.

«Habe ich dir die Geschichte mit dem neuen Auto erzählt? Vor dem Friseursalon von meinen *cugini**?»

Ich sah ihn erstaunt an. «Eine Geschichte, die ich noch nicht kenne? Oder so eine wie die vom Lehrer aus Florenz, die mich schon im Schlaf verfolgt?»

«Die Geschichte von dem Lehrer, der sich von Florenz auf den Weg nach Siena macht, um den Sienesern Bildung zu bringen», dozierte er streng, «ist eine Geschichte mit einer universellen Botschaft. Nämlich dass sich niemand für etwas Besseres –»

«Gino, bitte!», brauste ich auf. «Nicht heute, nicht jetzt, und vor allem: nicht schon wieder!»

«Max, Max, Max, entspann dich, lass die Energie dieser Reise einfach durch dich hindurchgehen.»

«Du spinnst ja wohl! Ich leiste hier möglicherweise gerade Beihilfe zum Mord!»

«Sei nicht albern. Ich hole mir ein bisschen moralische Unterstützung, einen guten Rat. Wofür hat man Verwandte?»

«Aha. Und wofür hat man Telefon?»

«Du redest wie einer, der noch nie in Italien war.»

«Wer telefoniert denn weltweit am meisten? Am besten mit drei *telefonini* gleichzeitig und mit einem vierten in Reserve, damit man sich selber auch noch anrufen kann?»

«Ich habe kein solches *telefonino*.»

* Cousins

«Du weißt doch, was ich meine!» Diese Wut! Ich begann mir Sorgen um meine Nerven zu machen.

«*Telefonini* sind nur für unwichtiges Geschwätz. So was wie: ‹Mama, jetzt bringen sie das Tiramisù, aber es ist bestimmt nicht so gut wie deins›, oder: ‹Opa, ich lebe noch – du auch?› Aber wirklich wichtige Dinge?» Gino hebelte die Linke, die Fingerspitzen zu einer Pyramide zusammengelegt, in meine Richtung vor und zurück.

«Aha. Du meinst so was wie: Auf welche Art und Weise beseitige ich einen Mistkerl, der mir 94 Millionen Lire schuldet?»

Gino schüttelte den Kopf. «Was ist bloß mit dir los, Max? Glaubst du wirklich, was du da sagst?»

«Na ja, man macht sich so seine Gedanken, wenn du extra nach Neapel fährst zu Typen, die deine Cousins sind und die Tafani-Brüder genannt werden, und das gleich einen Tag nachdem es dir nicht gelungen ist, Spaccone umzubringen.»

Gino winkte ab. «Blödsinn. Ich habe ihn gefragt, ob er bezahlen will oder nicht. Wir haben uns angebrüllt. Dann bin ich gegangen und mit dem Fuß umgeknickt. Das war alles.»

Wie bitte? War ihm entfallen, dass ich dabei gewesen und die Sache ganz anders verlaufen war? Vorübergehend war ich verhindert zu antworten. Es ging noch einmal in engen Kurven bergauf, und ich bemühte mich durch hektisches Schalten, Ginos altersschwachen Fiat Panda irgendwie im fließenden Verkehr zu halten. Hinter uns drückte ein *furgone*. Der Fahrer ließ den linken Arm gelangweilt aus dem Fenster heraushängen, mit dem rechten telefonierte er wahrscheinlich, während er mit den Füßen den Takt von *Una festa sul prato* von Adriano Celentano tippte. Dazu gähnte er ununterbrochen und hielt den Abstand zu unserer Stoßstange bei konstant dreißig Zentimetern. Es war mir ein Rätsel, wie diese klobigen Kleintransporter zu einem solchen Tempo fähig waren. Vor uns legte sich ein Tanklastzug locker in die steilen Kurven. Er machte den Eindruck, als wäre er voll beladen, trotzdem spurte er die Steigung deutlich schneller hinauf als wir und war bald aus unserem Sichtfeld verschwunden. Endlich öffnete sich vor uns ein längeres gerades Stück Straße. Sofort scherte der *furgone* aus, überholte uns und dampfte davon. Mir war, als hingen jetzt beide Arme des Fahrers zum Fenster heraus und als hielte er nebenbei ein kleines Schläfchen.

«Die größte Gefahr im Straßenverkehr sind Autos, die schneller fahren, als ihr Fahrer denken kann», sagte Gino kopfschüttelnd und streckte seine Beine aus. Wahrscheinlich hätte er jetzt gerne die Neigung der Lehne verstellt, um es bequemer zu haben, aber das ging bei seinem spartanischen Panda-Basismodell nicht, dessen Sitze aussahen wie Campingmöbel. Und selbst wenn es theoretisch möglich gewesen wäre, würde die Mechanik ganz sicher nicht funktionieren. Hatte ich schon erwähnt, dass der Blinkerhebel abgebrochen war und man jedes Mal, wenn man ihn betätigen wollte, mit dem Zeigefinger dort hineintasten musste, wo er früher einmal gewesen war? Da stand noch ein kleiner dornartiger, scharfkantiger Rest, den man unter stechenden Schmerzen hoch- oder runterschieben konnte. Für Gino war das kein Problem: Er blinkte sowieso nie, und wenn, dann spürten seine verhornten Maurerfinger nichts.

«Das war so», begann Gino unvermittelt die schon angedrohte Geschichte. «Fosco, einer meiner drei *cugini*, hatte sich ein neues Auto gekauft, irgendwas Kleines, einen Lancia, keine Ahnung. Aber mit allen Extras. Völlig übertrieben und teuer. Er kommt also morgens damit zum Friseursalon und parkt direkt vor dem Schaufenster. Er und seine beiden Brüder Remo und Aurelio sind immer zusammen im Laden, sie haben viel Spaß, weißt du, sie arbeiten sich da nicht krank.»

«Wieso auch?», sagte ich. «Der Laden ist bestimmt nur eine Scheinfirma, und die verdienen ihr Geld auf ganz andere Weise.»

Gino ließ sich nicht irritieren. «Plötzlich sieht Remo, wie irgendjemand mit dem nagelneuen Lancia wegbraust. *Ou*, Fosco, ich glaube, dein neues Auto wird gerade geklaut, sagt er. Hinterher, brüllt Fosco, und sie werfen sich in Aurelios Auto und jagen los. Quer durch Neapel. Eine wilde Jagd, *ti dico io*! Doch dann wird der Dieb plötzlich langsamer, und Fosco denkt schon: Der hat den Motor ruiniert! Der hat die Kupplung weggeschliffen! Der hat das Getriebe zerbröselt! Den Kerl werde ich heute Abend grillen! Da fährt der Dieb rechts ran und hält. Die Tafani-Brüder treten auf die Bremse und wollen sich auf den Kerl stürzen. *Ou*, sagt der Dieb, Fosco, *sei tu*! Fosco kann es nicht fassen, Manuele, *sei tu*? Was machst du da, du Tropf? Manuele ist der Sohn vom Nachbarn, Max, und Manuele ist jetzt außer sich: Das ist dein Auto? Warum hast du nicht Bescheid gesagt, dass du ein neues Auto hast, eh? *Porca Puttana!* Er ist richtig sauer, gleichzeitig bekommt er Angst, denn Aurelio und Remo sehen sich den Lancia genau auf Kratzer hin an. Aber Manuele hat Glück, alles in Ordnung, nichts passiert.» Gino lehnt sich begeistert von seiner Geschichte in den Sitz zurück. «Das ist einer von zwei Gründen, warum wir nicht dein Auto nehmen. Meins kennt die Nachbarschaft», er klopfte auf die verwarzte Türverkleidung, «und besonders viel wert ist es auch nicht.»

«Gino, Gino.» Ich konnte mir ein Lächeln nicht verkneifen.

«Was?»

«Das ist doch von vorne bis hinten erfunden.»

«Es ist wie immer auf dieser Welt», stöhnte Gino dramatisch. «Die Wahrheit ist das Einzige, was niemand glaubt.»

«Die Geschichte kommt mir verdammt bekannt vor. Die habe ich schon mal gelesen. Ich glaube, in einem Roman.»

«Ach, ja? Hast du auch gelesen, wie sie weiterging?»

«Nein, aber du kannst dir ja schnell etwas einfallen lassen.»

«Als meine *cugini* wieder zurück in ihren Laden kommen, sind alle Scheren geklaut. Und alle elektrischen Haarschneidemaschinen. Und die Kasse ist aufgebrochen. Sie hatten vergessen abzuschließen. Zum Glück hatten sie noch keinen Kunden gehabt und kein Geld eingenommen. So, das ist die ganze Geschichte.»

«Klingt für mich auch nicht wahrer.»

«Dann frag Fosco oder Remo oder Aurelio. Du wirst sehen.» Gino widmete sich wieder der Landschaft, und jedes Mal, wenn ich einen Blick zu ihm hinüberwarf, lächelte er entspannt. Es musste in seinen Genen liegen, dieses Geschichtenerfinden, und wenn es so war, dann verfügten die Tafani-Brüder wohl über die gleichen Gene.

«Haben die Tafani denn herausbekommen, wer die Sachen geklaut hat?»

Ginos Lächeln wurde etwas farbloser. «Haben sie», erwiderte er kurz angebunden und deutete mit einer übertriebenen Geste hinaus, ganz klar ein Ablenkungsmanöver. «Da, bald kommen wir nach Gubbio. Den Weg könnte ich im Schlaf fahren. Weißt du warum? Kurz vor Gubbio findest du die größte Zementfabrik der Gegend. Da bin ich mindestens einmal im Monat.»

Mir lief ein Schauer über den Rücken. Jetzt war ich mir ganz sicher, dass von den Tafani-Brüdern nichts Gutes zu erwarten war, bestimmt hatten sie den Scherendieb verstümmelt oder so etwas. Ich warf einen weiteren Blick auf den immer noch lächelnden Gino neben mir, und das erste Mal, seit ich ihn kannte, war mir der kleine Maurer und Philosoph ein wenig unheimlich. Du spinnst, meldete sich gleich ein zartes Stimmchen aus einem entlegenen Teil meines Hirns, es ist keine zwanzig Sekunden her, da hast du die ganze Geschichte gar nicht geglaubt, und plötzlich glaubst du sie nicht nur, nein, jetzt dichtest du auch noch Leichen und Folteropfer dazu! Du bist überdreht, denk mal über eine Kur in den heißen Quellen von Saturnia in der toskanischen Maremma nach, da ist das Baden sogar umsonst, wenn du auf Massage, Fango und Pediküre verzichtest und nur in den von der Natur geschaffenen Sinterbecken herumplanschst.

Ich versuchte mich zu entspannen. Vergeblich. Mein inneres Gleichgewicht war endgültig dahin.

8.

«Stimmt alles», sagte Fosco und fuhr fort, sich die Fingernägel mit seinem *stiletto* zu reinigen. Ich starrte die spitze Klinge an, die er kurz zuvor mit einem Knopfdruck aus dem perlmuttverzierten Griff hatte schnellen lassen. «Bis auf eine Sache: Es war kein Lancia, es war ein Alfa Romeo.»

Gino nickte mir gönnerhaft zu. «Max hat da noch eine Frage, Fosco.»

Fosco warf mir einen kritischen Blick zu, schob seinen Unterkiefer vor und tippte mit der Klinge gegen sein Kinn, was in der unmissverständlichen neopolitanischen Gebärdensprache so viel bedeutete wie: Frag oder stirb!

«Also, die, die bei euch eingebrochen sind –»

«Niemand ist eingebrochen. Die Tür stand sperrangelweit offen. War Remos Schuld.»

Remo zog eine Augenbraue hoch und rülpste, was wiederum bedeutete: Offen oder zu, eine Tür ist eine Tür.

«Die, die eure Sachen geklaut haben, die», stammelte ich, «also, ihr habt die erwischt?»

Fosco sah mich an, als hätte ich mich gerade vor seinen Augen in Schleim aufgelöst. *«Certo che si.»**

«Und dann? Was habt ihr mit denen gemacht?»

«Zement.» Fosco drückte die Klinge wieder zurück in den Schaft.

«Zwei Eimer voll.» Remo nickte mir freundlich zu.

«An jeden Fuß einen», flüsterte Aurelio.

Fosco machte eine Geste, die ich nur so deuten konnte: Das

* Selbstverständlich!

ganze Paket im Hafen versenkt – *e finito*. Er steckte sein *stiletto* weg und sah mich richtig liebenswürdig an. Ich schluckte und warf Gino einen hilfesuchenden Blick zu. Der nickte mir ebenso freundlich zu wie Remo zuvor. Ohnehin hatten die beiden sehr große Ähnlichkeit. Auch Remo war ein kompakter, muskulöser Kerl mit einem viel zu großen, fast viereckigen Kopf, auch er durfte um die 1,62 Meter sein. Nur seine Haut war, das galt für alle drei Tafani-Brüder, deutlich dunkler, fast schwarz. So viel Sonne wie Neapel hatte der Monte Dolciano eben nicht zu bieten. Fosco und Aurelio dagegen waren größer und schlanker, Fosco hätte sogar als Venezianer durchgehen können, der mit etwas Glück und ausdauerndem Gebalze reich eingeheiratet hatte und das Vornehmsein noch übte. Er war sehr auf sein Äußeres bedacht und putzte ständig an sich herum, mit einem Kamm, mit einem Zahnstocher oder eben mit dem Messer. Gekleidet war er wie ein Mafioso aus einem Hollywoodfilm, stilecht bis hin zu spitzen, schwarz-weißen Schuhen, es fehlten nur noch die Gamaschen, aber die waren ja eher etwas für das kalte, windige Chicago. Eindeutig war er der Wortführer der Brüder. Aurelio wirkte auf den ersten Blick eher unscheinbar, auf den zweiten jedoch auf eine subversive Art Angst einflößend. Sein Mund war schmallippig und hatte einen sadistischen Zug, er sprach immer sehr leise, und man fragte sich unwillkürlich, was der wohl nachts tat. Schlafen jedenfalls nicht.

Ich malte mir aus, wie die drei irgendeinen wahrscheinlich im Grunde harmlosen Dieb von der Spitze der Molo San Vincenzo in die Fahrrinne der großen Containerschiffe beförderten, Schreien war unmöglich, weil sie ihn geknebelt hatten, und der Bedauernswerte sank mit billigen, mörtelgefüllten Plastikeimern vom Brico-Baumarkt an den Füßen zwanzig Meter tief auf den Grund, wo er heute noch stand, den Kopf verzweifelt zur unerreichbaren Wasseroberfläche gereckt. Da hörte ich ein undefinierbares Glucksen und Klatschen. Ich sah hoch. Gino hatte einen hochroten Kopf und schaffte es gerade noch, sein Lachen zu unterdrücken. Remo schlug sich wie eins von diesen batteriebetriebenen Trommeläffchen auf die Oberschenkel. Fosco strich sich über sein Unterlippenbärtchen, und sein Grinsen sagte: Ein Glück, dass ich nicht so doof bin wie der Deutsche da, von Aussehen und Charisma will ich gar nicht erst reden! Nur Aurelio zeigte praktisch keine Reaktion, sah mich allerdings an wie eine Krake, die gerade Pläne für ihr Abendessen machte. Mein Gesichtsausdruck musste wie ein Schlüsselreiz auf sie wirken, denn jetzt brüllten sie vor Lachen, sprangen auf und tanzten wie kleine Kinder herum. Bei Gino mit seinem Klumpfuß sah das eigenartig aus.

«Du hast es geglaubt!», brüllte er. «Du hast das alles geglaubt!»

Ich kam mir vor wie ein Idiot, machte mir aber, das war das Gute, plötzlich keine Sorgen mehr um Spaccone. Diese lustige Gurkentruppe würde ihm bestimmt nichts tun. Aurelio vielleicht ausgenommen …

«Na ja», versuchte ich Teil des gutgelaunten Haufens zu werden, «das mit der Autojagd durch Neapel, das war ja auch gut erzählt, und wie Fosco den Nachbarssohn gestellt hat.»

Schlagartig herrschte Stille.

«Moment», sagte Fosco, «der Teil stimmt.»

«Was denn jetzt?» Ich wurde langsam böse, wie lange wollten die mich eigentlich noch auf den Arm nehmen?

«Na, nur der Teil mit dem Zement, der stimmt nicht.» Fosco ließ sein *stiletto* wieder aus dem Schaft zischen und tippte beiläufig auf die Spitze, was in der unmissverständlichen italienischen Gebärdensprache hieß: Suche das Wort «Zement» und ersetze es durch «*stiletto*», ich meine es todernst.

«Ihr seid ja vollkommen bescheuert, ihr *mafiosi mancati*!», brüllte ich außer mir vor Wut. Da war sie wieder, diese rätselhafte neue Reizbarkeit. In diesem Moment fand ich sie jedoch vollkommen gerechtfertigt. «Für so einen Scheiß fahr ich dich hierher, Gino? *Porca puttanata!*»

«*Eh, vedete?* Das ist deutsches Temperament!» Gino deutete auf mich, als wäre ich ein fünfbeiniger Löwe; oder ein vierrädriges Dreirad; oder ein Deutscher mit südländischem Temperament.

Fosco kam zu mir und klopfte mir anerkennend auf die Schultern, Remo schlug mir ebenso anerkennend auf den Rücken, was meinen Oberkörper einen halben Meter nach vorne katapultierte, und Aurelio tätschelte mir mit der flachen Rechten die Wange, was mich unangenehm an Marlon Brando als Don Vito Corleone in *Der Pate* erinnerte. Tätscheln ist in dem Film immer die Vorstufe für: Das war's für dich, Freundchen, ich sag schon mal *ciao*, wir werden uns mit einiger Sicherheit nicht wiedersehen, jedenfalls nicht in diesem Leben.

«Wir haben den Dieb erwischt», sagte Fosco. «Wir haben ihn davon überzeugt, dass er etwas Unrechtes getan hat und es wiedergutmachen muss.» Er wandte sich Gino zu. «Und das ist doch wohl auch unser Auftrag im Fall von diesem Orso.»

«Orst-e», verbesserte Gino.

«Horst», brachte ich es auf den Punkt.

Die Tafani-Brüder und Gino sahen mich wortlos an. Sie waren sicherlich mutige Kerle, aber an das «H» wagte sich keiner heran.

«Die meisten nennen ihn Spaccone», bot ich eine für alle gleichermaßen taugliche Lösung an.

«Also, Gino, was ist mit diesem Spaccone?», fragte Fosco und zog einen Kamm hervor. Zuerst fuhr er sich mit der großzahnigen Seite sorgfältig durch das Haar, dann mit der kleinzahnigen durch seinen Unterlippenbart. «Wir hören.»

«Ich kann ja schon mal Zement bestellen», flüsterte Aurelio, aber dieses Mal lachte keiner.

«*Ascolta*», sagte Gino und brachte sich in Positur, die typische Ich-erzähle-euch-eine-Geschichte-von-mindestens-einer-Stunde-Dauer-also-haltet-den-Mund!-Haltung. Er beschrieb, wie mies Spaccone, dessen Chef und der Sohn vom Chef die schutzlose Valerie behandelt hatten, wie die Ärmste mit ihrer kleinen Tochter auf den Monte Dolciano abgeschoben worden war, damit der Sohn vom Chef, also Valeries Ehemann, seine Einkommenssituation in Deutschland in Ruhe manipulieren konnte, um möglichst wenig Unterhalt zahlen zu müssen, weil er längst eine neue Frau hatte. Und wie er, Gino, sich um die geschundene Valerie gekümmert und ihr das Leben wenigstens ein bisschen angenehmer gemacht hatte, zum Beispiel, indem er ihr karges Zimmer in Spaccones Haus wohnlich gestaltete, ein dichtes Fenster einbaute, das Dach reparierte, weil es bei Regen immer auf ihr Bett tropfte, und so weiter. Zugleich hatte er Valerie so nah wie möglich sein wollen. Er hatte sie gemocht und sie ihn auch, und sie hatte seine Zuwendung, seinen Respekt genossen und war regelrecht aufgeblüht. Er hatte eine tiefe Befriedigung gespürt, ihr das alles zu geben, so etwas wie nie gekanntes Glück, ja, wahre Liebe, die schenken will und nichts dafür erwartet.

Bis zu diesem Punkt der Erzählung hatten die Tafani-Brüder immer häufiger gegrinst und sich vielsagend angesehen. Doch jetzt spürten auch sie, wie aufrichtig Ginos Absichten gewesen waren. Fosco bekam feuchte Augen, und Remo umarmte Gino für einen Moment so herzlich, dass auch mir eine Träne ins Auge stieg.

«Valerie hat in ihrem Leben die Erfahrung machen müssen,

dass Männer immer nur nett und zuvorkommend waren, um sie herumzukriegen», fuhr Gino fort. «Hatten sie das geschafft, zeigten sie ihr wahres Gesicht. Aber Valerie sehnte sich so nach Liebe, dass sie bereit war, alles Mögliche zu ertragen in der Hoffnung, dass sich irgendwann alles zum Guten wendete. Ich muss wohl niemandem sagen, dass das nie passiert ist.»

«Lass mich raten», flüsterte Aurelio, «dieser Spaccone hat deine Schwäche für Valerie ausgenutzt, um sich Vorteile zu verschaffen.»

Über Ginos Gesicht huschte ein Anflug von Ärger, er hasste es, wenn man sich in seine Geschichten einmischte. Vielleicht missfiel ihm aber auch nur das Wort «Schwäche».

«*Ragione*, Aurelio, *ragione*», knurrte er.

Spaccone hatte sich tolerant gegeben, was Ginos Beziehung zu Valerie betraf, hatte betont, er würde wahren, tiefen Gefühlen niemals im Weg stehen, völlig egal, welche Schwierigkeiten ihm persönlich daraus erwuchsen, etwa ein Zerwürfnis mit seinem Chef, von dem er wirtschaftlich abhängig war, da sei er durch und durch Humanist alter Schule, da sei er mit dem Herzen den Idealen der Französischen Revolution ganz nah, ja, wenn er damals gelebt hätte, hätte nicht Jeanne d'Arc vorneweg die Bastille gestürmt, nein, das hätte er übernommen, als Mann hätte er vielleicht sogar noch deutlich effektiver sein können.

«Wie findet ihr das?», fragte Gino in die Runde, allerdings nicht mich, denn ich kannte den Gag ja schon.

«Zum Glück war Garibaldi ein Mann. Wer weiß, wie die Sache damals ausgegangen wäre, wenn er eine Frau gewesen wäre», sinnierte Fosco.

«Welche Sache?», fragte Remo.

Gino warf beide Hände in Foscos Richtung. «Jeanne d'Arc wurde 1431 auf dem Scheiterhaufen verbrannt! Der Sturm auf die Bastille war 1789! Das eine hat mit dem anderen rein gar nichts zu tun! Dieses Großmaul tut immer so, als wäre er der schlaueste Mensch auf der Welt.»

«Kein Wunder, dass ihn alle Spaccone nennen», sagte Fosco und signalisierte: weiter, weiter. Offenkundig wusste er, wie fundamentalistisch sein *cugino* in Fragen der Bildung werden konnte.

«Welche Sache?», wiederholte Remo seine Frage.

«Mein lieber Remo, ist dir nicht aufgefallen, dass es in jeder Stadt, in jedem Dorf in diesem verdammten Land einen Corso Garibaldi, eine Piazza Garibaldi oder eine Via Garibaldi gibt? Sogar im Norden, wo die Faschisten hocken, die uns im Süden austrocknen wollen?», erwiderte Fosco mit genüsslicher Arroganz.

«Was soll das?», brauste Remo auf. «Du bist schlau und ich bin dumm, oder wie?»

«Jedes Kind in Italien», gestikulierte Fosco wild in Remos Richtung, «weiß, wer Garibaldi war! Jedes!»

«Ich bin kein Kind!», knurrte Remo zurück, zog die Schultern hoch und machte sich auf den Weg, die drei Meter zu überwinden, die zwischen ihnen lagen, während Fosco begann, wie ein Dikdik* zu tänzeln und mit den Unterarmen lässig wie Muhammad Ali auf und ab zu pendeln.

«*Ascoltate*, eh?» Gino schob sich entschieden zwischen die beiden. Immerhin ging es hier um seine Ehre, da wollte er die volle Aufmerksamkeit für seine Geschichte und nicht für den über zweihundert Jahre zurückliegenden Freiheitskampf des Giuseppe Garibaldi. Fosco und Remo spürten, wie ernst es ihm war, und beruhigten sich genauso schnell, wie sie sich aufgeregt hatten. Remo warf lediglich mit einer elektrischen

* Afrikanische Zwergantilope, die kaum größer ist als ein Hase

Haarschneidemaschine nach Fosco, und dieser schoss mit einem kräftigen Strahl aus der Rasierwasserflasche zurück, der Remo allerdings nur teilweise erwischte, der andere Teil durchnässte mein T-Shirt am rechten Ärmel und verbreitete augenblicklich einen Duft, der überhaupt nicht zu meinem Typ passte.

Spaccone also hatte Gino großzügig verschiedene Aufträge erteilt, das Dach, den Garten, den riesigen Swimmingpool, den Zufahrtsweg. Ein Jahr ließ er ihn fast ausschließlich für sich arbeiten. Alles in allem lief eine Rechnung von über 94 Millionen Lire auf. Und jetzt weigerte er sich zu zahlen.

«Doch nicht die vollen 94 Millionen, *è vero?*», flüsterte Aurelio. Er war von den dreien derjenige, der lieber zu Hause bleiben würde, und er hoffte, die Geschichte würde nicht so trostlos enden, dass sie, die Verwandten, zwingend einschreiten und zum Monte Dolciano fahren mussten.

«*Niente, niente di niente, nulla, zero, nisba*, nicht einmal einen Fliegenschiss», erwiderte Gino.

«*Cazzo!*», fluchte Remo und sah auf die Uhr. Konnten sie, mit etwas Glück und wenn sie sofort losfuhren, noch im Hellen auf dem Monte Dolciano ankommen? Dann könnten sie die Nacht durcharbeiten und gleich am nächsten Morgen Spaccone zur Bank begleiten und alles Finanzielle regeln.

«Auf jeden Fall muss ich mich umziehen», sagte Fosco und schnippte ein Staubkorn von seinem Ärmel.

«Was hast du bisher unternommen», flüsterte Aurelio. Vielleicht hatte er ja Glück, und man konnte erst einmal schon eingeleitete Maßnahmen abwarten.

«Klage eingereicht. In Urbino beim *tribunale di prima istanza**», antwortete Gino.

* Amtsgericht

Nach einer Sekunde absoluter Stille lachten und grölten die Tafani-Brüder los, als wäre das der beste Scherz seit ewigen Zeiten, mindestens aber seit Berlusconis Wahl zum Ministerpräsidenten am 27. März 1994. Gino blieb sehr ernst und sagte Dinge wie: Wofür haben wir denn Gesetze? Und: Ich wollte den Mistkerl halt ein wenig unter Druck setzen! Aber er wusste natürlich, dass seine *cugini* niemals Hilfe bei irgendeinem Gericht oder gar bei den *carabinieri* suchen würden.

Es dauerte eine Weile, bis die Tafani-Brüder die Lust verloren, sich über Gino und seine Naivität lustig zu machen, und bis sie endlich begannen, die Hilfsaktion für ihren um seine Ehre gebrachten Verwandten zu planen. Auf jeden Fall sollte es gleich am nächsten Tag losgehen, Gino und ich sollten die Nacht in Neapel verbringen. Gino bei Remo, dessen Frau nach einem heftigen Ehestreit mal wieder zu ihren Eltern nach Pompeji geflohen war. Fosco und Aurelio waren schon lange der Meinung, dass Remo die renitente *strega** endlich zum Teufel jagen sollte, aber Remo konnte sich einfach nicht von ihr lösen. Sexuelle Abhängigkeit, flüsterte mir Fosco ins Ohr, von beiden Seiten. Er machte eine Geste, die sich nicht beschreiben lässt, aber unmissverständlich bedeutete: Es gibt nichts Schlimmeres und nichts Schöneres, heilbar ist es übrigens nicht, außer durch eine Operation, und zwar bei beiden.

Ich sollte bei Aurelio schlafen, der gar keine Frau hatte und mich merkwürdig ansah. «Der beißt nicht», flüsterte mir Gino ins Ohr, mir war jedoch sofort klar, dass ich in der Nacht kein Auge zutun würde. «Aurelio hat seine Geheimnisse, die wir alle nicht kennen», ergänzte Gino, «aber er ist eine gute Seele. Ich glaube, er wäre gerne Künstler geworden, wenn Kunst nicht so anstrengend wäre.»

* Hexe

«Hitler wäre auch gerne Künstler geworden», flüsterte ich zurück.

«Ma sei pazzo, eh?»* Gino schüttelte fassungslos den Kopf.

Fosco klatschte in die Hände. «Wir müssen los, *cugino*. Aber heute Abend kommt ihr zu mir, zum Essen. Dann besprechen wir alles.» Er zog sein Schlüsselbund hervor, offenbar das Signal, den Laden zu verlassen. Aurelio griff nach seiner Jacke, Remo nach einem Paar Kurzhanteln, von denen jede fünf Kilo wog.

«Ich denke, ich leg mich hier ein wenig hin.» Gino ließ sich auf die barocke Couch mit vergoldeter Armlehne sinken, deren Sitzfläche und Rückenlehne vor vielen Jahrzehnten mit einem königlich roten Samtstoff bezogen worden waren. «Sehr bequem, so ein Sofa. So was müsste ich in meinem Laster haben.»

«Dann sehe ich mich in der Stadt um», sagte ich, obwohl ich auch gerne ein wenig geruht hätte, aber ein zweites Sofa gab es nicht.

«Nimm mein Auto», erwiderte Gino und gähnte demonstrativ. «Aber hol mich rechtzeitig ab.»

«Um acht?»

Gino sah mich an, als hätte ich ihn gefragt, wie der Klapperstorch das eigentlich hinkriegt mit dem Transport, bei so vielen Geburten weltweit.

«Um zehn, Max, frühestens um zehn.»

Natürlich, wann denn sonst? Gino war nicht mehr wiederzuerkennen, seit wir in Neapel angekommen waren. Er, der jeden Tag um halb acht zu Abend aß, dann auf ein, zwei Wasser ohne Kohlensäure bei Luciana auftauchte, sich dort spätestens gegen halb elf verabschiedete, zu Hause im Bett

* Spinnst du?

noch ein wenig in der «Göttlichen Komödie» las, um morgens um sechs wieder aufzustehen und irgendein Dach zu flicken. Als gäbe es einen marchigianischen Gino und einen neapolitanischen, der sich nachmittags zum Schlafen hinlegte, der der Blutrache huldigte, um Mitternacht noch Pasta und Frutti di mare zu sich nahm, möglicherweise sogar zusammen mit einem trockenen Weißwein und, das wäre der Hammer!, danach eine Cohiba auf Lunge rauchte. Wer war Gino wirklich? Hatte ich bisher nur eine abgespeckte Version kennengelernt, eine Art *Down-size*-Gino?

Ich war zu sehr in Gedanken und Gino zu sehr damit beschäftigt, eine optimale Position auf dem Sofa zu finden, dass wir beide nicht merkten, wie die Tafani-Brüder sich vielsagende Blicke zuwarfen.

Fosco räusperte sich umständlich. «*Senti*, Gino, *eh,* das ist keine gute Idee.»

«Keine Sorge, Fosco, mich stört es nicht, wenn hier Leute von draußen reingucken.»

«Es ist, also, unter der Woche haben wir den Laden nachmittags», er gestikulierte ausladend mit den Armen, was in der unmissverständlichen italienischen Gebärdensprache so viel heißt wie: Was ich jetzt sagen werde, ist kompletter Blödsinn, «vermietet. An Leute, die mal in Ruhe telefonieren wollen. Zu Hause, da sind *la moglie*, *i bambini*, *la suocera*, *la nonna*. Wie soll man da», er zog die Schultern hoch bis an die Ohren, «über Sachen sprechen?»

«Auch das stört mich nicht. Ich stecke mir etwas Wachs in die Ohren, wie Odysseus.»

«Kennen wir diesen Kerl Odysseus?», fragte Remo seine Brüder. Aurelio schüttelte den Kopf, während Fosco Gino weiterhin auf der Suche nach den richtigen Worten anstarrte.

«Es geht nicht», stieß er hervor, «*punto e basta.*»

«Oh», sagte Gino mit freudiger Kompromissbereitschaft, «dann komme ich mit euch mit, kein Problem.» Er hangelte nach seinem Stock.

«Wir», Fosco gestikulierte wieder mit seinen Armen: Jetzt kommt der größte Blödsinn!, «wir haben geschäftlich zu tun. Das dauert ein paar Stunden, aber auf keinen Fall länger. Heute Abend, da sind wir voll für dich da, *su questo non ci piove**.»

«Kann ich denn wenigstens noch aufs Klo?», fragte Gino eingeschnappt.

«*Senz'altro.*» Fosco warf ihm die Ladenschlüssel zu. «Schließ ab, wenn du gehst. In zehn Minuten. Und falls du was Größeres abseilen willst, verkneif's dir.»

Gino zog sich mit demonstrativem Gestöhne von der so verdammt einladenden Couch hoch und warf vorwurfsvolle Blicke um sich, die von den Tafani-Brüdern abprallten wie geworfene Strohhalme.

Remo tippte unruhig seine Hanteln gegeneinander, klack, klack. «Wir müssen, Foschino, wir müssen.»

Fosco sah das genauso und winkte entschieden in die Runde. «Abflug, *fratelli.*» Remo und Aurelio waren im Nu auf der Straße. Fosco drehte sich an der Tür noch einmal um und machte mit der Rechten merkwürdige Bewegungen, die gut zu einem Hypnotiseur gepasst hätten. «Zehn Minuten, *ragazzini.*»

«Jüngelchen», meckerte Gino, während er zum Klo humpelte, «ich bin 25 Jahre älter als der, und er nennt mich Jüngelchen. Möchte wissen, was so wichtig ist, dass man einen Verwandten einfach vor die Tür setzt. Dieser gesamte neapolitanische Teil der Familie ist dysfunktional. Lass dich nicht

* Das ist so sicher wie das Amen in der Kirche.

blenden, Max!», rief er mir zu und nestelte auf einem Bein balancierend an seinem Hosengürtel herum. «Das Ideal der italienischen *famiglia* ist eine Farce!»

Ich verließ schnell den Laden, getrieben von der Befürchtung, er würde womöglich bei offener Tür sein Geschäft erledigen, um mir ein weiteres Beispiel für seine gespaltene Persönlichkeit zu präsentieren. Vor der Tür war von der Quirligkeit, die bei unserer Ankunft gegen zwölf Uhr mittags geherrscht hatte, nichts mehr übrig. *Tempo di siesta.* Die Hitze war selbst jetzt, Anfang September, überwältigend, die Luft war schwer und von extremer Feuchtigkeit geschwängert, und ich hatte sofort Sympathie für jeden, der unter solchen Bedingungen ab mittags lieber ein Schläfchen hielt, als zu arbeiten – was im Übrigen nicht zu der Tatsache passte, dass in Süditalien die meisten Kinder während der *siesta* gezeugt wurden.

Gähnend setzte ich mich auf die Motorhaube des Panda und freute mich schon auf einen neapolitanischen *caffè ristretto*, der angeblich so viel Koffein enthielt wie elf deutsche oder zweiunddreißig amerikanische Tassen Kaffee. Zwei Autos fuhren hupend vorbei. Ich musste daran denken, wie das gewesen war, als Gino und ich vor einer Stunde die breite Via Amerigo Vespucci verlassen hatten und in das Gewürmel der schmalen Altstadtstraßen im *Quartiere Spagnolo* eingetaucht waren. Von da an hatte ich mich nur noch von einem Adrenalinstoß zum nächsten gehangelt, gejagt von einer sich ständig neu formierenden Horde verbeulter, wildgewordener Kleinwagen, angehupt, weil ich an roten Ampeln hielt, wild angehupt, weil ich bei Grün über eine Kreuzung fuhr, und um jegliches Recht auf Vorfahrt gebracht, egal, ob ich in einen Kreisverkehr hinein- oder hinausfuhr, egal, ob von rechts, von links oder aus dem Jenseits kommend. In Neapel hat niemand Vorfahrt, außer er nimmt sie sich.

Überhaupt: hupen! Auch anderswo auf der Welt wird die Autohupe benutzt, mal mehr, mal weniger häufig. Aber niemand kann es mit dem neapolitanischen *Concerto Grosso* aufnehmen, mit dieser atemberaubenden Vielstimmigkeit, in der jeder das letzte Wort haben will und die deswegen niemals verstummt. Manche gehen sogar zwischen Kotelett und *zabaione* extra für eine Minute hinaus und setzen sich in ihren Wagen, um ein wenig zu hupen, schließlich will niemand riskieren, für tot erklärt zu werden, nur weil man sein Horn eine ganze Weile nicht mehr gehört hat. Wirkliche Gründe zu hupen sind äußerst selten. Gehupt wird, um das Gefühl von Gemeinschaft zu erleben, das ist genauso obligatorisch, wie Ameisen sich jedes Mal, wenn sie sich auf ihrer Ameisenstraße begegnen, mit ihren Fühlern betasten. Weitaus schwieriger nachzuvollziehen war für mich die neapolitanische Sitte, in der zweiten Reihe zu parken, und vor allem, niemandem ein Zeichen zu geben, wenn man vorhatte, in der nächsten Sekunde einfach anzuhalten, aus dem Auto in die Bar zu springen, um dort eine *pasta* und zwei *caffè* zu sich zu nehmen. In der ersten Reihe war eben nie Platz, und auf dem Bürgersteig ging es gar nicht, weil dort flächendeckend Straßenhändler ihre selbstgenähten Gucci-Taschen und persönlich zusammengemischten Coco-Chanel-No.-5-Fläschchen feilboten. Und über den wenigen noch freien Stellen wohnte mit Sicherheit eine vereinsamte Signora, die ihren Frust mit expressiver Balkonpflanzenzucht kompensierte und stündlich ihre Blumentöpfe mit einem Tsunami wässerte, dessen größter Teil in die Tiefe prasselte und alle Passanten vom Gehweg spülte.

Am schlimmsten jedoch in dieser Stadt der Kleinwagen-Anarchisten war der Verkehr an sich. Grundlage war das gemeinsame Ziel aller Verkehrsteilnehmer, alles zu tun, um dem anderen eine Delle in das Blechkleid seines Autos zu rammen oder, von der Opferseite her betrachtet, flink wie ein Karnickel jeden Rammversuch ins Leere gehen zu lassen. Fußgänger spielten in diesem Brutal-Ballett keine Rolle. Wer sich nicht rechtzeitig in Sicherheit brachte, war selbst schuld und hatten die Folgen zu ertragen. Ein Zebrastreifen hatte nur eine einzige symbolische Bedeutung für Fußgänger: Wenn du hier die Straße überqueren willst, dann mach's wie ein Zebra, das versehentlich bei einer Löwenfamilie zu Besuch ist, und versuche im Zickzack zu entkommen, mach dir aber keine allzu großen Hoffnungen.

Das Quietschen von scharfbremsenden Reifen unterbrach meine Betrachtungen. Ein Lancia Thema hielt vor dem Laden. Sechs Männer saßen darin, die mich sehr misstrauisch musterten. Nach einigen Sekunden stieg der Fahrer aus, ein massiger Kerl mit kahlem Schädel, der ansonsten extrem behaart war, sogar aus dem Hemdkragen krochen schwarze Haare, die wie Efeu versuchten, den Hals hochzuwachsen.

«Was sitzt du hier rum?», herrschte er mich an.

«Wer will das wissen?», fragte ich in einem Anflug von selbstmörderischer Großkotzigkeit, denn jeder konnte sehen, dass mit dem nicht gut Kirschen essen war. Statt zu antworten, flüsterte er etwas in sein Auto hinein, und die Gesichter der Männer wurden schlagartig gleichgültig. Was immer sie vorher gedacht hatten, jetzt hielten sie mich wahrscheinlich für einen harmlosen Touristen. Sie stiegen aus, gingen zum Friseurladen und warfen unablässig Blicke um sich, nach vorne, nach hinten, sogar nach oben, fehlte nur noch, dass sie den Gullydeckel hochklappten, um auch da nach dem Rechten zu sehen. Was hatten diese Typen vor? In dem Moment kam Gino herausgehumpelt. Blitzschnell veränderte sich ihr Verhalten. Während die fünf zusammenrückten, flitzte der Fahrer vor und drückte Gino mit ausgestrecktem Arm gegen die Schaufensterscheibe.

«Was rennst du hier rum?», schnauzte er den erschrockenen kleinen Maurer an.

«Also, was heißt denn hier rennen, *furbacchione*?», schnauzte Gino zurück und deutete auf seinen bandagierten Fuß. «Hast du keine Augen im Kopf?»

Ohne Umschweife hob der Efeuhaarige seinen Fuß, setzte ihn auf Ginos und erhöhte langsam den Druck. Sofort schrie Gino vor Schmerzen auf. «*Ma sei pazzo**, du hirnloses Monster!», brüllte er.

Einer der fünf anderen tippte dem Efeuhaarigen auf den Arm, worauf der von Gino abließ, und sagte mit leiser Stimme, die zu verstehen ich Mühe hatte: «Du siehst aus wie Remo.»

«Weil er mein *cugino* ist, ihr Halbaffen!», stöhnte Gino.

Der Leise hielt den Efeuhaarigen zurück, bevor der sich erneut an Gino vergreifen konnte. «Mach dir einen schönen Tag, *piede varo***», flüsterte der Leise und betrat den Laden. Die anderen folgten ihm, ohne sich um Gino zu kümmern, nur der Efeuhaarige trat zum Abschied Ginos Stock weg. Gino verlor das Gleichgewicht, ich sprang vor und konnte ihn zum Glück gerade noch auffangen.

«So viel zum Thema Mafia», sagte ich.

«*Macché!*», fuhr Gino mich an. «Wie kommst du denn darauf?»

«Also ehrlich, Gino, langsam glaube ich, du leidest extrem unter Realitätsverlust.»

«Du bist hier in Neapel! Hier zieht jeder mit allem, was er macht, eine Riesenshow ab. Das bedeutet gar nichts.»

* Bist du wahnsinnig?

** Klumpfuß

«Ich weiß nicht», erwiderte ich ein wenig verunsichert.

«Du bist nur die Menschen vom Monte Dolciano gewohnt», legte Gino mit der Energie eines Taifuns los, «das ist dein Problem, Max. Wir auf dem Monte sind *Marchegiani*, Norditaliener. Die Marken waren früher sogar mal deutsches Territorium, Heinrich der Vierte, zwölftes Jahrhundert. Wir haben viele Jahrhunderte dem Vatikan gehört, für den wir in etwa so interessant waren wie ein Tomatensalat für einen Löwen. Wir sind im Kern eher zurückhaltend. Wir sind», er kreiselte mit der Hand vor seinem Gesicht herum, «normal, nichts Besonderes, gute, nette Menschen. Die Neapolitaner aber, die sind anders. Die regen sich ganz schnell auf. Die verhalten sich wie Paviane. Die verteidigen ständig irgendwelche Reviere, die sind empfindlich, die spreizen sich, die sind eitel, die drohen hier und drohen da. Hast du mal bemerkt, wie die Männer hier in ihren Autos sitzen? Schräg, auf einer Pobacke, als hätten sie Hämorrhoiden. Und warum? Weil die sich die ganze Zeit in ihren Rückspiegeln betrachten! Und was sehen sie? Den tollsten Mann der Welt, was sonst? Du denkst, die sind Mafia, eh? Blödsinn! Die sind so wenig Mafia wie Roberto de Niro, Al Pacino, Marlon Brando, Mickey Rourke –»

«Ist ja gut, Gino, ist ja gut!», unterbrach ich ihn. «Und dass dieser Pavian eben deinen Fuß malträtiert hat, ist das auch nur Neapel oder schon Mafia? Und deine Cousins, was sind die?»

«Gib mir meinen Stock!», herrschte er mich an.

«Sehr wohl, *padrone*», pflaumte ich zurück und ließ ihn einfach los, was ihn in arge Bedrängnis brachte. Zum Glück konnte er sich am Schaufenster abstützen. Ich hob den Buchenstock auf und reichte ihn Gino. Ohne ein weiteres Wort stapfte er los. Ich hätte es albern gefunden, wenn ich in die entgegengesetzte Richtung gegangen wäre, also folgte ich ihm.

Gino betrat gleich die erste Bar an der nächsten Ecke, die *Bar dello Sport*. Vier Fernseher, in jeder Himmelsrichtung einer, klebten unter der Decke. Allerdings war darin nichts Spannendes zu sehen, zumindest ich interessierte mich nicht für italienische Mädchen, die eigens in die USA fuhren, um das Cheerleader-Handwerk zu lernen, also wie man ein Footballteam mit choreographierten Schritten zum Sieg tänzelte und sich danach von den Spielern flachlegen ließ. Gino warf sich auf einen Stuhl und schloss die Augen. Der *barista* sagte etwas zu mir, was ich leider nicht verstand. Da er hinter der Theke stand, nahm ich an, er wollte wissen, was wir haben wollten. Der Dialekt der Monte Dolcianer war mir inzwischen einigermaßen geläufig, der neapolitanische hörte sich für mich an wie Arabisch mit einem Einschlag von Hindi.

«*Un crodino*», bestellte ich, und der arabische Hindu war sofort im Bilde darüber, dass ich zwar ein Mensch, aber kein Neapolitaner war und höchstwahrscheinlich nie wiederkommen würde. Also tat er seine Pflicht, vermied aber jeden weiteren verbalen Austausch und auch sonst alles Entbehrliche. In der Regel gab es zum Crodino etwas zu knabbern, viele Bars unterstrichen sogar ihre Besonderheit im Vergleich zu anderen durch das, was sie alles neben den Crodino stellten. In Pesaro zum Beispiel, in der *Bar Centrale* an der Piazza neben der *questura* der Carabinieri, gab es so viele Reistörtchen, Minisandwiches und Oliven als Beilage, dass man danach getrost das Mittagessen ausfallen lassen und sich voll auf das Abendessen konzentrieren konnte. Leider nahm die *Bar dello Sport* nicht an diesem Wettbewerb teil und ließ es bei zwei Eiswürfeln als Beigabe bewenden. Ich setzte mich ans Fenster, weit weg von Gino. Plötzlich wurden meine Augenlider schwer. Noch fünf Stunden bis zum Abendessen …

Was die Tafani-Brüder betraf, war ich mittlerweile vollkommen verwirrt. Einerseits wurden sie mir immer suspekter, andererseits wirkten sie auf mich manchmal geradezu lächerlich. Lag es daran, dass ich die neapolitanische Mentalität nicht verstand? Hatte Gino recht, wenn er sagte, dass alle hier mit dem Mafiamythos spielten und sich dabei ungeheuer *fico* vorkamen? Vielleicht. Andererseits hatten der Efeu-Mann und seine finsteren Kumpane auf mich nicht den Eindruck von Clowns gemacht, im Gegenteil.

Gino hatte recht, mein Bild vom italienischen Leben war ausschließlich von den Menschen auf dem Monte Dolciano geprägt, so als würde man Deutschland ausschließlich aus der Perspektive eines oberbayerischen Alpendorfes betrachten. Und ich spürte einen wachsenden Unwillen, ein anderes Bild von Italien überhaupt zur Kenntnis zu nehmen. Wie ein Eremit sich nicht für die Tagesschau interessiert. Wahrscheinlich rührte daher meine gereizte Stimmung, die stündlich schlechter wurde, seit Gino mit seiner Machete auf Spaccone losgegangen war. Und Anna hatte auch recht, ich wollte mein persönliches Paradies nicht befleckt sehen. Obwohl die nicht ganz so rosige Realität schon seit längerem die romantischen ersten Jahre verdrangt hatte, die Pionierzeit, als das Leben unter Italienern für mich fremd und alles neu gewesen war und die Monte Dolcianer mir, dem weit und breit einzigen Deutschen, der sich eine Ruine gekauft hatte, mit großer Neugierde und Aufmerksamkeit begegnet waren. Spätestens seit sich die Zahl der Ausländer erhöht hatte, seit die ersten größeren Konflikte aufgetaucht waren, seit sich unter den Deutschen, Engländern und Schweizern die ernüchternde Erkenntnis breitgemacht hatte, dass man zwar einen vier Meter langen Tisch in seine Küche stellen und grobes Terrakottageschirr kaufen konnte, nicht jedoch das ersehnte *dolce vita*, die viel beschworene *italianità*.

Irgendwann dann war die Neugierde der italienischen Nachbarn befriedigt gewesen, die gemeinsamen Abendessen wurden weniger. Ruhe kehrte ein, auch Desinteresse, aufseiten der Italiener, aber vor allem aufseiten der meisten Zugereisten, die letztlich nicht an wirklicher Freundschaft mit ihren italienischen Nachbarn interessiert waren. Nicht wenige begannen, ihr Geld arbeiten zu lassen. Sie beschäftigten Nachbarn und deren Nachbarn als Gärtner, verteilten kleine Bauaufträge, verbunden mit Essenseinladungen, und schwärmten zu Hause gönnerhaft von der Freundschaft, die sie mit den Einheimischen pflegten. Und wenn der meist viel zu hoch bezahlte Gärtner dann einen kleinen Ziegenkäse mitbrachte, hergestellt aus der Milch der eigenen Ziegen, gewürzt mit den Kräutern aus dem eigenen Garten, eigenhändig eingewickelt in ein Blatt vom eigenen Weinstock, dann war das Glück unbeschreiblich. Auf beiden Seiten: Der Gärtner konnte sicher sein, weiterbeschäftigt zu werden, und die Auftraggeber konnten zu Hause in Deutschland, der Schweiz oder in Großbritannien sagen: Du, wir haben gute Freunde unter den Italienern, ich lebe in ihrer Mitte, voll akzeptiert, es sind scheue Menschen, aber so WAAAHNSINNIG herzensgut, so rein, so aufrichtig, so EINFACH!

Ebenfalls nicht wenige gaben sich nach Möglichkeit gar nicht mit Italienern ab und beschränkten ihre Sozialkontakte auf die anderen Ausländer. Das führte zu wirklich einzigartigen Verbindungen von Menschen, die in ihren jeweiligen Heimatländern kein Wort miteinander wechseln würden, die jedoch hier, auf dem Monte Dolciano, ständig zusammenhockten und so doch noch Leben an ihre Vier-Meter-Tische brachten, eine Art Leben aus zweiter Hand. Ein solcher italienerfreier Abend begann in der Regel mit dem Lästern über das Phänomen «typisch Italiener», was meist sehr lustig, aber nicht sehr nett war. Lustig, weil es hier im Land der Zitronen- und Olivenbäume in der Tat von einigen Dinge zu berichten gab, die einzigartig skurril waren. Guter Stoff war immer das trotzige Eigenleben der italienischen Bürokratie, an der man leicht verzweifeln konnte, weil man ihr vollständig ausgeliefert war. Italienische Bürokratie ist nicht menschengemacht, italienische Bürokratie ist ein autarkes Lebewesen, das zu bändigen völlig aussichtslos ist, mit dem man geduldig hin und wieder ein Stück Weg gemeinsam geht, das sich wie ein einjähriges Kleinkind verhält, bei dem man sich auch ständig fragt: Was macht es denn jetzt schon wieder? Italienische Bürokratie ist die erste funktionierende künstliche Intelligenz weltweit, die sich selbst am Leben hält und ständig neu programmiert, nicht weil es Sinn ergäbe, sondern weil es der Sinn der künstlichen Intelligenz ist, sich selbst am Leben zu erhalten und sich ständig neu zu programmieren. Und so weiter. Am Ende wird der Klimawandel die Menschen von diesem Planeten wegdörren, nur die italienische Bürokratie wird unbeeindruckt weiter an Fußnoten zu Unterparagraphen übergeordneter Paragraphen werkeln, die Teil von Sondergesetzen sind, welche schon bestehende Gesetze teilweise außer Kraft setzen und die, vorbehaltlich der von *Cavaliere* Berlusconi vorgezeichneten Wege unter Umgehung der künstlichen Intelligenz namens Justiz, ohne jegliche Mehrheit Grundgesetz werden.

Eineinhalb Stunden und zwei *caffè* später hatten sich meine wirren Gedanken etwas gelegt, und ich sah wieder einen Sinn im Leben. Gino war wie aus einer Trance erwacht, setzte sich zu mir, scherzte herum und beschwerte sich, ganz der Alte, kurz darauf über Klimaanlagen, die doch tatsächlich schon angeschaltet waren, wo es noch nicht mal 38 Grad im Schatten hatte. Schwitzen, so seine Theorie, war eine Sache der Einstellung. Frieren übrigens auch, wobei da warme Kleidung auch ganz hilfreich sein konnte. Draußen war das neapolitanische Leben wieder in vollem Gange. Auch der *barista* legte jetzt eine Lebendigkeit an den Tag, wie ich sie vorhin nie für möglich gehalten hätte. Jetzt bekam er beim Sprechen sogar den Mund auf, und sein arabisches Hindi erwies sich doch als Italienisch, und tatsächlich, als ich ihn beim Bezahlen fragte, was man denn hier unternehmen könne, wenn man noch viereinhalb Stunden zu überbrücken hatte, reagierte er sehr aufmerksam, benutzte Worte, die ich konnte, und gab mir eine Adresse ein paar Straßen weiter, ich solle dort nur sagen, er habe mich geschickt. Gino hielt sich während des kurzen Gesprächs sehr zurück, ja, fast machte er einen schüchternen Eindruck, ein Zug, der mir an ihm bisher noch nie aufgefallen war. Und damit war schon erklärt, warum er nicht in Neapel, der Heimat mütterlicherseits, lebte, sondern in den Marken auf dem Monte Dolciano, der Heimat väterlicherseits.

Draußen spazierten wir durch die Vico d'Afflitto, die als italienische Gasse begann und dann immer mehr zu einer neapolitanischen wurde mit kleinen Müllbergen, quer von Haus zu Haus gezogenen Wäscheleinen und auf den Millimeter passgenau parkenden Autos, die nur noch so viel Platz ließen, dass ausschließlich italienische Autofabrikate mit Motoren unter 1000 ccm passieren konnten.

«Was waren das wohl für Männer, vorhin?», fragte ich.

«Bestimmt Verwandte», meinte Gino gut gelaunt, als hätten sie ihn mit einem überdimensionalen Überraschungsei beglückt und nicht auf seinem verletzten Fuß herumgetrampelt. «Meine Verwandtschaft mütterlicherseits lebt hier schon seit zig Generationen. Da ist einiges zusammengekommen. Die meisten kenne ich gar nicht.»

«Komisch, dass wir nicht im Laden bleiben durften», sinnierte ich und spürte schon wieder einen gewissen Unwillen in mir aufsteigen. Wenn ich nicht aufpasste, würde ich bald unter Reflux leiden und bis an mein Lebensende täglich Tabletten schlucken müssen.

Ginos Gesicht bewölkte sich sofort wieder. «Ach was, komisch! Weißt du, was ich glaube? Die treffen sich da zum Kartenspielen und wollen ihre Ruhe.»

«Na ja, deswegen müssen sie ja nicht –»

«Meistens spielen die hier Briscola», er redete einfach weiter. «Briscola, das ist ein Riesenspaß. Willst du wissen, wie das geht?»

«Nein, will ich nicht. Ich mag keine Spiele, deren Spielregeln ich nicht kenne.»

Gino schüttelte den Kopf. «Manchmal wundere ich mich, wie du es über die Alpen hierher geschafft hast, Max.»

«Auf der Inntal-Autobahn über den Brenner und immer geradeaus», erwiderte ich gereizt.

«Also, pass auf. Zu Beginn des Spiels erhält jeder Spieler drei Karten. Die übrigen Karten werden verdeckt auf einem Stapel abgelegt. Die oberste Karte wird umgedreht und unter den Stapel gesteckt, wobei man sie noch bis zur Hälfte sehen kann. Diese Karte gibt an, welche Farbe Trumpf ist. Jetzt weißt du auch, warum das Spiel so heißt, Trumpf, *briscola*!»

«Toll, Gino, danke. Endlich kenne ich die Spielregeln.»

«Nichts kennst du. Zum Beispiel.» Gino blieb stehen, klemmte sich den Buchenstab unter die Achsel, um beide Hände frei zu haben, wie sollte er mir sonst das Spiel erklären, und begann mit einfachen Gesten wie: die flache Hand hin und her schwenken, beide Zeigefinger in irgendetwas bohren und Fingerpyramiden, immer wieder Fingerpyramiden. «Briscola wird mit speziellen Karten gespielt, neapolitanischen Karten, *capisce*? Nicht das, was du kennst, Bube, Dame, König und so weiter. Sondern Becher, Münzen, Keulen und Schwerter.»

«Nicht *stilettos*, Hellebarden und Macheten?»

«*Ma vai, santa pazienza!** Was soll das denn jetzt?»

«Weil du gesagt hast, neapolitanisch.»

Gino verdrehte die Augen, dass mir angst und bange wurde. Früher in meinem Elternhaus hieß es immer: Pass auf, dass dir die Augen so nicht stehen bleiben.

«Briscola ist ein Stichkartenspiel –»

«Eben», sagte ich.

«– und wer die meisten Punkte hat, ist der Sieger.»

«Nicht: Wer die meisten Toten hat, ist der Sieger?»

Gino packte unbeeindruckt seinen Stock und humpelte weiter. «Heute Abend nach dem Essen spielen wir das mal. Du kannst ja zugucken, wenn dir das intellektuell zu anstrengend ist.»

«Interessant. Übrigens, wir sind da. Haus Nummer 14, eine blaue Tür. Da vorne.»

Neben dem Eingang befand sich ein Geschäft, hinter dessen unbeschrifteten Scheiben man Dampfschwaden wabern sah. Durch das geöffnete Fenster drang seifiger, heißer Dunst heraus. Eine Wäscherei also. Ich drückte auf die blaue Eingangstür, die sofort aufsprang.

«Zweiter Stock.» Ich deutete auf Ginos Fuß. «Schaffst du das?»

Gino antwortete nicht und ging einfach vor. Ich folgte und wurde eingenebelt von einem über Jahrhunderte eingebrannten Geruch nach frittierten Frutti di mare und endlos lange eingedickter Tomatensauce. Das passte, und es hätte mich nicht gewundert, als Erstes über Säcke mit schmutziger

* Meine Güte!

Wäsche zu stolpern oder Mülltonnen, die schon jede Hoffnung aufgegeben hatten, jemals geleert zu werden. Stattdessen bot sich ein überwältigender Jugendstilpomp. Die Wände waren mit einer echten grünen Stofftapete beklebt. Rechts und links hingen verspielt geschwungene Messinglampen mit satinierten Glasschirmen an der Wand. Der Boden war mit einem roten Sisalteppich belegt, und die Decke war durchgängig mit schreiend bunten Fresken bemalt: dickliche Engel und muskulöse mediterrane Männer tummelten sich in einer pompejanischen Thermallandschaft in Posen, die man im Vatikan weder als schicklich noch als natürlich betrachtet hätte. Befremdlich war nur, dass zum Beispiel im Bauchnabel eines Adonis oder im geöffneten Mund eines besonders knubbeligen Engels winzige Überwachungskameras versteckt waren.

Gino schien das alles nicht zu interessieren, ich hörte ihn schon im Treppenhaus eine Etage höher humpeln: umpf-tock, umpf-tock. Gleich drei Stufen auf einmal nehmend, sprintete ich hinterher.

«Gino, warte mal!», rief ich mit gepresster Stimme. Keine Antwort. Im zweiten Stock endlich holte ich ihn ein. «Sag mal, kommt dir das alles nicht ein wenig merkwürdig vor?»

«Warum flüsterst du, Max? Wir sind hier nicht in einem Eremitenkloster.»

«Eben, das meine ich ja.»

Er wischte meine Bedenken zur Seite. «Da, die Klingel.»

«Ich weiß nicht, ich habe ein komisches Gefühl.»

«Du hättest nicht so viele *caffè* trinken sollen.» Er stocherte mit seinem Stock an mir vorbei an der Wand herum, bis er endlich den Klingelknopf traf. Es dauerte nicht lange, und die Tür sprang auf.

«Komm, lass uns umdrehen», startete ich einen letzten Versuch, einen halbherzigen, muss ich gestehen, denn durch den Spalt sah ich den Flur einer Wohnung, die absolut geeignet gewesen wäre für die Neuverfilmung von «Ein Käfig voller Narren».

«*Salve tutti!*», schmetterte Gino gut gelaunt in den Raum und humpelte hinein. «Guck dir das an, Max. Dieselben Sofas wie bei meinen *cugini.*»

Ich trat ebenfalls ein, aber nur, um Gino am Kragen packen und wieder hinausziehen zu können. Da öffnete sich links eine Tür, und herein schwebten etliche Damen in marginaler Bekleidung, setzten sich auf die Sofas und sahen uns mit zwischen Langeweile und Belustigung schwankenden Blicken an.

Endlich begriff auch Gino, wo wir gelandet waren. Auf seinem Gesicht machte sich ein eher verzweifeltes Lächeln breit, er stammelte Worte, die ich nicht verstand, winkte den Damen mehrfach zu und setzte sich merkwürdigerweise rückwärts in Bewegung, weswegen er mich anrempelte und ich ins Stolpern geriet. Wie zwei kleine Jungs vom Land, wie zwei *baccellone*, wie zwei Trottel verhakten wir uns und kamen nicht von der Stelle. Es war peinlicher als der erste Kuss, bei dem man nicht weiß, wohin mit der Zunge, und um es noch schlimmer zu machen, entdeckte ich unser Abbild in einem wunderschönen barocken Spiegel und musste zweimal hinsehen, bevor ich die beiden roten *pepperoni* als unsere Köpfe identifizierte.

«Wo soll's denn hingehen?», erklang hinter uns eine dunkle Frauenstimme, die perfekt zu dem wuchtigen Körper passte, der sich vor dem Ausgang breitbeinig aufgebaut hatte. Ohne Hydraulik ließ sich dieses gewaltige Lebendgewicht mit Sicherheit nicht zur Seite schieben, jedenfalls nicht von einem leptosomen, verstörten Deutschen und einem humpelnden, kompakten Italiener mit einer lichten Höhe von eins fünfundsechzig.

«Wer schickt euch?» Der Ton war jetzt deutlich unfreundlicher. Gleichzeitig drückte sie einen Knopf an der Wand. Ich war mir sicher, dass sie damit nicht den Butler mit einem *caffè ristretto** und frischgebackenen *babà*** herbeirief, sondern eher ein noch wuchtigeres Wesen mit einem ausgewählten Arsenal von Nahkampfwaffen. Mir wurde sehr mulmig zumute, und ich hoffte auf Ginos Charme, aber nichts da, der Kerl schwieg mit aufgerissenen Augen. Also versuchte ich es ohne Charme: Dass ich normalerweise auf einem Berg in den Marken lebte, erzählte ich, und dass ich einen Freund, diesen da, nach Neapel gefahren hätte, der hier dringend etwas zu erledigen hatte. *Oddio*, dachte ich und schwitzte noch mehr, falsch! Kann irgendetwas verdächtiger klingen als ‹dringend zu erledigen›?

«Was denn?», kam prompt die misstrauische Frage.

Was sollte ich darauf sagen? Dass Gino die Tafani-Brüder brauchte, um Spaccone fertigzumachen? «Was Familiäres», antwortete ich. «Mein Freund», ich deutete auf Gino, dessen Grinsen immer breiter wurde. «Er hat hier etwas mit seinen Verwandten zu besprechen.» Verdammt, auch falsch.

«Gibt's bei euch auf dem Berg in den Marken kein Telefon, oder wie?», kam es wie aus der Lupara geschossen zurück.

«Doch, aber es gibt Dinge, die man besser persönlich unter vier Augen bespricht», erwiderte ich wie unter dem Zwang, gar nichts richtig zu machen. Kann irgendetwas konspirativer klingen?

* Ein Espresso mit möglichst wenig Wasser und möglichst viel Kaffeemehl

** Ein Hefegebäck in grober Penisform, in Rum getränkt

Die Anführerin senkte ihre Stimme und drückte noch ein paarmal auf ihren Knopf. «Die Verwandten, wie heißen sie?»

Ich sah Gino an, eigentlich konnte er doch jetzt weitermachen, nachdem ich bereits alle Fettnäpfchen abgeräumt hatte. Aber er nickte nur ununterbrochen. Als ich weitersprach, konnte ich das Zittern in meiner Stimme nicht unterdrücken und handelte mir damit einige vernichtende Blicke von den Damen in marginaler Bekleidung ein. Nur eine betrachtete mich gerührt, als fände sie mich süß, aber das machte mir noch mehr Angst. «Die Tafani-Brüder», sagte ich. «Die haben einen Friseursalon, gleich hier um die Ecke.»

Ich rechnete mit allem. Bestimmt herrschte schon jahrelang Krieg zwischen dem Puff und dem Friseurladen, Gino und ich waren zwischen die Fronten geraten, und endlich hatten sie zwei Geiseln, die sie problemlos in mit Zement gefüllte Baumarkteimer stellen konnten.

«Wie heißen die Brüder mit Vornamen?», ging das Verhör weiter.

«Fosco, Remo und Aurelio.» Jetzt zitterte meine Stimme nicht nur, sondern sie flippte auch noch in einen unnatürlich hohen, pubertären Frequenzbereich. Vielleicht erweckte das ja so viel Mitgefühl, dass man uns gehen ließ.

«Wer ist der Stille von den dreien?»

Porca puttana! Was sollte das denn bedeuten: der Stille von den dreien? Remo sagte nicht viel, und Aurelio flüsterte immer. Welcher war nun die richtige Antwort? Im Moment meiner größten Konzentration wurde die Tür hinter der Anführerin aufgerissen, und herein kam das Ende aller Hoffnung: ein quadratischer Kerl in einer geländetauglichen Tarnhose, auf der ein deutscher Adler und das mit schwarzem Faden gestickte Wort «Bundeswehr» prangten, den Oberkörper fugendicht eingepresst in ein zwei Nummern zu enges grünes T-Shirt, das jeden seiner Muskeln detailliert abbildete und auf dem ebenfalls «Bundeswehr» zu lesen stand.

«Che c'è?», fragte er, zumindest interpretierte ich sein arabisches Hindi so.

«Remo sagt nicht viel und Aurelio flüstert ständig», beeilte ich mich zu antworten. «Außerdem steht in dem Friseurladen auch so ein Sofa.» Ich deutete in die Richtung der marginal Bekleideten. «Hören Sie, wir sind hier nur zufällig reingeraten, sonst nichts.»

Zuerst fiel mir auf, wie die marginal bekleideten Damen auf dem Sofa sich entspannten. Dann verließ die Anführerin ihren Posten, ließ sich auf einen Stuhl hinter einem Rokokosekretär fallen und tupfte sich Schweiß von der Stirn.

«Remo? Aurelio? Was ist mit meinen *cugini*?», fragte das Quadrat schlecht gelaunt.

Cugini? Das Kraftpaket war ein Verwandter der Tafani-Brüder! Also auch ein Verwandter von Gino. Vor Erleichterung verfiel ich in einen ungehemmten Redefluss. Mit sich gegenseitig behindernden Worten und katastrophaler Grammatik beschrieb ich den bisherigen Verlauf des Tages und dessen Hintergründe. Das Quadrat, sein Name war übrigens Timoteo, hörte eine Weile aufmerksam zu. Doch dann schweiften seine Gedanken ab, und nach fünf Minuten unterbrach er mich.

«Warum sagt der nichts?» Timoteo deutete auf Gino.

«Gino, was ist, warum sagst du nichts?», fragte ich und war froh, dass meine Stimme wieder einigermaßen normal klang. Nichts. Gino lächelte und schwieg.

Das Quadrat winkte ab. «Die ganze Geschichte klingt für mich so, als sollte ich morgen besser mitkommen auf diesen Monte Dolciano.» Während er sprach, tippte er sich mit den

Fingerspitzen der Rechten auf seinen gewaltigen Brustmuskel. «Wenn's gegen die Familie geht, müssen alle an einem Strang ziehen.» Er sah mich mit tiefem Misstrauen an und merkte nicht, wie die Anführerin mehrfach versuchte, ihm Zeichen zu geben. «Und wenn Deutsche im Spiel sind, sowieso. Ihr meint, immer alles besser zu wissen. Mafia, Umwelt, EU-Subventionen, alles. Was ist das bessere Auto? Alfa Romeo oder BMW, eh?»

Erschrocken hob ich die Hände. «Der Alfa, ohne Frage.»

Das Quadrat schoss mit dem Zeigefinger auf mich. «Wenn's um Komfort geht: BMW. Wenn's um Temperament geht: Alfa.»

«Klare Sache», nickte ich eilfertig.

«Morgen also?»

«Machen Sie sich keine Mühe», beeilte ich mich zu beschwichtigen. «Ich meine, um wen geht es denn? Um einen übergewichtigen Deutschen, der stramm auf die sechzig zugeht.»

Timoteo tippte weiter auf seinen Brustmuskel und ließ ordentlich Zeit verstreichen. Viel Zeit. Dann führte er beide Hände vor seiner Brust zusammen, verschränkte die Finger und ließ sie einige Male knacksen.

«Timo», sagte die Anführerin erstaunlich sanft und signalisierte erneut, dass sie etwas Wichtiges sagen wollte.

Doch Timoteo legte seine Stirn in ein paar dramatische Falten, die sie verstummen ließen, und brachte seine Bizepse einige Male zum Hüpfen, was beeindruckend aussah. Zumindest für mich. Die Damen auf den Sofas warteten mit geübter Geduld ab, bis die Inszenierung vorbei war.

«*Vabbè*, das schaffen die *ragazzini* alleine.» Erneut deutete er dynamisch mit dem Finger auf mich. «Grüß sie von mir und sag ihnen, sie sollen mal wieder zum Essen vorbeikommen. Das letzte Mal ist schon eine Woche her. Und der da», jetzt deutete er auf Gino, «da wüsste ich gerne, aus welchem Zweig der Familie der stammt. Bestimmt aus der Weicheier-Ecke rund um Rosella.» Kopfschüttelnd ging er ohne ein weiteres Wort.

Die Anführerin zog resigniert eine Augenbraue hoch. Ich musste an Luciana denken, aber an deren Klasse kam sie definitiv nicht heran. Ich lächelte in die Runde und wollte dem Quadrat folgen. Da erhob sich die Dame, die schon zuvor ein gewisses Interesse an mir bekundet hatte, und streckte einen Arm aus. «Willst du mitkommen?», fragte sie.

Was für eine Stimme! Dunkel, vibrierend und warm wie ein Dampfbad. Vielleicht wirkte ich einen Moment so, als würde ich ja sagen. Sie näherte sich mit sehr langsamen Schritten, streckte auch noch den anderen Arm aus und machte dabei sanfte, runde Bewegungen mit ihren Fingern, die ich wie hypnotisiert anstarrte. In Wirklichkeit brauchte ich unbedingt Zeit, um meinen Atem zu reorganisieren, weil sich das Rasierwasser, mit dem Fosco mich eingenässt hatte, meinen Angstschweiß zu einer atemraubenden Mischung angereichert hatte, die definitiv keinen Sauerstoff enthielt. Als ich nach gefühlten fünf Minuten wieder Luft bekam, versuchte ich mit einem schiefen Grinsen Souveränität vorzugaukeln und stammelte: «Nein danke, heute nicht.»

«Nein danke!» Ich konnte nicht fassen, wie uncool ich war. «Heute nicht» stimmte auch nicht, ich hatte in meinem ganzen Leben noch nie ein Bordell aufgesucht. Zur Strafe lachten alle anderen Damen los und ließen keinen Zweifel daran, wie sehr sie mich als Mann verachteten.

Mit gesenktem, schamgerötetem Kopf suchte ich das Weite, stolperte durch den Raum, hinaus in den Rokoko-Hausflur. Ich konnte mich nicht erinnern, jemals in meinem Leben eine solch peinliche Situation erlebt zu haben. Dummerweise fiel die Tür hinter mir nicht von alleine zu, also drehte ich mich noch einmal um, und als hätten sie nur darauf gewartet, lachten mich die marginal bekleideten Damen noch einmal aus tiefstem Herzen aus – da öffnete sich neben ihnen die Tür, durch die sie zuvor den Raum betreten hatten, und wen sehe ich? Fosco, Remo und Aurelio spazierten herein, neugierig, was denn hier so lustig war.

«Du spinnst!» Draußen tat Gino so, als hätte er die Situation souverän im Griff gehabt.

«Da waren deine Cousins, ich schwöre es dir.»

«Unsinn, dafür sind die viel zu sparsam.»

«Vielleicht haben die Sonderkonditionen. Immerhin haben die ja auch dasselbe Sofa. Außerdem, welcher Mafioso hat denn schon Geldsorgen.»

«*Porco mondo*, kannst nicht endlich mal damit aufhören!», fuhr mich Gino an und legte einen Zahn zu.

«Ich frage sie heute Abend, dann wirst du sehen», sagte ich.

«Bist du verrückt? Da ist Foscos Frau, da sind seine Kinder!»

«Aha, interessant, was für eine praktische Doppelmoral.»

«Ach was, Doppelmoral. Das geht dich einfach nichts an, das ist alles.»

Ich schwieg. Damit hatte Gino schlicht und einfach recht.

*

«Leg dich auf die Couch. Hier hast du eine Decke», flüsterte Aurelio. «Mein Schlafzimmer ist da.» Er grinste kurz, wie der Replikant aus *Blade Runner*, der vor dem Spiegel versucht, menschliches Lächeln zu imitieren. Ich nickte mit zusammengepressten Lippen, weil ich Angst hatte, ansonsten unangenehme Bekanntschaft mit meinem Mageninhalt machen zu müssen.

Das Abendessen zuvor hatte etwas von einem gigantischen logistischen Manöver gehabt: Wie verlade ich eine neapolitanische _cena_, die einer Großfamilie für etwa eine Woche gereicht hätte, innerhalb weniger Stunden in die Mägen von vier Männern und zwei Frauen? Ich dachte schon länger über eine Theorie nach, der zufolge Italiener generell über ein völlig anderes Verdauungssystem verfügen, eine Theorie, die zumindest ansatzweise erklärt, warum sie so kurz vor dem Zubettgehen noch in der Lage sind, schwerverdauliche marinierte Tintenfischärmchen, _melanzane alla cioccolata_*, _scapece di zucchini_**, frittierte _spiedini_*** und in Olivenöl getränkte Spaghetti mit verschiedenen Muschelarten zu sich zu nehmen, zusammen mit einem _falanghina_****, gefolgt von einem _sorbetto di limone_, das mit seiner Frische kurzfristig dem Magen vorgaukelt: Du schaffst das!, bevor dann die _pastiera napolitana_***** und der _caciocavallo di bufala_****** aufgetragen werden, die alle Hoffnung zunichtemachen, indem sie jedes noch so kleine Löchlein in Magen und Dickdarm ausfüllen, alles zu einem großen Klump zusammenkleben und bei jedem Nichtitaliener Panikattacken auslösen. Diese verdichten sich nachts zu dreidimensionalen Albträumen, in denen man gezwungen

* Auberginen in Schokoladensoße, Spezialität der Amalfiküste

** Frittierte Zucchini mit frischer Minze

*** Panierte Tintenfischspießchen

**** Weißwein aus Kampanien

***** Neapolitanische Weizentorte mit Ricotta

****** Reifer Frischmilchkäse aus Büffelmilch

wird, schnell abbindenden Zement zu essen, der perfiderweise auch noch teuflisch gut schmeckt.

Aurelio schien einen Moment zu überlegen, wie er meinen Gesichtsausdruck deuten sollte. Damit er keine falschen Schlüsse zog, presste ich hervor: «Danke, ich lege mich sofort aufs Ohr. Wo ist das Bad?»

«Die Tür neben dem Eingang. Aber wirf das Klopapier nicht ins Klo. Das verstopft leicht. Da steht ein Eimer, da tust du es rein. Und den Knopf für die Spülung musst du sehr lange drücken. Sonst kommt kein Wasser. Am Spülbecken ist es genau andersherum. Wenn du den Hahn nur ein wenig aufdrehst, spritzt es schon heraus. Trinken kannst du das Wasser nicht. Wir haben hier noch die alten Bleirohre. Du weißt, dass Blei schädlich ist. Ich weiß von Menschen in Japan, die in einer Bucht leben, wo eine Bleimine ihr Wasser einleitet. Die essen den Fisch aus der Bucht. Ich kann dir Bilder von Missbildungen zeigen, die –»

«Lass gut sein, Aurelio», unterbrach ich ihn. «Ich muss schlafen. War ein anstrengender Tag heute.»

Aurelio kniff die Augen zusammen, bevor er merkwürdig langsam nickte und ohne ein weiteres Wort in seinem Schlafzimmer verschwand. Mir war doppelt mulmig zumute, als mir bewusstwurde, dass ich möglicherweise morgen der einzige Mensch sein würde, der wusste, was Aurelio nachts tat.

Letztendlich bin ich nach einem längeren Aufenthalt im Bad doch noch in einen tiefen, zum Glück traumlosen Schlaf verfallen, und am nächsten Morgen ging es mir bis auf peinigende Kopfschmerzen erstaunlich gut. Während ich noch überlegte, woher die wohl kamen, fiel mein Blick auf eine halbgeleerte Flasche *Nanassino** auf dem Couchtisch, die ges-

* Likör aus Kaktusfeigen, sehr süß

tern Abend dort noch nicht gestanden hatte. Das konnte der Grund sein – nur eine Erinnerung hatte ich nicht. Doch auch dafür konnte der *Nanassino* der Grund sein. Möglicherweise hatte ich ihn in der Nacht für einen Kräuterschnaps gehalten. Vielleicht hatte ich aber nach all dem Fischzeug einfach nur Durst gehabt und war zu benommen gewesen, um zu begreifen, was ich da in mich hineinschüttete.

Die Rückfahrt auf den Monte Dolciano verzögerte sich erheblich. Vor allem Aurelio machte Schwierigkeiten, musste dies noch tun und das erledigen. Außerdem hatte ich den Eindruck, dass er nachts versäumt hatte zu schlafen und sich deswegen tagsüber immer wieder aufs Ohr legte, während er vorgab, noch irgendeine dringende Sache erledigen zu müssen. Erst gegen siebzehn Uhr zwängten sich Remo, Aurelio und ich auf den Rücksitz des Panda, während Fosco das Steuer übernahm. Jetzt folgte eine Lektion: Wie gehe ich im neapolitanischen Straßenkampf trotz erheblicher Untermotorisierung als Sieger hervor. Fosco praktizierte eine Art von Guerillakrieg, fiel mit aggressivem Gedrängel über die anderen Kleinwagen her, bremste den Verkehrsstrom hinter uns aus, ohne sich um das wütende Gehupe zu kümmern, fuhr Schlangenlinien, damit ihn keiner überholen konnte, gab unerwartet Gas und preschte den Gegängelten davon, um nur einige seiner Taktiken zu beschreiben. Dabei hielt er die Drehzahl des Panda-Motörchens ständig in einem Bereich von gefühlten siebentausend Umdrehungen, was dem Wagen tatsächlich etwas mehr Spritzigkeit gab, Gino jedoch erkennbar große Pein bereitete. Natürlich wäre es zwecklos gewesen, etwas zu sagen, deshalb unterließ er es. Ich sah ihn nur bald unauffällig nach dem Sicherheitsgurt greifen.

«Italiener schnallen sich nicht an», flüsterte ich ihm boshafterweise vom Rücksitz aus ins Ohr. Kopfschmerzen ließen mich in der Regel zu einem unangenehmen Menschen werden.

Er antwortete mit einer unwilligen Geste, die in der unmissverständlichen italienischen Gebärdensprache so viel bedeutete wie: Eine Gelegenheit, den Mund zu halten, sollte man nie vorübergehen lassen.

«Von wem ist denn dieser Spruch?», fragte ich. «Aristoteles?»

«*Sei un ignorante tu!* Willst du einen Satz von Aristoteles hören? Eh? Wer Sicherheit der Freiheit vorzieht, ist zu Recht ein Sklave. Das ist ein Satz von Aristoteles.»

Für einen Moment betrachtete er das Schloss des Sicherheitsgurtes, das er gerade hatte einschnappen lassen wollen. Ich musste lachen, worauf er sich mit einem Ruck anschnallte.

«Eins ist sicher, Max: Aristoteles ist nie mit dem Auto durch Neapel gefahren.»

9.

Spät in der Nacht verließen wir die *superstrada* an der Ausfahrt Gola del Furlo. Fosco hatte den schnellsten Weg genommen, ohne Gekurve auf schönen, aber nervenaufreibenden Gebirgsstraßen: Autobahn Neapel–Rom, Autobahn Rom–Fano über Ancona. Die Scheiben des Panda waren inzwischen beschlagen, und wie zu erwarten gewesen war, froren die Neapolitaner augenblicklich bei jedem Versuch, ein Fenster auch nur einen Spaltbreit zu öffnen. Und die weitgehend verstopfte Belüftung des Panda – Gino parkte zu Hause seit Jahrzehnten unter einer Sommerlinde, die den Wagen ständig mit ihrem klebrigen Nektar betropfte und deren Blüten sich, zusammen mit dem Sirup, im Belüftungsschacht zu einer klebrigen Masse verdichtet hatten – war mit den Ausdünstungen von fünf erwachsenen Männern völlig überfordert. Das bedeutete, wir mussten mit dem bisschen Sauerstoff auskommen, das bei einer der wenigen Pinkelpausen hereinströmte. Den Tafani-Brüdern schien das gar nichts auszumachen. Gino, der Frischluft über alles liebte, hatte sich inzwischen weit vorgebeugt und seinen Kopf an das Seitenfenster gelehnt, direkt vor die Austrittsdüse der Belüftung. Möglicherweise schaffte es ja doch noch ein winziger Luftstrom durch die Lindenblütenpampe hindurch, den allerdings schöpfte er komplett ab, bevor auch nur ein Sauerstoffmolekül bei mir ankommen konnte. Mein Körper beantwortete den Mangel mit noch heftigeren Kopfschmerzen, und einmal mehr verfluchte ich Gino mitsamt seiner buckligen Verwandtschaft und, wo ich schon dabei war, alle Fiat Pandas und alle Lindenbäume dieser Welt.

Gegen 22:30 fuhren wir durch die enge Furlo-Schlucht. Ein gespenstischer Anblick: Das orange Licht der Natriumlampen, die das alte Wasserkraftwerk und den Staudamm beleuchteten, reflektierte von den mehrere hundert Meter senkrecht in die Höhe ragenden Felswänden. Der starke Wind, der durch die enge Schlucht brauste, riss an den Bäumen und Büschen, die sich in den schmalen Streifen längs der Fahrbahn in den Boden krallten, und ihre Schatten sprangen herum wie wildgewordene Gremlins.

«Ah, Lucianas Bar!», rief Fosco, als wir die Schlucht hinter uns hatten, und trat auf die Bremse. Fosco war definitiv der Typ, der sich eine Frau wie Luciana merkte und sie auf eine Liste setzte, um irgendwann ein Häkchen hinter ihrem Namen zu machen. Natürlich würde er es niemals für möglich halten, dass das bei Luciana aussichtslos war. «Einen kleinen Campari, *ragazzi*, was meint ihr?»

«Nein, nein», drängte Gino, «fahr weiter, zur Bar von Sergio.»

Zum unsympathischen Sergio? Was war denn mit Gino los?

«*Dai*, Gino, was sollen wir bei dieser dicken *salsiccia*? Lass uns zu Luciana gehen!», ereiferte sich Fosco, erkannte aber an Ginos Körpersprache dessen Entschiedenheit. Missmutig gab er Gas. Alle fünf warfen wir schnell noch mehr oder weniger sehnsüchtige Blicke in die *Bar Furlo* hinein. Luciana stand mit einem *caffè* in der Hand mitten im Raum und betrachtete mit intensiver Hingabe den Fernseher. Wahrscheinlich lief diese brasilianische Herz-Schmerz-Telenovela, nach der vor allem Frauen verrückt waren. Julian starrte die süßen Teilchen in der Glasvitrine an. Ein schlechtes Zeichen. Möglicherweise hatte er den Job als Englischlehrer schon wieder verloren. Ansonsten war die Bar leer. Nein, da im Hintergrund konnte man noch schemenhaft Nardini und Orlando, Lucianas Ehemann, entdecken, der inmitten von Teilen der Eistruhe kniete und sich darauf konzentrierte, sie wieder zu einer funktionierenden Einheit zusammenzusetzen. Nardini assistierte ihm offenbar mit der Kraft seines Geistes, ich sah sein typisches, überlegenes Grinsen, und sein Mund bewegte sich ununterbrochen. Armer Orlando.

Bei Sergio war die Atmosphäre wie immer: missmutig und von der ständigen Bereitschaft geprägt, auf irgendetwas neidisch zu sein. Wir setzten uns ganz ans Ende der schlauchartigen Bar und sprachen sehr leise, was extrem konspirativ wirkte. Sergio spitzte die Ohren und bog seinen dicken Körper hinter der Theke in unsere Richtung, während er mit einem Tuch seine nagelneue Eichentheke polierte.

«Und schlafen? Wo machen wir das?», fragte Remo.

Gino senkte seine Stimme noch mehr. «Darüber wollte ich mit euch reden. Bei mir ist kein Platz: die Frau, die Söhne, deren Frauen und Kinder.»

«Ich werde das Geld für eine *albergo* nicht aufbringen», flüsterte Aurelio, der als Einziger seine gewohnte Sprechlautstärke beibehalten konnte. Die drei Brüder musterten Gino streng, der sich augenblicklich zu winden begann.

«Ihr wisst, ich bin der großzügigste Mensch auf Erden.» Er beschrieb mit seinen Händen große Kreise vor seiner Brust, jeder verstand, was er sagen wollte und auch schon gesagt hatte: Es geht nicht.

«Außerdem sollen wir doch wohl inkognito arbeiten», ergänzte Fosco und wippte nervös mit dem rechten Bein. Er mochte keine Bars, in denen sich nicht wenigstens eine Frau aufhielt.

«Was arbeiten wir?», fragte Remo und leerte sein Bier in einem Zug. «Noch eins!», rief er in Sergios Richtung, der mit seinem üblichen missmutigen Grunzen signalisierte, dass er verstanden hatte. Es war mir ein Rätsel, wieso diese Bar immer noch existierte. Andererseits, die Gäste, vor allem trinkfreudige Jäger, ähnelten Sergio und pflegten denselben Kommunikationsstil. Vor allem die, die tagsüber in ihren getarnten Verschlägen hockten und Singvögelchen erledigten, waren eine merkwürdige Spezies. Spontan fragte ich mich, ob Aurelio ebenfalls zu ihnen gehörte.

Niemand antwortete auf Remos Frage, stattdessen wanderten aller Blicke zu mir, Remos als Letzter und auch nur, weil er es den anderen gleichtun wollte.

«Nein, das geht wirklich nicht!», erregte ich mich, als ich die Botschaft verstanden hatte. Ich befürchtete, meine Kopfschmerzen nie wieder loszuwerden, wenn die Tafani-Brüder bei mir einzogen.

«Wieso?», fragte Gino mit seinem freundlichsten Lächeln.

Auf Foscos Stirn bildeten sich eine furchterregende senkrechte Falte. Remo spürte, dass sich etwas tat, und klopfte schon mal rhythmisch mit der Faust auf den Tisch, und Aurelio sah mich wieder so eigenartig an. Wie eine Garnele, die sich überlegt, was sie zu Abend essen will, lieber Algen oder doch eine halbverweste Schnecke.

«Anna und ich sind erst seit kurzem wieder zusammen. Alles ist neu. Wir müssen uns wieder kennenlernen. Anna braucht viel Zeit für sich, zum Zeichnen, um kleine Skulpturen zu formen. Sie braucht Stille, Konzentration.»

Gino war ganz unruhig geworden, während ich redete. «Es geht hier nicht um den ganzen Herbst und dann noch den Winter, Max. Wir reden von ein paar Tagen.»

«Lass ihn doch, wenn er nicht will», sagte Fosco mit gefährlich klingendem Unterton. «Wir brauchen ihn nicht.»

«*Noup*», sagte Remo.

«Was soll das heißen, *noup*?», fragte Fosco gereizt.

Remo zuckte mit den Schultern. «Sagen die Amerikaner. In diesen Filmen. *Noup*.»

«Ich werde das Geld für eine *albergo* nicht aufbringen», bekräftigte Aurelio seinen Standpunkt. Seine Lippen zuckten ein wenig. Ganz eindeutig brütete er etwas aus. Aber was?

«Wir sind ihm nicht gut genug. Nur ein paar schmutzige Neapolitaner. *Eh?*» Vorbei war es mit Foscos gefährlich klingendem Unterton, jetzt wurde daraus eine Fanfare, und er ging zum direkten Angriff über. «Er hält sich für was Besseres!» Er wurde immer lauter, sehr zur Freude von Sergio, der sich endlich nicht mehr anstrengen musste, um mitzuhören. «Ihr Deutschen mit euren kurzen Schwänzen und eurem Sonnenbrand! *Macchietta di un uomo!*»*

Remo sprang plötzlich auf und trat mit einem Bein seinen Stuhl nach hinten. Wie ein Stier in Pamplona. Sergio, der mit dem Bier unterwegs war, wich geschickt aus.

«Mal sehen, wer der Bessere ist, *monello*** *!*», brüllte Remo und begann wie ein Boxer auf der Stelle zu tänzeln. «Zieh die Brille ab!»

Fosco strich sich einmal mit den Fingerspitzen unter dem Kinn aufwärts, was dank verschiedenster Mafiafilme, die meisten mit Al Pacino oder Robert DeNiro in der Hauptrolle, für jedermann leicht verständlich war.

«Zieh die Brille ab!», wiederholte Remo und rempelte schon mal probeweise gegen meine Schulter.

«Er trinkt nachts anderer Leute Feigenlikör», flüsterte Aurelio.

* Witzfigur/Karikatur von einem Mann

** Bengel, Schlingel, Straßenjunge, meistens freundlich gemeint – hier nicht

Sergio tippte Gino auf die Schulter. «Was hat er gesagt? Spricht der immer so leise?» Fast hätte er das Bierglas neben dem Tisch abgestellt, so sehr konzentrierte er sich auf die Schlägerei, die sich da zu seiner großen Freude anbahnte. Sergio selbst hatte nichts zu befürchten, er war zu korpulent, als dass ein Schlag in empfindlichere innere Regionen hätte vordringen können.

«Was soll das? Seid ihr verrückt geworden?», überbrüllte Gino alles und so laut, wie ich ihn noch nie gehört hatte. Er stellte sich schützend zwischen Remo und mich, konnte sich aber wegen seines Klumpfußes nicht lange halten und setzte sich wieder. «Max hat mit der Sache nichts zu tun. Er hat mich netterweise gefahren. Das ist alles», sagte er. «Dafür gebührt ihm Dank und nicht so eine *Commedia dell'Arte.*»

«Eine was?», fragte Remo misstrauisch.

«Nichts», erwiderte Gino. «Lass Max aus dem Spiel.»

Ich lächelte ihm dankbar zu, wunderte mich aber zugleich darüber, dass er mich eher vorwurfsvoll ansah.

«Er hat bei mir geschlafen», flüsterte Aurelio, ohne mich aus den Augen zu lassen, als bestünde die Gefahr, dass ich mich mit einem Sprung ins Freie retten und ins Unterholz verschwinden würde.

«Was hat er gesagt? Er spricht so leise», fragte Sergio, dieses Mal mich. Ich beachtete ihn nicht, weil ich ihn nicht mochte. Das war nicht nett, aber die einzige Möglichkeit, mich von ihm nicht nerven zu lassen.

«*Ascoltate!*» Ich leitete meinen Rückzug ein. Nach diesem Kurztrip hing ich ja sowieso mit drin im Feldzug gegen Spaccone. «Hört mal zu! So war das nicht gemeint.»

Fosco rümpfte die Nase und beschäftigte sich demonstrativ mit der Dunkelheit draußen vor dem Fenster, Remo hielt mit seiner Tänzelei inne und legte seine Stirn in Falten, und

Aurelio fixierte mich weiter regungslos mit seinen Garnelenaugen. Sergio war gespannt wie eine mausende Katze, ob und wie ich mich aus meiner Zwangslage befreien würde, wobei bei ihm eindeutig die Hoffnung im Vordergrund stand, dass es mir nicht gelänge. Mit dem Kopf gab Fosco Remo ein Zeichen, der wie ein gutdressierter Hund sofort kapierte. Er tippte Sergio vor die Brust, da, wo kaum Fett saß, und der tatsächlich etwas spürte.

«*Vattene**, *barista.*»

In null Komma nichts war Sergio wieder hinter seiner Theke und tat so, als interessierte er sich nur für sein durchweichtes Geschirrtuch, während seine Ohren auf die doppelte Größe anschwollen.

«Ihr könnt in meinem Gästezimmer schlafen», sagte ich und begann wie ein Tölpel zu stammeln. «Es war nur, also, Anna und ich, wir hatten, also die letzten Jahre –»

«Da hört ihr es!», unterbrach mich Gino. «Ihr schlaft bei Max. Das ist gut. Spaccone wohnt nur ein paar hundert Meter von ihm entfernt. Dann könnt ihr euch schon mal ein Bild machen.»

Mit einem Schlag waren die Tafani-Brüder wie verwandelt. Remo betonte, wie bescheiden sie wären, was Schlafen und überhaupt Annehmlichkeiten betraf – er zumindest. Fosco schnippte ein Stäubchen von seiner Kleidung und gähnte. Aurelio spitzte die Lippen und nickte zurückhaltend, was in der unmissverständlichen italienischen Gebärdensprache so viel heißt wie: Ein paar Annehmlichkeiten dürfen es schon sein, wie zum Beispiel ein Wasserbett, ein flauschiger Bademantel, eine Minibar mit Feigenlikör und fünf bis zehn gebratene Singvögel.

* Verpiss dich!

Bevor Gino die Besprechung auflöste, flüsterte er intensiv mit Fosco. Fosco beugte dabei seinen Kopf seitlich weg wie einer, der klarmachen wollte: Erklär mir nicht mein Handwerk, Schuster bleib bei deinen Leisten, ich weiß, wie man eine Arterie findet, und gegen Mundgeruch kann man übrigens etwas tun. Während Aurelio und Remo sich nicht drum scherten, platzte Sergio fast vor Neugierde, beinahe hatte ich den Eindruck, er machte sich hinter der Theke Notizen auf seinem kleinen Bestellblöckchen. Ich allerdings war froh, nicht zu wissen, was die beiden da besprachen. Im Grunde wollte ich überhaupt nichts mehr mit dieser Aktion zu tun haben, die meiner Einschätzung nach ihr Ziel ohnehin schnell erreichen würde. Ich konnte mir nicht vorstellen, dass Spaccone den Tafani-Brüdern allzu großen Widerstand entgegensetzte.

«Ich geh schon mal meinen Wagen holen», sagte ich. Bevor Gino und ich losgefahren waren, hatte ich ihn auf dem Parkplatz gegenüber von Lucianas Bar abgestellt. «Ihr fahrt dann mit Ginos Panda hinter mir her.»

Sofort zuckte Remos Kopf herum, sein Blick wanderte zwischen Fosco und mir hin und her. Dann stellte er sich vor die Tür, die Arme weit abgespreizt wie ein Pinguin, der niemals einsehen würde, dass er zwar ein Vogel war, aber trotzdem nicht fliegen konnte. Fosco ließ sich Zeit, fragte Gino etwas, ohne seine abgewandte Kopfhaltung aufzugeben, und schnippte eine Haarschuppe von seinem Ärmel, die nur von Gino stammen konnte, denn er selbst benutzte ein für seine Wirkung bekanntes Schuppenshampoo, irgendetwas aus Amerika.

«Wir fahren in Max' Auto mit», sagte er zu Remo, was der mit einem zufriedenen Grinsen quittierte. Immerhin hatte er mich spontan und seinem Instinkt folgend aufgehalten,

Aurelio hätte das nie fertiggebracht, der musste immer erst stundenlang nachdenken, bevor er etwas unternahm.

«Das bringt doch nichts», wandte ich vorsichtig ein. «Ich wohne am Ende der Welt. Wie wollt ihr euch denn da oben auf dem Monte Dolciano bewegen?»

Fosco knetete seine Hände ein wenig und sagte gar nichts.

«Mein Auto können sie nicht nehmen, das geht nicht», erklärte Gino, als sei das eine Erklärung.

«Du kannst es doch eh nicht benutzen, mit deinem Fuß. Sonst hätte ich dich, verdammt nochmal, gar nicht nach Neapel fahren müssen!», regte ich mich auf. Da war sie wieder, diese blitzartig aufschäumende Wut.

«Mein Auto erkennt doch jeder», sagte Gino und vermied es, mich anzusehen.

«Ja, und?», fragte ich. Die Tafani-Brüder sahen mich schweigend an. Und endlich fiel bei mir der Groschen. «Ah, niemand soll dich mit dem, was da kommt, in Zusammenhang bringen!»

Keine Antwort.

«Nichts da. Auf keinen Fall.» Ich ging mit Nachdruck auf die Tür zu, aber Remo rührte sich keinen Millimeter.

«So, wie ich meinen *cugino* hier verstanden habe», sagte Fosco, «traut dir niemand irgendetwas», er ließ einen Zeigefinger an seiner Schläfe kreisen, «*diciamo* Negatives zu. Gino aber», er schüttelte traurig seinen Kopf, «ist überall rumgerannt und hat geflucht und wilde Drohungen ausgestoßen. Einige Leute würden ihm alles Mögliche zutrauen. Das ist schlecht. Angenommen», Fosco warf einen erhabenen Blick in die Runde, was jetzt kam, würde Klasse haben, «angenommen, Spaccone macht Urlaub im Himalaja, verirrt sich und wird von einem Yeti in eine Gletscherspalte geschubst.» Fosco erwartete an dieser Stelle eine gehörige

Menge Beifall. Tatsächlich nickte Gino gewichtig, Aurelio ebenfalls, nur Remo überlegte, wer dieser Signor Yeti sein sollte. «Alle würden Gino dafür verantwortlich machen. Schließlich ist er Italiener und vor allem halber Neapolitaner. Du aber, Max, bist ein *pappamolla*, dir traut keiner was Schlimmes zu.»

Aha. Ein Weichei, ein Schlappschwanz also. Das saß. Vor allem die Blicke, mit denen sie mich bedachten. Aurelios sagte eindeutig: Nur Weicheier trinken eine halbe Flasche Feigenlikör. Remo zeigte mit Mittel- und Zeigefinger auf seine Augen, was in der unmissverständlichen neapolitanischen Gebärdensprache so viel heißt wie: Würdest du keine Brille tragen, hätte ich dich schon kleingefaltet. Fosco strich sich über sein schmales Kinnbärtchen und war einfach nur äußerst zufrieden mit sich. Sergio grinste so blöd, dass ich ihm sofort den Führerschein abgenommen hätte, wenn ich ein *poliziotto* der *polizia municipale* gewesen wäre. Und Gino? Er vermied es, mich anzusehen.

Zum ersten Mal, seit ich auf dem Monte Dolciano wohnte, hatte ich das brennende Gefühl, auf immer ein Außenseiter zu bleiben, weil ich mich diesem *Bella figura*-Getue verweigerte. Jetzt bekam ich die Quittung. *Pappamolla!* Das würde sich doch keiner hier im Raum gefallen lassen, sogar Sergio würde vor dem Servieren heimlich ins Bier spucken, um sich zu wehren. Kurzfristig überlegte ich, ob ich ihm eine runterhauen sollte zum Beweis, dass auch ich gefährlich sein konnte. Das Risiko wäre gering, schließlich hatte er hier keine Freunde, die sich für ihn ins Zeug legen würden.

Ja, bist du denn bescheuert, Max, schimpfte ich mit mir, jetzt fang du nicht auch noch mit diesem Schwachsinn an! Was ist schlimm daran, wenn man sich nicht wegen jedem Mist persönlich angegriffen fühlt? Wenn man einen kühlen

Kopf behält? *Va bene*, aber *pappamolla* … das war eben nicht irgendein Mist, das war eine Beleidigung. Gino blinzelte mich um Entschuldigung bittend an und zuckte mit den Schultern.

«Also, wir machen es so», sagte ich mit Entschiedenheit. «Ihr könnt bei mir wohnen, aber um ein Auto müsst ihr euch selber kümmern.»

Bevor irgendwer etwas dazu sagen konnte, meldete sich Gino zu Wort. «Kein Problem, Max, kein Problem. Du hast recht. Du hast mich gefahren, du lässt meine *cugini* bei dir wohnen, das ist mehr als genug. Alles andere ist unsere Sache.»

Die Tafani-Brüder taten so, als wäre von Anfang an klar gewesen, dass wir es so machten, und Sergio guckte enttäuscht. Fosco gab Remo ein Zeichen, deutete auf den *barista*, holte sein *stiletto* hervor, ließ es aufschnappen und begann seine Fingernägel zu reinigen. Remo zog seine Hose höher, dic meiner Meinung nach sowieso schon viel zu knapp unter den Brustwarzen hing, und bewegte sich auf Sergio zu, der sofort erschrocken beide Hände hochriss.

«Kein Wort von mir an niemanden, ganz klar. Ich weiß von nichts. Von mir erfährt keiner was.»

Remo wirkte ein bisschen enttäuscht, damit war seine Mission beendet, und er hatte doch noch gar nichts unternommen.

«Wir kennen so Typen wie dich», flüsterte Aurelio. «Die sagen, sie sagen nichts, und dann reden sie ununterbrochen. Zwitscher, zwitscher, wie ein naives Vögelein, das zu sehr mit seinem Zwitschern beschäftigt ist und nicht merkt, wie der Falke schon über seinem Kopf kreist. Und weißt du was, *salsiccia*? Hier hast du es mit drei Falken zu tun.»

Sergio hob die Arme noch ein wenig höher und machte

einen Schritt rückwärts. «Ich? Also, von mir? Wenn ich auch nur ein Wort sage, will ich sofort tot umfallen.»

«Das ist ein guter Vorschlag», erwiderte Fosco, beendete seine Maniküre und ritzte mit seinem Messer eine hässliche Kerbe in Sergios neue Theke. «Statt einer Visitenkarte, *per ricordare*. Los, *ragazzi*, auf geht's!»

Sergio starrte auf die Kerbe und nickte ununterbrochen. Eine *bella figura* machte er damit nicht gerade. Obwohl ich ihn nicht mochte, tat er mir in dem Moment leid. Ich warf Gino einen vorwurfsvollen Blick zu, der bestürzt zurückblickte. Er wartete, bis alle draußen waren, und wechselte einige Worte mit Sergio, die dessen Miene wieder aufhellten. Draußen nahm er mich zur Seite.

«So ein schönes Holz. Sergio hat es von Donnini. Der hat die Bretter aus drei alten *travi** zurechtgeschnitten. Dreihundert Jahre alt, bestimmt. Die habe ich ihm vor ein paar Monaten vorbeigebracht. Als Dachbalken waren sie nicht mehr gut genug. Aber als Bretter für eine Theke sind sie sehr schön.»

«Jetzt nicht mehr», sagte ich.

Gino zuckte hilflos mit den Schultern und warf mir einen fast flehenden Blick zu. «Ich hoffe, die Sache ist schnell vorbei.»

«Glaubst du immer noch, das war eine gute Idee mit deinen Cousins?»

«Ich werde Sergio eine kleinere Maurerarbeit umsonst machen», wich Gino meiner Frage aus und humpelte bedrückt zu seinem Panda.

Wir setzten Gino bei sich zu Hause ab. Er bedankte sich bei allen für alles und humpelte die Zufahrt hoch. Wir wendeten, um meinen Wagen abzuholen. Die Tafani sahen schweigend

* Dachbalken

hinaus. Das orange-gelbe Licht der Straßenbeleuchtung ließ alle Farbunterschiede verschwinden und erzeugte eine Stimmung, als stünde der November mit seiner grauen Eintönigkeit vor der Tür. Als wir auf den Parkplatz vor Lucianas Bar einbogen, reckten die Brüder ihre Köpfe. Zum Glück war dort schon alles dunkel, nur die Eiskühltruhe leuchtete einsam vor sich hin, was ich als gutes Zeichen dafür wertete, demnächst ein Eis auch ohne Sonnenschein essen zu können.

Auf dem kurvenreichen Weg hoch auf den Monte Dolciano ließ ich mir Zeit und fuhr sehr gemächlich, obwohl Fosco hinter mir drängelte und schlängelte wie ein Verrückter.

«Ihr könnt mich mal», sagte ich zu meinem Rückspiegel. Wenn ich in ihren Augen ein *pappamolla* war, konnte ich ja auch wie ein Weichei fahren.

Die Tafani-Brüder hatten zu dritt nur einen Koffer, ein altmodisches Teil, grün und aus Kunstleder, das sich wahrscheinlich schon seit den fünfziger Jahren im Familienbesitz befand. Ich war erleichtert, offenbar planten sie nicht, allzu lange zu bleiben. Wir tasteten uns durch die Dunkelheit am Haus entlang zum Eingang. In der Ferne sah man die Lichter von Frontone, einem kleinen Dörfchen mit einer über allem thronenden Wehrkirche, das auf einem kegelförmigen, sehr steilen, vulkanartigen Berg erbaut worden war. Die Landschaft zwischen Frontone und uns lag im Finstern, nur sehr wenige Lichter zeugten von vereinzelten Bauernhöfen.

«Was für eine verdammte Einöde», stöhnte Fosco.

«Ich bin gerne hier», erwiderte ich.

«Ihr seid ja komische Menschen, ihr Deutschen. Da fahrt ihr ewig weit, um an so einem Ort zu wohnen. Kein Mensch mit klarem Verstand und Eiern in der Hose würde auf so eine Idee kommen.»

«Ich bin derselben Meinung», meldete sich Remo und rülpste herzhaft.

«Kommt drauf an, was man hier macht», flüsterte Aurelio, und wieder klang er wie einer, dem man nicht nachts begegnen will.

Ich schloss die Eingangstür auf, die in die Wohnküche führte. Anna saß vor dem Fernseher und sah eine DVD, den Film *Camille Claudel* mit Isabelle Adjani und Gérard Depardieu in den Hauptrollen. Gerade lief die Szene, wie die von Auguste Rodin enttäuschte Bildhauerin all ihre Skulpturen zerschlägt, nachdem sie in eine erbärmliche Kellerwohnung gezogen ist, von der Gesellschaft missachtet und in ihrem Talent verkannt, und man ahnt als Zuschauer schon, dass bald die Weißkittel aus der Psychiatrie bei ihr vor der Tür stehen werden.

«Guck mal, die Alte da. Das scheppert», sagte Remo.

«Tse», kommentierte Aurelio lautmalerisch.

Fosco sagte gar nichts. Er begutachtete Anna mit Kennerblick und sah mich mit grenzenlosem Unverständnis an: Wie hatte ich, der *pappamolla*, so ein edles Teil herumgekriegt?

«Hallo, Anna», begrüßte ich sie. Anna war so in den Film vertieft gewesen, dass sie unsere Ankunft nicht bemerkt hatte. Sie schrie auf und drehte sich erschrocken um, und schrie erneut auf, als sie die Tafani-Brüder sah. Ihr Blick sagte alles: Was, zum Henker, tun ein Boxer, ein Möchtegern-Venezianer und ein Schalentier um diese Zeit in meiner Küche?

Auch später im Bett, als ich ihr die Geschichte in Kurzform erzählte, blieb sie skeptisch.

«Zwei, maximal drei Tage? Ganz sicher? Nicht länger?»

«Ganz sicher.»

«Der eine guckt so komisch.»

«Aurelio.»

«Wie eine, ich weiß nicht, wie …»

«Eine Garnele?»

«Genau.»

«Der wirkt ein wenig unheimlich, aber ich denke, der ist okay.»

«Glaubst du?»

«Ja», antwortete ich mit aller mir zur Verfügung stehenden Überzeugungskraft. Was Aurelio betraf, war die nicht gerade groß.

10.

In der Nacht schlief ich wie ein Stein und wurde erst am späten Morgen von einem hornissenartig aufheulenden Motor geweckt, dessen Klang mir bekannt vorkam. Ich sprang auf, lief ans Fenster und konnte gerade noch sehen, wie die Tafani-Brüder mit meinem Pajero davonrasten, als wäre der Start der Paris-Dakar-Rallye neuerdings genau hier, vor Ca'Tommaso auf dem Monte Dolciano. Der Geländewagen hüpfte und sprang den mit Steinen übersäten Weg entlang, die drei Brüder konnte ich jauchzen und jubeln sehen, und kurz darauf jagten sie den steilen Weg zu Spaccones Haus hinauf. Ich warf mich in meine Klamotten, denen noch der Geruch einer vielstündigen Autofahrt unter Ausschluss jeglicher Sauerstoffzufuhr anhaftete. Anna, die normalerweise einen gesegneten Schlaf besaß und jederzeit auf dem Mittelstreifen einer vielbefahrenen Autobahn einschlummern konnte, schreckte hoch.

«Was ist passiert?»

«Die sind mit meinem Auto hoch zu Spaccone!»

«Na und?» Anna ließ sich verständnislos ins Kissen zurücksinken.

«Wer weiß, was die da anstellen. Und nachher heißt es, ich wäre es gewesen.»

«Ich verstehe», murmelte sie, in spätestens zehn Sekunden würde sie wieder einschlafen. «Dann nichts wie hinterher, Makse-mio, rette Spaccone vor der Garnele.» Mit einem sanften, ironischen, engelhaften Lächeln schlief sie wieder ein. Sie nahm mich einfach nicht ernst mit meinen Sorgen.

Da ich nicht wusste, wo der Schlüssel von Ginos Panda war, holte ich meine über dreißig Jahre alte Vespa aus dem

Stall, die ich Ettore aus Bordolino oben abgekauft hatte. Sie funktionierte, allerdings nur etwa fünf bis zehn Minuten, dann ging der Motor aus und sprang erst fünf bis zehn Minuten später wieder an. Der Grund war mit Sicherheit eine verstopfte Benzinleitung, an sich also keine große Angelegenheit, aber bisher war ich zu faul gewesen, mich darum zu kümmern. Eine Vespa zu reparieren war eine vertrackte, schmerzhafte Angelegenheit und machte keinen Spaß. Im verkapselten Motorraum ging es eng zu, die Öffnung oben unter der Sitzbank war winzig, und innen hatte die Firma Piaggio nur die scharfkantigsten Teile verbaut, die auf dem Markt aufzutreiben gewesen waren.

Jetzt rächte sich meine Faulheit. Mitten auf dem Hang zu Spaccones Haus begann der *motorino* zu stottern und blieb mit einem letzten, unspektakulären Seufzer stehen. Ich bockte die Vespa auf und hetzte zu Fuß weiter. Von oben ertönte schon Gezeter und Geschrei. Mein Auto stand vor Spaccones Haus. Warum hatte Spaccone sein Gartentor offen gelassen, nachdem er angekündigt hatte, sich komplett zu verbarrikadieren? Ein paar Meter weiter sah ich, dass das Tor tatsächlich verschlossen gewesen war und die Tafani-Brüder deswegen gleich mit dem Geländewagen durch den Zaun hindurchgefahren waren. Ich will nicht über Kratzer und Beulen lamentieren, aber einen Zaun ohne irgendwelche Kollateralschäden platt zu fahren, das funktioniert nur im Kino. Oben angekommen, sah ich Spaccone wieder auf den beiden Luftmatratzen im Pool dümpeln und hektisch telefonieren, während er sich mit seinem Spaten in der Mitte des Beckens hielt. Remo hatte sich von einem der Nussbäume einen dicken Ast heruntergebrochen und angelte damit vom Beckenrand aus nach Spaccone. Aurelio sammelte mit seltsamer Ruhe einen Stein nach dem anderen aus der Schotterfläche um den Pool und bewarf Spaccone damit, der auf seinen wackeligen Luftmatratzen versuchte, den Geschossen auszuweichen. Viel Mühe bereitete das nicht, denn Aurelio war ein lausig schlechter Werfer. Fosco stand wie ein Feldherr am Beckenrand und starrte Spaccone schweigend an.

«Sie sind zu dritt!», schrie Spaccone ins Telefon. «Drei Kerle! Mit den Gesichtern von Mördern!»

Er musste sein Telefonat kurz unterbrechen, weil es Remo gelungen war, seinen Ast mit dem Ventil an der Luftmatratze zu verhaken und ihn langsam zu sich heranzuziehen. Panisch drosch Spaccone mit dem Spaten auf den Ast ein, und nach einigen Fehlversuchen gelang es ihm endlich, ihn wegzuschlagen. Dabei ploppte das Ventil heraus, und die prall aufgeblasene Matratze begann sich mit einem erleichterten Zischen ihrer Luft zu entledigen. Untergehen würde Spaccone nicht, die zweite war ja noch intakt, aber ein wenig feucht und ungemütlich würde es schon werden.

«Du musst dich beeilen, *maresciallo*!», brüllte Spaccone in den Hörer. «Ich schwimme im Pool, und die stehen drum herum wie eine Herde Wildschweine.» Er lauschte kurz. «Ich weiß es nicht.» Spaccone warf einen forschenden Blick in die Runde.

«Ja, es kann sein, dass die nicht schwimmen können», bestätigte er die Vermutung des Carabiniere, und ein triumphierendes Lächeln huschte über sein Gesicht. «Ja, *maresciallo*, das ist es, die können nicht schwimmen!»

Obwohl sie sich bemühten, gelassen zu bleiben, sahen die Tafani-Brüder einander doch für einen Moment betreten an. Spaccone lachte los, als wäre er damit schon in Sicherheit. *«Che personaggio da burla!»**, trompetete er heraus.

* Was für Witzfiguren!

Grundsätzlich sind solche Beleidigungen nicht geeignet, aufgeladene Situationen zu entschärfen, an denen Neapolitaner beteiligt sind. Augenblicklich pulsierte Remos Gesicht dunkelrot, und er peitschte wild mit seinem Nussbaumast das Wasser. Ja, jetzt sah ich es auch: Aus Angst, womöglich in den Pool zu fallen, hielt er einen großen Sicherheitsabstand zum Beckenrand und konnte so die volle Reichweite des Astes nicht ausnutzen. Aurelios Blick wurde noch garneliger, und er erhöhte seine Wurffrequenz, was allerdings auf Kosten der ohnehin schon geringen Zielgenauigkeit ging. Fosco schien die Ehrverletzung einfach wegzustecken. Er verschränkte seine Hände hinterm Rücken und wippte ein wenig auf den Ballen auf und ab. Das sah entspannt aus, doch ein aufmerksamer Beobachter konnte sehen, wie seine Unterlippe zuckte und seine Finger unter Höchstspannung kneteten. War es bis eben um 94 Millionen und die Familienehre gegangen – geschenkt. Jetzt ging es um seine persönliche Ehre, und da hörte der Spaß endgültig auf.

Spaccone steckte sein Telefon in seine Hemdbrusttasche. «So, ihr Helden, die Carabinieri sind auf dem Weg. Ihr wandert allesamt in den Knast, so wie ihr da steht, ihr Pfeifen! *In galera!* Geht in mein Schlafzimmer, da findet ihr Handschellen, die könnt ihr euch schon mal selber anlegen.»

Noch hatte Spaccone mich nicht entdeckt. Ich entschied, mich zurückzuziehen. Solange er seine Luftmatratze nicht verließ, war er in Sicherheit. Der Zündschlüssel in meinem Auto steckte, ich warf den Motor an. Die Köpfe der Tafani-Brüder zuckten herum, Spaccone konnte mich von seiner Position aus zum Glück nicht sehen. Ohne viel Getue fuhr ich über den schon niedergemähten Zaun und jagte davon. Die Vespa musste ich zurücklassen. Vielleicht schaffte ich es ja, Anna zu wecken und mich von ihr hier hochfahren zu lassen, um auch den letzten möglichen Hinweis auf meine Beteiligung an dieser komischen Veranstaltung verschwinden zu lassen, bevor die Carabinieri auftauchten.

Wie befürchtet reagierte Anna gereizt und verteidigte ihren Schlaf vehement. Ich musste eine ganze Weile auf sie einreden und sie ein wenig rütteln, bis sie missmutig ihre Jeans und ein T-Shirt überstreifte und in ihre Joggingschuhe schlüpfte. Wir waren kaum zur Tür hinaus, als ich das vertraute Knattern meiner Vespa hörte. Und dann kamen sie um die Ecke gebogen, die Tafani-Brüder, zu dritt auf meinem Zweirad, wie eine Menschenpyramide im chinesischen Zirkus. Fosco stand vorne auf dem Trittbrett zwischen den Armen von Remo, der die Vespa lenkte und an Foscos Hüfte vorbei nach vorne schielte. Auf dem Kopf balancierte Fosco einen Karton, den er mit einer Hand abstützte, mit der anderen hielt er sich am Scheinwerfer fest. Aurelio hockte auf dem Rücksitz mit einem zweiten Karton unterm Arm und verzog jedes Mal das Gesicht, wenn der hintere Stoßdämpfer der geplagten Vespa durchschlug und ihm einen heftigen Stoß ins Hinterteil verpasste.

«In zwei Tagen ist der weichgeklopft!», rief Fosco und warf mir seinen Karton zu, um leichter von der Vespa steigen zu können. Ich reagierte nicht rechtzeitig, der Karton fiel zu Boden und gab seinen Inhalt preis: Handschellen, Lederriemen, Peitschen und merkwürdige Geräte, deren Zweck ich nicht erkennen konnte und die ich instinktiv für spezielles Inventar eines Swingerclubs hielt. Anna zog erstaunt eine Augenbraue hoch, sie musste sich das bei Luciana abgeguckt haben.

«Aus Spaccones Schlafzimmer», erklärte Fosco und zuckte scheinheilig mit den Schultern. «Keine Ahnung, wofür der so was braucht.»

«Und wieso hast du es nicht gelassen, wo es war?»

Fosco hatte keine Antwort parat und warf Aurelio einen hilfesuchenden Blick zu.

«Es ist besser, den Feind zu entwaffnen, bevor er zuschlägt», flüsterte dieser.

«Hat der Halsschmerzen, oder spricht der immer so leise?», fragte Anna, die langsam ärgerlich wurde.

«Genau, das war der Gedanke», bestätigte Fosco die Worte seines Bruders.

«Das schreibt Sunzi, der große chinesische General, in seinem Büchlein *Die Kunst des Krieges*», ergänzte Aurelio.

Das kann ja heiter werden, wenn Aurelio auf Nardini trifft, dachte ich und wandte mich an Fosco. «Ich will nicht, dass ihr geklaute Sachen in mein Haus bringt. Und wenn ihr irgendwohin fahren wollt, dann nehmt gefälligst Ginos Panda. Guck dir meinen Pajero an, der ist vorne total verkratzt.»

«Pajero* ist spanisch», wisperte Aurelio, «weißt du, was das auf –»

«Ich weiß es!», brüllte ich ihn an und spürte deutlich meine neuen Steilfalten auf der Stirn.

«Eh! Eh! Was ist das denn für ein Ton? Eh?», brüllte Fosco zurück und machte gestikulierend zwei Schritte auf mich zu.

«Das wüsste ich auch gerne», ergänzte Remo und stieg von der Vespa, ohne sich die Mühe zu machen, sie aufzubocken. Sie kippte zur Seite, und der verchromte Rückspiegel zersprang mit einem fiesen Knacken.

«Das darf doch nicht wahr sein!», schrie ich außer mir. Über dreißig Jahre hatte der Spiegel durchgehalten, mit Sicherheit hatte es da auch einige Stürze gegeben, und jetzt vernichtete dieser plumpe Mensch ihn in einer Sekunde. Anna sah mich erschrocken an, derart aggressiv kannte sie mich nicht.

* umgangssprachlich: Wichser

«Ist der immer so empfindlich?», wandte sich Fosco an Anna.

Remo fixierte mich argwöhnisch. «Für mich hörte sich das so an wie Blödmann, Spatzenhirn oder Weichbirne. Eh?»

«Für mich auch», heizte Aurelio seinen Bruder an und lächelte mich voller Vorfreude auf das an, was jetzt kommen musste.

Tatsächlich, als hätte er damit einen Schalter umgelegt, begann Remo mit seinen Fäusten Löcher in die Luft zu schlagen und wie ein Boxer auf der Stelle zu tänzeln. «Zieh die Brille ab, *scarafaggio**!»

«Zieh die Brille ab, zieh die Brille ab», äffte ich ihn nach. «Sonst fällt dir nichts ein oder wie?»

Remo hielt inne und sah seine Brüder fragend an, was ich für ein Zeichen dafür hielt, dass er seine Missetat einsah und um Entschuldigung bitten wollte.

«So was Blödes», setzte ich nach, das mit der Kakerlake ärgerte mich schon.

Remo nahm seine Tänzelei wieder auf. «Zieh die Brille ab!», wiederholte er und rempelte probeweise gegen meine Schulter.

*«Babbuino»***, erwiderte ich, um meinen Ärger loszuwerden und in der Gewissheit, als Ginos Freund unantastbar zu sein. Doch damit lag ich völlig falsch. Nach einem kurzen Zögern, während dessen sich Remo wahrscheinlich genau das fragte: Ist dieser Deutsche als Ginos Freund unantastbar?, fuhr Remo seine Rechte aus und setzte sie auf meine linke Augenbraue. Bis dahin hatte ich immer gedacht, die Sache mit dem Sternesehen wäre nur eine Redewendung. Aber in

* Kakerlake

** Blödmann, Pavian, Dummkopf

dem Moment sah ich sie tatsächlich, lauter Sterne, kleine und große, die meisten flitzten sehr hell und dynamisch hin und her, und einige wenige machten auf Fixsterne und standen einfach nur groß, rot und schwer vor mir. Etwas anderes sah ich nicht mehr, weil beide Gläser aus meiner Brillenfassung herausgesprungen waren und die Welt um mich herum mit einem Mal sehr unscharf aussah. Trotzdem konnte ich erkennen, dass Remo wieder angefangen hatte zu tänzeln.

«Ich habe dich gewarnt!», tönte er trotzig, und mir war, als spürte ich den Luftzug von Fäusten, die weitere Boxhiebe antäuschten. «Das kann hier jeder bezeugen!»

Schockiert tastete ich meine Augenbraue ab. Geschwollen war sie, richtig aufgebläht, und tat höllisch weh. Dieser verdammte neapolitanische Hornochse!

«Deine Brillengläser», sagte Anna und drückte sie mir in die Hand. Dem Klang ihrer Stimme nach war sie entsetzt über das, was hier passierte.

Wie um uns alle aus dieser vertrackten Situation zu befreien, erklang plötzlich eine Polizeisirene. Ich hielt mir die Gläser provisorisch vor die Augen und sah drüben auf dem Hügel einen Einsatzwagen der Carabinieri um die Ecke biegen und mit Blaulicht die *strada bianca* hinunterjagen. Ebenso plötzlich hörte Remo mit dem Tänzeln auf, und als hätten die Tafani-Brüder sich telepathisch ein Zeichen gegeben, verschwanden die drei ohne ein weiteres Wort und geschmeidig wie Eichhörnchen in der *macchia*. Zurück blieben lediglich zwei Kisten mit S&M-Artikeln, eine zerdepperte Vespa, Anna, ich und meine dicke Augenbraue. Anna holte tief Luft und sah mich auf eine erschreckende Art an, blass, verwirrt und, ja, sogar verängstigt.

«Ich weiß nicht, ob ich das kann, Max», sagte sie leise. «Ich weiß es ehrlich nicht.»

Mich fröstelte, das klang sehr grundsätzlich. Fast wünschte ich mir, dass der *maresciallo* hierherkäme und dem ganzen Spuk ein Ende bereiten würde.

«Wie meinst du das?», fragte ich und hatte Mühe, die Brillengläser, die ich wie zwei Monokel gegen meine Augen drückte, einigermaßen ruhig zu halten. Jeder, der so stark kurzsichtig ist wie ich, weiß, wie speiübel einem werden kann, wenn da zu viel Gewackel ist.

«Ich mag die Menschen hier, Sestina, Luciana, Gino und die meisten anderen. Es ist wirklich sehr schön.» Sie zuckte hilflos mit den Schultern. «Aber ich habe das Gefühl, kein eigenes Leben mehr zu haben.» Sie sah mich vorwurfsvoll an. «Und auch kein gemeinsames mit dir. Wir beide haben kaum Zeit füreinander. Immer ist irgendetwas anderes wichtiger.»

«Das stimmt doch gar nicht», wehrte ich ab. «Die Neapel-Reise war eine Ausnahme.»

«Nein, das stimmt nicht, Max», sagte sie traurig und begann aufzuzählen, was in den letzten Wochen alles gewesen war, und ich musste zugeben, aufgereiht fand ich die Liste der Ereignisse auch etwas lang. Da kamen diverse Abendessen zusammen, weil alle die Frau, der ich drei Jahre nachgetrauert hatte, kennenlernen wollten. Dann die obligatorischen Treffen in Lucianas Bar. Die vielen Stunden im Auto zusammen mit Gino, der Anna unbedingt mit der Schönheit des Monte Dolciano und aller angrenzenden Berge und Täler hatte bekannt machen wollen, einschließlich einiger ausgewählter Strände, der Stockfischakademie in Ancona, der Versteinerungen im Steinbruch von Sant'Anna, des Lesesaals des *Eremo Fonte Avellana* und so weiter. Und die vielen Stunden, in denen ich alleine unterwegs gewesen war, auf der *comune*, in der *ferramenta*, beim *brico*, bei irgendwelchen Handwerkern, bei meinem Honig-Mann, beim *consorzio agrario* in Cagli, im

Büro der Telecom in Pesaro, weil der Blitz wieder einmal das Telefon stillgelegt hatte, bei der ENEL in Pergola, weil die mir einen Betonstrommast direkt vors Schlafzimmerfenster hatten setzen wollen, und –

«Und jetzt sind auch noch drei Mafiosi da», beendete sie die Aufzählung. «Und ehrlich gesagt, mit keinem von denen möchte ich im Haus alleine sein.»

Ich warf einen nervösen Blick auf die beiden Kartons voller Diebesgut, die ich unbedingt verschwinden lassen musste. «Anna, lass uns das später besprechen, ich muss nochmal kurz weg.»

Sie deutete mit beiden Händen auf mich. «Das meine ich, Max. Keine Zeit für uns.»

«Was soll ich denn machen? Vielleicht taucht der *maresciallo* gleich hier auf.» Ich trat gegen eine der Kisten. «Wie soll ich dem das denn erklären?»

«Ja, ja, und was kommt als Nächstes?»

«Anna, bitte!» Ich warf nervöse Blicke zu Spaccones Haus hinauf. «Lass uns später reden, okay?»

Anna atmete tief ein und aus. «Irgendwann ist es zu spät, Max», sagte sie und ging.

Mir war klar, wie wichtig es gewesen wäre, ihr hinterherzugehen und mir ihre Sorgen anzuhören, was das Leben hier oben auf dem Monte Dolciano betraf. Doch die Aussicht, vom *maresciallo* in die Mangel genommen zu werden, gefiel mir noch weniger. Er war sowieso nicht gut auf mich zu sprechen, jedes Mal, wenn er mich sah, drohte er mir, mein Auto zu konfiszieren, weil ich als *residente* immer noch mit einem deutschen Kennzeichen herumfuhr. Wenn zu diesem Vergehen auch noch Diebstahl und Unterstützung einer kriminellen Vereinigung aus Neapel dazukam – na, dann *buona notte*.

Also hockte ich mich auf den Boden, quetschte die Brillengläser in die Fassung und bog und drückte so lange daran herum, bis sie wieder einigermaßen fest saßen. Dann warf ich Spaccones Kartons ins Auto und machte mich auf den Weg. Ich musste Gino unbedingt dazu bringen, diesem Spuk hier ein Ende zu bereiten. Die ersten Stunden dieses Tages reichten mir völlig, um zu wissen: Das würde furchtbar werden!

11.

Wer Gino finden wollte, fuhr immer zuerst zu Luciana. Das war einfach so. Im Grunde hätte Luciana ihn in die Inventarliste ihrer Bar aufnehmen können: Espressomaschine, Eistruhe, Gino, in der Reihenfolge. Wenn Gino sich nicht in der Bar aufhielt, sondern auf irgendeinem Dach hockte, irgendwelche Wasserleitungen verlegte oder interessant gestaltete Mauern hochzog, dann war die Bar trotzdem die richtige Anlaufstelle, denn jeden Morgen bevor er loszog, besuchte er Luciana auf ein Schwätzchen, erzählte, wie sein Tag verlaufen würde, und fragte sie, was denn bei ihr so anstand. Wenn ich sie dasselbe fragte, würde sie antworten: Was soll schon sein? Ich habe eine Bar, da steht man rum, macht jeden Tag dasselbe, und nachts schließt man die Tür ab, um am nächsten Morgen von Neuem loszulegen. Doch Gino öffnete sie sich ganz, erzählte zum Beispiel von ihren grüblerischsten Gedanken und davon, was sie gerade beschäftigte.

Als ich gegen zehn Uhr die Bar betrat, rechnete ich nicht damit, ihn dort persönlich anzutreffen, und war umso erstaunter, ihn mitten in einem lauttönenden Streitgespräch mit Nardini zu finden, das er sofort unterbrach, als er mich sah. Nardini hatte gerade tief Luft geholt, um einen schwergewichtigen Satz loszuwerden, und warf mir, dem Störenfried, einen bösen Blick zu. Julian lutschte an einem Eis und lächelte mich äußerst charmant an. In einer Ecke hockten Lino, Ettore und Piccarini oben von Bordolino, die nicht oft hierherkamen, und wenn, dann immer zu dritt.

«*Ou*, Max! Ich bin hier schon seit sieben Uhr!», rief Gino mir freudig zu und wiederholte: «Seit sieben Uhr!»

Sieben Uhr also, na toll. Na und?

Luciana hob eine Augenbraue. «Er bindet es jedem auf die Nase, der hereinkommt.» Sie zuckte mit den Schultern. «*Ciao*, Max. Wie geht es Anna?»

Ich zuckte etwas betrübt die Schultern. «*Così, così.*»

Sie nickte wissend. «*Allora, caffè? O cappuccino?*», fragte sie und sagte das Wort *cappuccino* auf eine Art und Weise, die keinen Zweifel daran ließ, wie wenig Lust sie auf das ganze Drumherum mit Milch aufschäumen und Schokopulver draufstreuen hatte. Ich hatte darauf aber Lust, also bestellte ich als Kompromiss einen *caffè macchiato*.

«Was ist mit deinem Auge? Ist dir wieder eine Dachpfanne auf den Kopf gefallen?», fragte sie spöttisch.

Ich verdrehte genervt die Augen, wie lange würden mich die Leute hier wohl noch damit durch den Kakao ziehen?

Gino hatte mich die ganze Zeit in bester Laune angelacht und alle Versuche von Nardini, weiterzudisputieren, ins Leere laufen lassen. Als ich mich ihm jetzt zuwandte, hob er glückselig beide Arme in die Höhe, als wollte er die Welt umarmen, was in der unmissverständlichen neapolitanischen Gebärdensprache so viel heißt wie: Ein besseres Alibi kann man doch gar nicht haben!

Natürlich hatte er gewusst, dass die Tafani-Brüder keine Zeit verlieren und gleich heute Morgen mit ihrer Arbeit loslegen würden, und wenn ich seine exzellente Laune richtig einschätzte, sah er seine finanziellen Probleme schon gelöst und wartete nur noch darauf, dass Spaccone ihm in Kürze die 94 Millionen Lire bar in die Hand drückte.

«Ich muss mit dir reden, Gino», sagte ich so dramatisch es ging. Wenn Gino gute Laune hatte, hielt er mit großer Penetranz daran fest und versuchte alles zu ignorieren, was seine Euphorie beeinträchtigen konnte.

«Jetzt nicht, Max, jetzt nicht. Du siehst doch.» Er deutete auf Nardini, dem es in der Tat kaum noch gelang, an sich zu halten, und der mich mit grimmigen Blicken warnte, weiter zu stören.

«Es ist wichtig. Sehr wichtig», versuchte ich es noch einmal. Nichts zu machen, Gino winkte ab und wandte sich Nardini mit einem Lächeln zu, wie es unechter nicht sein konnte.

«Die Natur kennt keinen Mythos», legte dieser erleichtert los und schob seinen dürren Körper in die Blickachse zwischen mir und Gino, um auch jegliche nonverbale Kommunikation zwischen uns zu unterbinden. «Die Natur kennt kein Zaudern. Und vor allem kennt die Natur keine guten Absichten.»

«Unsinn, Nardini!», erwiderte Gino viel lauter als nötig, schließlich sollte ja später jeder bezeugen können, dass Gino Basili, Maurer aus Furlo, wohnhaft in der Strada Donini 60, auch um 9:10 Uhr noch in der *Bar Furlo* gewesen und in der Zwischenzeit nicht einmal zum Pinkeln hinausgegangen war. «Warum schlagen Wölfe nur kranke, schwache Tiere und lassen die gesunden laufen, eh?»

«Weil sie ein krankes, schwaches Tier leichter erledigen können, deshalb. Das spart Energie», säuselte Nardini in der Gewissheit, endlich einmal die besseren Argumente zu haben. «Du zum Beispiel», setzte er noch einen drauf, «mit der Beeinträchtigung durch deinen geschwollenen Fuß, wärst in einer archaischen Gesellschaft ohne Vorratshaltung schlecht dran, du könntest nicht jagen, deine Kräfte würden wegen mangelnder Eiweißzufuhr schwinden, und so wärst du für einen Braunbären die perfekte Beute.»

«Du mit deinem überentwickelten Hirn auch, Nardini. So was wie dich hat die Natur eigentlich gar nicht vorgesehen.»

«Die Natur kennt keine Vorsehung.»

Gino fuchtelte ausladend, aber eindeutig unkonzentriert in der Luft herum. «Worum geht es denn in der Natur? Essen und überleben. Um sich zu vermehren. Das ist alles. Eine Schnake liest kein gutes Buch, Nardini, das würde sie nur von der Vermehrung abhalten.»

«Es soll in der Kulturgeschichte Menschen gegeben haben, die Bücher gelesen und sich trotzdem vermehrt haben», merkte Nardini spöttisch an.

«Es soll Menschen geben, die vor lauter Lesen vergessen, sich zu vermehren», entgegnete der kleine Maurer.

«Gino!», mischte sich Luciana ein und hob eine Augenbraue, was in ihrer unmissverständlichen Mimik hieß: Das war eindeutig unter der Gürtellinie.

Nardini warf ihr einen erstaunten Blick zu, das erlebte er nur äußerst selten: Luciana ergriff Partei für ihn?

«Gut, gut», lenkte Gino ein, «du hast recht. Ich entschuldige mich bei dir, Nardini.»

«Wofür jetzt?», fragte Nardini. «Das mit dem Gehirn oder das mit der Vermehrung?»

«Beides. Beides», freute sich Gino, gut gelaunt wie ein frischgebadeter Papagei.

Luciana und ich sahen uns an. «Gino», sagte sie, kam hinter ihrer Theke hervor und signalisierte dem Maurer mit einer lässigen Bewegung ihres Zeigefingers, ihr zu folgen. «Du auch, Max.» Sie ging hinaus, und weil auf der Terrasse ein paar Touristen saßen, überquerte sie die Straße und ging zum Parkplatz hinüber. Wir selbstredend hinterher.

«Was hat sie denn?», fragte Gino nervös. «Was hat sie denn nur?»

«Gino», pflaumte ich ihn an, «kannst du mal aufhören, alles doppelt zu sagen?»

«Ich frage mich ehrlich, was los ist», fragte er unkonzentriert. «Mit ihr.» Er deutete auf Luciana, die sich an meinen Wagen lehnte und ihre Arme vor der Brust verschränkte.

«Sie weiß Bescheid, Gino, wegen der Bank und so», beichtete ich im Schnellverfahren. «Ich war vorgestern sogar mit ihr bei Torello in der Bank, wegen deiner Pfändung.»

Gino blieb abrupt stehen. «Du warst was?»

«Wir wollten irgendetwas tun, dir helfen.»

«Ich hatte gesagt, dass ich das nicht will. *Cioè chiaro e tondo.*»*

Luciana sah ihn fragend an, weil er so herumlärmte.

«Ich hatte doch gesagt, dass ich keine Hilfe will in der Sache mit Spaccone. *Chiaro e tondo*», rief er auch in ihre Richtung.

«Pass mal auf, Gino Basili», entgegnete Luciana. «Du kriegst die Sache alleine nicht geregelt. Und statt so zu tun, als hättest du alles im Griff, solltest du Hilfe annehmen.»

Gino warf unentwegt seine freie Hand in ihre Richtung. «Ich habe mir Hilfe gesucht. Das Problem ist bald gelöst.»

«Du meinst die Tafani-Brüder?», fragte Luciana.

Gino sah mich ernst und richtig böse an. «Was hast du ihr erzählt, Max?»

«Das ist verdammt egal!», platzte ich heraus. «Weißt du, woher ich das blaue Auge habe? Von deinem Cousin Remo!»

«Dann hast du ihn mit Sicherheit unnötig gereizt», erwiderte Gino mit verschlossenem Gesichtsausdruck.

«Ich habe ihn gereizt?», erregte ich mich, obwohl ich mir eigentlich vorgenommen hatte, ganz ruhig zu bleiben. «Die fahren wie bescheuerte Action-Helden mit meinem Auto einfach durch Spaccones Gartenzaun, die zermatschen meine Vespa, die versuchen Spaccone in seinem Pool zu ertränken, und Anna hat Angst, mit denen alleine im Haus zu sein!»

* Und zwar klipp und klar

«Unsinn, du übertreibst», entgegnete Gino und machte mehr als deutlich klar, dass er auf seine Familie nichts kommen ließ.

«Und die klauen!», schimpfte ich weiter.

«Das reicht jetzt aber», sagte Gino mit Eiseskälte und reckte sich stolz in die Höhe. Luciana warf mir einen kritischen Blick zu. Da war es wieder, das Gefühl, nicht dazuzugehören, wenn es wirklich hart auf hart kam. Aber anders als in meiner Anfangszeit hier auf dem Monte Dolciano machte es mich jetzt nicht traurig, sondern noch wütender. Ich riss die Autotür auf, packte einen Karton und warf ihn Gino vor die Füße.

«Da, das haben deine *cugini* bei Spaccone geklaut. Als der *maresciallo* am Horizont auftauchte, haben sie es bei mir gelassen.»

Gino wandte seinen Kopf ab, stolz und arrogant wie ein spanischer Caballero, was in der unmissverständlichen italienischen Gebärdensprache so viel heißt wie: Ich sehe nichts, da sind keine Kisten, und das einzige Problem bist du, *hombre*!

Luciana stieß sich vom Kotflügel ab, drehte den Karton um und verteilte das Diebesgut auf dem Boden: Handschellen, Dildos, Ledermasken, die mehrschwänzige Lederpeitsche und all das S&M-Zeug, dessen Namen ein Normalsterblicher gar nicht kennt. Gino starrte die Teile ungläubig an. Luciana hingegen schloss die Augen halb und sah mich auf eine Art an, die ich nicht deuten konnte. Kannte sie all das Zeug und dachte: War 'ne schöne Zeit damals? Oder fragte sie sich: Was zum Henker ist das denn? Jedenfalls waren wir alle drei zu sehr abgelenkt, um zu registrieren, wie sich ein Auto näherte und neben uns anhielt – ein taubenblauer Alfa Romeo mit dem weißen Schriftzug CARABINIERI an der Seite, auf dem Dach zuckte das Blaulicht. Mit majestätischer Ruhe entstieg der *maresciallo* seinem Dienstwagen und schob sich noch schnell eine verspiegelte Sonnenbrille im Pilotenstil vor die Augen, wie sie sonst nur noch von österreichischen Skilehrern getragen wird. Mit einer knappen Herrschergeste bedeutete er Terzio Piva auf dem Beifahrersitz, genau dort zu bleiben. Terzio hatte erst vor kurzem seine Ausbildung abgeschlossen und war sehr darauf bedacht, alles richtig zu machen. Er öffnete lediglich sein Fenster, um ganz sicher keinen Befehl seines Vorgesetzten zu überhören. Der *maresciallo* baute sich breitbeinig vor uns auf, exakt so, wie es im Handbuch für Machos beschrieben stand, und senkte seine Stimme ins Abgrundtiefe.

«*Buon giorno.*» Er deutete auf den Inhalt der Kiste. «Veranstalten die Herrschaften hier einen Wochenmarkt?»

«Klar, bedien dich, *maresciallo.*» Gino deutete auf die Sexartikel. «Da sind frische Tomaten, gerade aus Sizilien eingetroffen.»

Der Carabiniere wandte sich in Zeitlupentempo dem Maurer zu. «Sind das deine Tomaten, Gino?»

«Deine Tomaten, meine Tomaten. Die Bedeutung von persönlichem Besitz wird im Allgemeinen sehr überschätzt», erwiderte Gino und machte kein Hehl daraus, dass ihm jeder Carabiniere suspekt war. Die mit ihrer Faschisten-Uniform, schimpfte er gerne. Das hat doch was zu bedeuten, wenn man heute noch wie zu Mussolinis Zeiten rumläuft, mit Herrenmenschen-Reiterhosen und Ich-tret-dich-in-den-Hintern-Lederstiefeln!

«Du kannst froh sein, dass wir in einer Demokratie leben», erwiderte der Carabiniere. Er zog seine Stoppkelle aus dem Schaft seines faschistoiden Lederstiefels, stöberte damit ein wenig in den Utensilien, warf einen Blick in den Karton und zog eine Illustrierte daraus hervor, in der es weniger um Themen ging wie: Gleicher Lohn für gleiche Arbeit!, als um Angebote wie: Ich krieche nackt auf dem Boden herum, einfach so, und ihr dürft mir dabei zugucken.

«Demokratie? Dass ich nicht lache! Das Wort kommt aus dem Griechischen, und weißt du, was es bedeutet: Allen ist das Denken erlaubt, aber vielen bleibt es erspart.»

Der *maresciallo* legte seine Stirn in Falten und korrigierte den Sitz seiner Sonnen- und Gletscherbrille. «Pass auf, was du sagst, Basili. Demokratie heißt auch, sich einzugliedern ins große Ganze.»

«Nur tote Fische schwimmen mit dem Strom, *maresciallo*», erwiderte Gino und ließ keinen Zweifel daran, wen er hier für den größten toten Fisch hielt.

Der Carabiniere hatte nur mit halbem Ohr zugehört, weil er damit beschäftigt war, gewissenhaft durch das Magazin zu blättern, schließlich war er als Polizist verpflichtet, allen Spuren nachzugehen. «Der Deutsche da oben, Orst-e Fischer-e, behauptet, du hättest ihm drei Auftragskiller auf den Hals gehetzt.»

«Ach ja?», entgegnete Gino und riskierte auch einen Blick auf das Magazin. «Hat der Deutsche mich da oben gesehen? Hat er nicht. Weil ich den ganzen Morgen in der Bar war. Dafür habe ich etliche Zeugen.»

Der *maresciallo* antwortete nicht. Er war an dem herausnehmbaren großformatigen Foto in der Mitte des Heftes angekommen und faltete es auseinander, als handelte es sich hier um das entscheidende Glied in einer Beweiskette. Tatsächlich handelte es sich um Pamela Anderson in einer Pose, die seine Frau zum Beispiel noch nie eingenommen hatte.

«Der Deutsche hat gesagt, du steckst dahinter. Er hat nicht gesagt, du warst an seinem Schwimmbecken und hast versucht, ihn da herauszuangeln.»

Ein Grinsen huschte über Ginos Gesicht, das dem Carabiniere im Zuge seiner gewissenhaften Beweisaufnahme zum Glück entging. Gino zuckte mit den Schultern. «Na, wenn der das sagt.»

Der *maresciallo* faltete Pamela wieder zusammen und warf das Magazin schweren Herzens zurück in den Karton. «Was ist mit dir?», fragte er mich und bog seinen Oberkörper zurück, um einen Blick auf mein Autokennzeichen zu werfen.

«Was soll mit mir sein?», fragte ich zurück.

«Nichts gehört, nichts gesehen? Du wohnst doch da oben unweit von Orst-e Fischer-e.» Sein Blick blieb an dem zweiten Karton hängen, der noch auf dem Rücksitz meines Autos stand. Mit der Stoppkelle schubste er ihn heraus, sodass weitere Artikel zu Boden purzelten, die einem die Schamesröte ins Gesicht trieben. Nicht wenige Teile waren mehrfach vorhanden und originalverpackt, offenbar handelte es sich hier um Verschleißteile, die ständig ersetzt werden mussten. «Du betätigst dich also als fliegender Händler, eh?»

Ich antwortete nicht. Es gab im Grunde nur einen Weg heraus aus dieser Nummer: Ich musste behaupten, dass es sich um meine persönlichen Utensilien handelte. Aber dieser Weg gefiel mir ganz und gar nicht. Zumal ich aus dem Augenwinkel sah, wie Ettore, Lino und Piccarini es sich auf der Terrasse gemütlich machten, gefolgt von Nardini und Julian, die so taten, als hätten sie sich schon die ganze Zeit nach frischer Luft gesehnt.

«Oder brauchst du die Sachen privat? Dann hast du doch bestimmt die *scontrini** dafür.»

«Habe ich nicht», gab ich wahrheitsgemäß und kleinlaut zu.

«Mhm, mhm, mhm», säuselte der Carabiniere und tippte

* Kassenzettel

gegen eine Art in Folie eingeschweißter Unterhose aus Leder, die wegen all der Nieten und Metallringe bestimmt ziemlich unbequem zu tragen war. «Noch originalverpackt. Was die wohl gekostet hat? Aber wenn man's unter Umgehung der IVA kauft –» Er grinste gut gelaunt.

Ich warf Gino einen Blick zu. Eigentlich musste er jetzt für mich in die Bresche springen, Gino jedoch war mit den Gedanken woanders, wahrscheinlich dachte er ununterbrochen: Ich habe ein Alibi, ich habe so was von einem Alibi, mir kann keiner was bei dem Alibi, also wirklich nicht!

Ohne sich umzudrehen, rief der *maresciallo*: «Terzio, ruf mal bei der *Finanza* an! Wir haben hier einen», er lachte wohltönend, «dicken, perversen Fisch.»

Verdammt, die *Guardia di Finanza*, deren Beamte nur nach zwei Kriterien ausgewählt wurden: Sie mussten mit einem Pitbull verwandt sein und durften nicht im Verdacht stehen, auch nur die winzigste Spur von Humor zu besitzen. Das war's dann, dachte ich, spätestens heute Abend würden der gesamte Monte Dolciano, ganz Cagli und Teile von Urbino, Fano und Pesaro über meine perversen Neigungen herziehen, ich würde mit Werbung von Erotik-Shops überschüttet werden, Don Romano würde die mühsam erkämpfte Erlaubnis zur Benutzung der auf kirchlichem Grund gelegenen Bocciabahn zurückziehen, und selbst Uilly würde sich in meiner Nähe unwohl fühlen und beim Schlafen nur noch ein Auge zumachen, um mich mit dem anderen misstrauisch im Blick zu halten.

«Falls du es nicht weißt, *maresciallo*», hörte ich plötzlich Lucianas Stimme durch den Vorhang meiner Befürchtungen dringen, «einen *scontrino* muss man nach einem Kauf nur so lange aufbewahren, bis man sich dreihundert Meter von dem Laden entfernt hat, in dem man etwas gekauft hat. *Allora*, wie du ganz sicher weißt, befindet sich der nächste *Sexy Shop** in Fano. Bis dahin sind es neununddreißig Kilometer.»

Ich warf Luciana einen dankbaren Blick zu. Der *maresciallo* wippte plötzlich sehr dynamisch auf seinen Zehenspitzen, und seine Augen versprühten durch die an sich undurchdringlich verspiegelte Sonnenbrille Blitze. «Terzio!», knurrte er. «Bestell die *Finanza* wieder ab.»

«Jawohl, *maresciallo capo*», tönte es dumpf aus dem Dienstwagen. Terzio wusste natürlich, dass sein Chef jetzt gereizt war wie ein Eber und Blut sehen wollte. Deshalb hatte er vorsichtshalber dessen vollständigen Titel benutzt, andere zusätzliche Demutsgesten wären sinnvoll gewesen, ließen sich aber auf dem Beifahrersitz nicht so ohne weiteres in die Tat umsetzen.

Mittlerweile hatten die Vögel aus der Bar die Straße überquert und standen an den drei verschiedenfarbigen Mülltonnen herum, als müssten sie unbedingt über das neuerdings eingeführte Mülltrennungssystem debattieren.

«Was sehe ich da, Max?», knurrte der Eber weiter. «Immer noch das deutsche Kennzeichen?» Er streckte gebieterisch seine Hand aus. «Ich habe dich oft genug gewarnt. Die Autoschlüssel.»

«Der Wagen ist Teil meiner deutschen Steuererklärung», schnurrte ich zugegebenermaßen etwas genervt meine ewig wiederholte Erklärung herunter. «Die Europäische Union, der ja auch Italien angehört, hat dafür eine eindeutige Regelung festgeschrieben, der zufolge ich auch als *residente* in Italien mein deutsches Kennzeichen behalten darf.»

Hobbyastronomen, wenn sie nachts mit ihren Fernrohren in den Himmel starren und vor Langeweile an ihrem Hobby

* So heißt in Italien das Pendant zu Beate Uhse.

zu zweifeln beginnen, träumen davon, nur ein einziges Mal zu erleben, wie ein Stern explodiert und zur Supernova wird. Wer nicht so lange warten will, sollte sich einmal mit dem *maresciallo capo* von Acqualagna anlegen.

«Was war das?», schrie er mich an, sprang aus dem Stand in die Höhe und fuchtelte auf beängstigende Weise mit seiner Stoppkelle vor meiner Nase herum. «Was war das? *Sfacciato!** *Bellimbusto!*** *Fanfarone!****» Er packte mich, als wäre er ein Überfallkommando, und fuhr mit seiner lederbehandschuhten Pranke in alle Taschen meiner Jeans, bis er den Schlüssel gefunden hatte. «Du *bricconcello***** willst mich lehren, welche Gesetze hier in Italien gelten?»

Schockiert von der Attacke, brachte ich keinen Ton heraus.

«Was ist das?», herrschte er mich an und schlug mit der flachen Hand auf das kreisrunde Carabiniere-Abzeichen an seiner Uniform, in dessen Mitte so etwas wie eine Bombe mit fünfzehn Zündschnüren zu sehen war, umrahmt von dem Schriftzug «Carabinieri» und den italienischen Nationalfarben Grün-Weiß-Rot.

An meinem Zustand hatte sich noch nichts geändert, deshalb brachte ich weiterhin keinen Ton heraus.

«Das sind die italienischen Nationalfarben! Die italienischen! Siehst du hier irgendwelche europäischen Symbole?»

Endlich war ich überm Berg und spürte eine gewisse Energie in mir aufsteigen, immerhin war ich ja im Recht. «Italien ist Teil der EU.»

* Schnösel

** Fatzke

*** Großmaul

**** Bürschlein

«Italien ist Italien, Freundchen. Und wenn's nach mir und den meisten anderen geht, kann die EU zum Teufel gehen. Mitsamt Bayern München und Deutschland!»

Das mit Bayern München war okay, aber das mit Deutschland ärgerte mich, obwohl ich mich in all den Jahren, bevor ich auf den Monte Dolciano gezogen war, nie besonders für Deutschland ins Zeug gelegt hatte. «Und was ist mit all den fetten Subventionen, die hierher fließen?»

Sein Blick wurde stahlgrau, und der ganze Mensch bebte auf gefährliche Weise. «Willst du mir jetzt etwa die angeblichen Gelder vorhalten, die angeblich da unten im *mezzogiorno* eingestrichen werden? Für U-Bahnen, die angeblich nie gebaut werden, und Brücken, die angeblich gleich am Tag der Eröffnung einstürzen?»

«Nicht zu vergessen die Gelder für die Müllverbrennungsanlage in Palermo, die nie gebaut wurde», ergänzte ich todesmutig. Aus dem Augenwinkel sah ich Gino, der mit seinen Händen Bewegungen machte, als wollte er eine imaginäre Pflanze am Wachsen hindern. Luciana lehnte nach wie vor lässig am Kotflügel meines Wagens und sah mich, zumindest hatte ich den Eindruck, auf eine Art bewundernd an.

Der *maresciallo* knetete meinen Autoschlüssel, und ich konnte förmlich spüren, wie zwei Seelen in seiner Brust kämpften: Entweder würde er mich auf der Stelle erschießen, oder er würde sich davonmachen, um mich in seiner unbändigen Wut nicht sofort zu erschießen. Zum Glück wählte er die zweite Option. «Wir sprechen uns noch, *tedesco*», versprach er mir, warf sich in meinen Wagen, startete den Motor, drehte ihn bis an die Grenze des physikalisch Möglichen hoch und schoss mit durchdrehenden Reifen davon. Luciana hatte zum Glück rechtzeitig einen Schritt nach vorne gemacht und bekam lediglich eine gehörige Ladung Schotter ab.

Terzio sprang aus dem Dienstwagen, um auf die Fahrerseite zu wechseln, und wischte aufgeregt mit seiner flachen Hand vor seinem Gesicht herum, was in der unmissverständlichen italienischen Gebärdensprache dasselbe bedeutete wie in jeder anderen. «Du bist so was von bescheuert, Max!», pflaumte er mich an. «Du weißt doch, wie er ist, wenn man ihn reizt. Jetzt muss ich es wieder ausbaden.» Er warf sich in den Streifenwagen und jagte seinem Chef hinterher.

«Hoppla», ertönte Nardinis schnarrende Stimme, «was hat die denn so wütend gemacht?» Er kam mit seinem typischen Gang angeschlendert, bei dem er zuerst eine Schulter vorschob und dann den Rest des Körpers folgen ließ. Julian und die Dreierbande von Bordolino waren ihm dicht auf den Fersen.

«Max, du hast einen ganz roten Kopf», diagnostizierte Julian, «und dieses blaue Auge. *Holy cow*, das sieht ja gar nicht gut aus.»

Die Dreierbande sagte gar nichts. Sie starrten auf die S&M-Utensilien, Piccarini und Ettore feixten mich belustigt an, nur Lino war enttäuscht. «Die Peitsche, na gut, die kann man gebrauchen, wenn man noch Ochsen hat, so wie Domenico und Giovanna drüben in Monticello. Aber der Rest, wozu soll das gut sein?»

Piccarini klopfte Lino grinsend auf die Schulter. «Frag doch mal Max, dem gehören die Sachen.»

«Die gehören mir nicht», sagte ich.

«Sie gehören ihm nicht», grinste jetzt auch Ettore und deutete auf die Mülltonnen. «Dann sollte man sie vielleicht einfach wegwerfen.» Er stieß Piccarini in die Rippen, dem Ettores Bauernschläue ein wenig peinlich war, denn jeder ahnte natürlich, dass Ettore sich keine fünf Minuten später in die Mülltonne hocken und den Abfall handverlesen würde.

«Schluss jetzt!» Luciana riss der Geduldsfaden. «Der Krempel wird eingesammelt und zurückgebracht, wo er hergekommen ist. Gino?» Der kleine Maurer begann sofort, alles in die Kartons zurückzupacken. «Und dann bring die Kisten in mein Auto. Max, ich fahr dich nach Hause.»

Sie stieg in ihren BMW, und ich folgte ihr. Als ich an Gino vorbeiging, zischte ich ihm ins Ohr: «Ich bring das Zeug wieder zu Spaccone und erzähle dem irgendeine Lügengeschichte. Aber du musst die Tafani-Brüder zurückpfeifen. Dieser Terror muss ein Ende haben, Gino.»

*«Era un ghiribizzo, eh?»**, sagte er mit einem unsicheren Grinsen. Dann stieß er mir seinen Ellbogen in die Rippen. «Aber das mit Spaccone im Schwimmbecken, das hätte ich zu gerne gesehen.»

* War 'ne Schnapsidee, oder?

12.

Luciana fuhr sehr gemütlich. Sie hatte das Verdeck ihres BMW Cabrio geöffnet und machte sich trotz des Windes überhaupt keine Sorgen um ihre Frisur, die sie, das war auch für einen Laien wie mich erkennbar, am Morgen kunstvoll geföhnt hatte. Sie genoss die Septembersonne und die Schönheit der Landschaft, ich befürchtete fast, sie würde vor Wonne einfach die Augen schließen, die Arme in die Höhe recken und, was das Lenken betraf, auf ihr Glück setzen. Erst als es die steilen Serpentinen hinaufging, brach sie ihr Schweigen. Ich war schon ein wenig nervös geworden.

«Das mit den Kisten wird sich wie ein Lauffeuer verbreiten, Max. Das wird das Gerücht des Jahres.»

«Ist mir egal», log ich, denn eigentlich ärgerte ich mich, weil ich für die beknackten Tafani-Brüder und für Spaccones eigenwillige Sexualität meinen Kopf hinhalten musste.

«Von jetzt an werden dich einige Leute merkwürdig ansehen.» Luciana lachte mit einem tollen, rauen Unterton. «Manche allerdings mit großem Interesse!» Sie startete ihren CD-Player und drehte ihn verdammt laut. Gladys Night and the Pips, *A Midnight Train to Georgia.* «Und dass ich mit dir und den Kisten hier alleine durch die Gegend fahre, das kann leicht zu noch einem Gerücht werden.»

«So ein Unsinn. Jeder weiß doch, dass nichts und niemand zwischen Orlando und dich kommt.»

«Max, Max, Max», sagte sie kopfschüttelnd. «Gino hat recht, du bist tatsächlich wild entschlossen, die Menschen hier auf dem Monte Dolciano für durch und durch gut zu halten.»

Ich merkte, wie meine Ohrläppchen rot zu glühen begannen. Vor Luciana wollte ich nicht als naiv gelten. «Dir scheinen Gerüchte ja egal zu sein, Luciana.»

Sie lächelte in sich hinein. «Manchmal sind sie mir tatsächlich egal.» Sie drehte den Player noch einen Kick lauter. «Pass auf, die Stelle finde ich toll. Uh-Uh!», sang sie mit den Pips, Gladys Nights Background-Chor, schob sich ihre Sonnenbrille vor die Augen und gab Gas, und wir lauschten beide dem melancholischen Song von einem Mann, der seine Träume in der großen Stadt nicht erfüllen konnte und geschlagen wieder in sein Dorf auf dem Land zurückkehrt, von wo er seinerzeit mit großen Hoffnungen aufgebrochen war.

«Ich will mit Anna reden», sagte Luciana, als wir Ca'Tommaso erreicht hatten, und stieg mit mir zusammen aus. «Schön hast du es hier.» Sie ließ ihre Blicke über das uralte Haus wandern, über die wilde *macchia* dahinter und die vielen Lavendelbüsche. «Lavendel pflanzt man einmal, und dann kann man ihn vergessen, kein Gießen, kein Harken, eine typische Männer-Pflanze», sagte sie lächelnd. Sie deutete nach Süden. «Monte Catria, Frontone, Monte Acuto, wenn man hier geboren und aufgewachsen ist, vergisst man leicht, wie traumhaft die Landschaft ist.» Sie sog den spätsommerlichen, erdigen Duft ein und schloss für einen Moment die Augen. «Ich sollte viel öfter auf den Monte Dolciano fahren und nicht immer da unten in Furlo hocken.» Ich wartete geduldig ab. Vielen ging es wie ihr, und eben nicht nur denen, die zum ersten Mal hier oben standen.

«Komm, Max, ich habe nicht ewig Zeit», sagte Luciana plötzlich etwas ruppig. Auch diese Reaktion kannte ich gut. Irgendwann wurde einem die Schönheit einfach zu viel. Kein Mensch kann sein Leben lang verzückt die Apenninen anstarren. Wir tasteten uns die von Gras überwachsenen Steinstufen vom Parkplatz hinunter und gingen an der Südseite des Hauses entlang. Alle Türen und Fenster waren verschlossen, und es war so still, so merkwürdig still. Ein mulmiges Gefühl schlich von meinen Waden aufwärts und wurde noch mulmiger, als ich die Tür aufschloss. Und weil es immer so ist, in Kinofilmen, in Fernsehserien, in Romanen, ging ich sofort zum Esstisch, auf dem dann tatsächlich der Zettel lag, den zu finden ich befürchtet hatte. Plötzlich war mir elend kalt.

«Was ist los?», fragte Luciana.

Ich übersetzte ihr Annas Worte und hatte Mühe, meine Tränen zu unterdrücken. «Lieber Max, mir ist das zu viel, zu einsam, zu kompliziert. Ich melde mich wieder, Anna.»

Luciana sah mich einen Moment prüfend an, dann nahm sie mich in ihre Arme. «Lass ihr Zeit, Max. Sie hat das Gefühl, das Leben geht an ihr vorbei, hier auf dem Berg, weitab von jeder Großstadt.» Sie ließ mich wieder los und lächelte mich aufmunternd an.

«Wie soll ich ihr Zeit geben, wenn sie nicht da ist?», fragte ich verzweifelt.

«Wie lange bist du jetzt hier auf dem Monte Dolciano? Drei Jahre?»

«Ungefähr, ja», erwiderte ich.

Luciana nickte.

«Ja, und?», fragte ich zurück.

«Und wie lange hat es gedauert, bis du dich hier einigermaßen zu Hause gefühlt hast?»

«Das ist doch was anderes. Ich war alleine. Aber Anna hat mich.»

Luciana lächelte mich geduldig an. «Anna hat ihren eigenen Kopf, Max. Die ist nicht automatisch glücklich, wenn du es bist. Die will ihre eigenen Entdeckungen machen.»

«Aber ich hindere sie doch nicht daran», fuhr ich auf und spürte zugleich auf der Stirn diese fiesen, kleinen Schweißperlen, die die Natur nur erfunden hatte, um einem klarzumachen: Du verrennst dich gerade fürchterlich, und gleich wird es für dich entsetzlich peinlich, *amico*!

Lucianas Lächeln verschwand, ihre Augenbraue zuckte hoch, und ihr Blick bekam diese Unnachgiebigkeit, die einen wie einen Schmetterling aufspießte und mit Schwung an die nächstbeste Ikea-Korkpinnwand heftete. «So wie ich das sehe, lebst du dein Leben einfach weiter, und Anna lässt du netterweise mitlaufen. So funktioniert Liebe nicht, Max, das solltest du wissen.»

Die Schweißperlen bekamen jetzt Unterstützung von meinen Ohrläppchen, die wieder rot zu pulsieren begannen. «So kann man das doch auch nicht sagen», verteidigte ich mich lahm.

Luciana hob nun auch die andere Augenbraue und senkte leicht den Kopf, was in der ihr eigenen, wahrhaft eindeutigen Gebärdensprache unmissverständlich hieß: Schon mal darüber nachgedacht, die Brille zu putzen und einen Blick in den Spiegel zu werfen?

«Wie soll das gehen, wenn sie bei jeder Kleinigkeit abhaut?», maulte ich trotzig.

«Sei nicht albern, Max. Sie liebt dich und kommt wieder zurück.»

«Das hatten wir ja schon», maulte ich weiter wie ein kleiner Junge und sah zum Fenster hinaus auf den Wald auf der anderen Seite der kleinen Schlucht. Zwischen den Bäumen kräuselte der feine Rauch eines Feuers in den Himmel. Wie das?

«Ich muss los. *Su col morale*, Max.» Luciana gab mir noch einen flüchtigen Kuss auf die Wange. «Und mach nichts kaputt, wenn sie wieder vor dir steht, *ci siamo intesi**?» Sie warf mir einen letzten Blick zu und ging.

«*Ciao*, Luciana», erwiderte ich fahrig. Lucianas Worte gaben mir sehr zu denken, ich spürte, dass sie recht hatte und vor allem, dass es gut gewesen wäre, wenn ich mich damit auseinandergesetzt hätte. Aber Feuer im Wald machte mich seit meinem ersten Winter hier auf dem Monte Dolciano panisch, was eindeutig das stärkere Gefühl war. Damals brachte ich die Asche aus meinem Kamin immer hinaus auf einen Komposthaufen. Bis eines Tages ein kräftiger Wind blies und die in der Asche verborgene Glut in das Ginsterfeld oberhalb von Ca'Tommaso trug. Innerhalb weniger Sekunden entzündeten sich die trockenen Zweige in Bodennähe. Ginster enthält sehr intensive ätherische Öle, mit denen sich naturheilkundlich interessierte Zeitgenossen gerne einreiben, weil sie entspannend wirken, ohne müde zu machen. Spirituell Erleuchtete erweitern deren Wirkung, indem sie zusätzlich ihre Hände auf das Herz- und das Wurzelchakra legen und mit Inbrunst das Mantra flüstern: «Ich fühle mich sicher und geborgen und kann daher meine Aufmerksamkeit auf meine inneren Räume richten. Ich spüre meine alten Wunden und Narben. Gleichzeitig spüre ich, wie sie heil werden wollen.»

In meinem Fall war es damals vorbei mit der Geborgenheit. Eine gewaltige Feuerwalze fauchte in den Himmel und machte sich auf den Weg, mein Haus zu verschlingen. Noch mit städtischen Reflexen versehen, rief ich zuerst bei der Feuerwehr in Cagli an, wo ein ziemlich leidenschaftsloser Feuerwehrmann mir erklärte, dass sie etwa eine halbe Stunde bis zu mir hinauf bräuchten, und bis dahin wäre der Ginster

* Haben wir uns verstanden?

längst Asche. «Ginster brennt höllisch schnell und gewaltig, Freundchen», erklärte er mir in dem Ton, den alle Fachleute gegenüber Laien benutzen. Und was ist mit meinem Haus, fragte ich verängstigt. Na ja, gähnte mich der Feuerwehrmann durchs Telefon an, da oben gibt es doch sowieso kein Wasser zum Löschen, und legte auf.

Zum Glück hatte ich erst wenige Monate zuvor *Backdraft* mit Robert de Niro im Kino gesehen, und da hatte es immer geheißen, man müsse dem Feuer die Nahrung nehmen. Und mein zweites Glück war, dass ich zu der Zeit schon im Besitz meiner chinesischen Motorsäge war, die, da konnte Gabriele Nevio meckern, soviel er wollte, sofort ansprang und mit der ich in Windeseile eine Schneise in das Ginsterdickicht sägte. Dass ich mir in der Hektik gleich noch eine Ecke aus meinen nagelneuen Timberlands herausschnitt, erschien mir angesichts des kläglich eingehenden Feuers kein zu hoher Preis zu sein.

Rauch im Wald in der Nähe des Hauses bedeutete also grundsätzlich nichts Gutes. Ich flitzte in den Geräteraum und holte einen Benzinkanister und meine Motorsäge. Inzwischen besaß ich ein größeres Modell mit einem deutschen Namen und einem Schild, auf dem deutlich zu lesen stand: Made in Germany. Na, also.

Gleich hinter Ca'Tommaso fiel der Hang in eine steile Schlucht ab. Um auf die andere Seite zu kommen, dorthin, wo das Feuer brannte, musste ich einen U-förmigen Umweg nehmen, eine *vicinale*, die früher einmal angelegt worden war, um mit einem Ochsengespann frischgefällte Bäume aus dem Wald herauszuziehen. Leider war der Weg zu schmal für meinen Geländewagen. Ich hastete durch niedrige Pflanzen, immer darauf bedacht, genug Lärm zu machen, um eventuell darunter verborgene Vipern vorzuwarnen. Unterwegs überlegte ich, wie ich es anstellen sollte, in diesen ziemlich dichten Wald aus Steineichen, Hainbuchen und Wacholderbüschen eine Schneise zu sägen. Im Grunde war das aussichtslos, auch mit einer Säge made in Germany. Beim letzten Waldbrand oben auf dem Monte Scatto gegenüber hatten Paolo, Enzo und ein weiterer Nachbar es vergeblich versucht. Am Ende waren zwanzig Hektar *bosco* in Flammen aufgegangen, und das Feuer hatte erst aufgehört zu wüten, als nichts Brennbares mehr übrig geblieben war und die Bergkuppe wie eine hässliche Mondlandschaft aussah. Sogar einige Wildschweine hatten ihr nichtsnutziges Leben im Feuer lassen müssen, was meines Wissens aber niemanden wirklich betrübte. Und, um das Bild von der abgrundtiefen Schlechtigkeit dieser Tierart abzurunden, zwei Tage später hatten Artgenossen die gegrillten komplett aufgefressen.

In der Mitte des «U» ging es wieder bergauf, ich kam sehr ins Schnaufen und brach schließlich schweißgebadet durch das Dickicht, hinter dem ich das Feuer vermutete.

«*Ou*», empfing mich Foscos Stimme, «was rennst du so, *tedesco*?»

Die Tafani-Brüder hockten um ein ziemlich dilettantisches Lagerfeuer, von dem der Qualm ausging, und brieten Würste an Stöcken. Hinter ihnen parkte Ginos Panda mit offenen Türen, auf dem Fahrersitz stand mein Weidenkorb, den Pasquino geflochten hatte, randvoll mit Lebensmitteln, die mir allesamt bekannt vorkamen. Ich ließ meine Säge und den Benzinkanister zu Boden gleiten und holte erst einmal Luft.

«Du hast ja noch nicht einmal ein anständiges Stück Fleisch in deinem Kühlschrank», mäkelte Fosco. «Nur diese wabbeligen Würstchen hier.»

Jetzt hatte ich nicht einmal mehr einen Namen und hieß

nur noch «Deutscher». «Habt ihr vor, den Wald abzufackeln?», fragte ich und bemühte mich vergeblich, nicht zu aggressiv zu klingen.

«Was soll das heißen, *bellimbusto-tu**?» fuhr mich Remo an und suchte hektisch nach einem Ablageplatz für seinen Holzstecken, an dem er gleich zwei Würste aufgespießt hatte. Ich hatte ja noch eine unversehrte Augenbraue, die er sich vornehmen konnte. Ich packte meine deutsche Motorsäge, nicht, weil ich ein gewalttätiger Mensch war, sondern weil ich Angst hatte.

«Der Wald ist knochentrocken. Das ist gefährlich.»

«Schon wieder dieser Ton!», ereiferte sich Remo, und um sich noch mehr in Stimmung zu bringen, wiederholte er den Satz gleich noch einmal. «Schon wieder dieser Ton!»

Aurelio sah sich ein wenig nervös um, als würde er jetzt erst wahrnehmen, wo sie sich befanden. Er griff in das trockene Gras, raschelte mit den Füßen ein wenig im Laub vom letzten Jahr und warf Fosco einen nachdenklichen Blick zu. Der nahm sich lässig seine Wurst vor, biss herzhaft hinein – und spuckte sie angeekelt wieder aus.

«*Che schifo!* Was soll das denn sein?»

Aurelio, neugierig geworden, biss ein Stück von seiner Wurst ab und kaute eine Weile darauf herum, bis er den kleingekauten Brei in seine Hand spuckte, ihn aufs genaueste untersuchte und mich vorwurfsvoll ansah. «Wir haben dich besser bewirtet, bei uns in Neapel», flüsterte er.

«Ihr seid ja wohl völlig bescheuert!» Das war's, mir riss der Geduldsfaden, ich konnte nichts dagegen tun. «Ihr klaut Spaccone sein Sexspielzeug, ihr demoliert mein Auto und meine Vespa, ihr jagt meiner Frau einen Schrecken nach dem

* Du Fatzke!

anderen ein, und dann raubt ihr auch noch meine Tofuwürste aus dem Kühlschrank!»

«Tofuwürste?», fragte Fosco angewidert. «Was soll das denn sein?»

«Genau, das will ich jetzt auch wissen!», klinkte sich Remo ein.

«Na, was wohl? Das sind vegetarische Würste aus Sojaeiweiß.»

Fosco und Remo sahen unisono Aurelio an.

«Mit Soja werden Rindviecher in Argentinien gefüttert», flüsterte Aurelio nach einer angemessenen Pause.

«*Che faccia tosta!** Uns so einen Mist vorzusetzen!» Remo starrte seine beiden Tofuwürste an, als bestünde die Gefahr, dass sie ihn angriffen.

«Du isst kein Fleisch», bemerkte Fosco und grinste mich mitleidig an. «Jetzt verstehe ich, dass deine Frau abgehauen ist.» Er machte eine weltweit als obszön anerkannte Geste, die einen Zusammenhang zwischen Fleischkonsum und sexueller Potenz herstellte.

«Wir waren da, als sie ihre Sachen packte. Sie hat geweint, *la poveretta*», bohrte Aurelio weiter in meiner Wunde.

Jetzt gab es nur noch zwei Möglichkeiten: Entweder ich drehte völlig durch, startete meine deutsche Motorsäge und spielte mit den dreien die Schlüsselszene des Films *Das Kettensägenmassaker* nach, oder ich verzog mich auf der Stelle.

Ich packte meine Säge mit der einen, meinen Benzinkanister mit der anderen Hand. «Ich will, dass ihr hier verschwindet», sagte ich mit größtmöglicher Ruhe. «Und zwar sofort.»

«Ach ja?», fragte Remo. «Und was, wenn nicht?»

Ich antwortete nicht und machte mich auf den Rückweg.

* Was für eine Unverschämtheit!

Bevor ich außer Hörweite war, hörte ich Fosco sagen: «So schlecht sind die Würste gar nicht. Vielleicht ein wenig trocken.»

«Man könnte sie mit etwas Mayonnaise aufpeppen», ergänzte Aurelio.

«Eher Knoblauchbutter, würde ich sagen», widersprach Fosco, und ich hörte, wie er ein weiteres Stück Tofuwurst abbiss.

*

Wieder im Haus, fand ich an verschiedenen Stellen Visitenkarten von Olivio Minzoni, dem Taxifahrer, die unmöglich zufällig dort hingelangt sein konnten: auf dem Kaminsims, auf dem Küchentisch, halb unter den Toaster geschoben, drei an meiner hässlichen Korkpinnwand von Ikea und eine sogar auf der Toilette. Offenbar hatte Minzoni Anna hier oben abgeholt und bei der Gelegenheit ein wenig Werbung gemacht. Der Mann arbeitete wirklich mit allen Mitteln, um sein schlechtlaufendes Business auf Trab zu bringen.

Ich wollte ihn gleich anrufen, wurde aber von Motorengeräusch abgelenkt. Durch das Fenster sah ich gerade noch, wie die Tafani-Brüder in Ginos Panda die *vicinale* hochgebrettert kamen und mein Haus passierten.

«Hoffentlich habt ihr das Feuer ausgemacht!», brüllte ich ihnen hinterher. Dann griff ich zum Telefon, übrigens das Standardmodell der Telecom Italia, das einerseits sehr leicht war und dessen Spiralkabel am Hörer andererseits eine solche Zugkraft entwickelte, dass man das Gerät beim Telefonieren ständig mit einer Hand auf die Tischplatte drücken musste, damit es nicht frei am Hörer baumelte.

Olivio hob sofort ab und meldete sich dynamisch und voller Optimismus: «Okay, hier ist Olivio Minzoni, Taxiunternehmer. Ich fahre dich immer und überallhin. Okay?» Was Anna betraf, zierte er sich allerdings wie ein schweigepflichtiger Priester, und erst als ich versprach, endlich einmal seine Dienste in Anspruch zu nehmen, jetzt, da der *maresciallo* mein Auto konfisziert hatte, verriet er mir, dass er sie an der Bushaltestelle unweit von Lucianas Bar abgesetzt hatte, wo sie den Bus nach Rom nehmen wollte. Natürlich hatte er ihr auch ein wirklich sensationelles Sparangebot für eine Taxifahrt nach Rom gemacht, das sie jedoch abgelehnt hatte. Ja, meine Güte, was erwarteten die Leute, eh? Wie sollte er mit dem Buspreis konkurrieren? Er konnte doch nicht noch Geld drauflegen, *porca vacca*!

Danach ging ich vor die Tür, um mit dem Fernglas den Wald nach verdächtigem Rauch abzusuchen. Nichts, zum Glück. Uilly beobachtete mich dabei, auf der Seite liegend, mit einem Auge, über dem anderen lag sein Schlappohr.

«Warum hast du Anna nicht zurückgehalten», fuhr ich ihn an. Erstaunlicherweise strafte er meine Unfreundlichkeit nicht mit Gleichgültigkeit, sondern rollte sich auf den Bauch und tapste mit den Vorderpfoten mehrfach in meine Richtung, was in seiner doch sehr limitierten Gebärdensprache so viel heißt wie: Dasselbe wollte ich dich auch fragen. Als in dem Moment das Telefon klingelte, dachten wir wohl beide: Das ist sie, Anna!

Ich rannte ins Haus, Uilly blieb draußen liegen, so engagiert war er nun doch wieder nicht. «Anna? Bist du es?»

«Nein, hier ist Eleonore. *Salve*, Max.» Eleonore Hörnli, Arturs Frau, das freundliche Yang an der Seite des finsteren Yin.

«Hallo, Eleonore», sagte ich wenig begeistert, was sie überhaupt nicht störte. Durch all die Ehejahre mit Artur war sie völlig immun gegen Ablehnung, Heruntergeputztwerden und Weltuntergänge.

«Und, was macht dein Italienisch?», fragte sie. Ich hatte ziemlich lange bei ihr Unterricht genommen und erst vor kurzem damit aufgehört.

«Geht so», muffelte ich. Sollte ich ihr sagen, sie solle die Leitung frei machen, weil die 0,3-prozentige Chance bestand, dass Anna anrufen würde?

«Dann wenden wir uns doch mal dem Irrealis der Vergangenheit zu», trompetete sie mir ins Ohr, «bestehend aus dem *condizionale passato* in Verbindung mit dem *congiuntivo trapassato*, alles vertreten in dem einfachen deutschen Satz ‹Ich hätte dich abgeholt, wenn du rechtzeitig gekommen wärst›. Jetzt du!»

Herrgott, diese verdammte gute Laune! Woher nahm sie bloß die Energie bei all den Widerständen, die die Welt tagtäglich für einen bereithielt? Für einen Moment fühlte ich mich wie Artur. «Jetzt nicht, Eleonore. Mein Kopf ist gerade ganz woanders.»

«Unsinn, lieber Max», erwiderte sie in ihrem unnachahmlichen Schweizer Akzent und lachte ausgelassen. «Ich sage mal: Du weißt es nicht, das ist der Grund.»

«Vielleicht auch das.»

«Na, dann hör gut zu: *Sarei andato a prenderti se fossi venuto in tempo.*»

«Genau», bestätigte ich. Nie im Leben hätte ich diesen Satz fehlerfrei hinbekommen. Natürlich wusste Eleonore das, ich konnte ihr nachsichtiges Lächeln förmlich durch das Telefon sehen.

«Hör zu, Max, ich rufe im Auftrag von Artur an.»

«Lass mich raten. Er will sich mit Julian und mir duellieren wegen neulich bei Luciana, und er wählt die Waffen.»

Jetzt kam eine typische Eleonore-Reaktion, nämlich keine. Jede andere Ehefrau hätte sofort gefragt: Wie, was, warum, wieso, um wie viel Uhr, und wie kleidet man sich da am besten? Aber sie wollte gar nicht wissen, was ihr misanthropischer Sozial-Nazi möglicherweise wieder verzapft hatte. Am Anfang hatte mich dieses Verhalten gestört, doch mittlerweile wusste ich, dass es für sie dazu keine Alternative gab, außer sich von Artur zu trennen. Doch das schien für sie keine Option zu sein. Was niemand so recht verstand.

«Artur will einige Leute zum Essen einladen.»

«Und wieso ruft er nicht selber an?»

«Du weißt doch, wie er ist», entgegnete sie mit großer Geduld. «Wenn er keine Aufgabe hat, ist er bis ins Mark deprimiert, die Welt ist ein einziges schwarzes Loch, und er redet nur mit seinem Spiegelbild. Aber sobald er eine Aufgabe hat, mutiert er zum Sonnenkönig, und alles hat sich um ihn zu drehen.»

«Um welche Aufgabe handelt es sich denn?»

«Das *Teatro Comunale* in Cagli soll restauriert werden, und Artur soll das erste Stück zusammenstellen. Dafür braucht er Kreative, die daran mitarbeiten. Ist das nicht phantastisch?»

«Von wem hat er denn den Auftrag», fragte ich mit dunkler Vorahnung.

«Von Orfeo Favoloro, dem Kulturassessor.»

«Nein», stöhnte ich, da hatte dieser verdammte Kerl doch tatsächlich vor Volpini den Schwanz eingekniffen.

Schweigen in der Leitung. Wieder keine Reaktion. Ich war mir sicher, dass Eleonore sich stattdessen mit einem komplizierten grammatikalischen Exempel beschäftigte, in dem es von *condizionale passato prossimo*, *congiuntivo trapassato remoto* wie auch *prossimo* und *futuro anteriore* nur so wimmelte.

«Die Geschichte ist nicht ganz sauber, Eleonore», deutete ich an.

Wieder Schweigen. Dieses Mal sagte ich auch nichts. «Weißt du, Max», ertönte nach einer Weile Eleonores frohe Stimme, plötzlich verfiel sie ganz stark ins Schweizerische, «das ist mir ganz egal, Hauptsache, Artur hat etwas zu laborieren, odrr. Er war früher an verschiedenen Theatern engagiert, und ich sage dir: Nirgends gibt es ein intriganteres Gezicke, ein Hauen und Stechen, eine Eitelkeit und ein Geschacher als am Theater. Schlimmer als das kann es hier auf keinen Fall sein, odrr.»

Was sollte ich dazu sagen? Ich hatte keine Ahnung, wie es am Theater zuging, und konnte auch nicht beurteilen, ob es am Theater an sich so zuging oder nur an Theatern, sobald Artur dort tätig war. «Wahrscheinlich hast du recht», lenkte ich ein, das Beste war, erst einmal alle Einzelheiten in Erfahrung zu bringen.

«Na, wunderbar! Dann komm heute Abend zum Essen. Artur kocht. Original italienisch.»

«Heute schon? Das scheint ja dringend zu sein.»

«Was du heute kannst besorgen, das verschiebe nicht auf morgen, Max. Und das will ich jetzt von dir auf Italienisch hören.»

«Mai rimandare a domani quello che puoi fare oggi», übersetzte ich ohne große Probleme, von diesem Satz hatte ich in den letzten Jahren schon häufiger Gebrauch machen müssen.

«Bravissimo!», jubelte Eleonore. «Dann bis um acht!»

*

Ich musste unbedingt mit Orfeo sprechen. Im Grunde wollte ich einfach nicht glauben, dass er Volpinis kriminelles Spiel mitspielte. In seinem Büro meldete er sich nicht, aber Donatella in der Telefonzentrale versicherte mir, er würde *doppo pranzo* in jedem Fall wieder zurück sein.

«Lass mich raten, Donatella. Er ist mit Volpini essen gegangen.»

«*Ragione!* Woher weißt du?»

«Nimm's als männliche Intuition.»

«Männliche Intuition?» Raspel. Röchel. «Eher hat eine Frau zwei gleich große Titten!» Sie lachte ihr zigarettenrauchgeschwärztes Lachen und nahm einen tiefen Lungenzug. Ich hatte sie noch nie ohne Glimmstängel zwischen den Lippen gesehen.

«Donatella, tu mir einen Gefallen: Sag ihm nicht, dass ich angerufen habe.»

«Warum das?»

«Ich komme vorbei und will ihn überraschen.»

«Orfeo hasst Überraschungen, das weiß jeder.»

«Trotzdem.»

«Wann kommst du?»

«Punkt vier», log ich, weil ich absolut sicher war, dass sie ihn informieren würde. Wenn ich dann um drei kam, war er mit Sicherheit noch da.

«Gut. Und bring mir eine Packung MS* mit, okay?»

«MS *bianche*?», fragte ich zurück, um sie ein wenig zu ärgern.

«Soll das ein Scherz sein?», fragte sie zurück, und zwar todernst. «Natürlich die *Internazionali* 100.»

Natürlich. Weil es die stärksten waren.

* Der italienische Staat hatte 1969 die Idee, eine «Staatszigarette» auf den Markt zu bringen. Weil er beteiligt war, konnte die MS billiger sein als andere Zigaretten. MS = messis summa = beste Ernte.

Nachdem ich aufgelegt hatte, kamen die Gedanken an Anna. Würde es mit uns weitergehen, und wenn ja, wie? Im Moment konnte ich mir nicht vorstellen, dass sie das Leben hier auf dem Monte Dolciano annehmen würde. Immerhin verspürte ich keinen so großen Schmerz wie damals, als sie auf meinen Heiratsantrag «Ja, allerdings» geantwortet und mich wenig später verlassen hatte.* Und in einer Sache war ich mir ganz sicher: Welchen Weg auch immer wir finden mochten oder auch nicht, meinen Berg würde ich nie aufgeben. Schon der Gedanke daran, nicht mehr hier zu leben, schnürte mir die Kehle zu. Bevor es noch schlimmer wurde, verordnete ich mir selber, mich sofort mit irgendetwas anderem zu beschäftigen.

Es gab verschiedene Optionen oder besser gesagt: Die Liste der unbedingt durchzuführenden Arbeiten am und rings ums Haus war unendlich lang. Heute wäre der perfekte Tag, eine der dringendsten Arbeiten ganz oben auf der Liste in Angriff zu nehmen, eine unappetitliche Angelegenheit: Ein Rückstau in der Toilette deutete darauf hin, dass die *fosso biologico* voll war. Ein anderes Mal. Noch eine Angelegenheit war dringend, aber sie regte mich jedes Mal furchtbar auf, wenn ich sie in Angriff nahm: Das Dach auf meinem *rustico* war an zwei Stellen undicht, oder besser gesagt: An zwei Stellen schoss bei starkem Regen Wasser herein. In der Zwischenzeit hatte ich etwa so viele vergebliche Stunden da oben verbracht, wie man bräuchte, um ein Blockhaus in der Wildnis von Alaska zu bauen, wenn man nichts anderes als ein Schweizer Messer zur Verfügung hat. Heute, das spürte ich genau, würde ich dieser Herausforderung nicht gewachsen sein. Blieb die Aufgabe Nummer drei: die Vespa reparieren. Das war's! Wenn die wieder funktionierte, brauchte ich Olivios Taxidienste nicht.

* Toskana für Arme, S. 274 ff.

Ich ging hinaus. Uilly lag wieder einmal quer über einer Treppenstufe, zwei seiner Beine streckte er über die nächste Stufe, seine Pfoten baumelten über der übernächsten, und er schlief tief und fest. Ich sprang vier Stufen auf einmal hinunter und fragte mich, wann ich mir die Beine brechen würde, nur um diesen Hund nicht in seiner Ruhe zu stören. Doch damit war es plötzlich vorbei: Ein Schuss ertönte, irgendwo aus der Richtung Ripidello und *Chiesa del Monte Dolciano*. Uilly sprang auf wie von der Viper gebissen und knurrte. Donnerwetter, dachte ich, wenn der will, kann er einiges hermachen. Noch ein Schuss. Uilly war nicht mehr zu halten und raste los.

«Das sind doch nur blöde Jäger!», rief ich ihm hinterher, auch weil ich besorgt war, dass so ein alkoholisierter Waidmann aus Ancona, der im normalen Leben vielleicht im Katasteramt Spezialist für Teilungserklärungen war und Natur nur vom Discovery Channel kannte, den Maremmano für einen stattlichen Albinohasen oder eine dicke Ringeltaube hielt und abknallte.

«Nichts als Ärger mit dir, Hund», grummelte ich und startete die Vespa. Wie immer sprang sie brav an, um vorzutäuschen, dass sie perfekt funktionierte. Wieder ein Schuss, ein tiefer Ton, also eine verdammt großkalibrige Waffe. Er kam eindeutig aus der Richtung von Ca'Piero, Spaccones Haus. Eine abgesägte Schrotflinte, die Waffe der Mafia, eine *lupara*! Die Tafani-Brüder? War doch klar, dass die sich von mir nicht verjagen ließen. Wollten sie jetzt etwa Spaccone das Lebenslicht ausblasen? Mit einem flauen Gefühl im Magen jagte ich los. Dieses Mal schaffte es das verdammte Zweirad nicht einmal bis zum Fuß der Steigung hoch zu Spaccones Haus. Wieder ein Schuss. Ich ließ die Vespa achtlos zu Boden sinken, der Spiegel war ja ohnehin schon hinüber, und sprintete los. So steil war mir der Weg noch nie vorgekommen. Uilly saß auf halber Strecke mitten darauf, die wuchtige Entschiedenheit, die mich irgendwie stolz auf den Kerl gemacht hatte, war dahin. Jetzt klappte er bei jedem Schuss seine Ohren nach hinten und sah sich mit ungenierter Furcht schon einmal nach dem unauffälligsten Fluchtweg um.

«Zisch ab, Uilly», hechelte ich ihm zu und, o Wunder! – fast wäre ich aus dem Tritt gekommen und gestürzt –, zum ersten Mal in seinem gesamten Leben, das ich lückenlos vom Welpenstadium bis heute begleitet hatte, wahrscheinlich als weltweit erster Maremmano überhaupt, gehorchte er. Freudig sprang er auf, legte seinen Kopf schräg und signalisierte: Wenn du das sagst ..., und schwupp!, weg war er. Erleichtert stolperte ich weiter, über den plattgefahrenen Zaun hinein in Spaccones Garten.

Zuerst sah ich Remo, der ein Serviertablett mit gestreckten Armen vor sich hielt und aufmerksam die winzigen Fenster im ersten Stock mit seinen Blicken absuchte. Dann sah ich Aurelio an der Stirnseite von Ca'Piero, wie er versuchte, an dem Efeu, der sich bis zum Dachfirst hochrankte, zum Fenster im ersten Stock hochzuklettern. Es gehörte nicht viel Fachwissen dazu, um zu erkennen, dass er nur so tat und niemals auch nur einen Meter schaffen würde. Von Fosco war nichts zu sehen, stattdessen knallte ein Schuss auf der Rückseite des *rustico*, wahrscheinlich versuchte er dort, in das Haus einzudringen. Die Frage, wo Spaccone steckte, erübrigte sich in der nächsten Sekunde. Verblüffend schnell tauchte er in einem der Fenster über Remo auf, in der Hand einen gewaltigen Silvesterkracher, zündete die Zündschnur an, wartete cool wie ein Ledernacken und warf den Böller in letzter Sekunde auf Remo. Er explodierte genau in dem Moment, als Remo ihn mit seinem Tablett parieren wollte.

Der Lärm war im wahrsten Sinne des Wortes ohrenbetäubend.

«Komm runter, du feiger Hund, du!», brüllte Remo. Er warf das Tablett zur Seite und rannte mit der Schulter erfolglos gegen die geschlossene Terrassentür an, seinem schmerzverzerrten Gesicht zufolge nicht zum ersten Mal.

Spaccone hörte ihn nicht. Fix wie ein Frettchen war er schon weitergeflitzt und tauchte in dem Fenster über Aurelio auf, wo er sein Feuerwerk wiederholte. Erstaunlicherweise bestand Aurelios Verteidigungsstrategie lediglich darin, sich flach gegen die Hauswand zu drücken. Spaccone bezog dies schon in seine Taktik mit ein, denn anders als bei Remo ließ er den Böller einfach nur heruntertropfen, und genauso wie bei Remo explodierte er punktgenau unmittelbar über Aurelios Kopf.

«Da, nimm das, *proteo tu*», höhnte Spaccone und verschwand, ich nahm an, um Fosco auf der Rückseite zu bedienen. Proteo? Das Wort war mir unbekannt, handelte es sich da etwa um die Bezeichnung einer Garnelenart?

Ich war ratlos, was sollte ich tun? «Seid ihr verrückt geworden? Was macht ihr da?», brüllte ich versuchsweise. Aurelio reagierte gar nicht, eindeutig hatten ihn die Böller vorübergehend taub gemacht. Remo hatte inzwischen wieder sein Tablett ergriffen, perfektes Timing, denn oben am Fenster tauchte Spaccone mit dem nächsten Kracher auf.

«Max, mein Freund! Gut, dass du kommst. Du bist mein Zeuge. Diese Typen hat Gino geschickt, um mich fertigzumachen!» Während er sprach, entzündete er den Böller und warf ihn auf Remo. Zu früh. Remo erwischte das Geschoss, bevor es explodierte, und schlug es wie ein Baseballspieler in meine Richtung, wo der Kracher an meiner Brust abprallte. Instinktiv legte ich die Hände schützend auf meine Ohren und schloss die Augen. Die Explosion war gewaltig, heiße Partikel schlugen gegen mein Gesicht, und es roch merkwürdig.

«Halt durch, Max! Der *maresciallo* ist auf dem Weg!», rief Spaccone, bevor er zum nächsten Fenster weiterspurtete.

Ich war starr vor Schreck. Träumte ich? Anna weg, Auto konfisziert, EU-Subventionsschwindel, Guerillakrieg, fehlte nur noch, dass Berlusconi beschloss, auf dem Acker neben meinem *rustico* ein Braunkohlekraftwerk zu bauen. Was war nur mit meinem Paradies auf dem friedlichen Monte Dolciano geschehen?

Rückblickend kann ich sagen: Das war der Moment, in dem mir die Sache endgültig über den Kopf wuchs, der Moment, in dem mir jegliche Selbstkontrolle abhandenkam, und einer der Momente, in denen sich der Geist vom Körper löst, sich hoch in die Lüfte erhebt und man die seltene Gelegenheit bekommt, sich selber zu beobachten, ohne allerdings auch nur die winzigste Chance, das zu beeinflussen, was da unten vor sich geht.

Und so sah ich, wie ich mich duckte, wie ich einem Rammbock gleich auf Remo zusprintete, der mich nicht kommen sah. Ich erwischte ihn von der Seite, und mein Schwung reichte aus, ihn zum Rand des Swimmingpools zu drängen, wo er mit den Armen rudernd um seine Balance kämpfte. Da bedurfte es nur noch eines kleines Stoßes, quasi mit dem Zeigefinger, um ihn ins Becken zu befördern, was ich wie in Zeitlupe tat. Mit einem martialischen Wutschrei fiel er rückwärts ins Wasser, ging unter wie ein Stein, schaffte es zurück an die Wasseroberfläche und begann wie am Spieß und jetzt aus Angst zu brüllen. Im Nu kam Fosco um die Ecke gesprintet, und von dessen Dynamik alarmiert, registrierte auch der taube Aurelio, was los war. Ich kickte noch schnell die beiden Luftmatratzen ins Wasser und machte mich davon.

«Dafür bezahlst du!», brüllte mir Fosco hinterher, und ich war mir sicher, gerade den größten Fehler meines Lebens gemacht zu haben.

*

«Und jetzt sage nicht, ich würde übertreiben oder lügen!» Ich funkelte Gino drohend an und kippte meinen Grappa in einem Zug hinunter, obwohl Luciana ihn sehr großzügig bemessen hatte.

«*Ti credo, ti credo*», wiederholte er matt und warf hilfesuchende Blicke in Lucianas Richtung, die mit dem Rücken an der Theke ihrer Bar lehnte und uns abwechselnd ansah.

«Die drei warten garantiert schon vor meiner Tür, um mich zu massakrieren.»

«*Dai*, jetzt übertreibst du aber!», begehrte Gino auf.

«Was glaubst du, was die meinen, wenn sie sagen: Dafür bezahlst du?», fragte Luciana im sachlichen Ton eines Staatsanwalts.

Gino zog die Schultern hoch wie ein Pinguin und drehte mit den Händen kleine, defensive Kreise. «Die kommen aus Neapel, da reden alle so.»

«Ja, und in Neapel hat noch nie irgendjemand irgendjemandem jemals ein Haar gekrümmt, *è vero?*», sagte Luciana mit einem für sie untypischen Sarkasmus und ging zu ihrer Espressomaschine. Nardini saß an der Theke, und seine Augen wanderten konzentriert zwischen dem mächtigen aufgeklappten Buch vor ihm und Luciana hin und her. Für uns interessierte er sich kein bisschen.

Gino machte jetzt ein Gesicht, als hätte er in eine Bittermandel gebissen, die zusätzlich noch Schimmel angesetzt hatte. «Max, ich rede mit meinen *cugini*. Ich werde ihnen sagen, dass sich die Sache erledigt hat.»

«Die sind wie von Sinnen, die lassen sich nicht mehr stoppen, das sage ich dir. Für die ist das ein heiliger Krieg geworden. Das sind Terroristen!», ereiferte ich mich.

«Unsinn. Das sind meine Verwandten. Auf mich werden sie hören. Am besten, ich komme gleich mit hoch zu dir.»

«Ich habe kein Auto mehr, Gino. Und weißt du, wer es hat? Der *maresciallo*.»

«Soll ich dafür auch noch die Verantwortung übernehmen?», fuhr Gino auf.

«Ja», antwortete ich in aller Einfachheit.

«Luciana, können wir dein Auto haben?», fragte Gino.

«Ist in der Werkstatt.» Luciana deutete mit einem Nicken auf Nardini, der still vor sich hin lächelte.

«Nardini, was ist mit deinem?»

Nardini fuhr sich mit dem Zeigefinger über sein Gesicht, von der Stirn über die Nase zum Kinn. «Mein Profil entspricht eher dem nordeuropäischen», sagte er und befühlte seine Nase noch einmal gesondert.

«Ich rede nicht von deinen Reifen, Nardini! Wir brauchen dein Auto.»

«Geht nicht», murmelte er und versenkte sich wieder in seinen Wälzer.

«Geht nicht! Du sitzt hier schon den ganzen Vormittag rum und hängst deine Nase in dieses Buch. Wofür brauchst du da dein Auto?»

«Eine Verabredung. Mit Don Stilvio.»

«Don Stilvio, Don Stilvio. Du brauchst nur ein bisschen zu warten, dann steht er wieder im Türrahmen, um uns von der unendlichen Güte der Kurie zu künden. Und danach die Hand aufzuhalten, als wäre die Heilige Römische Kirche so arm wie die dort hausenden Mäuse. Natürlich alles im Auftrag von Don Romano, diesem Vatikan-Frettchen.»

«Sowohl Don Stilvio als auch Don Romano sind Kapuzinermönche.»

«Na, so was.» Gino schüttelte heftig den Kopf. Seit seine Mobilität wegen seines Fußes unter erheblichen Einbußen litt, übertrieb er manche Gesten ins Groteske. «Und ich dachte, die tragen ihre Kapuzenmäntel, weil sie Angst vor Regen haben.»

Nardini ignorierte Ginos Ironie und startete sein Programm: Der Mönch an sich ist gut. «Die Kapuziner, eigentlich *ordo fratrum minorum capucinorum*, also ‹Orden der Minderen Brüder Kapuziner›, sind ein der Askese verpflichteter franziskanischer Bettelorden. Was ist daran verwerflich, wenn ein Mitglied eines Bettelordens bettelt? Willst du dir etwa vorwerfen lassen, dass du mauerst, weil du ein Maurer bist?»

Gino griff nach Nardinis Autoschlüsseln, die neben dem Buch auf der Theke lagen. Ohne aufzusehen, kam Nardini ihm zuvor und steckte sie ein.

«Das gibt es doch gar nicht!», erregte sich Gino.

«Don Stilvio und ich haben eine Verabredung», wiederholte Nardini. Erneut studierte er Lucianas Gesicht und Profil, je nachdem, was sie ihm gerade zur Ansicht bot, während sie sich einen *caffè* machte.

Gino angelte nach dem Buch und warf einen Blick auf den Titel. «*Storia e civiltà degli Etruschi*», las er laut vor und öffnete das Buch wieder an der Stelle, die Nardini so intensiv studiert hatte. «Typische physiognomische Merkmale der Etrusker», zitierte er. Offenbar wurden diese typischen Merkmale anhand von Bildern illustriert, denn jetzt begann auch Gino zwischen dem aufgeschlagenen Buch und Luciana hin- und herzupeilen.

Nardini lehnte sich süffisant lächelnd zurück. Offenbar gab es frappante Ähnlichkeiten zwischen Luciana und einer typischen Etruskerin, und er hatte sie entdeckt. Gino nickte anerkennend, was Nardini zusätzlich noch richtig stolz machte. Für einen Moment jedenfalls, dann kehrte sein überheblicher Gesichtsausdruck zurück. «Warum auch nicht? Die Etrusker waren siebzig nach Christus hier in Furlo und haben den ersten Tunnel durch den Berg getrieben. Die haben hier gelebt, die haben Kinder gezeugt. Und weißt du, wie sie es gemacht haben?»

«*Santo cielo!* Nardini! Ich habe selber Kinder. Willst du mir jetzt erklären, wie es dazu kommen konnte? Irgendetwas mit *pampogna** und *calice***?»

«Ich meine den Tunnel. Der Fels hier ist äußerst widerstandsfähig. So etwas wie Presslufthämmer gab es damals nicht.»

«Nicht? Und ich dachte, die Etrusker hätten sogar die Weltraumfahrt erfunden.» Gino verdrehte seine Augen auf erschreckend dynamische Weise. «Das mit dem Tunnel, das ist doch ein uralter Hut.»

«Wie haben sie es denn gemacht?», fragte ich. Im Grunde war es ja eine gewaltige Leistung gewesen, einen Stollen in diesen marmorharten Felsen zu schlagen.

«Essig», kam Gino Nardini zuvor. «Damit haben sie den Kalkstein porös gemacht, und dann, track!, mit Hammer und Meißel durch.»

Nardini guckte ein wenig unglücklich, aber er hatte ja noch sein Profilstudium, da konnte Gino ihm nicht zuvor-

* Dialekt für: sfinge del gallio, Taubenschwänzchen, eine langrüsselige Schmetterlingsart

** Blütenkelch

kommen. Er nahm regelrecht Anlauf, reckte seine langen Glieder, atmete etwas tiefer ein und erzeugte beim Ausatmen merkwürdige Melodien, schob eine Schulter vor, sah Luciana scharf an, dann die Abbildung in seinem Buch, dann wieder Luciana, und drehte das Buch mit einem Ruck um hundertachtzig Grad. «Du bist die perfekte Verkörperung einer reinrassigen Etruskerin, Luciana.» Ich will nicht übertreiben, aber das hatte fast etwas von einer Liebeserklärung.

Gino nickte demonstrativ wie einer dieser Dackel, die manche Leute auch heute noch neben einer Rolle Klopapier auf der Hutablage ihres Autos sitzen haben. In diesem Moment kam mir der Verdacht, hier wieder einmal Opfer eines für Gino typischen Ablenkungsmanövers zu sein, die zu inszenieren sein wahrscheinlich größtes Talent war.

Luciana nippte an ihrem *caffè* und legte noch etwas Zucker nach. «Ihr könntet Olivio Minzoni anrufen.»

Nardini und Gino sahen sich enttäuscht an. Danke, Luciana, dass wenigstens du beim Thema bleibst, dachte ich. «Wir nehmen die Vespa», entschied ich. «Das dauert dann eben ein wenig länger, bis wir oben sind. Ein bisschen frische Luft tut dir bestimmt gut, Gino.»

«Was soll das denn heißen?», maulte der.

«Du hockst doch nur noch hier bei Luciana herum auf der Suche nach einem Daueralibi.»

«Alibi?», fragte Nardini neugierig.

Gino winkte heftig ab und warf mir einen drohenden Blick zu. «Typisch Max mit seinem minderwertigen Italienisch. Er meinte eigentlich ‹dauernd *ad libitum*›.»

«*Ad libitum* ist ein Begriff aus der Musik und bedeutet ‹nach Belieben›», dozierte Nardini.

Gino deutete auf seinen Klumpfuß. «Wenn es nach meinem Belieben ginge, würde ich liebend gerne etwas anderes machen.»

Nardini rutschte vom Barhocker und sortierte seine viel zu langen, viel zu dünnen Glieder. «Ich fahr dann mal.» Er zog seinen Autoschlüssel hervor, nicht ohne Gino einen triumphierenden Blick zuzuwerfen, und schlackerte auf seine unnachahmliche Art in Richtung Tür.

«Übrigens, Nardini, meine Vorfahren stammen aus Sardinien», bemerkte Luciana. «Waren die Etrusker da auch?»

Nardini brauchte einige Sekunden, um diese niederschmetternde Information zu verdauen. «Eh, nein, da nicht.» Zutiefst enttäuscht zog er die Tür auf.

«Warte», sagte ich, «eine Frage noch. Weißt du, was ein *proteo* ist?»

Schwerfällig drehte er sich noch einmal um. «Eine Amphibie ohne Augen, die nur in Grotten lebt», erklärte er ohne den sonst üblichen Stolz.

«Ah, ein Grottenolm», sagte ich auf Deutsch. Beschrieb «Grottenolm» Aurelio womöglich besser als «Garnele»?

«Grottenolm-e, Grottenolm-e, Grottenolm-e», flüsterte Nardini das deutsche Wort einige Male vorsichtig vor sich hin.

«Ohne ‹e› am Ende, Nardini», korrigierte ich ihn.

«Grottenolm, Grottenolm, Grottenolm», flüsterte er etwas leiser, und für einen winzigen Moment huschte der Anflug seines süffisanten Lächelns über sein Gesicht.

«Dein Buch!», rief Luciana ihm hinterher.

Nardini hob müde die Hand und verschwand endgültig. Dieses Buch hatte ihn zu sehr enttäuscht. Luciana zuckte mit den Schultern und überlegte, ob sie sich noch einen *caffè* machen sollte.

Gino stöhnte wie ein Wal in seinen letzten Stunden, als er sich auf den Rücksitz der Vespa setzte. Ich überschlug im Geiste, wie lange die Fahrt dauern würde, und kam auf etwa fünfundvierzig Minuten, wenn der Motor alle zehn Minuten stehen blieb und es etwa zehn Minuten dauerte, bis er wieder ansprang. Bei der Gelegenheit fiel mir auf, dass ich meinen Besuch bei Orfeo völlig vergessen hatte. Arme Donatella, jetzt hatte sie keinen Nachschub *Internazionali 100* bekommen.

«Nicht so schnell, Max», tönte Gino von hinten, als ich von der Via Flaminia in das schmale, steil nach unten abfallende Sträßchen abbog, das über den *candigliano* hinweg zur Strada Monte Dolciano führte. Früher hatte es an dieser Stelle keine Brücke, sondern nur eine Furt gegeben, durch die Bauern ihre Ochsenkarren trieben, zumindest in den trockeneren Zeiten, wenn der Fluss nicht tiefer als einen halben Meter war.

«Hier ist weit und breit kein Mensch!», brüllte ich gegen den Fahrtwind an.

«Man weiß es nicht», brüllte er zurück, allerdings sehr nah an meinem Ohr.

«Natürlich weiß man es! Ich habe doch Augen im Kopf!»

«Was ist, wenn plötzlich ein Pilzsucher aus dem Gebüsch tritt? Oder wenn der verrückte Sebastiano Anmachholz sucht und nicht auf den Verkehr achtet?»

«Was soll schon sein? Dann bremse ich eben.»

«Wenn noch genug Zeit ist», mäkelte Gino.

«Tu mir einen Gefallen, Gino. Lass mich meinen Job machen, und du machst deinen.» Ich fuhr einen kleinen Schlenker, fast hätte ich Sergios Hund übersehen, der ein ähnliches Hobby wie Uilly pflegte, nur dass es sich bei ihm nicht um Fliegen drehte, sondern um Eidechsen. Was die Erfolgsquote betraf, tummelten sich beide allerdings auf demselben trostlosen Niveau.

«Was soll denn mein Job sein, wenn ich wie festgetackert auf deiner Vespa hocke, eh?»

«Genau das: Ich fahre, und du sitzt festgetackert hinten», beschied ich und gab Gas, um die vor uns liegende kurze, aber steile Steigung zu meistern. Ich konnte förmlich Ginos missbilligendes Ausatmen spüren. Doch schon wenig später blieb die Vespa das erste Mal stehen.

«Hast du mal daran gedacht, den *motorino* zu reparieren?», fragte Gino.

«Was gedenkst du jetzt eigentlich zu tun in puncto Spaccone und der Rechnung?», fragte ich zurück, denn ich hatte keine Lust auf Smalltalk. Andernfalls hätte ich ihn darauf hinweisen können, dass der Blinkerhebel in seinem Fiat Panda schon seit Jahren abgebrochen war.

«Ich habe schon eine Lösung», erwiderte er abweisend.

«Darf man erfahren, welche?»

«*Porca madosca*, wie oft muss ich das eigentlich noch wiederholen? Die Sache mit Spaccone geht nur ihn und mich was an!»

«Verzeihung, der Herr!», fuhr ich auf. «Natürlich geht mich das gar nichts an, die Tafani-Brüder demolieren ja nur mein Auto, meine –»

«Deine Vespa», unterbrach mich Gino und leierte weiter, «machen Feuer in deinem Wald und verjagen deine Freundin. Ja, ja.» Er machte komische Bewegungen mit seinen Fingern, die lustig aussahen, aber garantiert nicht so gemeint waren.

«Und sie essen meine Tofuwürste weg. Hast du eine Ahnung, wie schwer die in Italien zu kriegen sind?» Bei diesem Argument fühlte ich mich selber nicht wohl, aber in der Sekunde fiel mir kein besseres ein.

«Wie geht es eigentlich Anna?», fragte er nach einem Moment, wahrscheinlich als Versöhnungsangebot. «Kommt sie voran mit ihrer Kunst?»

«Sie ist gegangen, einfach so.»

«Vielleicht ist sie nach Urbino, einkaufen. Wusstest du, dass es da mehr Studenten als Einwohner gibt? Deswegen gibt es da auch viele Geschäfte, und die sollen gar nicht mal schlecht sein, für jüngere Leute, nicht für einen hässlichen Maurer wie mich.» Er lachte dieses falsche Lachen, das mir jedes Mal so entsetzlich auf die Nerven ging.

«Nein, ist sie nicht. Und ich weiß nicht, ob sie überhaupt wiederkommt.»

«Suchst du jetzt wieder das Dunkle in der Welt und die Trauer und das Elend, Max?»

«Sie ist nach Rom. Aber ich weiß es nicht von ihr. Olivio Minzoni hat es mir gesagt.»

«Hast du mit ihr gestritten? Vielleicht hast du etwas gesagt, das sie verletzt hat.»

Ich antwortete nicht und versuchte den aufkommenden Schmerz zu verdrängen.

Gino sah mir eine Weile dabei zu. «Die Künstler träumen für die Gesellschaft. Das heißt, die Gesellschaft», er zeigte, für die ganz Doofen, einige Male abwechselnd auf sich und mich, «die Gesellschaft muss sie träumen lassen, und zwar nach ihren Regeln, die für uns», für die extrem Doofen zeigte er wieder auf sich und mich –

«Was soll das denn heißen?», unterbrach ich sein Gefuchtel. «Sie kann doch auch hier träumen.»

«Liebe und Glück sind ein Zustand der Selbstvergessenheit. Wird er ständig hinterfragt, ist er irgendwann weg.»

«Anna ist weg, so sieht es aus», sagte ich bitter.

Jetzt antwortete Gino nicht.

«Und Gesundheit», sagte er.

«Was, wie, Gesundheit?», fragte ich ungehalten.

«Auch ein Zustand der Selbstvergessenheit.»

Herrgott nochmal, wie mir dieser Kerl manchmal auf die Nerven ging!

Fünfundzwanzig Minuten später hatten wir die engen Serpentinen zur Hälfte hinter uns gebracht, als die Vespa wieder stehen blieb, und zwar ausgerechnet vor Grancis Haus. Noch schlimmer war, dass Granci gerade draußen war und an seiner Raupe herumschraubte. Kaum erkannte er uns, kam er mit seinem Schraubenschlüssel, einem 28er, also einem wirklich respektablen Teil, auf uns zugerannt.

«Ou, ou, non sostare qui!», rief er. «Privater Grund, privater Grund!»

«Das ist der Straßenrand, Granci», sagte Gino und stocherte, mit seinem Buchenstab auf der Vespa sitzend, auf dem Boden herum. «Siehst du, hier, da endet der Asphalt erst.»

«Ich will dich hier nicht haben!», giftete Granci Gino an. «Du verjagst mir nur die Kunden.»

«Was für Kunden?», fragte Gino, breitete wie ein Erzengel seine Arme aus und vollführte auf dem Rücksitz raumgreifende Bewegungen, die es mir sehr schwermachten, die Vespa festzuhalten.

«Nachher denken die, ich wäre auch so einer wie du.»

«Was Besseres könnte dir gar nicht passieren, Granci.»

«Weg, weg, verschwinde!», ereiferte sich Ignazio Granci, und mir war, als wenn seine Rechte in Richtung Gesäßtasche zuckte, in der er seinen abgelaufenen Nachtwächterausweis mit sich herumtrug. Natürlich wusste er, dass er damit bei Gino nicht landen konnte, und deshalb ließ er das zerfledderte Papier, wo es war.

«Ich bin nicht hier, um dich zu besuchen», sagte Gino

gönnerhaft. «Wegen dir würde ich nicht mal das Haus verlassen.»

Granci hob drohend den 28er Schlüssel. «Ich will, dass ihr verschwindet, ich will, dass –»

Das hochtourige Drehen eines Motors und heftig quietschende Reifen unterbrachen sein ohnehin sinnloses Gerede. Wenige Sekunden später schoss ein Streifenwagen der Carabinieri um die Kurve. Wie ein Selbstmörder, der es jetzt endlich wissen wollte, sprang Granci mitten auf die Straße und winkte mit seinem Schraubenschlüssel. «Halt! Halt! Polizei!»

Der Streifenwagen machte eine Vollbremsung, schlitterte etwas unglücklich den unbefestigten Straßenrand entlang, erwischte einen von Grancis Hunden und wirbelte ihn ein wenig durch Luft, allerdings nicht so heftig, dass der sein Leben ausgehaucht hätte. Einen Moment lang schüttelte das inzestuöse Hundchen benommen seinen Kopf, dann trollte es sich mehr oder weniger gleichgültig. Wahrscheinlich entsprach die kinetische Energie des Aufpralls in etwa der einer Ohrfeige, wie sie Granci, wenn er schlecht gelaunt war, seinen Hunden verpasste.

Die Fahrertür wurde aufgerissen, und ein extrem wütender *maresciallo* sprang aus dem Auto. «Du schon wieder!», pflaumte er mich an.

«Und der da!», rief Granci und deutete auf Gino.

«Gino, der große Strippenzieher», knurrte der Carabiniere, und bevor Gino einen Ton von sich geben konnte, brüllte er los: «Was fällt dir ein, in meinem Revier drei wildgewordene Neapolitaner auf den Deutschen da oben zu hetzen? Eh?»

Gino breitete seine Arme aus, sodass ich wieder große Mühe hatte, die Vespa am Umfallen zu hindern. «Siehst du hier drei Neapolitaner, *maresciallo*?»

«Willst du jetzt auch noch witzig sein?»

«Der nimmt nichts ernst, dem ist nichts wichtig, und über seine Witze habe ich noch nie gelacht!», befeuerte Granci die explosive Stimmung.

«Sind deine Hunde eigentlich haftpflichtversichert?», fuhr der Polizist Granci an und rammte ihm seinen Zeigefinger in die Brust.

«Die sind doch so klein», stotterte Granci.

Mit einer wilden Drehung wandte sich der *maresciallo* mir zu. «Und wo ist euer Sturzhelm, eh? Ihr wisst genau, dass der seit Anfang des Jahres Pflicht ist!»

«Ou, maresciallo», Gino pochte mit seinem Stab auf den Asphalt, «stehen wir oder fahren wir? Um irgendwo herumzustehen, braucht man keinen Helm.»

Oje, ob das klug war, diesen cholerischen Muskelberg noch zusätzlich zu reizen? Wie zu erwarten lief der Carabiniere augenblicklich rot an, blähte seine Nasenflügel in einer für einen Macho klassischen Weise und ging auf Gino los.

«Sehr witzig, Basili. Du machst wieder auf schlau und ausgeschlafen, richtig? Halten wir uns an die Fakten: Was ist mit der überzogenen Rechnung, die du dem Deutschen da oben präsentiert hast? Was ist mit den Raten für deinen Bagger, die du nicht mehr bezahlen kannst? Was kommt jetzt? Erpressung mit Hilfe von Mafia-Freunden?»

«Ich wusste es, ich wusste es», flüsterte Granci mit so viel Genugtuung in seinem Gesicht, dass man fast glauben konnte, er würde lachen. Er schob sich nah an den *maresciallo* heran. «Überall, wo der arbeitet, sind die Leute unzufrieden. Die kommen dann zu mir, und ich muss es richten.»

«Moment mal», sprang ich in die Bresche, Gino war ganz erstarrt, weil seine Geheimnisse nun in die Welt hinausposaunt worden waren, und das auch noch vor seinem Erzfeind Granci. «Gino hat ein Jahr lang für Spaccone gearbeitet und bisher keine Lira für seine Arbeit gesehen. Der Kerl weigert sich zu bezahlen. Gino hat ihn schon verklagt, aber welche Chance hat er denn?»

Der *maresciallo* klebte immer noch dicht vor Ginos Gesicht. «Italien ist ein Rechtsstaat», sagte er mit dem Stolz eines beamteten Staatsdieners, der gegen jegliche Verbreitung anarchistischer Thesen war.

«Aber nur, wenn man so alt wird wie eine Schildkröte», ergänzte ich.

«Geh doch zurück nach Deutschland! Was willst du eigentlich hier?», giftete Granci und wandte sich an den Polizisten. «Er hat versucht, sich Kirchenland einzuverleiben.* Wenn ich nicht aufgepasst hätte – in zwanzig Jahren wäre es weg gewesen.»

Der *maresciallo* streckte Granci seine rechte flache, hochgeklappte Hand entgegen, was in der unmissverständlichen Gebärdensprache der Carabinieri so viel heißt wie: Typen wie du hätten niemals einen Nachtwächterausweis von der *comune* bekommen dürfen, schon alleine das amtliche Lichtbild darauf ist eine Beleidigung!

«Dabei geht der noch nicht mal in die Kirche», muckte Granci auf. «Wer weiß, was der glaubt. Christ ist er jedenfalls nicht.»

Gino hatte sich inzwischen von seinem Schock erholt. «Nur weil einer in die Kirche geht, ist er kein Christ, Granci. Man wird ja auch kein Auto, wenn man in einer Garage steht.»

Granci war von Ginos Gleichnis ein wenig überfordert und ließ es erst einmal bei einem grimmigen Blick bewenden.

* Toskana für Arme, S. 248

«Und die Sache mit dem Deutschen ist eine Sache einzig und alleine zwischen ihm und mir», fügte Gino hinzu.

«Er hat Verwandte in Neapel», triumphierte Granci, «das weiß ich genau.»

Der *maresciallo* verzog sein Gesicht. «Nicht alle Neapolitaner sind Mafiosi, Granci. Das müsstest du doch wissen, du als», er begann merkwürdig zu lachen, ganz klar eine Übersprungshandlung von einem, der jetzt lieber in der *palestra* ein paar Gewichte stemmen würde, «als Kollege.»

Granci nickte ernst und war damit wieder einmal der Einzige, der nicht wahrhaben wollte, dass die Gültigkeit seines Nachtwächterausweises vor genau dreiundzwanzig Jahren abgelaufen war.

Der *maresciallo* wurde schlagartig ernst. «Der Deutsche hat dich als Zeuge benannt», sagte er und rückte jetzt mir auf die Pelle.

«Zeuge wofür?», fragte ich zurück, um Zeit zu gewinnen. Lügen gehörte nicht zu meinen Stärken.

«Die Neapolitaner. Einen hast du ins Schwimmbecken geschubst.»

«Unsinn», entgegnete ich matt und wenig originell.

«Unsinn?», fragte der *maresciallo* mit einer Schärfe, die einem in Kombination mit der Beretta 9 mm an seiner Hüfte ein sehr unangenehmes Gefühl gibt.

«Wo sind denn diese Neapolitaner, *maresciallo*?», fragte ich. «Hast du sie gesehen? Oder sonst irgendwer außer Spaccone?»

«Die Kratzspuren vorne an deinem Auto, passen die womöglich zu dem niedergefahrenen Zaun bei dem Deutschen da oben? Steckst du mit den Neapolitanern und Gino unter einer Decke, und ihr alle», er zögerte kurz, um im Geiste durchzuzählen, «fünf wollt den Deutschen erpressen?»

Ich begann zu schwitzen. Gino wurde unruhig.

«Und es soll eine Zeugin geben», setzte der *maresciallo* noch einen drauf, «eine deutsche Bekannte von dem Deutschen, die gesehen hat, wie du», er deutete auf Gino, «den Deutschen mit einer Machete angegriffen hat, wobei du dir», er hielt kurz inne, weil da plötzlich ein merkwürdiges Geräusch in der Luft war, eine Art heiseres Bohren, «den Fuß verletzt hast.»

«Du warst jetzt zweimal hier oben, zweimal hat Spaccone dich gerufen, beide Male umsonst, und beide Male hat er dich mit zumindest fragwürdigen Geschichten konfrontiert, das muss man doch auch mal von der Seite sehen», versuchte ich mich in die Psyche des Carabiniere zu versetzen, die meiner Meinung nach auch von dem Willen geprägt war, sich das Leben nicht allzu schwerzumachen.

«Hier kommt die Polizei noch, wenn man sie ruft», mischte sich Granci ein. «Das ist anders als bei euch Deutschen.» Er warf dem *maresciallo* einen bettelnden Blick zu, ihn doch endlich gleichberechtigt in die Sphäre ermittelnder Beamter aufzunehmen.

«Was weißt du denn über Deutschland», fragte ich zurück und registrierte bei mir selbst erstaunt eine Art verletztes nationales Ehrgefühl.

«Die Nachrichten, da hört man so einiges», bellte Granci.

«Welche siehst du denn? Die von den Berlusconi-Sendern oder die richtigen von der RAI?»

«Hier ist die Welt noch in Ordnung», sagte Granci. «Mit wenigen Ausnahmen.» Er ließ seine Augen zwischen Gino und mir hin- und herwandern. Erstaunlicherweise schwieg Gino immer noch.

Der *maresciallo* verlor langsam die Geduld. Er baute sich breitbeinig vor mir auf, schob eine Schulter und sein Kinn vor und deutete auf mich wie einer dieser Hollywood-Helden, die immer genau wissen, was zu tun ist. «Ich will deine Aussage, klipp und klar, auf der Wache, in Acqualagna, und zwar –»

Hellquietschende Reifen lenkten ihn ab, zudem war das heisere Bohren deutlich näher gekommen. Der *maresciallo* warf einen schnüffelnden Blick die Serpentinen hinauf. Er als Fachmann für den Puls der Straße merkte noch weit vor uns, dass da etwas Bedrohliches auf uns zukam. Und tatsächlich, wie zuvor sein Streifenwagen schoss nun Giuseppe mit seiner Ape in vergleichbarer Geschwindigkeit um die Kurve, nur war deren Straßenlage nicht mit der des Alfa Romeo vergleichbar, zumal sich auf der Ladefläche prallvolle Getreidesäcke türmten. Bedrohlich schwänzelnd kam er auf uns zugerast. Zwar versuchte er alles, um sein Gefährt auf eine gerade Linie zurückzuführen, doch seine Gegenlenkversuche machten die Sache nur noch schlimmer. Die Ape schlenkerte immer bedrohlicher. Um mich in Sicherheit zu bringen, versuchte ich vorauszuberechnen, welchen Weg sie wohl nehmen würde, und mich entsprechend in Sicherheit zu bringen. Aus dem Augenwinkel sah ich, dass Granci und der *maresciallo* dasselbe versuchten, allerdings zu unterschiedlichen Ergebnissen kamen. Wie ein schlecht choreographiertes Ballett hüpften und balancierten wir hin und her, nur Gino blieb stoisch auf der Vespa sitzen, keine Ahnung, ob es Gottvertrauen war oder einfach nur die Bereitschaft, jede Strafe auf sich zu nehmen, um für seine Vergehen zu büßen; selbst für einen Sozialisten und *compagno*, sofern er Italiener war, gab es ab einem bestimmten Punkt keine irdische Vergebung mehr, sondern nur noch göttliche.

Wir lagen alle falsch. Kurz bevor Giuseppe einen von uns erwischen konnte, erreichte das Schwänzeln seinen Höhepunkt, das Heck der Ape brach endgültig aus und hob sich mitsamt den Säcken in die Luft. Einer fetten Heuschrecke gleich machte das Dreirad einen kurzen Sprung und landete auf der Seite. Die Getreidesäcke fielen mit einem schmatzenden Geräusch auf die schmale Grasnarbe zwischen Straße und Abhang und blieben wie durch ein Wunder heil. Die Ape rutschte kreischend ein paar Meter weiter, bevor sie vor uns in Seitenlage liegen blieb. Unbeeindruckt tuckerte der Motor eine Weile weiter.

Jetzt kam die große Stunde des *maresciallo*. Während wir noch die ungewöhnlichen Eindrücke verarbeiteten, ließ der Carabiniere einen gellenden Macho-Pfiff los. Sofort flog die Beifahrertür des Streifenwagens auf, und Terzio Piva stolperte ins Freie.

«Carabiniere Piva: Die Unfallstelle sichern. Vorne und hinten.» Ein stahlharter Blick auf mich: «Wir bergen den Verletzten.» Ein steinharter Blick auf Granci: «Du holst deinen Bagger. Wir drehen die Ape wieder auf die Räder.»

Während ich sofort wie eine Marionette nickte und mich neben der Fahrerkabine des *motocarro* postierte, um das nächste Kommando abzuwarten, streckte Granci entsetzt seine Hände aus. «Er ist kaputt. Er läuft nicht. Irgendwas mit der –»

Mit einer herrischen Geste brachte der *maresciallo* ihn zum Schweigen. «Halte dich bereit. Ich rufe dich, wenn es nötig sein sollte. Und leg den verdammten Schraubenschlüssel weg!»

Sofort ließ Granci den 28er fallen und nickte beflissen.

Ein metallisches Knarzen ließ uns alle herumfahren. Giuseppe hatte die Fahrertür der Ape nach oben gedrückt, sie lag ja auf der Seite, und steckte seinen Kopf heraus. «*Porca madosca!*», fluchte er.

«Santini Giuseppe», sagte der *maresciallo*, «wir werden dich jetzt bergen, bevor dein Fahrzeug Feuer fangen kann. Versuche deinen Sicherheitsgurt zu lösen. Und Ruhe bewahren. Wir holen dich da raus.»

«Welchen Sicherheitsgurt?», fragte Giuseppe.

«Bewege dich so wenig wie möglich. Innere Verletzungen sind tückisch.»

«Meine Hand tut weh. Ausgerechnet die rechte», meckerte Giuseppe. «Wie soll ich da Boccia spielen, eh?»

«*Tedesco*, Granci, beide auf die Ape. Ich halte die Tür, ihr zieht den Verletzten nach oben heraus. Und nicht am Kopf ziehen, Halswirbelverletzungen sind eine böse Sache.»

«Wenn mir einer die Tür aufhält, komme ich auch alleine raus», maulte Giuseppe.

Vielleicht hatte er recht, aber unter dem Kommando des *maresciallo* war man eben ein Rädchen im Rettungsplan Nummer 7, Absatz f. Artig zog ich mich auf die umgekippte Ape, hielt Granci eine Hand hin, Kameradschaft ist in schwierigen Zeiten das Wichtigste, und zusammen warteten wir auf das nächste Kommando unseres Anführers. Der *maresciallo* stieg vorne auf den Scheinwerfer und trat den losen Chromring weg, um einen sichereren Stand zu haben. Scheppernd rollte der die Straße hinunter, passierte eine kleine Gruppe von Grancis dummen Hunden, die keinerlei Interesse zeigten, die Verfolgung aufzunehmen, und verschwand im Gebüsch.

«Und los!» Der *maresciallo* hielt die Tür mit eiserner Faust fest, nichts würde sie ihm wieder entreißen, wir waren stolz auf ihn.

«Unfallstelle gesichert!», rapportierte Terzio in vorbildlicher Körperhaltung. Sein Chef legte als Antwort die Stirn in Falten, Störungen waren jetzt nicht zielfördernd.

«Unter den Armen gepackt und hoch mit ihm!»

Granci und ich gehorchten.

«Was soll das?», schimpfte Giuseppe. «Bin ich ein Schwein, das ihr schlachten wollt?»

Zum Glück wog der sehnige Kerl nichts, und wir konnten ihn mit einem beherzten Schwung der Ape entreißen. Draußen wehrte er sich allerdings so heftig, dass wir ihn loslassen mussten. Er zog sich zur Ladefläche hinüber und rutschte zu Boden. Sofort begann er wie besessen auf die Ape einzutreten. «*Cazzo macchina! Porcata! Che razza di carogna**. Du neumodisches Schweineteil!»

«Santini, tritt zurück», befahl der *maresciallo*. «Terzio, sieh nach, ob Benzin ausläuft.»

«Sie verliert Öl, das ist das Problem», schimpfte Giuseppe. «Meine alte war dicht, das kann ich euch sagen.»

«Kein Benzin», meldete Terzio.

«Hier kann sie nicht liegen bleiben. Sie behindert den Verkehr.»

«Außerdem ist hier meine Ausfahrt», beschwerte sich Granci.

«Ich brauche keine Belehrungen», wies ihn der Chef-Carabiniere zurecht. «Männer! Alle auf eine Seite, wir drehen die Ape auf die Räder.»

Giuseppe hielt anklagend seine Rechte hoch. «Wie denn?»

«Du nicht. Solange wir deine Verletzungen nicht protokolliert haben, machst du gar nichts.»

«Die Hand ist hin, das sag ich doch. Damit hol ich keine Schnitte mehr gegen Pasquino», meckerte Giuseppe und trat noch einmal gegen die Ape. «Und da! Der Chromring ist ab! *Ma che cacchio!*** Bei meiner alten wär der noch dran!»

* Hurensohn und aus Aas geboren

** Was für ein Mist!

«Deine alte Ape hatte gar keinen Chromring», stellte ich richtig, ich wusste es genau, denn ich hatte sie in den letzten Jahren unzählige Male anschieben müssen.

«*Vai via!*», schimpfte Giuseppe und begann seinen rechten Arm zu massieren.

«Damit gehst du am besten zu Cesare», schlug ich vor, während ich mit den anderen Männern Position an der Ape bezog.

«Damit der mich mit einem Fluch belegt? Nein danke.»

Cesare war ein Pranatherapeut, der unzählige Erfolge vorzuweisen hatte, selbst bei Leuten, die dem Energieheilen kritisch gegenüberstanden.

«Der mit dem Fluch, das ist nicht Cesare, das ist Giordano», erwiderte ich.

Im Gegensatz zu Cesare war Giordano von Monticello oben ein ziemlich finsterer Kerl, der gerne auf Hexenmeister machte und, zum Beispiel, für eifersüchtige Ehefrauen gegen Geld Stecknadeln in Voodoo-Puppen rammte. Über seine Erfolgsquote wurde viel spekuliert, sicher war man sich lediglich, dass er eine Menge Geld einnahm. Ich selbst hatte gleich zu Beginn meiner Zeit auf dem Monte Dolciano in meiner größten Verzweiflung einmal seine Hilfe gegen meinen heftigen Liebeskummer gesucht. Er hatte mir daraufhin zwei guatemaltekische Sorgenpüppchen mitgegeben. «Bevor du zu Bett gehst», erklärte er mir das Prinzip, «musst du deine Sorgen den Püppchen erzählen und sie unters Kopfkissen legen, dann schläfst du, und am nächsten Morgen sind die Sorgen weg.» Ich machte alles genau so, allerdings waren in meinem Fall am nächsten Morgen die Püppchen weg und die Sorgen noch da. Möglicherweise hatte Uilly die Püppchen aus niederen Motiven verschwinden lassen, damit ich aus meinem emotionalen Tief nicht herausfand. Denn in meinem Leid überschüttete ich ihn unbewusst mit Zuwendung, die vor allen Dingen aus Leckerbissen bestand, die eigentlich nicht in den Magen eines maremmischen Hütehundes, sondern in das Schaufenster einer *pasticceria** gehörten.

«Auf mein Kommando! Und los!» Der *maresciallo* hatte eine Position eingenommen, von der aus er die Aktion mit hervorragendem Überblick leiten konnte.

Wir hebelten und werkelten, und tatsächlich gelang es uns, die Ape ein paar Zentimeter zu heben. Sie zu drehen, schafften wir jedoch nicht. Es war klar, dass es gelingen würde, wenn auch der *maresciallo* mithalf, aber irgendwie traute sich keiner, das offen anzusprechen, und er selbst trug ja schon die volle Last der Verantwortung, die oft unterschätzt wird und einen Anführer zermürben kann.

«Lasst mich auch mal ran.» Plötzlich stand Gino neben mir, auf seinen Buchenstab gestützt und den Blick starr geradeaus gerichtet.

«Ein lobenswerter Einsatz.» Der *maresciallo* nickte anerkennend. «Männer! Auf mein Kommando! Los!»

Wir packten zu, und plötzlich, als wöge sie nichts, landete die Ape auf ihren Rädern. Stolz auf unsere Leistung sahen wir einander an, nur Granci wirkte verstimmt. Dass ausgerechnet sein Erzfeind Gino für den entscheidenden Kraftzuwachs gesorgt hatte, gefiel ihm ganz und gar nicht.

Nach einem kurzen Test, ob der Motor der Ape noch funktionierte, klopfte der *maresciallo* allen bis auf Terzio anerkennend auf die Schultern und hatte für jeden eine Extrabelobigung parat. «Gut gemacht. Saubere Arbeit. Ordentlich. Respektabler Einsatz.» Dann sah er mich mit einem milden, freundlichen Blick an. «Vortreten, Max.»

* Konditorei

Kaum zu glauben, aber ich tat es und konnte förmlich Ginos missbilligenden Blick in meinem Nacken spüren.

«Das mit dem Sturzhelm sehe ich dir nach. Ist ja nur deine weiche Birne, die da auf dem Spiel steht. Haha! Und dein Auto kannst du auch wieder abholen. Das nervt, wie es da vor der Wache herumsteht. Und Gino», bei Gino verzichtete er in weiser Voraussicht auf das Vortretenlassen, um sich seine gute Laune nicht zu verderben. «Wenn ich in Zukunft keine weiteren Klagen von dem Deutschen da oben höre, ist das Thema für mich erledigt. Regelt eure Differenzen vor Gericht, möge der Bessere gewinnen. Haha.» Ohne eine Antwort abzuwarten, nahm er Kurs auf den Streifenwagen. «Terzio, Abmarsch. Unfallstelle entsichern. Krankenwagen abbestellen.»

Für einen winzigen Moment wirkte Terzio so, als wollte er darauf hinweisen, dass er nie einen Krankenwagen bestellt hatte, unterließ es jedoch. Für ihn bedeutete ein gutgelaunter *maresciallo* kaum weniger als eine gutgelaunte Anna für mich.

Kaum war der Streifenwagen um die nächste Kurve verschwunden, war es vorbei mit der Gruppensolidarität. «Ihr habt es gehört: Abmarsch. Macht meine Auffahrt frei», tönte Granci und hob seinen 28er Schlüssel auf.

«Wenn du deine Ape immer so überlädst, werden deine Probleme nicht aufhören», sagte ich zu Giuseppe.

«*M'bè*, die ist neu, die kann das ab», erwiderte Giuseppe ruppig und deutete an, dass die Säcke zurück auf die Ladefläche gehievt werden müssten, er jedoch ungern seine sensiblen Hände dafür beanspruchen würde.

«Wir müssen, Max, wir müssen», drängelte Gino und ging mit tiefen Grübelfalten auf der Stirn zurück zur Vespa. Erstaunt sah ich ihm hinterher: Kein Humpeln, und den Buchenstab hatte er auch neben der Ape liegen lassen. In Giuseppes Richtung gestikulierte ich mit meinen bescheidenen Fähigkeiten, dass ich ihm mit den Säcken nicht helfen konnte.

Er sah mich kopfschüttelnd an. «Was sollte denn das Gezappel heißen? Die Säcke sind so schön wie Sophia Loren, oder was?»

«Das sollte heißen, ich muss los und kann dir mit den Säcken nicht helfen.»

Giuseppe verdrehte genervt die Augen. «Bei euch Deutschen ist alles anders. Ihr sprecht eine echt komische Sprache, und ihr könnt euch auch sonst nicht verständigen.»

Ich winkte zum Abschied, das wenigstens verstand er, und hebelte die Vespa von ihrem Ständer. «Dein Fuß hat sich ja gut erholt.» Gino sah mich zuerst erstaunt an wie einer, der gerade geweckt worden ist und der überhaupt keinen Sinn darin sieht. Dann presste er beschämt seine Lippen zusammen und stieg auf den Rücksitz.

«Ich war beim Doktor. Der hat mir eine Manschette verschrieben.» Er hob sein Hosenbein und klopfte gegen ein Plastikteil rund um seinen Knöchel.

Dieser verdammte Mistkerl! Was war bloß aus dem Maurer und Philosophen, dem Sozialisten und *compagno*, dem freundlich-verrückt-liebenswerten Humanisten geworden, der einen zwar gelegentlich zur Weißglut trieb, aber ein durch und durch aufrechter, anständiger Kerl war? Inzwischen kam er mir wie ein Fremder vor, wie einer, der herumtrickste, der sich durchwurschtelte, kurz: nicht wie mein Freund Gino Basili.

Schweigend fuhren wir die letzten Kilometer, und als hätte die Vespa einen Sinn für schwierige Situationen, blieb sie kein weiteres Mal stehen. Kurz vor der *Chiesa del Monte Dolciano* hielt ich neben Sestina, die neben der *strada bianca* mit ihrer jahrzehntealten Sichel Grünzeug schnitt, Futter für ihre *conigli*, die sie wie jeder andere *contadino* in der Gegend für besondere Anlässe züchtete.

«Hörst du das?», rief Sestina erbost. Ich machte den Motor aus. Heavy-Metal-Musik dröhnte laut durch das Tal. «Das geht jetzt schon eine Stunde so!»

«Kommt das aus Spaccones Haus?»

«Hast du keine Ohren im Kopf? Woher denn sonst?»

«Ich wusste gar nicht, dass der solche Musik hört.»

«Musik? Das ist keine Musik. Ein alter Mann wie der! *Che strano!*»

Ich fand es auch merkwürdig. Vielleicht strich Spaccone sich gerade eine grelle Kriegsbemalung auf seine vom Alkoholabusus großporigen Wangen, schlang sich ein Stirnband um die gerötete Stirn, schnupfte Kokain und brachte sich für den nächsten Waffengang gegen die Tafani-Brüder in Stimmung. Nachdem ich Bekanntschaft mit seiner Gummi- und Ledersammlung gemacht hatte, hielt ich alles für möglich.

«Hast du hier einen weißen Fiat Panda vorbeifahren sehen, Sestina?»

«Hier ging's zu wie im Taubenschlag. Erst ist ein weißer Wagen hochgefahren, dann du mit dem *motorino*, dann bist du wieder weg, dann ist der weiße Wagen weg, dann kamen die Carabinieri, dann sind die wieder weg, dann fuhr der Deutsche mit seinem Wagen weg, dann kam wieder der weiße Wagen und fuhr hoch zu dem Deutschen, und jetzt gerade ist der wieder weg. Das macht einen ja ganz verrückt.»

«Wohin ist der denn, der weiße Wagen?»

«Nach Ca'Tommaso. Mit drei Männern drin.» Sie zählte auf. «*Un tipo furbo*, mit einem albernen Bärtchen. *Un tipo ameno*, der sah aus wie du, Basili. *È una pellaccia**, der sah

* Ein schlauer Typ, ein komischer Typ und ein eiskalter Typ

aus wie ein Fisch. Die wollten mit mir reden. Aber wo werde ich mit drei fremden Männern reden? Weiß ich, was die im Schilde führen?»

«Die waren bestimmt harmlos», beschwichtigte ich sie.

«C'erano napolitani!», schimpfte sie. «Was ist denn an denen harmlos, eh?»

«Da gibt es doch auch so 'ne und solche.»

«Nix da, da gibt's nur solche!», beschied sie kategorisch und packte ihre Sichel fester. «Ich muss sehen, dass ich vor Einbruch der Dunkelheit fertig bin. Wer weiß, was die sonst mit mir anstellen.»

«Das sind meine *cugini*», meldete sich Gino zu Wort, «vor denen musst du keine Angst haben, Sestina.»

«Du hast Verwandte in Neapel?», fragte sie misstrauisch zurück.

«Mütterlicherseits. Aber die Familie von meinem Vater ist aus Furlo.»

Sestina schüttelte entrüstet den Kopf und wetzte schnell noch einmal ihre Sichel nach, was in der unmissverständlichen italienischen Gebärdensprache so viel heißt wie: So eine Mischung gehört verboten, aber ich weiß mich zu wehren! «Sei froh, dass wenigstens eine Hälfte von hier ist, Basili.»

Ich startete die Vespa. «Mach dir keine Sorgen, Sestina. Gino schickt seine Cousins heute nach Neapel zurück.»

Sestina grummelte etwas Unverständliches und machte sich wieder über die *erba* her. Gino schüttelte grimmig den Kopf.

Auf dem Parkplatz vor Ca'Tommaso stand der Panda nicht. «Und jetzt?», fragte Gino.

«Jetzt nehmen wir die Motorsäge und gehen in den Wald.»

Und da saßen sie, rund um ein erstaunlich maßvolles Feuer, das von Steinen eingerahmt wurde, um ein Übergreifen der Flammen auf das umliegende Laub zu verhindern. Auf einem der Steine gleich neben der Glut standen zwei offenbar mühselig mit einem *stiletto* aufgehebelte Konservendosen, auf deren deutschen Etiketten zu lesen war – ich wusste das, weil es meine waren –: «Frisch wie beim Italiener, Ravioli nach original italienischem Rezept». Sie waren Teil eines Metro-Einkaufs von zwölf Dosen gewesen, die ich vor drei Jahren aus Deutschland mitgebracht hatte. Gegessen hatte ich allerdings bis heute keine einzige, und mittlerweile stellten sie nur noch meine Notration dar, sollte ein Generalstreik Italien für mehr als zwei Woche lahmlegen. Etwas abseits waren mehrere Äste in den Boden gerammt worden, auf denen Remos Klamotten zum Trocknen hingen. Remo selbst hockte, in eine meiner Decken gehüllt, fast in der Glut und starrte finster in die Flammen. Ich will nicht übertreiben, aber so stellte ich mir einen Menschen vor, der eine Nahtoderfahrung gemacht hatte. Neben ihm hantierte Aurelio an meinem Sportbogen herum, den ich vor zwei Jahren von meinem Bruder geschenkt bekommen hatte, nachdem er mich besucht hatte und entsetzt darüber gewesen war, wie wehrlos ich hier oben lebte. Genauer gesagt durfte ich zwischen diesem Sportbogen und einem Karabiner aus dem Zweiten Weltkrieg wählen. Mein Bruder war Polizist und hielt diese unsere Welt für die schlechteste aller möglichen und jeden dritten Menschen für einen potenziellen Verbrecher, «da kannst du durchzählen!». So gesehen war selbst von der mageren Population hier auf dem Monte Dolciano nichts Gutes zu erwarten. Zu Aurelios Füßen lag etwas Gestreiftes, aus dem ein Pfeil herausstakte. Ich brauchte eine Weile, bis ich aus der Distanz die Umrisse eines Frischlings erkannte. Ein Wildschwein weniger, sehr gut, sagte mein Verstand, aber obwohl ich mich sehr dagegen wehrte, tat es mir doch ein wenig leid um das Tierchen. Solange sie klein waren, waren sie süß. Neben Aurelio lag Fosco lang ausgestreckt auf meiner Yogamatte, auf seinem Bauch balancierte er mein Kofferradio, in dem ein euphorischer Sportreporter mit irrer Sprechgeschwindigkeit ein Fußballspiel kommentierte. Unweit der Feuerstelle flatterte mein Sonnensegel zwischen drei niedrigen Steineichen, darunter stapelten sich weitere Decken von mir und meine aufblasbare Matratze, die ich hin und wieder als Gästebett benutzte. Im Grunde wunderte ich mich, dass sie nicht auch noch meine Waschmaschine und meinen Kleiderschrank hierher gebracht hatten.

Gino bedeutete mir, zurückzubleiben, er wollte zuerst einmal alleine mit seinen Cousins sprechen. Angesichts Remos angespannter Körperhaltung und seines unaufhörlich mahlenden Unterkiefers hielt ich das für eine hervorragende Idee und versteckte mich hinter einem Wacholderbusch, zum Teufel mit *bella figura*.

Erst als Gino sich auf fünf Meter genähert hatte, hörten die drei ihn. Fosco sprang auf und ließ sein *stiletto* herauszischen. Aurelio zog einen Pfeil aus dem Köcher und packte den Bogen fester. Nur Remo rührte sich nicht und starrte weiter ins Feuer. Ein Gewirr von Stimmen erhob sich, alle redeten gleichzeitig, hin und wieder zeigte Fosco auf Remo, und Aurelio flitschte hektisch mit der Sehne des Bogens. Nach einer gewissen Zeit setzte sich Ginos Stimme durch, unermüdlich brandeten seine Wortkaskaden gegen die seiner *cugini* an, und bald war er der Einzige, der redete. Eine Zeitlang herrschte ein gewisses Einverständnis, bis sich wieder zwei Fronten auftaten. Gino legte sich noch mehr ins Zeug – vergeblich. Wollten die Tafani etwa meinen Kopf, bevor sie die Gegend wieder verließen, war es das? Wollten sie mich grillen, weil ich einen der Ihren der Lächerlichkeit preisgegeben hatte?

Ich sah Remo wie in Zeitlupe zwei Ravioli aus einer der vor sich hin köchelnden Konservendosen fischen und in seinen Mund befördern. Eine erschreckend lange Zeit tat sich gar nichts, kein Kauen, keinen Schlucken, bis er den Inhalt seines Mundes ins Feuer spuckte und mit einem Fuß gleich beide Dosen hinterherkickte. Seine hungrigen Brüder regten sich darüber furchtbar auf, aber Remo sagte nichts und starrte nur weiter ins Feuer, das jetzt mächtig zu qualmen begann. Fosco gelang es, mit seinem *stiletto* ein paar Ravioli aus der Glut zu angeln. Vorsichtig biss er ein Stück ab – und spie es wie sein Bruder zuvor aus. Wieder lärmten die vier los, und wenigstens jetzt war ich sicher, dass es nicht gegen mich, sondern gegen die Ravioli aus der Metro ging, die wahrscheinlich ihrem Namen alle Ehren machten, nämlich eigentlich mit irgendwelchen Resten gefüllte Teigwaren zu sein.* Während die Streiterei weiterging, schnappte sich Aurelio Foscos Messer und begann sich über das tote Wildschweinchen herzumachen, vor dem Braten musste es ja ausgenommen und gehäutet werden. Fosco bekam darüber einen Wutanfall, und eine Weile kochte das Chaos wieder hoch. Gino zuckte einige Male resigniert mit den Schultern, redete mit Engelszungen auf die Tafani ein, und endlich, nach gefühlten hundert Minuten und nachdem Aurelio das *stiletto* wieder hergegeben hatte, beruhigten sich alle. Gino sprach ein Schlusswort, dass es in sich haben musste, denn plötzlich zeigten die Tafani, vor allem Remo, deutliche Zeichen von Rührung. Gino ließ sie eine Weile ihre Gefühle auskosten, dann winkte er mir zu, herüberzukommen.

«Mein Freund!», strahlte Fosco mich an, packte mich bei

* Vom Genueser Dialektwort *rabioli* für «Reste»

den Schultern und küsste mich links, rechts, links auf die Wangen. «Du hast klug gehandelt.» Er vollführte verwirrende Kreiselbewegungen mit der Rechten. *«Noi napoletani siamo bersaglieri.** *È a me»*, er ließ seine Augenbrauen hoch und runter wippen, *«la gente mi chiama un diavolo d'uomo***, *eh, sai cosa vuol dire?»*

Draufgänger, Teufelskerl, na klar. Ich nickte.

«Wir geben nicht auf. Ist das Ziel einmal anvisiert, erreichen wir es auch. Und wenn uns was in die Quere kommt, wird es zersägt, und der Weg ist wieder frei», ergänzte Aurelio in seiner monotonen Sprechweise, allerdings sprach er erstaunlich laut, wahrscheinlich war er noch halb taub wegen der vielen Silvesterböller, die neben seinen Ohren explodiert waren. Gino wackelte als Antwort auf dieses martialische Bild einige Male mit seinem Kopf, was in seiner Gebärdensprache so viel heißt wie: Selbst eine Nummer kleiner wäre noch zwei Nummern zu groß.

Alle blickten jetzt auf Remo. Es dauerte eine Weile, bis der seinen Kopf hob. Jetzt kommt's, dachte ich, jetzt ist mein zweites Auge dran, mindestens, bis hierhin war alles nur nettes Geplänkel, um mich in Sicherheit zu wiegen, jetzt kommt der Vernichtungsschlag, das Ende, der Beginn eines längeren Krankenhausaufenthalts. Womöglich sogar im *Ospedale di Cagli*, wo man sich ein Muttermal entfernen lassen will und nach dem Erwachen aus der Vollnarkose feststellen muss, dass das Muttermal noch da ist, aber der rechte Unterschenkel fehlt und wo –

«Ich werde schwimmen lernen», unterbrach Remo meine panischen Gedanken mit der bedeutungsschwangeren Stim-

* Draufgänger

** Teufelskerl

me eines Mannes, der nicht nur die Welt, sondern auch die Unterwasserwelt gesehen hatte.

Gino sprang förmlich in mein Gesichtsfeld, die gespreizten Hände vorgereckt, als wolle er mich davon abhalten, von einer Klippe in den Tod zu springen. «Ich habe den *ragazzi* erzählt, wie du ihnen das Leben gerettet hast, Max.» Aha, das hatte ich also getan. «Wie Spaccone dir verraten hat, dass er den dreien eine Falle stellen wollte. Dass er zu einem bestimmten Zeitpunkt die Tür zu seinem Haus öffnen wollte, um sie niederzuschießen, und kein Gericht der Welt würde ihn dafür schuldig sprechen. Und dass du Remo ins Wasser gestoßen hast, damit meine *cugini* gezwungen waren zu verschwinden. Das finden wir alle sehr klug von dir. Die ganze Sache», er wirkte jetzt wirklich betrübt, «ist etwas aus dem Ruder gelaufen.» Und plötzlich war da wieder dieses unechte Grinsen. «Und Neapolitaner, die erst einmal in Schwung gekommen sind, lassen sich eben nicht so leicht aufhalten, was, Jungs?»

Fosco lächelte huldvoll. «Die Sache ist noch nicht erledigt.» Er ließ sich auf die Yogamatte sinken und begann sein Messer gründlich von dem Wildschweinchenblut zu reinigen. «Wir werden unsere Taktik ändern. Der Typ hat uns vor der Welt lächerlich gemacht.»

«*Dai*, Fosco, außer Max, mir und euch weiß keiner, was hier passiert ist!»

«Nein.»

«Und wir werden darüber kein Wort verlieren.»

«Nein.»

«Spaccone weiß nicht, wer ihr seid. Der kann auch nichts sagen.»

«Nein.»

Gino warf seine Arme in die Luft und drehte sich verzweifelt einmal im Kreis. «Es muss doch irgendetwas geben, was euch aufhält, *Dio santo*!»

«Gibt es.» Fosco schob die Klinge wieder zurück in den Griff. «Das Großmaul bezahlt und entschuldigt sich. Und zwar auf den Knien.»

«Fosco, *ti prego*, wie lange soll das noch so gehen?»

Fosco sah sich in ihrem Feldlager um. «Wenn der Winter kommt, wird es hier ungemütlich. Aber bis dahin?» Er sah seine beiden Brüder an. Remo wühlte mit seinen Gedanken weiterhin in einer anderen Welt und reagierte nicht. Aurelio tippte sich auf die Nasenspitze. «Zersägen und zur Seite schaffen.» Jetzt begriff ich, dass er in Ermangelung eines Hafens lediglich ein Synonym von «mit den Füßen in einen zementgefüllten Plastikeimer stellen» entwickelt hatte.

Gino zuckte mit den Schultern und sah mich hilflos an, aber ich wusste auch keine Lösung. Diese drei Geister aus Neapel, die Gino gerufen hatte, wurde man offenbar einfach nicht los.

*

Die Tafani-Brüder hatten Ginos Panda nicht herausrücken wollen, also fuhr ich den kleinen Maurer wieder mit der Vespa hinunter ins Tal, zum dritten Mal an diesem Tag. Gino war total deprimiert, und nichts konnte ihn aufmuntern. Zum Glück waren wir gleich oben am Ende der *strada bianca*, an der Abzweigung nach Monticello, Manfredo begegnet, der immer noch als *postino* aushalf, und ehrlich gesagt hatte ich den Eindruck, dass ihm diese Tätigkeit dreimal mehr Spaß machte als das Leichenbestatten. Manfredo war nicht nur innerhalb von Sekunden im Bilde darüber, was meiner Vespa fehlte, er schaffte es auch noch, mit erstaunlich wenigen Handgriffen die Benzinleitung herauszuoperieren, die Dreckablagerungen mit einem langen elastisch-stabilen Ginsterzweiglein hinauszubefördern und den Schlauch wieder einzusetzen. Dann reinigte er schnell noch die Vergaserdüse, und das alles mit praktisch geschlossenen Augen, wie ein Elitesoldat, der in dunkelster Nacht unter feindlichem Beschuss sein Gewehr in null Komma nichts zerlegt, wieder zusammensetzt und anschließend drei Gegner niederstreckt.

«*Eccolà!*», rief er mir zu und wischte seine öligen Hände mit einem speziellen Tuch ab, das er immer mit sich führte. «Jetzt lebt sie wieder, deine *vespetta*!»

So erreichten Gino und ich im Nu Acqualagna. Gino hatte auf der gesamten Fahrt finster vor sich hin gebrütet, und auch ich suhlte mich in einer veritablen Endzeitstimmung. Was machte ich hier eigentlich? Meine große Liebe hatte sich davongemacht, und statt ihr nachzuspüren, schlug ich mich mit dämlichen Neapolitanern herum, versuchte Ginos Hals zu retten, obwohl der das gar nicht wollte, und handelte mir dafür ein blaues Auge ein. Na toll. Vielleicht sollte ich Italien ganz verlassen, nach Köln zurückkehren und mich in einem Einzimmerapartment im Herkuleshochhaus an der Inneren Kanalstraße verbarrikadieren, Wäscheservice inbegriffen. Eine Weile haderte ich so weiter, bis ich die Kurve bekam. Nein, hier ging es um Freundschaft, da gibt man nicht einfach auf.

Erst als wir bei Luciana aufliefen, Gino auf meiner Vespa, ich in meinem Auto, das der *maresciallo* erst nach ein paar blöden Scherzen und künstlich aufgeblähter Wartezeit herausgerückt hatte, wurde Gino nicht nur gesprächig, plötzlich hatte er sogar das Bedürfnis, die gesamte Geschichte von Spaccone und seinen *cugini* haarklein wiederzugeben. Dabei störte es ihn nicht einmal, dass Nardini und Julian mithörten, und so nach und nach kam der alte Gino wieder durch, der Maurer und Philosoph, der gerne herumflachste, der sich über sich selber lustig machte, der über die Vorzüge des Sozialismus schwadronierte, von dem er sich eine generelle Besserung des Zwischenmenschlichen und Konfliktlösungen jeder Art erhoffte und von dem Nardini hoffte, dass er niemals Einzug in Italien halten würde.

«Du redest nur, quak, quak», grinste er Gino an. «Es gibt doch eine Sozialistische Partei. Wenn es dir ernst wäre, würdest du bei denen Mitglied sein.»

«Wieso das? Entscheidend ist die Haltung im täglichen Leben. Nicht die Vereinszugehörigkeit.»

«Quak, quak, reine Luftblasen», kommentierte Nardini ungewöhnlich respektlos.

«Nichts da. Ich lebe, was ich glaube. Darauf kommt es an.»

«Du glaubst gar nichts. Allenfalls hast du eine Überzeugung, und selbst die ist fragwürdig.» Nardini lächelte, überglücklich darüber, dass Gino endlich wieder zu seiner alten Form zurückfand.

«Der Sozialismus ist eine schöne Sache, aber es gehen zu viele Abende dabei drauf, habe ich recht, Gino?», mischte sich Julian ein und fächelte sich mit einer eindeutig schwulen Bewegung Luft zu. Wir alle wussten sofort Bescheid: Wenn Julian die Schwuchtel gab, dann hieß das, er war frisch verliebt und wollte unbedingt gefragt werden, wer denn das Subjekt seiner Begierde war.

«Ironie! Immer und überall Ironie!», erregte sich Gino. «Alles verwitzeln, nichts ernst nehmen! Das ist der Anfang vom Ende. Daran sind Weltreiche zugrunde gegangen. Dekadenz. Das Römische Reich. Das persische.»

«Das stimmt», pflichtete ihm Nardini überraschend bei,

«deswegen werden wir zum Beispiel die Deutschen nie los. Die werden nie dekadent, die gehen nie zugrunde.»

«Immer diese billigen Klischees!», regte ich mich auf. «Immer: Die Deutschen sind so, die Italiener sind so, die Engländer sind so. Ich kann es nicht mehr hören!»

«Sag ich doch.» Nardini grinste derart süffisant, dass sein Gesicht sich auf erschreckende Weise verformte. «Ihr Deutschen verwitzelt gar nichts, und ihr nehmt alles furchtbar ernst.»

«Manche Dinge muss man ernst nehmen, Nardini. Permanente Ironie ist der erste Schritt in die Dekadenz», wiederholte Gino seine Untergangstheorie. «Aber zugleich», er lachte auf wie ein kleiner Junge, «ein bisschen Spaß muss sein.»

«Ein bisschen Spaß muss sein, dann kommt das Glück von ganz allein, meinst du das?», fragte ich.

«Das klingt, als hätte das ein kluger Mensch gesagt», sinnierte Gino.

«Wenn wir überhaupt noch Philosophen hätten in Italien, könnte dieser Satz von einem italienischen Philosophen stammen», ergänzte Nardini. «Er ist zwar volksnah formuliert, trägt aber in sich den für jede philosophische These wichtigen klaren Kern von Wahrheit.»

«*Ma dai*, Nardini! Wenn dieser Satz von einem italienischen Philosophen wäre, dann hätte er tausendfünfhundertdreiundzwanzig Worte, und keiner würde ihn verstehen.» Gino sprang ein paarmal hin und her, um seine angestaute Energie loszuwerden.

«Klarheit und Einfachheit gibt es nur bei Mönchen», steuerte Nardini auf sein Lieblingsthema zu. «Die haben nämlich keine Zeit, sich an endlosen Worthülsen zu berauschen.»

Gino kreiselte mit den Fingern vor seinem Kopf herum,

etwa in der Gegend des Kleinhirns, wo die Wissenschaft den Gleichgewichtssinn vermutet. «Mönche berauschen sich an Weihrauch und Myrrhe, und zum Nachtisch schnüffeln sie an den Buchrücken ihrer in Leder gebundenen Bibeln.»

«Unsinn.»

«Weißt du, Nardini, der Zölibat kann einen Mann verrückt machen.»

«Unsinn.» Nardini wurde etwas nervös, wahrscheinlich wusste er, was jetzt kam.

«Selbst wenn man noch nie eine Frau hatte», Gino lächelte liebenswert, was nichts anderes hieß als: wie du, du Hermaphrodit, «es ist etwas ganz anderes, wenn du nie eine haben darfst. Nimm Don Romano, das Vatikan-Frettchen. Kommt der dir nicht auch manchmal etwas merkwürdig vor?»

«Wisst ihr», ging ich dazwischen, «woher der Satz stammt: ‹Ein bisschen Spaß muss sein, dann kommt das Glück von ganz allein›? Von einem Schlagersänger namens Roberto Blanco.»

«*Ecco-qua*», sagte Nardini, «ein Italiener.»

«Roberto Blanco ist ein schwarzhäutiger Schlagersänger kubanischer Abstammung mit einem deutschen Pass», erklärte ich und lächelte meinerseits süffisant, ein bisschen Spaß musste schließlich sein.

«Ein deutscher schwarzer Kubaner, das klingt wild», meinte Julian verträumt.

«Und warum nennt der sich dann Blanco?», fragte Nardini misstrauisch zurück.

«Es könnte auch die Sehnsucht eines wegen seiner Hautfarbe benachteiligten Menschen nach Anerkennung daraus sprechen», sagte Gino mit dem Ernst eines *compagno* und Sozialisten.

Nardini sah mich fragend an. Ich zuckte mit den Schultern.

«Er ist steinreich und lacht den ganzen Tag, und zwar ununterbrochen.»

«Das ist das, was ich meine: Ironie, immer Ironie», sagte Gino.

«Immerhin ist er steinreich», erklärte ich.

«Reichtum ist nicht gleichbedeutend mit Anerkennung.»

«Schadet aber nicht.»

«Geld, Geld, Geld», sagte Gino düster. «Wisst ihr, was den Menschen vom Tier unterscheidet? Geldsorgen.»

«Ja und, was will der Herr Maurer uns damit sagen?», fragte Nardini ein wenig pikiert. «Dass Tiere die besseren Menschen sind?»

Luciana mit ihrem feinen Gespür ging dazwischen, bevor die Stimmung kippen konnte, und wandte sich an Julian. «Wer ist denn nun der Auserwählte? Kennen wir ihn?»

Julian setzte sofort dieses unglaublich charmante Aristokratenlächeln auf. «Giuseppe.»

«Giuseppe vom Monte Dolciano? Der König der Bocciabahn?», fragte ich fassungslos, während Gino das Kinn herunterfiel und Luciana ihre Augenbraue in ungeahnte Höhen zog.

«Ach, Max», seufzte Julian schmachtend und präsentierte uns eine weitere schwule Geste, bei der die Hand am angewinkelt-hochgehobenen Arm nach vorne klappte. Soweit ich wusste, wurde die in einschlägigen Kreisen «das Teekännchen» genannt. «Natürlich nicht. Mein Giuseppe ist vierzig Jahre jünger und steht im vollen Saft.»

Ich nickte anerkennend. Endlich. Ich mochte Julian und litt sehr mit ihm, weil es hier auf dem Land in den Marken mitten in Italien für ihn so schwer war, einen Lover zu finden. «Wie seid ihr zusammengekommen?»

Julian senkte leicht beschämt die Augen. Das hatte wirklich Klasse, Julian bediente sich mit großer Bravour der anmutigsten Gesten und Mienenspiele beider Geschlechter. Wir hielten alle die Luft an. Gino, weil für ihn Liebe, egal in welcher Spielart, das Größte war, was ein Mensch erleben konnte. Luciana, weil sie wusste, dass erst die Liebe einem Menschen Heimat gab. Ich, weil ich wusste, wie unglücklich man ohne Liebe war. Und Nardini, weil er in so einem bedeutsamen Moment nicht außen vor sein wollte, egal ob er wusste, worum es ging, oder nicht.

«Er weiß es noch nicht», flüsterte Julian und schaffte es, eine leichte Röte auf seine Wangen zu zaubern.

Phphhhtt! Luft zischte durch die Bar, weil wir alle gleichzeitig seufzend ausatmeten: Nein, nicht schon wieder …

«Oh, Julian», sagte Luciana, sackte ein wenig in sich zusammen und nahm sich einen von den Vollkornkeksen, die sie neuerdings zu jedem *cappuccino* reichte. Gino schüttelte sanft den Kopf, während ich versuchte, einen gewissen Optimismus auszustrahlen, weil ich aus eigener Erfahrung wusste, wie wichtig es in Zeiten der Unsicherheit ist, sich auf das Positive zu konzentrieren.

«Hey, dieses Mal ist es anders!», verteidigte sich Julian. «Ich spüre genau, dass es bald so weit sein wird.»

«Certo», sagte Luciana ohne jede Ironie und bot Julian einen Keks an.

«Egal, wie weit der Weg ist, irgendwann muss man den ersten Schritt tun», sagte Gino und lächelte Julian herzlich an. «Das ist von Mao Tse-tung.»

«Mao Zedong», verbesserte Nardini. «Die offizielle Schreibweise wurde irgendwann in den Achtzigern korrigiert.» Gino holte schon Luft, schwieg dann aber doch.

«Reich wird man erst durch Dinge, die man nicht begehrt», sagte Nardini. «Das ist von Mahatma Gandhi.»

«Mir wäre wichtiger, dass meine Liebe erwidert wird», sagte Julian und kämpfte mit ein, zwei Tränen.

Spontan nahm ich ihn in den Arm, ich konnte ihm das gut nachfühlen. «Das wird schon, Julian. Bleib einfach am Ball.»

Er nickte, griff in die Schale mit den Keksen und nahm sich gleich drei auf einmal.

«Einen *caffè*?», fragte Luciana.

Julian nickte erneut und atmete schwer, ergriffen von seinem eigenen Schicksal.

«Was machst du heute Abend?», fragte ich. «Artur gibt ein Essen, da kannst du bestimmt einfach mitkommen.»

«Nun, danke für das Angebot», erwiderte Julian, der jetzt erstaunlich schnell wieder zu seiner distinguierten Haltung zurückfand, möglicherweise wegen der gesunden Vollkornkekse. «Aber ich bin dort bereits eingeladen.»

Wie bitte? Artur lädt seinen Intimfeind Julian zum Essen ein?

«Ich auch», fiel Nardini nicht ohne Stolz ein. «Es geht um eine wichtige Position, die ich in einem Kulturprojekt besetzen soll.»

Julian nickte freundlich. «*Indeed? Well, the same with me.* Artur und Orfeo, der Kulturassessor aus Cagli, wollen, dass ich für sie als Übersetzer arbeite. Ein Projekt von internationaler Tragweite, etwas Großes, in dem alten Theater in Cagli, und es soll schon sehr bald losgehen.»

«Ach ja?», erwiderte ich schlecht gelaunt. Irgendwie ärgerte es mich, in dieser Runde der mit Abstand am schlechtesten Informierte zu sein. «Dafür müsste das Theater renoviert werden. Und dafür müsste Volpini erst einmal einen Doofen finden, der mit ihm diese Betrugsnummer durchzieht.»

Julian sah mich grenzenlos erstaunt an. «Was für eine Betrugsnummer?»

Ich winkte ab. «Vergiss es, das macht sowieso keiner.»

«*Well,* Max, *I got news for you.*» Er deutete auf Gino, der in den letzten Sekunden auf die Größe eines Daumens geschrumpft war. «Es ist unser Gino hier, der die Renovierung durchführen wird.»

«Für Volpini?», fragte ich entsetzt.

«Für Volpini und diesen deutschen Architekten –»

«Gantenbein etwa?»

«Genau, Gantenbein.»

*

«Ich versteh es nicht!» Gino und ich hatten uns schon eine Weile angebrüllt. «Du weißt doch genau, was Volpini für einer ist. Von Gantenbein gar nicht erst zu reden!»

«Seit wann muss ich dich fragen, ob ich einen Auftrag annehme oder nicht, eh?»

«Darum geht es doch nicht.»

«Dann lass mich in Ruhe! Ich bin Maurer, ich habe eine Arbeit angenommen, das ist alles.»

«Du weißt, dass es da um Betrug geht.»

«Betrug, Betrug, Betrug! Wenn Luciana für einen *caffè* achthundertfünfzig Lire nimmt, der sie selber vielleicht nur zweihundert Lire kostet – ist das Betrug?»

«Du bestellst ja nie was, Gino», warf Luciana lässig ein. «Deswegen weißt du nicht, was ein *caffè* woanders kostet.»

«Ich sag ja nicht, dass deiner zu teuer ist.»

«Doch, sagst du.»

«Nein! Es geht ums Prinzip. Ein Händler kauft Dinge, um sie weiterzuverkaufen. Das ist sein Beruf.»

«Hier geht es aber nicht um Ein- und Verkaufen», ging ich

dazwischen. «Hier geht es um Betrug. Volpini will, dass du eine fingierte Rechnung ausstellst!»

«Jetzt pass mal auf, Max. Für mich geht es ums Überleben. Ich bin hier geboren, ich bin hier aufgewachsen, und ich werde hier sterben. Und wenn du weiter so auf mir herumhackst, wahrscheinlich noch in den nächsten Minuten.» Gino lächelte ein wenig schräg in der Hoffnung, damit den Weg für einen leichteren Ton zu ebnen.

«Sehr witzig», erwiderte ich todernst.

«Ich habe keine zweite Existenz wie du, Max. Du kannst jederzeit wieder nach Deutschland zurückgehen. Aber ich habe keine Wahl. Ich muss hier klarkommen.»

Ich machte die mit Abstand raumgreifendste Geste seit meiner Ankunft auf dem Monte Dolciano vor ein paar Jahren. «Deswegen haben wir dir alle unsere Hilfe angeboten. Aber du wolltest sie nicht und hast stattdessen die Tafani-Brüder geholt. Kapierst du nicht, wie sehr du dich verrannt hast?»

«Ach was, verrannt! Man muss Realitäten anerkennen!», brüllte er.

«Das sagt mir der größte Idealist unter der Sonne!», brüllte ich zurück.

Gino japste einige Male nach Luft, seine Augen schossen Blitze, nicht nur auf mich, alle bekamen etwas ab. Und plötzlich, das war neu, das war sensationell, das war absurd, holte der Maurer und Philosoph tief Luft – und begann zu singen, und zwar in einem Bariton, den ich zumindest ihm niemals zugetraut hätte.

«Völker hört die Signale,
auf zum letzten Gefecht!»

«Du hast so vielen Menschen geholfen», versuchte ich ihn zu unterbrechen, aber er sang einfach weiter.

«Die Internationale
erkämpft das Menschenrecht.»

Luciana schüttelte lächelnd den Kopf und kam langsam hinter ihrer Theke hervor. Das sah zwar entspannt aus, wirkte auf mich jedoch ein wenig besorgt.

*«Che giustizia alfin venga, vogliamo:
non più servi, non più signor;
fratelli tutti esser dobbiamo
nella famiglia del lavor.»*

Luciana stand vor Gino und rubbelte ihm über den Kopf, ihre Geste größter Zuneigung dem kleinen Maurer gegenüber, dieses Mal sanfter und eindringlicher als je zuvor. «Lass gut sein, Gino», sagte sie, und es klang fast bittend.

Doch Gino ließ sich nicht beirren. Er sprang auf und marschierte singend hinaus auf die Straße.

*«Su lottiamo l'ideale
nostro fine sarà
l'Internazionale
futura umanità!»*

Draußen startete er die Vespa und fuhr davon, seinen Gesang hörte man noch ein wenig länger als den Motor. Betretenes Schweigen in der Bar.

«Jetzt ist er vollends verrückt geworden», sagte Luciana und breitete hilflos ihre Arme aus. Niemand widersprach, und eine gewisse Verzweiflung lag in der Luft.

13.

Artur öffnete die Tür selber. Das hatte ich in den letzten Jahren, in denen ich regelmäßig zum Italienischunterricht hierhergekommen war, kein einziges Mal erlebt. Eleonore hatte mir einmal erklärt, warum das so war. Wenn jemand klopfte, ging bei Artur folgendes Gedankenkarussell los: Wer ist denn das? Ja, was will der denn? Muss ich dem womöglich etwas zu trinken anbieten? Wie lange wird der wohl bleiben? Wie werde ich ihn wieder los? Gehe ich nicht schon alleine durch die Tatsache, dass ich die Tür öffne, eine Verbindlichkeit ein, die mich später zwingt, Dinge zu tun, die ich nicht tun will, wie zum Beispiel Smalltalk zu machen, wenn ich denjenigen zufällig auf der Piazza in Cagli treffe? Das alles dauerte in der Regel so lange, dass Eleonore längst die Tür geöffnet und eine Espressokanne auf den Herd gestellt hatte, bis Artur letztendlich zu dem Entschluss gekommen war, die Tür besser nicht zu öffnen.

«Max, Nardini, Julian, guten Abend», begrüßte er uns, das Kinn gegen die Brust gedrückt, was seiner Stimme einen sonoren Klang gab. Auch heute war er wieder, wie alle Männer des Theaters, ganz in Schwarz gekleidet und unterstrich sein Künstlertum noch zusätzlich mit einem Jackett mit Stehkragen, das keine Knöpfe hatte, sondern mit einer Art von Metallklammern geschlossen wurde. Das wirkte edel, irgendwie japanisch.

«*Holy moly*», sagte Julian ganz ohne Ironie, «du siehst ja phantastisch aus!»

Artur ging majestätisch über das Kompliment hinweg.

«Wir begeben uns bitte direkt ins Gewölbe. Max, wenn

du vorangehst? Du kennst ja den Weg. Ich habe noch in der Küche zu tun.»

«Was wirst du uns denn kredenzen?», fragte Julian harmlos, eindeutig wollte er sich an Artur heranschleimen, weil der einen Job zu vergeben hatte. Dummerweise war die Sache mit dem Englischunterricht in Fossombrone für ihn nicht so gut gelaufen, nach einer gewissen Zeit waren seine Schüler einfach nicht mehr gekommen, ohne dass er je erfahren hätte, warum. Auf jeden Fall war Julian nervös und wollte nichts falsch machen.

«Ich habe typische, einfache, marchigianische Kost vorbereitet, die der ruralen Kultur dieses Landstriches entspricht.»

«Italienische Küche ist immer einfach», erklärte Nardini und blieb stehen, um die Wichtigkeit seiner Worte zu unterstreichen. «Italienisches Essen zeichnet sich durch Folgendes aus: wenige Ingredienzien, die man alle einzeln herausschmecken kann.»

Artur hatte einen etwas glasigen Blick bekommen. Wenn er etwas tat, war er der Beste, und wenn er nicht der Beste war, tat er es nicht, und wenn er etwas tat und nicht der Beste war, würde er sich das niemals unter die Nase reiben lassen. Er breitete seine Arme aus und dirigierte uns vorwärts, als wären wir ein Pulk Hühner, und bog ohne ein weiteres Wort in die Küche ab.

«Hast du eigentlich je in deinem Leben gekocht, Nardini?», fragte ich, während wir den langen Gang hinuntergingen.

«Nicht dass ich wüsste», antwortete er. «Aber Einstein war auch nie so schnell wie das Licht.»

Aha, dachte ich, Nardini ist also auch nervös.

«Weißt du, was ihr Deutschen einfach nicht begreift?», fragte er.

«Sag's mir, Nardini. Ich hoffe, ich bin in der Lage, es zu begreifen.»

«Knoblauch. Ihr benutzt ihn wie ein Gemüse und schnetzelt zehn Zehen in eine Minestrone. Für uns ist Knoblauch ein Gewürz, maßvoll zu dosieren, und in eine Minestrone gehört er allemal nicht.»

«Danke, dass du mich erleuchtet hast», sagte ich und spürte deutlich meine senkrechten Falten auf der Stirn. Es würde wahrscheinlich schwer werden, mich heute Abend mit meiner negativen Sicht auf dieses Theaterprojekt durchzusetzen. Nardini war so elektrisiert von der Vorstellung, endlich einmal in größerem Stil mit seinen Fähigkeiten glänzen zu können, ihm war es bestimmt völlig schnurz, wie viel Geld Volpini und Gantenbein in ihre eigenen Taschen umleiteten. Und Julians wirtschaftliche Verhältnisse waren derart desaströs, dass er für eine kleine Finanzspritze fast alles tun würde.

Der Gang führte ohne Tür hinein in das Gewölbe, das früher nichts anderes als ein Stall gewesen war, so groß wie die gesamte Grundfläche des Hauses. Damals, als Artur auf Häusersuche war, hatte ihn der Raum gleich beim ersten Besichtigungstermin begeistert, er wäre perfekt als Aufführungsort für die kleinen, selbstverfassten Theaterstücke, die Artur mit einheimischen Laienschauspielern aufzuführen gedachte, natürlich unter seiner Regie. Gleich nach Abschluss des Kaufvertrags, Vermittler war das Duo Gantenbein und Volpini, beauftragte er den Maurer, das war Luigi Bessone, den Lehmboden mit Terrakottafliesen abzudecken und einen Anschluss für einen Kamin zu legen. Außerdem sollte Luigi im gesamten Haus den alten Putz von den Wänden herunterschlagen, um die schönen Natursteine darunter freizulegen. Überdies hatte Artur den Architekten Gantenbein gegen ein ordentliches Honorar gebeten, für den Abtransport von

Schutt und Abfall zu sorgen und ein Auge auf den Fortgang der Arbeiten zu haben. Für Artur war es ein wunderbares Gefühl, im Land der Abzocker und Übervorteiler wenigstens eine vertrauenswürdige, weil deutsche Person vor Ort zu haben. Beschwingt war er heim nach Bern gefahren und zwei Monate später bester Dinge wieder in sein neues *rustico* zurückgekehrt. Umso härter traf ihn der Schock: Gantenbein hatte den abgeschlagenen Putz der Einfachheit halber nicht mit einem Lastwagen entsorgen lassen, sondern zusammen mit dem sonstigen Abfall, also leeren Thunfischdosen, Plastikflaschen, leeren Zementsäcken, unten ins Gewölbe kippen und mit einer dicken Lage Zement abdecken lassen, auf der dann vereinbarungsgemäß die Terrakottafliesen verlegt wurden.

«War doch eine gute Idee», sagte Gantenbein in aller Bescheidenheit. «Und preiswert ist sie allemal, weil auf diese Weise keine Fahrten mit dem Lastwagen angefallen sind, um den ganzen Mist wegzubringen.» Daran, dass Artur ihm genau dafür Geld gegeben hatte, konnte Gantenbein sich nicht mehr erinnern. Und worüber er schon erst recht kein Wort mehr verlor, war die Tatsache, dass der Fußboden jetzt mehr als einen Meter höher war als vorher und dass man, wenn man aufrecht durch den Raum gehen wollte, höllisch aufpassen musste, um mit seinem Kopf nicht alle zwei Meter gegen einen der eichenen Deckenbalken zu knallen. Artur regte sich furchtbar auf, fand aber weder bei Gantenbein noch bei dem Maurer Gehör. Nach einer Woche tiefster Depression raffte er sich wieder auf, fuhr zum Brico nach Pesaro, kaufte für sündhaft teures Geld einen elektrischen Bosch-Abrisshammer, zog sein Hemd aus, hämmerte in einer Fünf-Tage-vier-Nächte-Aktion den gesamten Terrakotta- und Zementboden weg und karrte den Schutt darunter hinaus auf die Wiese, um ihn irgendwann später abtransportieren zu lassen; was er bis heute noch nicht geschafft hatte, aber inzwischen war der Hügel wenigstens mit Brennnesseln begrünt.

«Diese Arbeit, das war für mich ein spirituelles Erlebnis elementarer Körperlichkeit», hatte er mir einmal in einem seiner äußerst seltenen Momente von Kontrollverlust anvertraut, hervorgerufen durch zu viele Grappa Bassano. «Es kam einer holistischen Reifung gleich, Max, einer Wiedergeburt, einer Vision des wahren Menschseins. Dieses Rütteln und Schütteln und Hebeln beendete meine Unsicherheit, vielleicht gar nicht mehr zu leben, sondern nur noch vor mich hin zu vegetieren.» Was Artur als Reinigung seiner verschmutzten Seele erlebte, erschien seiner Frau Eleonore allerdings eher wie die Überschreitung der letzten Schwelle zum Irrsinn, und sie sah ihren Mann schon, in eine Zwangsjacke gehüllt, das Haus für immer verlassen. Zum Glück schlief er nach Abschluss der Arbeit glatte zwanzig Stunden am Stück durch und wirkte danach fast wieder wie ein normaler Mensch, wenn man davon absah, dass seine Hände in der Haltung fixiert waren, die er hatte einnehmen müssen, um den Boschhammer festzuhalten.

«Heute habe ich nicht gekocht», begrüßte uns Eleonore unten im Gewölbe. «*Non ho preparato la cena*», wiederholte sie vorsichtshalber auf Italienisch und führte uns zu unseren Plätzen an dem mindestens fünf Meter langen Tisch, der kunstvoll mit einigen kleinen Theaterscheinwerfern ausgeleuchtet wurde, wobei dem Platz am Kopfende eindeutig die wirkungsvollste Illumination zuteilwurde, dem Platz des Hausherrn, *capo di tavolo*. Judith, Oi, Bernd, Sissy und Norbert saßen schon da, Eleonore, Nardini, Julian und ich gesellten uns dazu, fehlte nur noch Artur.

Der erschien kurz darauf, in den Händen trug er einen riesigen Aluminiumkessel, wie man ihn auf jedem italienischen Wochenmarkt preiswert kaufen konnte. «*L'antipasto*, die Vorspeise», erklärte er, ging reihum und legte jedem etwas Grünes, Dickes, Langes auf den Teller. «Zucchini», sagte er. «Hier ist Olivenöl.»

«Und ick dachte schon, det wär 'ne Seejurke», sagte Oi und tippte mit seiner Gabel auf die grüne Wurst. «Und wat is nu?»

Artur drehte noch eine Runde mit dem Kessel und fischte für jeden zehn Knoblauchzehen heraus. Nardini grinste mich an wie ein Olympiasieger, der nicht nur die Gold-, sondern gleich noch die Silber- und Bronzemedaille dazugewonnen hat. Artur setzte sich und machte eine Kunstpause, bevor er zu Messer und Gabel griff.

«Aufschneiden, Olivenöl aufbringen und genießen», erklärte er, «natürlich traditionell ungesalzen.» Er schlitzte seine Zucchini auf und begann sie mit solch einem Genuss zu essen, dass man fast glauben konnte, es würde tatsächlich schmecken. Eleonore heftete ihre Augen beschämt auf ihren Teller, während sie, wahrscheinlich aus Loyalität, auch ihre Seegurke herunterzuwürgen begann.

«Wie war das?», flüsterte ich Nardini zu. «Typisch italienisches Essen zeichnet sich durch Folgendes aus: wenige Ingredienzien, die man alle einzeln herausschmecken kann?»

Nardini lutschte lustlos auf einem Zucchinistück herum und zog es vor, nicht zu antworten.

Artur hob sein Weinglas und fächerte sich etwas, nicht zu viel!, von dem Bouquet zu, den Kopf leicht abgewandt, die Augen halb geschlossen, um seine äußerst sensiblen Sinne vor zu intensiven Reizen zu schützen, Sinne, wie sie nur ein Künstler entwickelt. «Der Wein hier ist von meinem Nachbarn, der ihn streng nach Mondkalender vom Fass in die *damigiana* abfüllt. Ein einfacher, aber guter Wein.»

Leider erinnere ich nicht mehr, worüber wir eine Zucchini lang sprachen, vielleicht gar nicht, weil wir zu sehr darauf konzentriert waren, uns eine zu der Seegurke auf Öl passende Hauptspeise vorzustellen. Zum Glück war der Rotwein wirklich gut und gab den Geschmacksnerven wenigstens etwas zu tun. Artur legte ein nicht unerhebliches Tempo vor, man merkte, er hatte es eilig, zum eigentlichen Thema des Abends zu kommen.

Schließlich, endlich, eine halbe Stunde später, räusperte er sich einige Male und erzeugte in seinem Mund einen leichten Unterdruck, was seine Wangen nach innen dellte und insgesamt einen noch künstlerischeren Eindruck erzeugte. «Wir werden Geschichte schreiben», begann er seine Rede und holte tief Luft, um auch noch den Rest des Textes loszuwerden.

«Ooch, ne, nisch schon wieder», stöhnte Oi, dessen richtigen Namen nur der Notar kannte, bei dem er den Kaufvertrag für sein Haus auf dem Monte Leone unterschrieben hatte. «Det hab ick doch schon hinter mir.»

«Ich schon lange vor dir», sagte Bernd, der 69 in Woodstock dabei gewesen war und dort Jimi Hendrix hatte spielen sehen.

Bernd und Oi hassten einander mit einer unglaublichen Inbrunst, die vor allem mit ihren unterschiedlichen Musikvorlieben zu tun hatte. Oi hatte Ende der Siebziger in der legendären Berliner Punkband *Tote Herzklappe* gespielt und seine gesamte Musikerkarriere mit den Akkorden A, D, E, G und C bestritten. Bernd hatte eine richtige Musikausbildung, konnte Noten lesen und hatte viele Jahre in mehr oder weniger elitären deutschen Krautrockbands intellektuelle Musik gemacht. Oi hatte Anfang der Neunziger, als seine Schulden «jrößer waren wie det Teil in meiner Hose», wie er jedem erklärte, der es nicht wissen wollte, angefangen, für eine RTL-

Action-Serie Drehbücher zu schreiben und dabei richtig Kohle gescheffelt. Bernd hatte mit dem Fleiß einer Waldameise über die Jahre Hunderte Musikstücke geschrieben, die ihm einen steten Strom von GEMA-Tantiemen sicherten. Warum Oi sich ein Haus auf dem Monte Leone gekauft hatte, wusste kein Mensch. Er selbst auch nicht. Aber er war nicht der Typ, der sich selber Fragen stellte, grübeln war nicht seine Sache, sein Prinzip lautete: «Machen Machen Machen», und «abgerechnet wird, wenn die Herzklappe tot ist». Wann das sein würde, konnte natürlich keiner sagen, aber die Art, wie er lebte, war nicht nur für die Herzklappe bedrohlich, sondern auch noch für eine Reihe anderer Organe wie die Leber, die Niere, das Gehirn und die Nasenscheidewand. Bernd hingegen war Vegetarier, hatte in unzähligen makrobiotischen Veganer-Landkommunen gelebt, zuletzt in der Nähe von Minden am Ufer der Weser, und war vor einem Jahr nach Cagli gezogen, weil er den ewigen Regen im Weserland leid war.

Artur sah die beiden nachsichtig an. Er als Theaterregisseur konnte gut mit den Eitelkeiten von Nebendarstellern umgehen. «Ich wurde von Orfeo, dem Kulturassessor von Cagli, gebeten, ein Theaterstück auf die Bühne zu bringen, das sich thematisch mit dem europäischen Gedanken beschäftigt, also dem toleranten Zusammenwachsen der Nationen. Ich habe dabei an ein Musical gedacht, in dem alle zeitgenössischen populären Musikstile verarbeitet sind.» Er sah der Reihe nach Oi, Bernd und Sissy an. «Also habe ich an euch als Komponisten gedacht.»

Bernd schob den Teller mit den Zucchiniresten weit von sich. «Ich kann nicht mit einem zusammenarbeiten, der nur drei Akkorde beherrscht.»

Oi schob seinen Teller gleich über die Tischkante hinaus, sodass der am Boden zerschellte. «Pass ma uff, Alter. Wir als

Tote Herzpklappe hab'n nur eene LP rausjebracht, und trotzdem kennt uns jeder.»

«Ja, aber nur, weil zwei von euch den frühen Drogentod gestorben sind. Einer auf dem Bahnhofsklo und einer im Puff.»

«Nix Drogen. Die Jungs haben sich Musik von dir anjehört. Nach den ersten zwei Minuten waren die hinüber. Da war nischt mehr zu machen. Ihre Jesichter hättest du sehen müssen. Jrauenhaft.»

«Merkwürdig. In meinen Bands ist nie einer gestorben.»

«Det find ick ooch unjerecht, dat meene besten Kumpels tot sind, während wohingegen du und Heino, ihr lebt immer noch.»

Nardini platzte fast vor Neugierde, weil er die auf Deutsch geführte Auseinandersetzung nicht verstand. «Worum geht es, Max?», flüsterte er aufgeregt. «Worum geht's?»

«Bella figura», flüsterte ich zurück, um mir die Sache einfach zu machen.

«Verstehe.» Er nickte und lehnte sich entspannt zurück. Als Italiener wusste er, dass es in so einem Fall nicht um den Inhalt des Gesagten ging. «Und wer hat besser abgeschnitten?»

«Er glaubt, er hat gewonnen.» Ich deutete auf Oi und dann auf Bernd. «Aber er ist sich sicher, dass er gewonnen hat.»

«Nach meiner Meinung hat dieser Oi gewonnen», mischte sich Julian ein, der auch kein Deutsch verstand. «Der andere wirkt ein wenig blass.»

«Bernd ist Veganer, vielleicht liegt es daran», erläuterte ich.

«Ein interessanter Typ, dieser Oi», sinnierte Julian und ließ seine Nasenflügel ein wenig arbeiten.

«Vergiss es, Julian, Oi steht mehr auf Kakerlaken und Ratten, und auch da nur auf die weibliche Variante.»

Julian stieß einen Laut aus, der alles Mögliche bedeuten konnte, und lächelte merkwürdig. Irgendwie wurde er mir immer rätselhafter. Vielleicht sollte ich ihn mal mit Aurelio bekannt machen.

Sissy machte einige selbstmotivierende Bewegungen, die wohl ankündigen sollten, dass sie in wenigen Sekunden eine echt elementare, konkrete Frage stellen wollte. Und dann kam sie: «In welche Richtung soll es denn gehen? Doch nicht etwa so ein trivialer, seichter Stil, oder?» Sie war die Einzige, die ihre Zucchini nicht angerührt hatte. Bestimmt hoffte sie auf eine *panna cotta* oder die süßen Schweinereien vom *dolce paradiso*, wo sie Stammgast war, was man ihr leider zunehmend ansah.

«Wat meenste, warum du hier sitzt, du Heulboje. Trivialissimo, wat denn sonst?» Oi begann zu singen. «Mein Herz, blute! Ick bin die Ute, hab so 'ne Schnute, det is det Jute, du dumme Pute. So wat in der Art.»

«Also, das muss ich mir doch wohl nicht bieten lassen. Norbert, sag du auch mal was!»

Norbert stand jedoch über den Dingen. «Ich denk, hier geht es um ein internationales Projekt, da sollten wir alle unsere Fähigkeiten synergetisch zusammenführen.»

«Hoppla, wen ham wa denn da? Norbert Nulpe, der Wärter im Streichelzoo Marzahn?»

«Ich bin Sissys Manager, du Prolet.»

«Prolet, det is in meener Welt 'n Kompliment, du bayrischer Grufti.»

«Es ist billig, immer auf den Bayern herumzuhacken.»

«Billig is jut, billig kann sich jeder leisten, dafür muss keener extra zum Arbeiten jehen.»

«Komm, komm, komm, Kerl», versuchte Norbert es auf ruppig. «Dein Punk-Getue ist doch längst nur noch Attitüde.»

«Attitüte, meine Jüte», grinste Oi und warf den Rest seiner Zucchini, ein großes Stück, in Norberts Richtung.

Der duckte sich weg und wandte sich vorwurfsvoll an Artur. «Ich finde, dieser Prolet sollte verschwinden. Ein Kulturprojekt mit so einem –»

«Nix da», ging Oi dazwischen, «ick hör mir det allet bis zum Schluss an, wat ihr Flaschen hier zu sagen habt. Wat is denn eijentlich mit dem Essen, Arturo? Von so 'ner Seejurke werd ich nisch satt.»

Artur saß wie Zeus am Kopf der Tafel und lächelte selig, beide Arme lang von sich gestreckt gegen die Tischkante gedrückt, seinen Oberkörper hielt er kerzengerade wie ein Schiffsoffizier. Der Mann war kaum wiederzuerkennen. Aus dem misanthropischen Sozialfaschisten war plötzlich ein Anführer geworden, ein Regisseur, ein ruhender Pol, und die vor seinen Augen sich beharkende Truppe, das war großes Theater, so etwas brauchte er, Hauptsache, am Ende hörten alle auf sein Kommando. «Gebt mir mehr, sagt mir alles, auch die, die bis jetzt geschwiegen haben!», rief Artur plötzlich mit enormer Lautstärke in den Raum, so unerwartet und gewaltig, dass selbst Eleonore, die ihn ja nun wirklich kannte, erschreckt zusammenzuckte. Zum Glück war er jetzt ins Italienische gewechselt, damit alle teilnehmen konnten an der Einstimmungsveranstaltung zu dem großen Kunstwerk. «Europa!», brüllte er und erhob sich majestätisch, die Fäuste geballt. «Verschiedenste Nationen! Warum seid ihr hier, in Italien? Deutsche, Engländer! In Italien! Warum?»

Merkwürdigerweise sagte niemand etwas. Oi goss sich den Rest seines Rotweins in die Kehle und füllte das Glas wieder auf, Bernd machte zuckende, dirigierende Bewegungen mit der Rechten, offenbar komponierte er im Geiste schon. Eleonore schämte sich immer noch für die Vorspeise. Sissy hatte die Augen halb geschlossen und ihre nicht unattraktiven vollen Lippen zur Schnute geformt, offenbar hatte ihr Ois Reim gar nicht so schlecht gefallen. Norbert sägte im Geiste an Ois Stuhl, kam aber nicht so recht voran. Nardini lächelte süffisant, warum er in Italien war, das war ja wohl klar. Julian wollte nichts falsch machen und schwieg. Judith, die in Hamburg Kurse für Kreatives Schreiben gab, allerdings noch nie selber etwas veröffentlicht hatte, heftete den Blick scheu an ihre unberührte Zucchini und –

«Ich habe etwas um etwas herumgebaut, was ich selbst nicht kenne», erklang ihre zarte Stimme. «Eine Stütze, ein Gerüst für meine Schüchternheit, deretwegen in mir kein Halt ist, deretwegen ich nach Italien gekommen bin, deretwegen ich ein Haus hier in Italien gekauft habe. Das Italienische, *italianità*, was für ein schönes Wort!, die *italianità,* sie tut mir so gut, die Italiener, sie tun mir so gut, sie sind so, so … natürlich, so direkt, so positiv, so … einfach.» Judith kämpfte mit Tränen des Glücks.

«Einfach?» Nardini hatte ihr mit wachsender Freude zugehört, aber das «einfach» machte ihn misstrauisch.» Einfach im Sinne von schlicht, flach, unterbelichtet, primitiv?»

«Nein, o nein!», rief Judith erschrocken und sah das erste Mal auf, die Augen klein und voller Furcht. «Einfach im Sinne von direkt, von verbunden, von lebendig, *vivente, vivace*!»

«Also im Sinne von kraftvoll, unmittelbar und gedeihend», versuchte Nardini es auf den Punkt zu bringen.

«Einfach im Sinne von Poesie und», Judith senkte ihren Blick wieder auf die Zucchini, «Leidenschaft.»

«Leidenschaft im Sinne von für jemanden schwärmen, *sviscerarsi per qualcuno*, oder im Sinne von Glut, *ardore*, oder gar von Wildheit, *furore*?»

«*Incallito, viscerale, affettuoso, fervoroso, travolgente, sviscera-*

to, passionale – all das!», bäumte sich Judith erneut gegen ihre Schüchternheit auf und schenkte Nardini ein Lächeln, wie er, da war ich sicher, noch nie eines geschenkt bekommen hatte. Und auch Eleonore freute sich wie eine Schneekönigin, denn Judith war von all ihren Italienischschülern und -schülerinnen die mit Abstand gelehrigste. Vor allem Vokabeln konnte sie sich sehr gut merken.

«Ganz schön kompliziert, das Einfache», kommentierte Julian schnippisch. Julian konnte ziemlich giftig werden, wenn sich zwischen zweien etwas anbahnte und er nicht einer der beiden war.

«Es ist eine wahre Wohltat, mit einem Vertreter der deutschen Nation zu sprechen, der, in diesem Falle die, über ein solch profundes Gespür für die italienische Sprache verfügt», schwärmte Nardini hölzern wie ein Teutone.

«Danke», hauchte Judith.

«Bitte», erwiderte Nardini reflexartig und wurde unsicher, weil aller Augen auf ihn gerichtet waren. Plötzlich herrschte Stille. Einer der beiden musste doch jetzt etwas unternehmen, da waren wir uns alle einig.

«Det war ja 'n Jeschwurbel und Jeschraube, wa?», kommentierte Oi, aber zum Glück beachtete ihn niemand. Nardini verstand ihn sowieso nicht, und Judith als Hamburgerin möglicherweise auch nicht, zumal sie alle ihre Sinne auf Nardini gerichtet hatte.

«Sprache!», stöhnte Artur auf. «Glückseligkeit der Sprache! Zugleich Fluch und Begrenzung. Sprache verbindet, Sprache trennt. Was für ein schönes Motiv für ein europäisches Musical!»

«Ick wees nisch, mir sind die Itaker ziemlich schnuppe, außer wennse mein Dach flicken oder mein Rasen rasieren», sagte Oi und rülpste demonstrativ.

«Was hat er gesagt», flüsterte mir Julian ins Ohr, während Nardini immer noch Judith anlächelte, vice versa.

«Oi hält nichts von Italienern.»

«Ein ungewöhnlicher Typ», schwärmte Julian. «So unabhängig, so rücksichtslos, so egozentrisch, so –»

«Julian, vergiss es», flüsterte ich eindringlich. «Der bringt dich um, wenn du ihm zu nahe kommst.»

«Judith und Max: das Libretto.» Artur hatte wieder Platz genommen und schlug bei jedem Namen, den er nannte, auf die Tischplatte. «Oi, Bernd und Sissy: die Musik. Norbert: das Bühnenbild. Nardini: die Recherche. Julian: die Übersetzung bei Vertragsverhandlungen. Schauspieler», jetzt zählte Artur gleich sieben Personen auf, die alle auf oder rund um den Monte Dolciano wohnten, «und meine Wenigkeit: Ich übernehme die künstlerische Leitung und führe Regie.»

«Is det nisch ein und dasselbe, Batman?», fragte Oi und goss sich schon wieder Rotwein nach.

Artur warf Oi einen gestrengen Blick zu.

«Det is wie aufm Arbeitsamt, die denken sisch ooch immer neue Namen für ein und detselbe aus, und det heißt: Arbeiten!» Oi nahm sich ein Stück Brot. «Is det etwa det ohne Salz, wat se hier überall verkofen?»

«Wir haben nur ein geringes Budget», fuhr Artur fort. «Aber seid euch gewiss: Wir werden internationale Aufmerksamkeit erregen.»

An dieser Stelle reagierte nur Julian ein wenig zerknirscht, alle anderen schienen keine unmittelbaren Geldsorgen zu haben.

«Wisst ihr, warum das Budget so klein ist?», begann ich meinen Traumzerstörerpart und musste feststellen, dass meine Stimme zitterte.

«Weil so wenig Jeld da is, du Denkerstirn.»

«Weil es sich bei der ganzen Angelegenheit um einen inszenierten Betrug handelt!»

«Interessant», sagte Artur und lehnte sich zurück. «Frage an alle: Wie können wir ein solche kritische Haltung in das Stück integrieren?»

«Das ist keine kritische Haltung, Artur, das ist die Realität. Wir sollen als Erfüllungsgehilfen für eine Riesenschweinerei herhalten.» Um mich herum waren plötzlich nur noch betroffene Gesichter, und Judith wirkte wie jemand, dem es in diesem Leben nicht vergönnt war, einfach nur einmal Glück zu haben. Mit einem Mal kam ich mir spießig und blöd vor, fast als steckte in meiner rechten Gesäßtasche ein abgelaufener Nachtwächterausweis.

Artur machte auf Pate. «Nenn mir die Beweise, und ich nenne dir die Strafe, lieber Max.»

An der Stelle merkte ich erst, wie kurzsichtig meine Aktion war. Um zu erklären, wie der Betrug funktionierte, müsste ich nicht nur meinen Freund Orfeo, sondern auch noch meinen besten Freund Gino bloßstellen. Darüber hatte ich nicht nachgedacht, weil ich so begeistert gewesen war von der Vorstellung, hier heute Abend als der große Checker aufzutreten, der als Einziger hinter die mafiösen Kulissen blickte und der den Widerstand der Zwerge gegen die beiden übergroßen Finstermänner Volpini und Gantenbein anführen würde. Was war ich nur für ein Idiot! Dabei sollte es doch einzig und alleine darum gehen, Gino aus seiner bisher ausweglosen Lage zu helfen.

«Es ist besser, wenn ich nicht darüber rede», lenkte ich kleinlaut ein und wappnete mich gegen einen Schwall von Häme und Spott. Viel kam zum Glück nicht.

«Wat bis'n du für 'n Vojel», fragte Oi, ohne allerdings den

Eindruck zu machen, als wäre er an einer Antwort interessiert.

Julian beugte sich zu mir herüber, den Hals steif, den Blick in die Ferne gerichtet wie Prinz Charles, fehlte nur noch Camilla, und flüsterte: «Das war ja wohl keine so gute Idee, nicht wahr?»

«Ich weiß», erwiderte ich. «Vergiss es einfach.»

Artur atmete auf und klatschte in die Hände. «Dann lasst uns überlegen, wie wir vorgehen.»

Bernd hob seine Hand wie in der Schule. «Also, ich hätte da schon ein Grundmotiv, eine Art Erkennungsmelodie.»

«Bestimmt inner Tonart, die keener kennt, irjendwat mit fünf b-Vorzeichen», meckerte Oi.

«Das wäre dann ja Des-Dur oder b-Moll.»

«Arsch-Dur oder Piss-Moll. Wen interessiert's, du Opfer.»

«Keine Sorge, Oi. Die ist in C-Dur, das kennst sogar du. Auf dem Klavier sind das nur die weißen Tasten, falls du überhaupt schon mal gemerkt hast, dass es auch schwarze gibt.»

Oi rülpste herzhaft, was in der unmissverständlichen Sprache des Punks so viel heißt wie: Ein Klavier kann ich mir nicht umhängen, wenn ich breitbeinig auf der Bühne stehe, und zerdeppert krieg ich's auch nicht so leicht.

Bernd holte aus einer der vielen Seitentaschen seiner Bulky-Jeans ein winziges Casio-Keyboard hervor und begann zu spielen. Miiek-mieek-mek-miik kam die Melodie aus dem noch winzigeren Lautsprecherchen, und, ja, sie war gar nicht so schlecht, ein wenig klang sie wie aus *Starlight Express* von Andrew Lloyd Webber, würde aber einem Plagiatsvorwurf standhalten. Und, viel wichtiger, sie war eingängig, man hörte sie und konnte sie sich merken. Wir sahen uns ergriffen an, Artur reckte sich, als würden die begeisterten Massen ihm in wenigen Sekunden stehend applaudieren, bevor sie ihn mit ihrer Liebe erdrückten, und Judith flüsterte: «Wie ein Funken, wunderbar! Da ist ein Sprudeln, da sind sofort Ideen, Assoziationen, Visionen.» Nardini nickte, und Julian war einfach nur erleichtert.

Eccolà, die Arbeit an dem Europa-Musical hatte begonnen.

Eleonore sprang auf, als hätte sie die ganze Zeit auf den richtigen Moment gewartet. «Bleib hier bei deinen Leuten, Artur, das ist eine wichtige Phase für euer Werk. Um das weitere Essen kümmere ich mich.»

Ein Aufatmen ging durch die Truppe. Auch ohne Worte bestand spontane Einigkeit darüber, dass sich nach der ungeheuer schmackhaften, einzigartigen Vorspeise jeder weitere Beleg von Arturs Kochkunst erübrigte.

14.

Der Abend verlief noch sehr abwechslungsreich. Oi versuchte Bernd ein Dauerabo für Tritte in den Arsch zu verkaufen. Sissy drohte gefühlte dreißig Mal an, die Runde augenblicklich zu verlassen, wenn man sich nicht sofort bei ihr entschuldigte. Norbert wollte die Chance, mit seiner Kunst internationale Aufmerksamkeit zu erregen, auf keinen Fall gefährden und praktizierte eine bemerkenswerte Flexibilität, frei nach Groucho Marx: Das sind meine Grundprinzipien, wenn sie euch nicht gefallen – ich habe auch andere. Judith wurde mit jeder Minute poetischer und engelhafter, und niemand hätte sich gewundert, wenn sie nach dem letzten *caffè* einfach davongeschwebt wäre. Nardini fand alles, was sie sagte, richtig und sensationell und kreierte erstaunlich viele Variationen, ihr zu vermitteln, wie toll sie seiner Meinung nach war und dass sie keinen Vergleich scheuen musste, selbst mit einer reinrassigen Etruskerin nicht. Julian versuchte, jede sich zuspitzende Situation mit verbindlicher Diplomatie zu entschärfen, und auf seiner Stirn stand in großen Leuchtlettern geschrieben: Es muss gelingen! Bernd zog sich schnell in die entfernteste Ecke des Gewölbes zurück, und immer wenn bei uns am Tisch einen Moment Stille eintrat, wehte sein Miiek-mieek-mek-miik zu uns herüber.

Ich selber versuchte mir darüber klarzuwerden, was ich als Nächstes und ob ich überhaupt etwas unternehmen sollte. Man konnte die ganze Angelegenheit ja auch so sehen: Gino brauchte Geld, Spaccone zahlte nicht, Volpini war seine einzige Chance, und juristisch konnte Gino niemand dafür belangen, dass er auf eine Hälfte des Geldes, die ihm zustand, verzichtete. Und wir hier in Arturs Gewölbe, diese künstlerische Gurkentruppe? Wir, die uns zu Hause in Deutschland kein Mensch kannte und die wir auf und rund um den Monte Dolciano auf große Künstler machten? Wir verkauften uns zwar mit unserer Eitelkeit und unserem Geltungsdrang für ein Taschengeld an Volpini und Gantenbein, damit die sich ihre Taschen prall füllen konnten. Vielleicht machten wir uns sogar lächerlich, aber wir taten niemandem weh. Und Orfeo? Er würde zwar einen eindeutigen Betrug begehen und von jetzt an für immer fest in Volpinis Griff zappeln, er würde seine Frau und seine Kinder endgültig verlieren, er würde fortan für korrupt und käuflich gehalten werden, er würde eine Frau heiraten müssen, die ihn nur wegen seines Aussehens, seines, *scusa!*, Schwanzes und seiner Willfährigkeit dem großen Volpini gegenüber haben wollte, aber der Vorteil war … der Vorteil war … Ja, wo war er, der Vorteil?

Das war es, es gab keinen! *Niente, nulla, zero, nisba, alcunchè, nessuna cosa.* Orfeo war, um es klar zu sagen, als Einziger vollkommen in den Arsch gekniffen. Er konnte nur verlieren. Wenn also überhaupt einer ein Interesse haben müsste, das Ruder herumzureißen, dann Orfeo!

Ich schaufelte mir noch eine fette Portion von dem Tiramisù auf den Teller, das Eleonore glücklicherweise schon tags zuvor in Kenntnis der abartig schlechten Kochkunst ihres Mannes angesetzt hatte. In Zeiten großer Verzweiflung neige ich zum übertriebenen Genuss von Süßigkeiten, und an diesem Abend grub ich mich sogar statt mit einem Tee- gleich mit einem Esslöffel durch die weiche Masse hindurch, wild entschlossen, mir gleich noch einen Nachschlag zu gönnen. Eleonore hatte wieder mal alles richtig gemacht. Die in Kaffee und Vecchio Romagna eingetauchten Löffelbiskuits hatten genau die richtige Menge Flüssigkeit aufgenommen. Den Mascarpone hatte sie mit Sahne aufgelockert, aber nicht zu luftig geschlagen, denn das Schlimmste, was einem Tiramisù passieren konnte, war, in den Verdacht zu geraten, irgendetwas mit reduzierten Kalorien zu tun zu haben. Und die Eier schmeckten wie Eier, weil Eleonores eigene Hühner sie gelegt hatten, Hühner, die ein paradiesisches Leben führten mit Körner-Vollpension und einem irischen Schäferhund, an dem sich alle Füchse der Gegend die Zähne ausbissen; was für manche Menschen Schach war, war für diesen irischen Wirbelwind das Spiel mit den schlauen Füchsen, das ihm einfach nicht langweilig wurde, obwohl er immer gewann. Wäre Uilly an seiner Stelle gewesen, hätte dieses Tiramisù ohne Eier auskommen müssen.

Und während diese gravitätische Masse mir wohlig die letzten freien Lücken im Magen verklebte, ich einen *caffè* und einen Grappa hinterherschickte, wir Oi dabei zusahen, wie er im Zeitlupentempo von seinem Stuhl zu Boden rutschte, und Artur mit dem Rest der Gurkentruppe erste Übungen im Improvisationstheater abhielt, nahm in mir eine Idee Gestalt an: Ja, alle Probleme ließen sich in einem Rutsch lösen. Zuerst musste ich mit Loretta, Orfeos Frau, sprechen. Und zwar sofort. Ein Blick auf die Uhr: 23:20 Uhr. Egal. Ich schob meinen Stuhl zurück und warf einen Blick in die Runde. Niemand nahm von mir Notiz, Artur, früher einmal Sozial-Faschist, hatte sie alle in seinen Bann geschlagen, und hätte er nicht diese Pose eines Gottgleichen eingenommen, man hätte ihn glatt für einen letztlich sympathischen Menschen halten können. Ich verließ das Gewölbe und hörte noch, wie Artur mit Donnerstimme rief: «Judith, schreibe mit! Hier sind die ersten Worte für das Stück, Worte eines Antagonisten! Ich schenke sie euch, und ihr entwickelt sie weiter.» Artur legte noch ein paar Dezibel drauf: «Oh, wie ich euch Menschen hasse! Dieses Gewürmel, diese Vielfalt, dieses Wichtige! Dieses zugleich Beliebige!»

«Sehr unterhaltsam klingt das für mich nicht», wagte Sissy einzuwenden.

«Bertolt Brecht, meine Liebe!», dröhnte Artur zurück. «Verfremdungseffekt! Episches Theater! Wir brechen die Illusion! Mehr Bewusstsein!»

«Ich dachte, es geht um ein Musical. Norbert, sag du doch auch mal was.»

Ich sah zu, dass ich wegkam, schaute aber noch kurz in der Küche vorbei, wo Eleonore gerade dabei war, die *strozzapreti* in den Mülleimer zu entsorgen, die Artur eigentlich als *primo* nach der Seegurke hatte servieren wollen.

«Sieh dir das an, Max», sagte Eleonore kopfschüttelnd und fischte eine einzelne Nudel heraus. Im Normalfall sind *strozzapreti*, zu Deutsch Pfaffenwürger, etwas dickere, vier Zentimeter lange Nudeln, die einmal um die Längsachse verdrillt werden. Der Name ist durchaus ernst gemeint. Pfaffen galten früher, als die Marken noch Kirchenstaat waren, als verwöhnte, verweichlichte Prasser, und irgendjemand hatte die teuflische Eingebung gehabt, sie mit besonders dicken Nudeln zu bewirten, auf dass die Kirchenmänner hoffentlich daran erstickten. Artur hatte diese nette Geschichte allerdings zu wörtlich genommen, jede seiner *strozzapreti* war zehn Zentimeter lang und selbst an der dünnsten Stelle kaum unter drei Zentimetern dick, trocken wie altes Stroh und schwer wie eine Kugel handelsüblichen Mozzarellas.

«Die hättet ihr nicht überlebt, obwohl ihr keine Pfaffen seid», sagte Eleonore. «Pass mal auf.» Sie ließ die Riesennudel zu Boden fallen, wo sie ein-, zweimal wieder hochsprang, bevor sie zitternd liegen blieb.

«Arturs Talente liegen offensichtlich woanders», analysierte ich, ohne eine Idee zu haben, wo genau.

«Kein Thema», erwiderte Eleonore. «Das Problem ist: Er selbst hält sich in allem für den Größten und Besten.»

Ich verkniff mir wieder mal die Frage, warum sie diesen Nervbolzen nicht einfach zurück nach Bern schickte und sich hier ohne ihn ein schönes Leben machte.

«Du hast dich bestimmt manchmal gefragt, warum ich überhaupt noch mit ihm zusammen bin», fuhr sie fort. «Ich weiß es auch nicht, Max.» Sie lächelte ein wenig gequält und gab der *strozzapreti* einen kleinen Tritt, sodass sie durch die Küche schlitterte und wie eine Billardkugel von der Wand abprallte. «An seiner *pasta fatto in casa* liegt es jedenfalls nicht.»

Draußen war es empfindlich kalt geworden, keine Wolke zog über den Himmel, und der unwirklich helle Vollmond überdeckte das Licht fast aller Sterne. Nur so gerade konnte ich das Sternzeichen Orion entdecken und, ein kleiner Schock, die Plejaden. Wenn sie so hoch am Himmel standen, dann war es definitiv vorbei mit dem Sommer. Unwillkürlich musste ich an die Tafani-Brüder im Wald denken und konnte eine gewisse Schadenfreude nicht unterdrücken. Vielleicht gaben sie ja doch auf und zogen sich wieder ins warme Neapel zurück. Als ich im Auto saß, müde und wegen all der Baustellen in meinem Leben zugleich nervös, kamen mir das erste Mal Zweifel, ob ich nicht zu weit ging und aus persönlichen Gründen zu viel Druck auf Gino ausübte. Aber es gab eben auch keine Alternative, denn besser als Gino wusste ich, wozu Gantenbein und sein italienisches Alter Ego Volpini fähig waren.

Vor ein paar Jahren, noch bevor ich Gino kannte, hatte Ralf Esser, ein entfernter Bekannter von mir aus Deutschland, eine äußerst bittere Erfahrung mit Gantenbein machen müssen. Ralf lebte mit seiner Frau Bettina und ihrer kleinen Tochter Lena in einem kleinen Dorf im Bergischen Land. Er litt unter heftigem Rheuma, und sein Arzt hatte ihm dringend empfohlen, in eine sonnigere Gegend zu ziehen. Als die kleine Lena ein Jahr alt war, entschieden die Essers, sich eine Existenz im sonnigen Italien aufzubauen. Er fragte mich, ob ich ihm behilflich sein könnte, und ich brachte ihn mit Gantenbein zusammen, von dem ich ja auch mein *rustico* gekauft hatte. Die Essers machten sich daraufhin auf den Weg zum Monte Dolciano. Gantenbein empfing sie mit großer Herzlichkeit, machte wie immer auf genügsamer Aussteiger und erzählte bescheiden, wie er im Alleingang die halbe denkmalgeschützte Altstadt von Worms restauriert hatte. Irgendwann sei er die Jagd nach dem schnöden Mammon leid gewesen, er habe sein Architekturbüro verkauft und einen Erlös erzielt, der ihm ein zwar einfaches, aber erfülltes Leben sichere. Und jetzt habe er sich, dem Buddhismus nicht abhold, zum Ziel gesetzt, anderen Menschen, die ebenfalls das Wahre und Echte im Leben suchten, preiswerte Häuser in den Marken zu vermitteln. Um diesen Eindruck zu unterstützen, campierte er genügsam in einem alten Wohnwagen und fuhr eine klapperige 2-CV-Ente.

Das *rustico*, das Gantenbein den Essers zeigte, gefiel ihnen: acht Zimmer, gefüllt mit alten Bauernmöbeln, ein großes Stück Land, genau richtig, um mit Zimmervermietung und Bettinas Einnahmen als Übersetzerin über die Runden zu kommen. Der Kaufpreis betrage vierhundert Millionen Lire, aber er, Gantenbein, habe dem Besitzer die schwierige Lage der Essers geschildert, und der sei einverstanden, erst einmal nur dreihundert Millionen auf *Compromesso*-Basis zu bekommen und den Rest irgendwann später, wenn man denn zügig zu einem Abschluss komme. Hier kam nun eine Besonderheit des italienischen Immobilienrechts ins Spiel. Anders als in Deutschland kann man in Italien eine Immobilie durch einen simplen privaten Vertrag erwerben, *compromesso* genannt, der volle Rechtskraft hat. Im Normalfall wird ein solcher *compromesso* gegen eine Anzahlung geschlossen, und die zweite Rate des Kaufpreises ist beim Notar fällig, der für den Eintrag im Katasteramt sorgt und überprüft, ob auf dem Objekt eine Hypothek lastet.

Überglücklich düsten Ralf und seine Familie nach Deutschland zurück, verkauften ihr ererbtes Häuschen deutlich unter Wert, weil es ja schnell gehen musste, dann flog Ralf mit dem Geld nach Ancona, nahm sich einen Leihwagen und brachte noch am selben Tag den *compromesso* unter Dach und Fach. Gantenbein lud ihn in Fano, wo er ihm ein Hotelzimmer gebucht hatte, großzügig zum Essen ein, und am nächsten Tag flog Ralf wieder zurück. Zu Hause verkauften die Essers einen Großteil ihres Hausrats, mieteten einen Lkw und fuhren singend und jubilierend zum Monte Dolciano hinunter. In der Abenddämmerung erreichten sie ihr Haus, auf jeden Fall wollten sie gleich die erste Nacht in ihrem neuen Domizil verbringen. Doch kaum hatten sie sich provisorisch eingerichtet, stand plötzlich ein wütender, wildbrüllender Italiener vor ihnen, der ihnen androhte, die Carabinieri zu holen, wenn sie nicht sofort aus seinem Haus verschwänden. Um es abzukürzen, der Besitzer hatte nie vorgehabt, sein Haus zu verkaufen, und keinen Schimmer von Gantenbeins Aktivitäten. Später, vor Gericht, sagte Gantenbein aus, er sei sich sicher gewesen, den Besitzer zum Verkauf bewegen zu können, aber weil alles so schnell gegangen war, sei er noch nicht dazu gekommen, mit ihm zu sprechen. Es erübrigt sich zu erwähnen, dass die Essers keine Lira von ihrem Geld je wiedersahen. Seitdem wohnen sie in einer winzigen Wohnung im Bergischen Land ohne jede Chance, es jemals wieder in die Sonne zu schaffen.

So wie die Dinge standen, vermutete ich Loretta zu Hause in Cagli bei den Kindern und Orfeo bei Raffaella in Urbino. Da Loretta nie vor ein Uhr ins Bett ging, hatte ich keine Hemmungen, bei ihr noch zu so später Stunde zu klingeln. Wie erwartet öffnete sich fast augenblicklich das Fenster über der Eingangstür.

«*Ou*, Max. Was treibt dich denn so spät hierher?»

«*Salve*, Loretta, kann ich kurz mit dir reden? Nur ein paar Minuten.»

Sie streckte ihren Kopf weit aus dem Fenster heraus, als befürchtete sie, ich wäre in Begleitung von zig anderen Gästen, die sich hinter mir versteckten.

«Was ist?», fragte ich etwas irritiert.

«Ich wollte nur sehen, ob du diese Kartons bei dir hast», sagte sie und verschwand nach drinnen, um den Türöffner zu drücken.

«Was für Kartons?», fragte ich, als ich mich in der Küche an ihren unvergleichlich schönen Tisch setzte, dessen Platte aus einem einzigen Stück zehn Zentimeter dicker Ulme bestand.

Sie grinste und fächerte sich ein wenig Luft zu. Ah, die Kartons! Luciana hatte recht, es würde das Gerücht des Jahres werden.

«Das waren nicht meine Sachen. Die gehören jemand anderem.»

Loretta nickte dieses typische Nicken, das einem ein ganz schlechtes Gefühl gibt, weil man darauf sagen kann, was man will, ohne das Geringste zu bewirken. Nichts würde das Vorurteil je wieder aus der Welt schaffen.

«Loretta, ich muss mit dir wegen Orfeo reden. Um es ganz kurz zu machen: Willst du ihn wieder zurück oder nicht?»

*

Die Nacht war kurz. Zuerst konnte ich nicht einschlafen, Anna war auf dem Anrufbeantworter gewesen, hatte sehr müde und zugleich sehnsüchtig geklungen und angekündigt, dass sie morgen wieder zurückkäme, aber nicht wüsste, wann genau. Dann wurde ich viel zu früh wach, wälzte mich im Bett herum, bis mir schwindelig wurde, und schließlich gab ich auf. Um halb sechs Uhr morgens stellte ich die Espressokanne auf den Herd, die große für acht Tassen, und wärmte etwas Milch auf. Draußen vor der Tür hörte ich Uilly rumoren. Manchmal war er mit seiner Schlafposition so unzufrieden, dass er sich wie ein Geisteskranker drehte und wendete, hinwarf und wieder aufstand, scharrte und drückte, dass man alleine vom Zuschauen nervös werden konnte. Am Ende bekam ich jedes Mal ein schlechtes Gewissen, denn als er sich endlich für eine Position entschieden hatte, warf er mir einen unendlich vorwurfsvollen Blick zu, was in der unmissverständlichen maremmischen Hundesprache so viel heißt wie: Andere haben ein amtliches Hundekörbchen mit weichem Hundekissen!

Anfangs habe ich mich noch auf einen Disput eingelassen und Sachen gesagt wie: Andere Hunde knurren, wenn ein Unbekannter sich dem Haus nähert! Oder: Andere Hunde holen ein Stöckchen! Aber das war natürlich zwecklos, und erst mein letztes Argument ließ Uilly gelten: In deiner Größe gibt es kein Hundekörbchen.

Erstaunlicherweise ging sein Rumoren heute in ein tiefes Bellen über. Ich machte das Außenlicht an und schloss die Tür auf, um zu kontrollieren, ob seine Decke vielleicht eine unangenehme Falte schlug oder ihm womöglich eine Erbse darunter Unannehmlichkeiten bereitete.

«*Ou*, so früh schon auf, *tedesco*?» Fosco grinste mich an, konnte aber ein gewisses Zittern seiner Unterlippe nicht verbergen. Hinter ihm standen Remo und Aurelio, die gar nicht erst versuchten, ihre vor Kälte schlotternden Glieder unter Kontrolle zu bekommen.

«Kalt im Wald?», fragte ich.

«Geht so», antwortete Fosco mannhaft.

«Scheißnatur», grollte Remo und boxte zweimal lahm wie ein Leguan im Kühlschrank in die Luft.

«Ein Feuer wärmt immer nur eine Seite. Man muss sich ständig drehen», erklärte Aurelio das Problem und hob witternd seine Nase. Es gab den Spruch, dass ein sterbender Italiener, bereit, vor seinen Schöpfer oder gar die heilige Muttergottes zu treten, sich noch einmal aufraffte, wenn er frischen *caffè* roch.

«Einen *caffè*, bevor ihr euch wieder auf Spaccone werft?», lud ich die drei ein. Frierende Neapolitaner sind für einen Menschen mit Herz kaum zu ertragen.

«Zeit wäre noch», sagte Fosco zögernd, als wäre er Knecht eines gnadenlos gefüllten Terminkalenders.

«Für mich einen *cappuccino*», sagte Remo und tippte mir mit seinem Zeigefinger auf meine geschwollene Augenbraue, was kaum weniger wehtat als der Schlag zuvor. «*Chiedo perdono**», stieß er ruppig hervor und drängte sich an mir vorbei in die Küche, in der es etwa zwanzig Grad wärmer war als draußen.

«Für mich einen *ristretto macchiato*», bestellte Aurelio und folgte seinem Bruder.

* Ich bitte um Entschuldigung!

«*Certo, amici*, und dazu einen *babà*, richtig?»

Fosco grinste mich an. «Wenn du in diese gottverlassene, scheißkalte, verdammte Wildnis einen *babà* zauberst, hast du einen Wunsch frei.»

Leider hatte ich keinen *babà*, der Wunsch wäre jedenfalls kein Problem gewesen: Liebe Tafani-Brüder, macht euch bitte sofort auf den Weg zurück nach Napoli! Und ihr braucht auch nicht im Wald aufzuräumen.

Die nächsten zwei Stunden vergingen wie im Flug. Die drei legten noch zweimal *caffè* nach, dann natürlich ohne Milch, zweimal *cappuccino* oder *macchiato* hintereinander war etwas für Weicheier oder *tedeschi*, aber nichts für Italiener. Sie erzählten mir ihre gesamte Familiengeschichte, beginnend mit der Zeit des neapolitanischen Königreiches 1282, in dem die Familie Tafani eine exorbitante Bedeutung innehatte, die sich dann jedoch spätestens in den Wirren der Demokratiewerdung nach 1860 verlor. So gesehen war der Aufstieg dieser volksorientierten Staatsform gleichbedeutend mit dem Niedergang der Familie Tafani. Diese These wurde allerdings nur von Aurelio vorgetragen und unterstützt. Fosco fand die Vergangenheit unklar und nur die Gegenwart lebenswert, und Remo stöberte durch meinen Vorratsschrank, weil er meinte, dort neulich verschiedene Kekse gesehen zu haben, die aus Deutschland stammten und die er geschmacklich gern einmal mit italienischen verglichen hätte. «Wie is'n das in Deutschland? Kalt, bestimmt», fragte er einige Male, war aber schon mit seiner eigenen Antwort zufrieden.

«Hört mal», sagte ich gegen acht Uhr. «Ich muss jetzt duschen.»

«Kein Problem, *tedesco*», sagte Fosco mit großer Freundlichkeit. «Wir duschen dann nach dir.»

«Ich kann kein Wasser mehr sehen», sagte Remo düster.

«Ich muss danach gleich los», versuchte ich noch einmal, sie loszuwerden.

Fosco hob beide Hände, die Finger weit gespreizt. «Wir verstehen das, geh nur.»

Ich spürte, wie meine Falte auf der Stirn sich vertiefte, und ein leichtes Kribbeln im Magen kündigte einen mittleren Wutausbruch an. Doch dann erinnerte ich mich daran, was ich von Gino über italienische Gastfreundschaft gelernt hatte.

«Mein Haus ist euer Haus», sagte ich, als wäre ich ein arabischer Stammesfürst. Wahrscheinlich hatte ich den Satz in irgendeinem Karl May gelesen.

Um neun Uhr dreißig klopfte ich an Orfeos Türrahmen. Er erschrak und bedeutete mir hektisch, die Tür zu schließen.

«Weißt du noch, was du mir geraten hast? Einen Präcox vortäuschen und so? Das brauche ich nicht mehr, heute Nacht hatte ich einen. Raffaella war verdammt sauer.»

«Das macht die Psyche, Orfeo», sagte ich. «Das ist der Druck, der auf dir lastet.»

«Wohl wahr, wohl wahr.» Er nickte betrübt. «Was kann ich für dich tun, Max?»

«Ich habe heute Nacht mit Loretta gesprochen, und jetzt will ich mit dir wegen der Sache mit dem *teatro* –»

Orfeo sprang auf und warf beide Arme in meine Richtung, als wäre ich der Leibhaftige. «Bist du verrückt?», zischte er und sah sich mit wirren Blicken um. «Diese Wände haben nicht nur Ohren, sie merken sich auch alles!»

«Wir müssen reden», bestand ich auf meiner Position.

«*Porca vacca*, was gibt es denn da noch zu reden?», herrschte er mich an.

«Der ganze Schlamassel muss ein Ende haben», erwiderte

ich mit großer Bestimmtheit. Eines war mir in dieser Nacht klargeworden: Ich wollte mein Paradies unbedingt wiederhaben, das Paradies, in dem nur Platz für kleine, aber auf keinen Fall für große Schweinereien war.

Orfeo ließ sich schwer auf seinen Stuhl zurückfallen. «Wie denn?» Und sofort warf er wieder beide Arme in meine Richtung. «Sag nichts, *per l'amor del cielo!*»

«Wo können wir denn in Ruhe reden?»

«Ich habe heute Nachmittag einen beruflichen Termin in Urbino. Wir können vorher was essen gehen. Kennst du die Osteria Da Franco?»

«Wo die Studenten billiger essen können?»

«Das ist vorne, hinten ist ein normales *ristorante.* Bei dem Wetter können wir noch draußen sitzen, da kann keiner mithören.» Er gähnte und betrachtete seine Fingernägel, zehn Stück, das dauerte eine Weile. «Aber warum überhaupt? Du kennst doch den Stand der Dinge.»

«Eben», sagte ich und winkte zum Abschied.

«*Ou*, Max!», rief er mir hinterher. «Was ist mit deinem Auge?»

«Ich probier einen neuen Lidschatten aus», erwiderte ich schlecht gelaunt und hüpfte die ausgetretenen Stufen hinunter. Trotzdem entkam ich seinen letzten Worten nicht.

«Ich dachte schon, dir sei wieder so ein Betondeckel auf den Kopf gefallen!»

«Arschloch», knurrte ich und vermied es, darüber nachzudenken, wie lange sich die Geschichte mit den Kartons wohl halten würde.

*

Um die Zeit zu überbrücken, fuhr ich zu Luciana.

«*Ciao*, Max», begrüßte sie mich. «Hast du Gino heute schon gesehen?»

«Dasselbe wollte ich dich auch gerade fragen.»

Sie schüttelte traurig den Kopf und begann an ihrer Espressomaschine zu werkeln. «Nimmst du auch einen *cappuccino*?»

«Lieber einen Kamillentee.»

Sie sah mich forschend an. «Bist du krank?»

«Ich habe heute Morgen schon mindestens fünf Tassen getrunken.»

Sie nickte und werkelte schweigend weiter. Normalerweise hätte sie gefragt, wieso fünf, wieso heute Morgen, und was liegt heute an, und warum bist du jetzt, am frühen Vormittag, schon hier. Erst jetzt fiel mir auf, dass außer uns überhaupt niemand da war, kein Nardini, kein Julian, kein Olivio Minzoni.

«Du musst aufhören, Gino unter Druck zu setzen», sagte sie plötzlich, und sie sah mich ernst an. «Ich verstehe, dass du mit Volpini und diesem Gantenbein irgendein Hühnchen zu rupfen hast, aber das ist deine Sache, Max. Die darfst du nicht auf Ginos Rücken austragen.»

Da war es wieder, das Gefühl, nicht wirklich dazuzugehören, wenn es eng wurde. Ich versuchte zu verbergen, wie betroffen ich war. «Meines Wissens geht es hier nicht um mich», sagte ich.

«*Appunto*», erwiderte sie.

Für einen Moment schmerzte mich diese Zurückweisung so sehr, dass ich fast ohne ein weiteres Wort die Bar verlassen hätte. Doch dann spürte ich, wie besorgt Luciana um Gino war. Sie kannte ihn schon ihr ganzes Leben lang, er war ein enger Freund für sie, und umgekehrt war es genauso.

Luciana hatte mich nicht aus den Augen gelassen. «Ich mag

dich, Max, aber Gino hat recht. Du kannst jederzeit wieder nach Deutschland zurückgehen, wenn es hier für dich nicht mehr gut läuft. Gino kann nirgendwo anders hin.»

«Wenn ich nach Deutschland zurückgehe, verliere ich meine Heimat hier. Meinst du wirklich, dass sei einfach?»

«Das habe ich nicht gesagt.» Sie stellte mir den Kamillentee hin. «Aber du hast einen anderen Ort, wo du hingehen kannst, der dir nicht fremd ist. Gino kann hingehen, wo er will, für ihn ist alles fremd, außer Furlo und der Monte Dolciano. Und das», fügte sie leise hinzu, «gilt für uns alle hier.»

Ich wollte widersprechen, irgendetwas sagen, das meine italienischen Freunde und mich gleichsetzte, das mich zu einem von ihnen machte, aber ich schwieg. Luciana hatte recht. Ich nickte traurig und schaufelte Zucker in meinen Tee.

Luciana legte mir sanft eine Hand auf den Arm. «Das hat nichts mit dir als Mensch zu tun, Max. Das darfst du nicht falsch verstehen.»

«Ho capito», sagte ich und dachte an Anna, für die das Gefühl so viel stärker sein musste, kein wirklicher Teil dieser Welt hier zu sein. «Weißt du, Luciana, Gino ist mein Freund, auch wenn ich ihn erst seit ein paar Jahren kenne und obwohl er doppelt so alt ist wie ich. Wenn ich nach Deutschland zurückgehe, verliere ich einen Freund.»

Luciana schwieg, nippte an ihrem *cappuccino* und sah mich über den Tassenrand hinweg an. Dann stellte sie die Tasse ab und beugte sich zu mir herüber. Ich wurde nervös und ermahnte mich mit größter Dringlichkeit, weder in ihr Dekolleté zu schauen, noch den Blickkontakt zu ihr aufzugeben, da streckte sie ihre Hand aus – und rubbelte mir sanft über den Kopf. Ich spürte, wie sanfte Röte in meine Wangen kletterte, und schlug die Augen nieder.

«Max», tadelte sie mich leise.

«Ich habe nicht geguckt, wirklich, das war –»

«Ich weiß», unterbrach sie mich, zog eine Augenbraue hoch und lachte. Ein Glück.

«Trotzdem, Luciana. Spaccone ist ein Idiot und hat Gino gelinkt. Aber Volpini und Gantenbein, das sind Verbrecher.»

«Mag sein, Max. Gino tut nichts Kluges, wenn er Geschäfte mit Volpini macht, aber er betrügt nicht. Und das Wichtigste ist doch, dass er nicht pleitegeht.»

«Das stimmt. Aber Volpini nutzt seine Notsituation aus, und danach ist Ginos Ruf als ehrbarer Mensch zerstört.»

«Oddio», seufzte Luciana. *«Un circolo vizioso.»*

«Ja, aber ich habe eine Idee, wie man den Teufelskreis durchbrechen kann.»

«È vero?», fragte sie, als wüsste sie längst, dass mein Plan nichts wert war.

«Die Schlüsselfigur ist Orfeo. Ohne ihn funktioniert Volpinis Plan nicht.»

«Favoloro? Der Kulturassessor?»

«Genau. Wenn er sich gegen Volpini stellt, gibt es am Ende nur Gewinner. Bis auf zwei.»

«Volpini und Gantenbein.»

«Appunto.»

Luciana tippte mit ihren heute in einem dunklen Braun lackierten Fingernägeln auf der Theke einen interessanten Rhythmus, den sie nach einer Weile mit einem Schlag voll grimmiger Energie auf die Holzplatte beendete. «Na, dann lass hören, Maks-e mio.» Sie ging zur Tür, hängte das Geschlossen-Schild auf, praktisch vor der Nase von Piccarini, Lino und Ettore, die gerade eintreten wollten. Sie schloss ab und lachte. «Jetzt gibt es noch mehr Gerüchte!»

*

«Also, die EU stellt eine Milliarde Lire zur Verfügung.» Orfeo nahm sich zum dritten Mal die Skizze vor, die er während unserer Diskussion angefertigt hatte. Ich versuchte, nicht ungehalten zu wirken, offenbar brauchte er diese Wiederholungen. «Volpinis Kostenvoranschlag enthält folgende Posten: Hundert Millionen für den Maurer, also Gino. Dreihundert Millionen für Material. Nochmal dreihundert Millionen für Künstlergagen. Zweihundert Millionen Produktionskosten, Kostüme, Bühnenbau und dergleichen. Und hundert Millionen Honorar für ihn und Gantenbein. Macht eine Milliarde.»

«Genau. Und wenn man dasselbe Prinzip ansetzt, das die beiden bei ihren Hausverkäufen praktizieren –»

«Dann wandert von der Milliarde etwa die Hälfte in ihre eigene Tasche.»

«Abzüglich der fünfundsiebzig Millionen, die du kriegen sollst, Orfeo.»

«Hm», grummelte Orfeo, weil es ihm unangenehm war. «Am meisten können die ja wohl bei den Künstlern rausholen. Die arbeiten praktisch für nichts, weil keine Socke sie kennt und sie alles tun würden, um groß rauszukommen.»

«Lass es uns auf den Punkt bringen.» Jetzt wurde ich doch etwas ungeduldig. «Kein offener Krieg gegen Volpini. Du wiegst ihn in der Sicherheit, dass du den Schwindel mitmachst. Wenn alles fertig ist, das *teatro* ist renoviert, das Stück hatte Generalprobe, du müsstest alle Rechnungen bestätigen und nach Brüssel weitergeben, in dem Moment forderst du von Volpini die Auszahlungsbelege. Damit wird klar, dass er nur die Hälfte aller Gelder bezahlt hat. Du bezahlst den jeweils fehlenden Rest aus dem EU-Fonds direkt an die Betroffenen, Gino, die Künstler etc. *Ecco fatto**, alles ist rechtens,

* Fertig!

alle haben ihr Geld, und Volpini und Gantenbein haben nur ihr Honorar und mehr nicht.»

«Und ich male mir eine Zielscheibe auf die Stirn, damit Volpini nicht daneben schießt, *ecco come stanno le cose**.»

«Nichts da. Du feierst Volpini in der Öffentlichkeit, du scheißt ihn zu mit Lob und Anerkennung. Weil er vorbildlich gewirtschaftet hat und exakt mit dem Geld ausgekommen ist. Du machst ihn zum Ehrenbürger von Cagli. Du lässt Massimo für sein Videojournal eine Homestory bei dir zu Hause drehen, beschreibst, wie du reumütig zu deiner Frau zurückgekehrt bist und warum Volpini der großzügigste Mann unter der Sonne ist. Unter der Hand verbreiten wir alle die Geschichte, was Volpini eigentlich geplant hat, und du wirst sehen, am Ende werden dich die Leute feiern, weil du die Eier gehabt hast, dich gegen den großen Volpini zu stellen, und wählen dich demnächst zum *sindaco***. Das wird dich auch für einen wie Volpini unantastbar machen. Der wird dir nichts tun. Das riskiert er nicht. Der ist hier geboren, der lebt hier, und der will hier in Frieden sterben.»

Orfeo atmete tief durch und schraubte erst einmal einige Gabeln *spaghetti alla boscaiola*.

«So kommst du wieder zurück zu deiner Frau und deinen Kindern, ohne dein Gesicht zu verlieren.»

Orfeo nahm einen großen Schluck Bier.

«Und mehr *bella figura*, als dem großen Volpini die Stirn geboten zu haben, kann man gar nicht machen.»

Orfeo tunkte ein wenig Brot in den *sugo* aus Steinpilzen.

«Und Loretta ist heilfroh, wenn ihr wieder zusammenkommt.» Ich verschwieg ihm, dass sie auch die Nase voll hatte

* So sieht die Sache aus!

** Bürgermeister

von ihrer eigenen Rumbumserei, zumal sie wegen der Kinder dafür lästigerweise jedes Mal das Haus verlassen musste.

Orfeo zupfte einen Zahnstocher aus dem kleinen Terrakottagefäß und begann damit in seinem Mund herumzupökeln.

«Und das Wichtigste, Orfeo: Ich bin sicher, sobald die Sache vorbei ist, sobald du Volpini besiegt hast und wieder zu Hause wohnst, wird Raffaella plötzlich nicht mehr schwanger sein.»

Orfeo hielt mit dem Pökeln inne. «Wie das?»

«Die ist eine Volpini, die ist viel zu schlau, um sich vorzeitig abhängig zu machen. Die will dich nur unter Druck setzen.»

Orfeo hatte ein Stück Steinpilz herausoperiert und betrachtete es eingehend.

«Hast du die Verfärbung auf dem Schwangerschaftstest mit eigenen Augen gesehen?»

Orfeo steckte das Stückchen wieder in den Mund und kaute darauf herum. «Eigentlich nicht.»

«*Vedi?*»

«Sicher ist das nicht.»

Da hatte er natürlich recht. «Dann mach Folgendes: Du kaufst dir selber einen *Clear Blue* und versuchst, irgendwie an ein bisschen Urin von ihr zu kommen.»

«Der ist gut.» Orfeo pikste mit dem Zahnstocher nach mir. «Der ist wirklich gut. Mach ich. Ich weiß schon, wie.»

Ich lehnte mich erschöpft zurück. Ich wollte es gar nicht wissen. Die Angelegenheit war insgesamt ziemlich anstrengend.

«Und Loretta macht keinen Rückzieher? Das wäre ja wohl der Hammer, wenn ich Raffaella den Laufpass gebe und Loretta überlegt es sich anders. Wie steh ich dann da? Wie einer, der Hörner auf dem Kopf trägt, und darunter ist nichts.»

«Keine Sorge, Orfeo. Das wird nicht passieren. Außerdem, so wie du aussiehst, findest du jederzeit eine neue Raffaella.»

Er lehnte sich lässig zurück und grinste mich an. «Ich hätte da schon eine im Auge.»

Ich sah ihn genervt an.

«Schon gut, Max, war nur ein Scherz. Ihr Deutschen –»

«Vergiss es!», unterbrach ich ihn vielleicht ein wenig zu heftig. «Sag es nicht, ich will es nicht hören, okay?»

Orfeo strich sich genüsslich durch seine vollen Locken und konnte sich einen kurzes Blick auf mein eher lichtes Haupthaar nicht verkneifen.

«Du bist ein Arsch, und zur Strafe zahlst du das Essen», sagte ich, aber so richtig sauer war ich dann doch nicht.

«Hätte ich sowieso. Geht auf Spesen.»

«Und was schreibst du als Begründung? Rettung meiner Ehe durch Max, der mich davor bewahrt, ein Verbrecher zu werden?»

Orfeo lächelte nachsichtig. Um sich zu bedanken, war er viel zu schön. «Ich habe gehört, du bist auch bei der Künstlertruppe. Ihr wollt ein Musical machen.»

Ich nickte und bestellte bei dem *cameriere* noch schnell eine *zabaione*. «Es gibt schon die ersten Melodien, und die sind gar nicht schlecht.»

Orfeo sah mich nachdenklich an. «Schön wäre, wenn die Musik von einer heimischen Band gespielt würde.»

«Eine super Idee, Orfeo! Zum Beispiel *La Banda di Acqualagna.*»

«Spielen die nicht nur *ballo liscio*?»

«Eben. Traditionelle italienische Tanzmusik. Wenn man die mischt mit Punk und Schlagerschnulzen?»

Orfeo begann zu nicken, immer heftiger. «Ja, du hast recht, das könnte was werden. Gefällt mir. Das alte Theater, ein irrer

Musik-Mix. *Geniale.*» Orfeo tippte sich hektisch mit dem Zahnstocher auf der Oberlippe herum. «Das hat was, das hat was.» Er winkte ungeduldig nach dem *cameriere*. «Ich muss zurück, ins Büro, unbedingt.»

«Ich denke, du hast hier in Urbino noch einen geschäftlichen Termin.»

Orfeos Augenwinkel zuckten ein paar Mal verräterisch.

«Raffaella, stimmt's?», fragte ich unnötigerweise.

«Dai, Max, *lascia stare, una piccola bugia ufficiosa.**»

«Porca miseria», stöhnte ich und versenkte meinen Löffel in die *zabaione*. Eine ziemlich kleine Portion, wie ich fand.

«Es ist», er zog seine Schultern bis hoch zu den Ohren, «nenn es eine schlechte Angewohnheit, mehr nicht. Aber das krieg ich in den Griff.»

Ich musste lachen, weil ich mir gerade selber ziemlich blöd vorkam, wie eine Art Moralapostel.

«Vergiss es, Orfeo. Auf geht's.»

Er lachte breit und schlug mir ein paarmal auf die Schulter. «Ich finde, in der Sache hast du dich sehr eingesetzt.»

Ich klopfte ihm auch auf die Schulter. «Ich habe es für Gino getan, nicht für dich, du verlogener Mistkerl.»

Orfeo grinste gönnerhaft. «Es ist immer dasselbe: Denen, die klasse aussehen, fliegt alles zu. Und die äußerlich nicht so viel zu bieten haben, müssen sich verdammt anstrengen.»

Was sollte ich dazu noch sagen?

«Was ist das eigentlich für eine Geschichte mit diesen Kartons, Max?», legte er noch einen drauf.

Ich sprang auf, jetzt war es wirklich höchste Zeit zu gehen.

* Lass es gut sein, eine kleine Notlüge ...

15.

Von Urbino nach Furlo zurück nahm ich die *superstrada* und nicht wie sonst den weitaus schöneren Weg an Fermignano vorbei über den Monte Pestrino hinweg, der wegen der vielen engen Kurven sehr viel mehr Zeit in Anspruch nahm. In Furlo hielt ich nur kurz bei Luciana, um sie über das Gespräch mit Orfeo zu informieren. Gino sollte so schnell wie möglich erfahren, dass er aus dem Schneider war, Luciana würde ihn schon irgendwo auftreiben. Danach fuhr ich weiter, ich brauchte unbedingt etwas Entspannung, keinen Orfeo, keinen Gino, keinen Spaccone und hoffentlich keine Tafani-Brüder. Die Strada Monte Dolciano war nass, und es lagen deutlich mehr abgefallene Blätter herum als heute Morgen. Obwohl der Himmel blau und fast wolkenlos war, musste es hier kürzlich einen heftigen Regenschauer gegeben haben. Das war eine der Tücken, die der Monte Dolciano zu bieten hatte. Manchmal spielten die Elemente verrückt, hier ein präpotenter Sturm, da ein lustvoller Wolkenbruch, ein protziges Kleinstgewitter, manchmal sogar stalinorgelartiger Hagel, der oft genug nur in der Talsohle niederging, die sich von Furlo bis zu dem kleinen Pass hochzog, der den Monte Dolciano mit dem Monte Scatto verband. Letztes Jahr waren es sogar Hagelbälle gewesen mit einem Durchmesser von bis zu acht Zentimetern, und sie hatten etliche Dachpfannen und Autoglasscheiben zerschossen. Mikroklima, sagten die Meteorologen, *un mistero**, sagten die Einheimischen.

Kurz hinter dem *cimitero di Monte Dolciano* kam mir ein

* Mysterium

Streifenwagen der Carabinieri entgegen, dieses Mal ohne den *maresciallo*. Am Steuer saß Terzio Piva und neben ihm Adolpho, dessen Nachnamen ich nicht kannte. Terzio hielt an, signalisierte mir, dasselbe zu tun, und ließ seine Scheibe herunter.

«Max, oben bei dem Deutschen hat jemand altes Maschinenöl in den Swimmingpool gekippt. Mindestens hundert Liter. Weißt du irgendetwas darüber?»

Nein, wusste ich nicht.

«Eine Riesensauerei. Und der Witz ist: Der Deutsche ist heute Morgen zum Schwimmen hineingesprungen», er signalisierte: *ubriaco**, «und als er auftauchte, sah er aus wie eine Moorleiche.» Terzio versuchte zwar ernst zu bleiben, aber es gelang ihm nicht, weil Adolpho hemmungslos loslachte. Ohne *maresciallo* konnten die beiden ziemlich albern sein. «Er hat sich nicht geduscht, bis wir kamen. Um keine Beweise zu zerstören.» Jetzt lachten sie schon wieder. «Wir haben Fotos gemacht. Die zeige ich dir mal bei Gelegenheit.» Er salutierte zum Abschied.

«Wollt ihr jetzt wieder Gino dafür verantwortlich machen?», fragte ich.

Terzio winkte ab. «Der *maresciallo* ist so genervt von dem Ganzen, ich kann dir gar nicht sagen, wie. Der unternimmt erst wieder was, wenn der Deutsche tot am nächsten Baum hängt.»

«Was denn?»

Terzio und Adolpho sahen sich an. «Ihn abschneiden?» Grölend fuhren sie los.

Natürlich steckten die Tafani-Brüder hinter der Ölpest, das war ja wohl sicher. Erstaunlich, dass sie es geschafft hatten, mit

* betrunken

dem kleinen Panda so viel Öl heranzuschaffen. Die drei waren wirklich von beeindruckender Zähigkeit und Penetranz.

Zu Hause begrüßte mich Uilly überschwänglich. Seine Schnauze und der halbe Kopf waren blutverschmiert. Es gehörte nicht viel Phantasie dazu, sich zusammenzureimen, wie es dazu gekommen war. Die Tafani hatten das mit dem Bogen erlegte Wildschwein garantiert nicht ausgenommen und gegrillt, sondern in den Wald geworfen, und Uilly hatte es sich geholt. Das war einer der Momente, in denen der Maremmano mir völlig fremd war. Wie beispielsweise auch letzten Sommer, als er vor meinen Augen eine zehn Zentimeter lange Nacktschnecke vom Boden gepflückt und genüsslich zerkaut hatte. Fast hätte ich ihn da zur Adoption freigegeben. Bis ich seine Strategie erkannte: Wenn ich nicht wollte, dass er Nacktschnecken fraß, dann sollte ich ihn gefälligst großzügigst füttern, und zwar *subito e sempre*, am besten jeweils mit Dessert und zahlreichen Zwischenmahlzeiten.

Ich ging in mein Schlafzimmer, um mir etwas Bequemes anzuziehen. Die Sonne war noch warm genug, um draußen auf der Terrasse ein wenig auf dem Liegestuhl zu dösen und Schlaf nachzuholen. Was für ein verlockender Gedanke. Außerdem würde Anna heute aus Rom zurückkommen, und ein ruhiger Nachmittag, um mir Gedanken zu machen, wie es mit uns beiden weitergehen sollte, würde perfekt sein.

Irgendetwas war merkwürdig, meine Füße waren mit einem Mal so kalt und nass. Ich tastete den Boden ab. Da war es nicht nur feucht, nein, da war Wasser, und zwar zwei Zentimeter hoch … Ich bemühte mich, wütend zu werden, aber es ging nicht. Stattdessen wölbte sich Verzweiflung von meinem Magen aufwärts, passierte das Zwerchfell, verteilte sich gleichmäßig in beiden Lungenflügeln, die nichts zuwege brachten, nicht einmal ein Stöhnen, und all meine Anspannung, mein blaues Auge, mein ständiges Hin und Her, der Mist mit Gino und Anna und Spaccone, alles, alles, alles fand endlich ein Ventil. Ich sank zu Boden, hockte mich mitten in die Pfütze und heulte und jammerte und schlug um mich wie ein kleiner Junge. Wieso ich? Warum hatte ausgerechnet mein Dach zwei Löcher? Was hatte ich der Welt getan, dass alles sich gegen mich verschwor? Welcher verdammte Dämon tobte sich hier in meinem Leben aus?

Plötzlich hörte ich scharrende Schritte näher kommen, und einen Moment lang griff die strenge religiöse Erziehung, die ich als Kind durchlitten hatte: Jetzt kommt er, der Geist, den du gerade gerufen hast, Max, und los wirst du ihn nimmermehr! Aber es war nur Uilly, der um die Ecke bog, die Pfütze betrachtete und beschnupperte, sich ein paar Schluck Wasser genehmigte und mir zweimal zunickte, was in der unmissverständlichen Sprache der alten weisen Hütehunde aus der Maremma so viel heißt wie: Verbissenheit ist eine Tochter der Schwäche, aber Ausdauer ist eine Tochter der Kraft.

Er hatte ja recht. Ich rappelte mich hoch, und voller Demut zog ich meinen Arbeitsoverall über, einen klassischen Blaumann, der um den Bauch herum unangenehm spannte, verdammte *zabaione*! Dann holte ich die Leiter aus dem Stall, den Werkzeuggürtel, Handschuhe und einen kleinen Gas-Flammenwerfer von Obi, die einzige wirksame Waffe gegen die Wespen, die unter den *coppi* ihre Nester bauten und äußerst humorlos reagierten, wenn man diese freilegte. Klaglos kletterte ich die Leiter hoch, auf den Anbau und von da aus auf das Hauptdach. Während ich auf dem Dachfirst entlangbalancierte, das Loch befand sich auf der genau gegenüberliegenden Seite, sah ich, wie sich im Wald drüben schwerer gelber Rauch vergeblich bemühte, in den Himmel zu steigen, und frustriert zwischen den Bäumen herumwaberte. Aha, der Regen hatte den Tafani-Brüdern ihr Feuerholz durchnässt.

Zum Glück hatte ich die alte Eisenstange am Ende des Daches nie entfernt, an der früher die beiden Überland-Stromleitungen angeklemmt gewesen waren. So konnte ich mich wenigstens ein wenig festhalten, als ich wieder einmal mit der Arbeit begann, die bisher komplett erfolglos geblieben war: *coppi* abdecken, die Heraklit-Isolation hochhebeln, um auf dem darunter als Wasserschutz (haha!) verlegten, wasserdichten (ich lach mich tot!) Baupapier an eventuell vorhandenen Fließspuren vielleicht zu erkennen, welchen Weg das Wasser möglicherweise ungefähr genommen haben könnte, um mich in meinem Schlafzimmer mit einer Pfütze zu überraschen. Ich begann diese Sisyphusarbeit mit dem dazugehörigen Gefühl unendlicher Vergeblichkeit und werkelte so versunken vor mich, dass ich Gino auf meiner Vespa nicht kommen hörte und fast vor Schreck vom Dach fiel, als er plötzlich hinter mir stand.

«Max!», sagte er und strahlte mich mit seinem breitesten Lächeln an. Ein richtiges, ein warmes und ehrliches Lächeln, das ihn glatt vierzig Jahre jünger erscheinen ließ.

Ich röchelte wie eine sahnesüchtige Konditoreifachverkäuferin und musste mich hinsetzen.

«Pass auf mit den Wespen», mahnte er und ließ sich seinerseits vorsichtig auf einer Reihe *coppi* nieder. Er streckte beide Arme gen Süden. «Du bist ein Glückspilz. Von allen Häusern hier oben hast du die wunderbarste Aussicht.»

«Ich weiß», antwortete ich und wartete ab.

«Sag mir, was ist das Problem, Max?»

«Meinst du für mich als Mensch oder als Hausbesitzer?»

Er deutete auf den schon freigelegten Teil des Daches. «Du hast einen Wassereintritt und weißt nicht wo, *è vero*?»

«Wenn es nur einer wäre», grantelte ich. «Mal tritt es hier ein, mal da, es ist wie verhext. Und das seit Monaten.»

«Seit Monaten? Warum hast du mich nicht schon längst gerufen?»

«Wegen so einer Kleinigkeit?»

Er schaufelte mit den Händen Luft und verdrehte die Augen. «Hast du es repariert bekommen oder nicht?»

Ich winkte müde ab. «Ich dachte, ich komme alleine klar.»

Gino nickte betreten. Das kannte er gut: unbedingt alleine klarkommen zu wollen. Er warf einen Blick in den rauchgeschwängerten Wald. «Ich werde meinen *cugini* das Auto wegnehmen, ohne sind sie hier oben aufgeschmissen, dann geben sie auf.»

«Die nicht. Die haben sogar ein Wildschweinchen erlegt.»

Gino neigte seinen Kopf und zwinkerte mir zu. «Und? Haben sie es auch ausgenommen?»

«Das nicht.»

«*Ecco*. Die sind nicht so hart, wie sie tun.»

Ich hatte keine Lust, das Thema zu vertiefen, und wandte mich wieder meinem Wassereintrittsproblem zu.

«Keine Wasserspuren auf dem Baupapier», sinnierte Gino und zupfte an seiner Nasenspitze herum. Dann balancierte er hoch zum Dachfirst. Flink wie ein guter Maurer rupfte und ruckelte er alle *coppi* auf einer Länge von zwei Metern längs des Dachfirsts weg und hob vorsichtig das Baupapier an, um einen Blick darunter zu werfen. «Ich wusste es.» Er deutete auf zwei nach oben gedrehte und in den First eingemauerte Dachpfannen, die einen durch und durch unverdächtigen Eindruck machten. «Wenn der Wind aus einer bestimmten Richtung bläst, drückt er das Wasser hier hinein. Dann läuft es unter dem Baupapier auf den *mattonelle* entlang, bis es ein Loch findet und, track!, ist es bei dir im Wohnzimmer.»

«Schlafzimmer», korrigierte ich.

«Das war bildlich gesprochen.»

«Was ist denn daran bildlich, wenn du mein Schlafzimmer zu einem Wohnzimmer machst?»

«Wohnzimmer als Synonym für Heim, trockener Ort, sicherer Ort, *capisci*?»

«Verstehe. So was wie Paradies.»

Gino kniff die Augen zusammen und atmete schwer. «Ja, so was wie Paradies. Weißt du, Max, in der ‹Göttlichen Komödie› von Dante Alighieri – ist dir die ein Begriff?»

«Gino, verdammt!», erregte ich mich sofort, als wäre ich ein rothaariger Heißsporn mit Sommersprossen. «Weißt du, wie oft du mir schon aus der verfluchten ‹Göttlichen Komödie› zitiert hast? Und jedes Mal fragst du mich, ob ich die überhaupt kenne.»

Gino hob beschwichtigend die Hand. «Kein Grund, sich so aufzuregen. Literatur ist eben nicht jedermanns Sache.»

«Ja! Ich kenne die ‹Göttliche Komödie›, zur Hölle!»

«Gutes Stichwort, Max. Hölle, Fegefeuer und Paradies. Das ist der Weg, den Dante als Ich-Erzähler auf seiner siebentägigen Reise nehmen muss, bis er mit seiner Beatrice durch die neun Sphären des Himmels gleiten und Erlösung finden darf. Aber eben erst –»

«Hast du es nicht ein bisschen kleiner?», stöhnte ich. «Weil Dante es vor siebenhundert Jahren so verdammt schwer hatte, sein Glück zu finden, musst du ihm heute alles nachmachen?»

«Die Sache mit Spaccone ist wie eine Mauer, die man zu schnell und zu ungeduldig hochgezogen hat, das gebe ich zu, aber –»

«Blödsinn! Du hast Freunde, die dir Hilfe angeboten haben. Warum hast du sie nicht angenommen?»

Gino rutschte auf seinem Po herum, er mochte es überhaupt nicht, wenn jemand so mit ihm redete. Aber mir war das in dem Moment egal. «Du hast ja recht», presste er heraus. «Es ist –» Er rückte ein Stück näher heran und beschwor mich inständig, indem er zwei Fingerpyramiden mit kurzen Hin- und Herschwüngen in meine Richtung gestikulierte. «Am Anfang der ‹Göttlichen Komödie› verirrt Dante sich im Wald. Drei Tiere drängen ihn vom rechten Weg ab: ein Leopard, ein Löwe und eine Wölfin. Verstehst du, Max?»

«Nein, verstehe ich nicht. Hier auf dem Monte Dolciano gibt es keine Leoparden und Löwen.»

«*Signore Iddio e tutti i santi!* Das ist symbolisch gemeint!» Er sprang auf und hüpfte auf dem Dach herum, zwar nur in einem kleinen Radius, trotzdem mussten drei *coppi* ihr Leben lassen.

Ich deutete auf die zerbrochenen Dachpfannen. «Du weißt, dass das die alten, handgemachten sind –»

«Erzähl du mir was über Dachpfannen!»

«– die man heute nicht mehr kaufen kann –»

«Wer ist denn hier der Maurer, eh?»

«– die deswegen Seltenheitswert haben!»

«Ich besorge dir welche, keine Sorge! Und wenn ich sie von meinem eigenen Dach runterholen muss.»

«Dann besorg direkt ein paar mehr. So wie du hier rumtrampelst.»

«Ich schenk dir mein ganzes Dach, gleich morgen früh bring ich es vorbei!»

«Na super! Kommst du selber etwa auch? Dann kannst du –»

«Ja, aber zum allerletzten Mal!»

«– dazu ja die Internationale singen. Oder die Marseillaise!»

«Wie wär's mit Richard Wagner? Das ist doch was für dein schweres, teutonisches Gemüt!»

«Aah, immer wieder die alte Leier! Die lebensprallen Italiener und die depressiven Deutschen. Weißt du was? Lieber gehe ich an Depression und Melancholie ein, als auch nur eine Sekunde mit so einem verdammten, ignoranten Dickschädel rumzulaufen, wie du ihn hast!»

«*Grandioso!* Max, der Märtyrer!» Ginos Augen feuerten Blitze ab, und seine Hände zuckten und übten schon mal todsichere Würgegriffe.

«Gino, der *testone*, der *testardo*!» Ich vollführte wirbelwindartige Bewegungen mit meinen Händen, und wieder einmal zeigte sich, dass zum Gestikulieren ein Talent gehörte, über das ich nicht verfügte. Mit meinem wütenden Gefuchtel brachte ich mich aus dem Gleichgewicht. Die Eisenstange bekam ich nicht mehr zu fassen, und plötzlich waren vor mir nur noch Luft und Leere und acht Meter tiefer ein steinharter Terrassenboden. In extremer Zeitlupe sah ich mich den Kopf voran nach unten segeln. Eine irrationale Euphorie wärmte mein Inneres, und ich fühlte mich so leicht wie schon lange nicht mehr: keine Sorgen, kein Liebeskummer, keine Tafani-Brüder, nur noch Stille und Ruhe und Frieden. Ich sah Manfredo, wie er mich in einem Sarg festnagelte, damit ich nicht verrutschen konnte, wenn er mich in einem viel zu kleinen Grab zu versenken versuchte. Ich sah alle meine Freunde und Bekannten, wie sie auf dem sonnendurchglühten *cimitero* von Schmerz und Trauer geschüttelt wurden. Don Romano hielt eine Predigt, mit der ich auf keinen Fall einverstanden war und die Gino durch lautes Singen der Internationale zu verhindern versuchte, ich sah, wie der geknebelte Granci vor dem geschmiedeten Friedhofstor mit Handschellen an eine Zypresse gefesselt wurde und wie Sestina mit einem Topf warmer Nudeln vor meinem ausgehobenen Grab stand und fassungslos klagte: Gerade wollte ich ihm noch *fischioni con piselli e sugo di pomodoro* vorbeibringen! Sogar Uilly zeigte Anzeichen von Trauer, die tatsächlich glaubhaft gewesen wären, hätte nicht sein Magen so laut geknurrt und sich beschwert, dass mein Tod für ihn das Ende seiner regelmäßigen Ernährung bedeutete. Gerade wollte ich mich über diesen opportunistischen, undankbaren Kerl ärgern, da fühlte ich plötzlich einen heftigen Schmerz am Kehlkopf, mein Körper wurde aus der perfekten ballistischen Kurve gerissen, die unten auf der Terrasse geendet hätte, und mit einem unsanften Schlag krachte ich seitwärts auf mein Dach, von Ginos Hand in letzter Sekunde am Kragen gepackt.

«*Santa pazienza*, Max! Pass doch auf!», stöhnte der leichenblass.

«Dir kann es doch egal sein», grummelte ich eingeschnappt, weil ich die Szene auf dem Friedhof ganz schön fand und noch nicht in der Realität angekommen war. Bis der Schmerz von der Schulter mein Gehirn erreichte und da für Aufregung sorgte. Verfremdungseffekt, dachte ich, vorbei ist es mit der Illusion.

«*A me non importa*. Aber die arme Anna. Aus irgendeinem Grund liebt sie dich ja.»

«Da bin ich nicht so sicher.» Ich warf einen Blick in die Tiefe. Den Sturz hätte eine von Arturs *strozzapreti* überlebt, ich aber sicherlich nicht.

Gino ließ sich auf die *coppi* sinken, vorsichtig wie eine brütende Henne mit Übergewicht. «Wo ist sie eigentlich?»

«Rom.»

«Warum?»

«Ich glaube, die Welt hier auf dem Berg ist ihr zu klein.»

Gino sah mich verständnislos an.

«Kein Kino, kein Theater, keine Museen, keine Galerien, keine anderen Künstler, mit denen sie sich austauschen kann.»

«Sie denkt, sie findet hier nichts, was sie inspiriert?»

Ich zuckte mit den Schultern. «Sie ist meinetwegen hier. Aber leben will sie in der Großstadt, in Berlin. Bei mir ist es umgekehrt. Ich will hier leben. Aber möglicherweise muss ich ihretwegen mit nach Berlin.» Plötzlich wurde mir sehr flau im Magen.

Gino tippte seine Fingerspitzen gegeneinander und sah mich prüfend an. «Du weißt, ich bin früher Laster gefahren. Ich war überall, Max. Sogar einmal in Moskau. Ich habe viel gesehen, sehr viel, und ich fand das großartig. Einzigartig. Bis ich einmal einen Unfall hatte, da lag ich eine Woche im Krankenhaus, ich war allein, kein Besuch, wie denn auch? Das war irgendwo in Österreich. Und da habe ich mich das erste Mal gefragt: Was hast du eigentlich wirklich gesehen in all den Jahren? Die Antwort war: Straßen, billige Hotels, Städte im Vorbeifahren, Tankstellen, Autos, flüchtige Bekanntschaften, im Grunde war dieses Reisen wie Fotografien betrachten. Ich bin überall gewesen, und ich habe nichts wirklich kennengelernt.»

«Aber bestimmt war es inspirierend, die verschiedenen Nationalitäten, immer andere Menschen.»

Gino schüttelte lächelnd den Kopf. «Menschen richtig kennengelernt habe ich erst, seit ich nicht mehr durch die Welt fahre und hier am Fuße des Monte Dolciano lebe.»

Ich nickte und verstand sehr gut, was er meinte. «Aber vielleicht ist es für einen Künstler doch etwas anderes.»

Gino zuckte mit den Schultern. «Weißt du, dass eine Nachtigall in Rom oder Mailand dreimal so laut singen muss, um gehört zu werden? Dann kannst du sie sehen, die kleine

Nachtigall, wie sie sich aufplustert, wie sie sich anstrengt, wie sie tief Luft holt und wie sie ihr Lied hinausschmettert. Und wenn da nicht die Federn wären, würdest du sehen, dass sie einen knallroten Kopf hat vor lauter Anstrengung. Aber das Lied, das sie singt, Max? Ist das etwa schöner? Ist es ein anderes Lied? *Per niente!* Die Melodie ist genau dieselbe.»

Für einen Moment sagten wir beide nichts. Irgendetwas stimmte für mich nicht an Ginos Worten.

«Du bist anders als die meisten Menschen hier, Gino. Aber du bist anders, weil du so viel gesehen hast.»

Als hätte er den Einwand erwartet, hob Gino seine Rechte und wackelte mit dem Zeigefinger vor meinem zweifelnden Gesicht hin und her. «Nimm Nardini. Ist der anders? Ja, doch! So anders, mehr geht gar nicht. Aber Nardini ist noch nie weiter weg gewesen als bis Pesaro. Oder nimm Luciana. Die hat noch nie in einem Flugzeug gesessen, und wenn sie Urlaub macht, fährt sie nach Portonovo am Monte Conero hinter Ancona, hundert Kilometer von hier. *Sai cosa vuol dire?*»

«Nicht wirklich.»

Er atmete ungeduldig ein und aus und quirlte euphorisch mit einer Fingerpyramide vor meinem Gesicht herum. «Es geht beides, Max!»

«Du meinst also, Anna muss sich nicht entscheiden zwischen einem Leben mit mir oder einem Leben für die Kunst?»

«*Al dente*. Das ist die Antwort. Nicht weich, nicht hart. Dazwischen. Ihr Deutschen wollt immer alles so entschieden: Schwarz oder Weiß, Freiheit oder Sozialismus, die große Liebe oder die große Kunst, entweder – oder. Wir Italiener sind viel unbescheidener. Wir wollen beides, wir schwimmen zwischen den Polen, *al dente*, nicht hart, nicht weich, irgendwo dazwischen.» Gino reckte sich genüsslich und sah mich mit großer Wärme und Zuneigung an, und das erste Mal, seit wir uns kannten, spürte ich, dass er eben doch schon doppelt so alt war und zweimal so viel Leben gelebt hatte wie ich. «Das Leben ist eine Nudel, Max. Ist es zu hart, ist es unverdaulich; ist es zu weich und wabbelig, macht es keinen Spaß.»

Das Leben ist eine Nudel? Sollte das die krönende Weisheit all meiner Jahre hier auf dem Monte Dolciano sein? Und war das nicht ein bisschen wenig Weisheit für die gesamte Strecke zwischen Geburt und Tod?

«Es ist vielleicht nicht schlau genug, aber es ist eben auch nicht dumm», sagte Gino, als hätte er meine Gedanken gelesen. «*Al dente*, Max. Nichts schmeckt besser als *al dente*.»

*

Wir brachten die Reparatur auf dem Dach gemeinsam zu Ende. Gino erwähnte irgendwann beiläufig, wie froh er war, dass er mit der Arbeit an dem Theater jetzt doch anständig Geld verdienen würde. Das Wichtigste war, dass er seinen Bagger und seinen Lastwagen nicht verlor, alles andere würde sich schon finden. Das war seine Art, sich bei mir zu bedanken, und ich tat es ihm gleich, indem ich anmerkte, ein Schlafzimmer ohne Regenwasserberieselung ist im Grunde ein Wohnzimmer. Als wir fertig waren, stieß Gino mir zum Abschied seinen Ellbogen in die Rippen, ich klopfte ihm auf die Schulter, und wir grinsten uns an wie zwei Debile.

«Willst du ein sizilianisches Sprichwort hören?», rief er mir noch zu, bevor er sich auf den Weg in den Wald zu den Tafani-Brüdern machte. «*Anche la legna storta da fuoco dritto!*»*

Während ich noch überlegte, was er damit gemeint haben

* Auch krummes Holz macht ein gerades Feuer.

könnte, und einfach nicht darauf kam, kehrte er mit verdrossenem Gesichtsausdruck ohne seinen Panda schon wieder zurück. Fosco, Remo und Aurelio wollten einfach nicht das Feld räumen. Bevor Gino auf die Vespa stieg, erklärte er mir noch schnell, wofür Leopard, Löwe und Wolf symbolisch standen, nämlich Wollust, Hochmut und Habgier, und wodurch er sich in Bezug auf Spaccone möglicherweise dieser drei Sünden schuldig gemacht hatte. Ich spürte, dass er mir damit seine Kompromissbereitschaft Spaccone gegenüber andeuten wollte. Spaccones Arroganz und die Art, wie der ihn ausgetrickst hatte, waren für Gino so verletzend gewesen, und er hatte sich so klein und machtlos gefühlt, dass er ab einem bestimmten Punkt nur noch darüber nachgedacht hatte, wie er seinerseits Spaccone ebenso demütigen konnte.

Ich war sehr berührt von Ginos Selbsterkenntnis und der Größe, die er damit zeigte. Gino wollte eben unbedingt an das Gute in jedem Menschen glauben, selbst wenn es sich dabei um ein ichbezogenes, *scusi!*, Arschloch wie Spaccone handelte. Ich würde Horst die Botschaft irgendwie zukommen lassen, obwohl ich wusste, dass er nicht einlenken würde. Ihn interessierten Ginos Wege der Selbsterkenntnis überhaupt nicht, für ihn war der kleine Maurer einfach nur eine Kröte, ein Arbeiter, der sich schmutzig machte, um Geld zu verdienen, ein einfacher Italiener, der standesmäßig viel zu weit unten rangierte, um sich mit ihm auf Augenhöhe zu einigen.

Und endlich erfuhr ich, was zwischen den beiden das eigentliche Problem war: Spaccone hatte sich seinerzeit, als Valerie bei ihm deponiert wurde, an sie herangemacht, sie jedoch hatte ihn abblitzen lassen, um sich wenig später in den viel älteren Gino zu verlieben, in dessen Menschlichkeit und Wärme, in dessen Ehrlichkeit und Uneigennützigkeit, in dessen Anständigkeit. Damit hatte diese junge, attraktive Frau

Spaccones Eitelkeit zutiefst verletzt, und dafür ließ er Gino nun büßen. Und Gino war zutiefst gekränkt, dass Spaccone ihn wie einen Handlanger behandelte, dessen Meinungen und Gefühle bedeutungslos waren.

Was für eine vertrackte Situation! Als Gino auf meiner Vespa davontuckerte, nahm ich mir vor, noch einen Versuch zu unternehmen, Spaccone umzustimmen. Man musste doch irgendeinen Schwachpunkt finden, an dem man ihn packen konnte. Dafür gab es nur einen Weg: Ich musste ihn unter den Tisch saufen, denn wenn er betrunken war, fühlte er sich unbesiegbar und plapperte alles aus. Das einzige Problem dabei war: Ich vertrug so gut wie nichts, während bei Spaccone der Kontrollverlust erst jenseits der zwei Liter Rotwein einsetzte.

Als Anna um acht Uhr immer noch nicht aufgetaucht war, machte ich mich auf den Weg. Mit den beiden Kartons voller S&M-Artikel und meinem Fahrradrucksack mit integriertem Trinkbeutel, der drei Liter fasste. Mein Plan war, den Rotwein des Abends mehr oder weniger komplett dahinein zu entsorgen, ohne dass Spaccone es bemerkte.

Um es abzukürzen: Es gelang mir nicht, ganz und gar nicht. Spaccone war sehr misstrauisch. Zum einen, weil ich überhaupt auftauchte, und zum anderen, weil ich auch noch das Leder- und Nietenzeug mit mir führte, das ihm die Tafani-Brüder geklaut hatten. Dieses Misstrauen führte dazu, dass er höllisch aufpasste und ich so gut wie nichts in meinen Trinkbeutel entsorgen konnte. Er war zwar ein Arschloch, aber blöd war er leider nicht. Spätestens nach dem dritten Glas Rotwein schaffte ich es sowieso nicht mehr, die ziemlich schmale Öffnung des Beutels anzupeilen. Und nach dem fünften Glas musste ich mir eingestehen, mit diesem Plan nicht zum Ziel zu kommen. Spaccone war fit wie Charles Bukowski, schwadronierte wie geölt und war noch mindestens einen Liter von dem Stadium entfernt, in dem ich verwertbare Informationen bekommen würde. Ich hingegen hatte schon große Probleme, meine Zunge in der Mitte des Mundes zu halten, meinem Gefühl nach hing sie irgendwie seitlich heraus und fühlte sich an wie ein verirrter Blinddarm. Einen Liter später würde ich tot sein, ganz einfach. Deshalb verabschiedete ich mich etwas ungelenk und mit dem Hinweis, dass Anna gleich zurückkäme.

Spaccone sah mich daraufhin mit riesigen Augen an, die man eher bei einem nachtaktiven Tier vermuten würde, und schüttelte unendlich langsam und unendlich mitleidig den Kopf.

«Du lässt dich von einer Frau an der Leine führen, Max?»

«L-l-l», verdammt, ich wurde das L nicht mehr los. «-eine?»

Keine Ahnung, was Spaccone antwortete, irgendwann jedenfalls saß ich in meinem Auto und rollte im untersetzten Geländegang, also buchstäblich im Schneckentempo, auf der *vicinale* in Richtung Ca'Tommaso. Im Scheinwerferlicht nahm der an sich gerade Weg vor mir abenteuerliche, ja erschreckende Formen an, bis ich merkte, dass mein Auto etwa die gleichen Formen annahm, sodass alles wieder zusammenpasste.

«Hallo, Max», begrüßte mich eine warme Stimme, als ich aus dem Wagen heraustropfte und plötzlich feststellen musste, dass sich der Zustand meiner Zunge auf meine Beine übertragen hatte. Und da stand sie, Anna. Aus ihrem Gesicht waren alle Zweifel und Ängste gewichen, und ihre olivgrünen Augen hielten mich fest und hinderten mich am Umfallen.

Leider kann ich mich auch an das, was danach kam, nicht mehr erinnern. Bis auf ihr Lachen, als ich sie informierte, dass das Leben eine Nudel ist.

«Das Leben ist eine Nudel?», wiederholte sie und strich mir liebevoll über die Wangen.

«Ziemlich sicher, ja», stammelte ich.

Sie legte mir ihre Arme um den Nacken und flüsterte mir ins Ohr: «Ich werde nicht deinen Nachnamen annehmen. Der klingt irgendwie blöd.»

«*Al dente*», antwortete ich, was ich vernünftig und angemessen fand.

Anna wohl auch, denn sie sagte. «Ich dich auch, Max. Mehr als alles auf der Welt.»

16.

Draußen schien die Sonne, in den zahlreichen Tälern unterhalb des Monte Dolciano hing feiner Dunst, und es war nur noch eine Frage von wenigen Tagen, bis die Morgensonne auch hier oben nicht mehr genug Kraft haben würde, ihn aufzulösen. Jedes Jahr gab es einen Tag, der den Wechsel vom Sommer zum Herbst markierte, man spürte einfach, wenn es so weit war. Plötzlich fror man, obwohl die Sonne schien, die Luft bekam etwas Metallisches, Hartes, Geräusche wirkten lauter und trugen weiter, und die morgendliche Feuchtigkeit des Bodens hatte eine Entschiedenheit, wie man sie den ganzen Sommer nicht empfunden hatte. Heute war dieser Tag, ein melancholischer Tag. Von jetzt an würde sich der Sommer unweigerlich immer weiter zurückziehen, irgendwann würden die dicken Mauern von Ca'Tommaso die in den heißen Monaten gespeicherte Wärme endgültig verloren haben, und die Zeit des Heizens würde beginnen. Mit drei Holzöfen, die den ganzen Tag gefüttert werden mussten und die morgens besondere Zuwendung brauchten, bis sie endlich richtig brannten.

«Gino hat recht», sagte Anna und löste sich aus unserer Umarmung. «Während du heute Nacht wie ein Wildschwein geschnarcht hast, habe ich darüber nachgedacht, was er gemeint haben könnte.»

«Muss ich mich jetzt hinsetzen?», stöhnte ich, bei Anna wusste man ja nie. Außerdem dröhnte mein Kopf. Kater.

«Du brauchst dein Leben hier, und ich brauche meins in der Großstadt.»

Das fing ja schon gut an.

«Max, sei nicht albern», sagte Anna. «Ich will nicht mehr ohne dich sein, und du hoffentlich auch nicht ohne mich. Statt entweder – oder machen wir einfach sowohl – als auch. Wie findest du das?»

«Gut», antwortete ich erleichtert, und meinem Kater ging es gleich wieder besser.

«Ich bin gerne auf dem Monte Dolciano, sehr gerne», sagte Anna verträumt. «Vor allem mag ich die Menschen hier. Sie sind einfach wunderbar.»

Ich schwieg. Sie hatte recht. Ganz einfach.

Eine halbe Stunde später brannte das Feuer im Kamin. In der deutschen Kaffeemaschine blubberte die letzte der acht angesetzten Tassen durch. Anna hatte einen wahnsinnigen Kaffeeverbrauch und mied italienischen Espresso, weil es dabei so wenig zu trinken gab. Oft stand sie mit einem Kaffeebecher vor einer ihrer Zeichnungen oder Gipsfiguren, hielt den Becher mit beiden Händen, dachte nach, trank, dachte nach, trank, und immer so weiter, und das wäre mit einem kleinen Espresso natürlich ein sehr begrenztes Vergnügen. Ich hatte eine *ciabatta* aufgebacken. Das hier übliche salzlose *pane comune*, das mit subventioniertem Mehl gebacken wurde und deutlich preiswerter war, mochten wir beide nicht. Dazu gab es einen *pecorino staggionato*, für Anna herrlich dünnen, von Roberta auf dem Markt in Cagli handgeschnittenen *bresaola* und für mich eine Kopfschmerztablette. Außerdem einen *insalata caprese* in einer alten Tonschale aus Umbrien. Dann Honig von Vincenzo, dann eine echte Monte-Dolciano-Brombeermarmelade, die letzte von zahlreichen, die Luise in den vergangenen Jahren für mich eingekocht hatte, sogar noch bis kurz vor ihrem Tod. Und natürlich Eier von Sestinas Hühnern – Hühnchen, muss man wohl eher sagen, sie kamen mir jedenfalls sehr klein vor, und die Größe der Eier gab mir recht. Da Sestina mir die Eier nicht verkaufen und ich sie mir nicht schenken lassen wollte, musste ich mir jedes Mal irgendein Tauschgeschäft einfallen lassen, was sehr schwierig war, ich hatte nun mal nichts zu bieten, was sie brauchte. Das machte sie schnell ungehalten, und dann fuhr sie mich an. «*Per carità*, dann bring mir einen Sack Mehl mit, *cocco*! Aber *tipo* 00, *hai capito*? Sonst kannst du ihn gleich wieder mitnehmen. *Tipo* 00, *grano duro*. Und nicht das teure Zeug von Granoro. Das lohnt sich nicht, *cocco*, ist lang nicht so gut, wie es teuer ist. Und wenn Giuseppe es sieht, macht er Wind wie im Herbst. Auch wenn ich es gar nicht gekauft habe, *poveretta me*.» Ich tat's, und das reichte dann ihrer Meinung nach für zwanzig Eier.

Der Kaffee war gerade eingegossen, ich hatte gut abgelagertes Holz nachgelegt, das mit wunderbarer Leichtigkeit Feuer fing und fast rauchfrei verbrannte, als von draußen Schritte zu hören waren. Jemand polterte heftig gegen die Tür.

«Nein, nicht die schon wieder», stöhnte ich.

«Wer denn?»

«Die Tafani-Brüder. Sie kampieren im Wald und frieren sich da den Hintern ab.»

«Die Armen! Warum lässt du sie nicht im Haus wohnen?», fragte Anna in einem Ton, als wollte sie gleich Amnesty International informieren.

«Das ist eine etwas längere Geschichte», muffelte ich und öffnete die Tür. Aber da standen keine frierenden Neapolitaner, keiner von meinen Nachbarn noch der *postino*. Vor mir standen der deutsche Architekt Jürgen Gantenbein, der aus der Justizvollzugsanstalt Stadelheim frühzeitig wegen guter Führung entlassen worden war, und Matteo Volpini, den noch keiner je hinter Gitter gebracht hatte.

«Ist es nicht schön, alte Bekannte wiederzutreffen?», fragte

Gantenbein mit dem ihm eigenen liebenswerten Charme und drängte sich in meine Küche, ein Mann von eins fünfundneunzig und schwer und tapsig wie ein Bär. Volpini folgte ihm wortlos. Wie gewohnt bewegte er sich wie ein Felsbrocken auf stämmigen Beinen und mit der bedrohlichen Präsenz eines Menschen, den man zu keiner Tageszeit in seiner Küche haben wollte. Solange er ging oder stand, sah man ihm seine Hämorrhoiden nicht an.

«Ich frage mich, was die in Stadelheim für gute Führung halten», sagte ich schlecht gelaunt, den Ablauf meines Frühstücks mit Anna hatte ich mir ganz anders vorgestellt. «Oder bist du ausgebrochen, Jürgen?»

Gantenbein sah mich über seine Lesebrille hinweg an, eine von denen mit halben Gläsern, auf den Bügeln war «Porsche Design» eingraviert. Erstaunlich, dass Lesebrillen als sportlich galten. «Da habt ihr mich alle ganz schön vorgeführt und vor allem enttäuscht.»

«Na, klar, zweiundzwanzig Menschen haben dich verklagt, weil sie das lustig fanden. So wie Mensch-ärger-dich-nicht-Spielen.»

Wie ein Opernsänger auf der Bühne beschrieb Gantenbein mit gestrecktem Arm einen Halbkreis. «Was für ein schönes charismatisches Haus in phantastischer Lage! Und wer hat es dir verkauft? Ich. Und was ist der Dank?» Trauer machte sich auf seinem Gesicht breit. «Ihr habt mich vor Gericht gezerrt. Wie einen Verbrecher.»

«Du bist ein Verbrecher, Jürgen», antwortete ich und sah mit Schrecken, wie Volpini sich an Gantenbein vorbeischob und seinen felsigen Körper auf mich zubewegte.

«Du redest zu viel, Maks-e *mio*», verkündete Volpini mit der mittellauten, monotonen Stimme eines Mannes, der es gewohnt ist, dass man seinen Worten aufmerksam lauscht.

«Ich höre überall Glocken läuten, und immer bist du es, der an dem Seil zieht.»

Das klang ein wenig gewollt, so wie aus dem Textbuch für Mafiosi und andere Syndikat-Verbrecher, nach dem Motto: Je sanfter, desto gefährlicher, du solltest jetzt Angst haben. Der Witz war nur: Ich hatte Angst.

«Und immer sind es negative Dinge», klinkte Gantenbein sich ein. «Immer sind es negative Dinge, Max.»

«Überleg dir, was gut für dich ist und was nicht.» Volpini fuhr seinen Zeigefinger aus und schnippte die Schale mit dem *insalata caprese* vom Tisch. Ich versuchte sie noch zu erwischen, aber wegen des Öls auf dem Mozzarella entglitt sie mir und zerschellte am Boden.

«Arschloch», grollte ich und hatte plötzlich einen Schraubstock an meinem Oberarm. Volpinis Griff hätte gereicht, einen Quarz in einen Diamanten zu verwandeln. Ich schrie auf vor Schmerz. Anna war starr vor Schreck.

Gantenbein lächelte freundlich. «Überall auf der Welt werden Geschäfte gemacht, Max. Du musst dich nicht in jedes einmischen.»

Ich stöhnte vor mich hin, dieser Griff war wirklich sensationell.

Gantenbein steuerte auf mein Geschirrregal zu, offenbar inspiriert von Volpinis Zeigefinger, wurde aber unterwegs von meinem Weinkrug aus gebranntem Ton abgelenkt, den er mit einer versuchsweise ähnlich lässigen Bewegung wie die Volpinis von der *armadia* fegte. Zum Glück war der Krug leer, aber kaputt ging er trotzdem. Um mich von meinem Schmerz abzulenken, verglich ich die Erfolgsaussichten, die Schale und den Krug mit Sekundenkleber wieder in die ursprüngliche Form zu bringen, sah aber für den Krug deutlich weniger Chancen. Aus dem Augenwinkel bemerkte ich eine Bewegung, die Eingangstür schwang auf. Jetzt kommt das Abrisskommando, dachte ich, jetzt kommen Volpinis Freunde und pulverisieren mir das halbe Haus.

«*Salve*, Max», sagte Fosco und kam mit der aufreizenden Ruhe eines echten Mafioso hereingeschlendert, gefolgt von seinen Brüdern. Er warf einen Blick auf den *insalata caprese* am Boden. «Dein Besuch scheint mir etwas ungeschickt zu sein.»

Ich schrie auf, weil Volpini sich einfach nach den dreien umdrehte und dabei vergessen hatte, dass ich noch in seinen Schraubstock eingespannt war.

Fosco machte eine knappe Geste mit dem Kopf in Remos Richtung, holte sein *stiletto* hervor, ließ die Klinge herausschnellen und begann seine morgendliche Maniküre. Nötig war sie, das Kampieren im Freien hatte eine Menge Dreck unter seine Fingernägel gedrückt. Ohne viel Aufhebens packte Remo Volpinis Schraubstockfaust und drückte seinerseits zu. Plötzlich war mein Oberarm wieder frei, und stattdessen kämpfte Volpini mit dem Problem, das mir eben noch so zu schaffen gemacht hatte. Stöhnend lief er rot an.

Fosco trat ganz nah an Gantenbein heran, sah zu ihm hoch wie ein treuer Hund und fragte: «Meinst du, deine Größe wird dir in dieser Situation von besonderem Nutzen sein?»

Gantenbein wurde nervös, und obwohl Fosco gleich vor ihm stand, wanderten seine Augen zu Aurelio, der eigentlich nichts anderes tat, als Gantenbein mit seinem Garnelenblick zu fixieren. Und endlich kapierte ich, was das Bedrohliche daran war: Aurelio blinzelte nicht, nicht ein einziges Mal, eben wie eine Garnele, nur in größer.

Gantenbein beugte seinen Kopf vor. «Ich weiß nicht, wer ihr seid. Aber das hier –»

Fosco unterbrach ihn mit schnalzenden Geräuschen, wie

man sie sonst hauptsächlich auf Pferdegestüten hört, wo Erziehung angesagt ist. «Max ist ein Freund von uns. Ihr scheint mir aber keine Freunde von Max zu sein. Oder», er wandte sich an mich, «Max, fühlst du dich diesen Herren freundschaftlich verbunden?»

«Nicht wirklich», antwortete ich mit einfachen Worten. Das hier war Foscos Show, da wollte ich mich nicht einmischen.

Fosco breitete die Arme aus und lächelte die beiden an. Volpini war mittlerweile mit schmerzverzerrtem Gesicht auf seinen Knien angekommen, was für einen Felsen auf Beinen sicherlich nicht angenehm war. «Kehr doch gleich mal die Scherben und den *caprese* zusammen», sagte Fosco und deutete mit seinem *stiletto* auf Gantenbein. «Du auch.»

Im Nu war aufgeräumt, wobei man sagen muss, dass beide Männer zu der Generation gehörten, die Küchenarbeit komplett ihren Frauen überließen und sich deswegen ziemlich ungeschickt anstellten.

«Ihr könnt dann gehen», beschied Fosco ihnen majestätisch. Gantenbein hatte keine Einwände und trottete traurig zur Tür, während Volpinis Blick klarmachen wollte, dass es vor gar nicht so langer Zeit noch den schönen Brauch der Blutrache gegeben hatte.

«Ach ja, damit ihr wisst, womit ihr zu rechnen habt», fügte Fosco noch lächelnd hinzu. «Wir sind die Tafani-Brüder aus Neapel, Gino Basili ist unser *cugino*, und Max hier ist ein enger Freund. Wir sind», er breitete mit großer Demut beide Arme aus, das können nur Katholiken so überzeugend, «eine große Familie, wenn ihr versteht, was ich meine.»

Offenbar verstanden sie. Gantenbeins Kopf sackte noch ein wenig tiefer, und Volpinis Blick bekam etwas Geläutertes und Achtungsvolles. Er als Mafioso für Arme wusste, wann man besser die Waffen streckte. Im Nu waren die beiden draußen.

«*Caffè*», sagte Aurelio, blinzelte zum ersten Mal und setzte sich an den Tisch. Remo machte noch ein paar Lockerungsübungen für sein rechtes Schultergelenk.

Fosco ließ sich auf meinem Stuhl nieder. «Der riecht merkwürdig, dein *caffè*. Ist das etwa wieder so ein Tofu-Zeug?»

Remo unterbrach seine Gymnastik und guckte sofort alarmiert.

«Das ist deutscher Kaffee», erklärte ich, «der ist nicht so stark wie italienischer.»

Fosco hielt Remo zurück, den das aus irgendeinem Grund sehr aufregte, und hielt mir beide Hände flach aufgerichtet entgegen. «Wir freuen uns, deinen deutschen Kaffee kennenzulernen.»

Mir war natürlich sofort klar, dass ich ab jetzt wieder drei Dauergäste hatte, denen ich langfristig nicht mit deutschem Kaffee und Tofuwürsten kommen konnte. Doch ich ergab mich in mein Schicksal und war ehrlich gesagt gar nicht so unglücklich darüber. Der Auftritt von Gantenbein und Volpini hatte mich sehr erschreckt.

«Seid ihr echte Mafiosi?» Anna hatte ihre Sprache und damit ihre Neugierde wiedergefunden.

Fosco lehnte sich sehr lässig in seinen Stuhl zurück. «Wir sind *artigiani**, wir haben einen Friseursalon in Neapel in dem *Quartieri Spagnoli*, und wir stehen unserem *cugino* in einer familiären Angelegenheit bei, mehr nicht.»

Einen Moment herrschte Stille. In den Gesichtern der Tafani war nichts zu lesen, höchstens, dass sie solche Fragen nicht mochten. Ich musste an Orson Welles denken, der nach

* Handwerker

einem Dreh in der Cinecittà in Rom einmal gesagt hatte: «In Italien wimmelt es von Schauspielern, fünfundfünfzig Millionen Schauspielern, und alle verstehen sie ihr Fach. Die wenigen schlechten findet man auf den Bühnen und im Film.» Die Tafani-Brüder hätte er sicherlich sofort unter Vertrag genommen. Um Friseure zu spielen, die vortäuschten, Mafiosi zu sein? Oder um Mafiosi zu spielen, die vortäuschten, keine zu sein? Schwer zu sagen.

*

Die nächsten Tage hatten Anna und ich keine privaten Minuten mehr. Die Tafani-Brüder hielten es für wichtig, ständige Präsenz zu zeigen, und so tauchten wir überall als Fünferpack auf, bis nun wirklich jeder auf und rund um den Monte Dolciano zur Kenntnis genommen hatte, dass ich unter besonderem Schutz stand. Zeit für Spaccone hatten die drei logischerweise keine mehr. Der kapierte am schnellsten von allen, dass sein Martyrium damit beendet war, und schon drei Tage später lockte er Tamara wieder hinauf in sein Nest, wo er ihr die Abende mit haarsträubenden Erzählungen versüßte, wie er drei neapolitanische Mordgesellen allein kraft der Größe seines Geistes und seiner enormen Ausstrahlung in die Flucht getrieben hatte.

Eine Woche später kehrten die Tafani-Brüder zufrieden wieder in ihre Heimatstadt Neapel zurück. Was ihre *bella figura* betraf, war ihr Auftritt vor Volpini und Gantenbein weitaus imposanter gewesen als jede Guerillaaktion oben auf dem Berg. Volpini und Gantenbein ließen sich kein weiteres Mal mehr bei mir blicken. Ich meinerseits verlor in der Öffentlichkeit kein Wort mehr über den geplanten Subventionsbetrug. Orfeo hatte schließlich eine heikle Mission vor sich, und wenn Volpini und Gantenbein zu misstrauisch wurden, würde Orfeo unter Umständen zu früh auffliegen. So konnten auch Artur und seine Gurkentruppe, und ich zählte mich ausdrücklich dazu, in Ruhe arbeiten – auch wenn wir alle, bis auf Bernd, von Musicals so viel Ahnung hatten wie die Tafani-Brüder vom Leistungsschwimmen. Immerhin präsentierte Judith die durchaus tragende Idee für ein Libretto, nämlich eine Liebesgeschichte zwischen einer Deutschen und einem Italiener, eine Art Romeo-und-Julia-Plot, aber mit Happy End. Ich konnte dem so recht nichts abgewinnen, weil es für meinen Geschmack zu schmalzig daherkam. Nardini hingegen war Feuer und Flamme, und so zog ich mich schnell aus dem inhaltlichen Teil der Arbeit zurück und übernahm die Aufgabe, die eigentlich Nardini zugedacht war, während Nardini mit Judith täglich an dem Text feilte und derart ausdauernd darüber fachsimpelte, dass selbst Gino sich sofort umdrehte und das Weite suchte, sobald Nardini Lucianas Bar betrat. Wenig später übernahm ich auch noch Julians Aufgaben, also Übersetzungen und Kontakte zu Schauspielern. Julian hatte tatsächlich seinen Schäfer-Giuseppe, nicht zu verwechseln mit Boccia-Giuseppe, herumgekriegt, und seitdem ließ er sich nirgendwo mehr blicken.

Am heftigsten wurde Orfeo von den Ereignissen rund um das Theater gebeutelt. Man konnte sagen, er durchlitt die größte Krise seines Lebens. Die emotionale Vertracktheit der Gesamtsituation machte ihm sehr zu schaffen, und er versagte bei Raffaella sexuell immer häufiger, was die sehr persönlich und nach einer Schonfrist von nur drei Wochen zum Anlass nahm, sich von ihm zu trennen. Ein harter Schlag für Orfeo, der lediglich dadurch gemildert wurde, dass Raffaella niemanden über die Hintergründe ihrer Trennung aufklärte, weil sie befürchtete, dass andere Orfeos Präcox- und Erektionsprobleme möglicherweise mit ihr und ihrer Attraktivität in Zusammenhang bringen könnten. Mehr als die sphinxhaft vorgetragene Lebensweisheit «Schönheit alleine ist nicht genug» war aus ihr nicht herauszubekommen.

Gino ging in den nächsten Monaten konzentriert seiner Arbeit im *teatro comunale* nach. Zunehmend fand er sich damit ab, von Spaccone kein Geld zu sehen. Aber solange er nicht Konkurs anmelden musste, kam er damit klar, obwohl ihm die Arbeit immer schwerer fiel, und die Aussicht, dass er die nächsten Jahre so weiterschuften musste, um finanziell über die Runden zu kommen, war für einen siebzigjährigen Mann nicht besonders verlockend. Auch andere, die sich eigentlich nicht einmischen wollten, erkannten nach und nach die Brutalität von Spaccones Zahlungsverweigerung. Trotzdem fand er immer wieder Handwerker, die für ihn arbeiteten, und wurde in den Restaurants der Gegend bedient. Viele empfanden das als Schande, aber eben nicht alle. Luciana behielt selbstverständlich ihr Hausverbot bei, worüber Spaccone sich nach wie vor maßlos ärgerte.

Für Anna und mich waren die folgenden Monate wunderschön. Wir verbrachten viel Zeit miteinander, sie war sehr produktiv, und immer, wenn ihr die Decke von Ca'Tommaso auf den Kopf fiel, fuhr sie für ein paar Tage nach Rom oder Florenz oder für ein, zwei Wochen zurück in ihre Wohnung nach Berlin. Und ich freute mich darüber, mit welcher Energie und Begeisterung sie jedes Mal zurückkehrte. Außerdem übernahm sie die Arbeit an dem Bühnenbild für das Musical, nachdem Norbert Entwürfe abgeliefert hatte, die selbst für eine Gurkentruppe, *scusi*, unter aller Sau waren.

Der Winter kam und mit ihm der Schnee. Uillys Schlafphasen wurden immer länger. Er hatte es einfach raus, jeder Lebenssituation das Beste abzugewinnen, und wenn Schnee lag und kalte Füße drohten, rollte er sich ein, schob seine Schnauze unter seinen Oberschenkel, machte einige wohligzuckende Bewegungen und meldete sich mit verdrießlichem Brummen erst wieder, wenn ich eine von seinen stinkenden Hundefutterdosen öffnete. Die Botschaft war eindeutig: Warum eigentlich so spät? Hätte ich selber einen Dosenöffner, würde mein Leben ganz anders verlaufen!

Das Musical nahm immer mehr Gestalt an. Die Ähnlichkeiten mit bekannten Vorlagen von Andrew Lloyd Webber blieben bestehen, aber man sprach Bernd besser nicht darauf an, weil er sich dann genötigt sah, einen kleinen Vortrag über die Kunst des Zitats in der Popmusik zu halten. Oi und Sissy hatten sich fest als begleitende kritische Stimmen etabliert, die zwar nichts Kompositorisches beitrugen, Bernd aber regelmäßig zur Weißglut trieben, was dessen Kreativität erstaunlich guttat. Bernd als marihuanarauchender Phlegmatiker war im Allgemeinen viel zu schnell mit seiner Leistung zufrieden, aber mit den beiden Plagegeistern im Nacken war das nicht mehr möglich.

Insgesamt war das Musical eine schwierige Produktion. Olivio Minzoni bot seine kostenlose Hilfe als offizieller Crew-Fahrer an, wenn man ihn auf der Bühne eine kleine Rolle als Taxifahrer spielen ließe, für die er selber schon den Text geschrieben hatte: «Der Verkehr, okay? Manchmal wird er langsamer, manchmal schneller ohne erkennbaren Grund. So ist das Leben.» Nardini legte sich deswegen heftig mit ihm an, denn seiner Meinung nach gab es eine mathematische Formel, die aus der Quantenmechanik stammte und die die Gezeiten des beschleunigenden und verlangsamenden Verkehrsflusses mit purer Logik erklärte. Der Streit zwischen den beiden wollte kein Ende nehmen, bis Artur ein Machtwort sprach, nachdem er die Wortgefechte der beiden eine

Zeitlang in sich aufgesogen hatte wie Hannibal Lecter das billige Parfum der FBI-Agentin Clarice Starling. Poetik und Quantenmechanik, so beschied er, sind weder miteinander verwandt noch vereinbar, sonst gäbe es den Brecht'schen Verfremdungseffekt gar nicht, der ja seinem Wesen nach die Zufälligkeit über die planende Dramaturgie setzte. Was Nardini noch mehr aufregte, erhob doch gerade die Quantentheorie den Zufall zur physikalischen Gesetzmäßigkeit. Worauf Artur sich mit Einstein solidarisierte und dessen Satz ins Spiel brachte: Gott würfelt nicht. Wie gesagt, die Produktion war mitunter eine äußerst anstrengende Angelegenheit.

Wenig später, und das war die wohl größte Sensation, wurde Artur als künstlerischer Leiter gestürzt. Sein gottgleiches Gebaren hatte mit jedem Tag katastrophalere Formen angenommen. Zum Schluss wollte er seinen Schauspielern sogar die Ernährung bis zur Premiere vorschreiben. Das brachte das Fass zum Überlaufen, es kam zur Revolution, an deren zum Glück unblutigem Ende ein Regiekomitee die Führung übernahm, bestehend aus Judith, Oi und einem Schauspieler namens Klaus Cibulla. Arturs letzte Worte, bevor er den Probenraum für immer verließ, waren ein Zitat des großen irischen Dramatikers George Bernard Shaw: «Hätte man für die Erschaffung der Welt eine Kommission eingesetzt, dann wäre sie heute noch nicht fertig.»

Als die ersten Narzissen und Krokusse den Frühling ankündigten, schloss Gino die Arbeiten am Theater ab. Es sah wirklich toll aus, dieses kleine Logentheater, dessen Innenraum an einen prunkvollen Marmorpalast erinnerte – auch wenn der Marmor nicht echt, sondern nur auf den Putz gemalt war. Als Gino seine Abschlussrechnung stellte, ließ Orfeo die Bombe platzen. Volpini tobte, Gantenbein verfiel in eine bedrohlich tiefe Melancholie, doch der Kulturassessor blieb standhaft, auch weil die Tafani-Brüder noch einmal zur moralischen Unterstützung angereist waren, und Gino bekam exakt 102 Millionen Lire bar auf die Hand.

Und dann, am 15. April, war es so weit …

17.

«*Salve*, Eleonore», grüßte ich die sympathische Schweizerin, die als Erste zu ihrem Platz im Theater unterwegs war. Ich hatte mich oben auf die breite Treppe vor dem Eingang gestellt, um auf Anna zu warten. Bis eben noch hatte sie mitgeholfen, eine Bühnenkulisse zu reparieren, die plötzlich zusammengebrochen war. Dabei hatte sie sich einen Eimer Leim auf die Hose gekippt und war noch schnell hoch zu Ca'Tommaso gefahren, um sich umzuziehen. «Bist du allein?»

«Bin ich. Artur will natürlich nichts mehr mit dieser Aufführung zu tun haben.»

«Schade eigentlich», sagte ich komplett entgegen meiner wirklichen Meinung.

Eleonore lächelte etwas maskenhaft. «Seit ihr ihn entthront habt, ist er kaum noch aus seinem Zimmer gekommen. Und wenn, war es kein Vergnügen.» Sie deutete dezent auf einen Mann mit tief in die Stirn gezogenem Hut und einem bis zum letzten Knopf geschlossenen schwarzen Mantel, der mir schon zuvor aufgefallen war, weil er mehrere Anläufe genommen hatte, das Theater zu betreten. «Das ist er übrigens.»

«Also doch.»

«Er hat sich über einen Strohmann eine Karte gekauft, in einer Loge ganz oben unter dem Dach.»

Ich sah sie wohl etwas merkwürdig an.

«Ich kümmere mich nicht darum. Das ist für ihn und mich das Beste. So brauche ich mit ihm wenigstens nicht über das Stück zu reden.» Sie winkte mir zu. «Ich wechsele mal meine Position, sonst kommt der Arme ja nie hinein.»

Sie tat's, und ich sah mich um. Der Theatervorplatz war

voller Menschen, die lachten, diskutierten, gestikulierten und sich auf den Abend freuten. Nichts konnte lebendiger sein als Italiener vor einer kulturellen Veranstaltung. Sie unterhielten sich hier, scherzten da, winkten, küssten, begrüßten, schwammen wie auf einem Ölteppich von einem zum anderen, und das auf so unnachahmlich elegante Weise, dass es ein Vergnügen war, ihnen dabei zuzusehen. Jeder schien sich vorgenommen zu haben, mit jedem anderen mindestens einmal kurz in Kontakt zu treten, ohne Hektik und sehr selten mit großem Getue. Das Ganze floss und rollte und glitt und vermischte sich immer wieder aufs Neue, geschmeidig wie ein Sardinenschwarm, aus dem immer wieder einzelne Fische ausbüxten, um ein paar Pirouetten zu drehen, bevor sie an anderer Stelle wieder in den Schwarm eintauchten. Wunderbar, ich konnte mich gar nicht sattsehen an dieser betörenden Lust auf andere Menschen.

Die zweite Klingel rief die Zuschauer ins Theater, und langsam begann der Sardinenschwarm, sich auf den Eingang zuzubewegen. Ich sah Orfeo, der mit Loretta und seinen beiden Kindern um die Ecke geschossen kam, und wunderte mich, dass er erst so spät auftauchte. Die drei klebten an ihm, als fürchteten sie, er könne sich jeden Moment in die Luft erheben und davonflattern. Er nickte mir zu, Hände hatte er keine frei. «Ich bin gespannt, Max, ich bin sehr gespannt!»

Nardini und Judith pflügten mit zusammengesteckten Köpfen auf einer perfekten geraden Linie durch die Menge. Sie diskutierten intensiv und bekamen nicht mit, dass alle ihnen ausweichen mussten, um nicht angerempelt zu werden. Nardini passierte mich in zwanzig Zentimetern Abstand.

«*Ou,* Nardini, Judith, *come andate*?», fragte ich.

«Gut», antwortete Nardini, ohne das Gespräch zu unterbrechen oder mich anzusehen. Judith sagte gar nichts, und in der nächsten Sekunde waren sie im Theaterfoyer verschwunden und auf dem Weg zu ihren Plätzen. Natürlich waren für alle, die an dem Musical mitgearbeitet hatten, Sitze in den ersten beiden Reihen reserviert. Ich fragte mich, ob die beiden wenigstens während des Stückes ihre Unterhaltung unterbrechen würden. Zum Glück tönte *Mario e Heidi*, so der offizielle Titel des Musicals, die meiste Zeit ziemlich laut. Oi hatte darauf bestanden, *La Banda di Acqualagna* mit ihren traditionellen akustischen Instrumenten durch eine Punkband zu ergänzen, drei Jungs, die er noch von früher kannte. Die waren bereits halb taub und spielten dementsprechend laut.

«*Ou*, Max.» Giuseppe lugte hinter einer der Säulen neben dem Haupteingang hervor und winkte mir zu. Er sah aus wie immer, bis auf das farblich sehr gewagte Stirnband um seinen Kopf. «Sind wir ausverkauft?»

«Bis zum letzten Platz», erwiderte ich, und er atmete erleichtert auf. Giuseppe hatte unbedingt eine Rolle in dem Stück haben wollen und alle so lange genervt, bis er sie bekam. Er musste nun lediglich während des gesamten Stücks in einem entlegenen Teil der Bühne Boccia spielen. Das ergab zwar überhaupt keinen Sinn, störte aber weniger als seine ständige Quengelei. Pasquino, der Vizemeister, war begeistert von der Rolle und lobte Giuseppe im Namen der FIB für sein Engagement. Er versprach sich von dem Auftritt einen gewissen Werbeeffekt und daraus resultierend einen Zulauf von Nachwuchstalenten. Um Giuseppe für die Rolle vorzubereiten, brachte er ihm einige typische Verhaltensmuster von Profis während eines Wettkampfs bei, die Giuseppe mittlerweile, wie Sestina erzählte, sogar im Schlaf reproduzierte, die allesamt etwas Barockes, Balletthaftes hatten und im täglichen Leben ziemlich merkwürdig aussahen. Giuseppe hob die Hand und sah sich ängstlich um, als drohte der Angriff eines Schwarms mexikanischer Killerbienen. «Ich gehe besser wieder rein», sagte er. «Wegen der Verletzungsgefahr, weißt du. Die Kälte hier –» Er pendelte mit der abgewinkelten Rechten im Luftraum unter seinem Kinn hin und her, was in der unmissverständlichen italienischen Gebärdensprache so viel heißt wie: Meist tritt der Tod noch auf dem Weg ins Krankenhaus ein. Er verschwand nach drinnen und achtete darauf, keinen Zweifel daran zu lassen, dass er nicht den normalen, sondern den Bühneneingang benutzte.

Julian schob sich an mir vorbei, grinste mich an und verdrehte ein wenig die Augen. «Er hat immer noch Angst, mit mir zusammen gesehen zu werden.» Er deutete hinter sich, wo in etwa acht Metern Entfernung der andere Giuseppe, sein Giuseppe, der Schäfer, heranschlenderte.

«Lass ihm Zeit, Julian», antwortete ich, obwohl ich richtigerweise hätte sagen müssen: Es ist besser so, die werden ihn sonst fertigmachen. Offen schwul in Cagli war in etwa so erwünscht wie verdeckt schwul beim 1. FC Bayern München.

Julian klopfte mir auf die Schultern und streichelte kurz über meinen Oberarm, eine Geste, die für einen distinguierten Menschen wie ihn extrem herzlich war. Allerdings spionierte er genüsslich die Treppe hinunter, ob Giuseppe eifersüchtig reagierte, was der tatsächlich tat, worüber Julian sich wiederum freute wie die Queen, dass Charles niemals König werden würde. Entspannt schlenderte er ins Foyer, und als Giuseppe an mir vorbeitigerte, warf er mir einen grimmigen Blick zu.

Und da: Volpini! Hatte er bisher wie ein Fels auf Beinen gewirkt, walzte er nun wie ein rotglühender Lavastrom durch die Menge und verbrannte jeden, der ihm zu nahe kam. Vor Wut und Ärger konnte er kaum noch atmen, sein Kopf pulsierte im tiefsten Rot an der Grenze zu Violett, aus seinen Ohren entwich heißer Dampf, und seine Finger kneteten heftig an einem imaginären neapolitanischen Hals, um ihm die Luft abzudrehen. Aber als frischgebackener Ehrenbürger von Cagli konnte er der Premiere nicht fernbleiben, da war nichts zu machen. Dieses Spiel, von dem er sich den größten Gewinn seines Lebens erhofft hatte, war verloren. Übrigens, damit er das nicht vergaß, hatte Fosco ihn noch heute Morgen angerufen und ihm vorgeschwärmt, wie schnell doch dank moderner Verkehrsmittel Cagli von Neapel aus zu erreichen war. Volpinis Spezi Jürgen Gantenbein tauchte gar nicht auf, er war verhindert, weil ihn irgendeiner der zweiundzwanzig deutschen Kläger, die ihn seinerzeit hinter Gitter gebracht hatten, in Deutschland angeschwärzt hatte. So war Gantenbein wegen Verstoßes gegen die Bewährungsauflagen wieder in die JVA Stadelheim eingefahren, hatte allerdings gleich bei seinem ersten Freigang die Flucht ergriffen und war nach jetzigem Kenntnisstand in Kroatien untergetaucht, wo er fleißig alte verlassene Bauernhäuser zu Spottpreisen aufkaufte. *They never come back* mag für Schwergewichtsboxer gelten, nicht aber für Jürgen Gantenbein, den wurde man offensichtlich nie los.

«Max!», hörte ich eine Stimme, die mir fast die liebste von allen war. Luciana kam auf mich zu und umarmte mich. Orlando, ihr Mann, klopfte mir auf den Rücken. «*Hai fatto bene,* Max, *è una gran bella cosa*», sagt er mit seiner sanften Stimme und legte seinen Arm um Luciana. Sie schmiegte sich an ihn und lächelte mich an. Einmal mehr spürte ich, wie eng verwandt Freundschaft und Liebe sind.

Ein eng zusammengedrängter Pulk von Menschen erklomm jetzt die Treppe, aha, das waren alle aus Bordolino: Piccarini, Bruna, Ettore, Fabiola, Lino, Desolina, Franco und Benedetta. Es war klar, sie kamen nur, um zu meckern, denn dass Giuseppe aus Ripidello eine Rolle bekommen hatte, aber keiner aus Bordolino, das ging ihnen gehörig gegen den Strich. Vor allem Piccarini war der Meinung, dass er als Gewerkschafter nun wirklich genügend Standfestigkeit und Format für die Bühne besaß.

Drinnen im Foyer sah ich Spaccone, der es in der Schlange endlich bis an die Abendkasse geschafft hatte. Schon nach wenigen Sekunden begann er sich furchtbar aufzuregen. Er hatte zwei Karten vorbestellt, ich hatte allerdings dafür gesorgt, dass sie an andere verkauft worden waren. Schimpfend und tobend zog er mit Isolde wieder ab, seiner neuesten Eroberung, einer etwas schlankeren Version von Tamara, diesmal nicht aus Köln, sondern aus Füssen im Allgäu. Lautstark titulierte er alle, die mit diesem Theater für Arme zu tun hatten, als kleingeistige Korinthenkacker, die sich mit ihren winzigen Gehirnen an ihren miesen kleinen Tricks ergötzten, welche ihn als Mann von Welt aber niemals treffen konnten.

Da, Raffaella, Volpinis Nichte und Orfeos Ex. Ein weiteres Mal durchfurchte sie die Menge, aufgedonnert wie Jennifer Lopez und auf High Heels von Manolo Blahnik, was ich nur wusste, weil sie es allen erzählte. Ihre Haare türmten sich zu einem einzigartigen Gebüsch, ein physikalisches Wunder, weil es keine Erklärung dafür gab, warum diese Frisur nicht in sich zusammenfiel, außer vielleicht Zweikomponentenkleber. Im Schlepptau hatte sie einen Kerl, der noch schöner war als Orfeo, was wirklich etwas heißen wollte.

Der Theatervorplatz leerte sich, das dritte Läuten ertönte, und dann kam Gino mit Sestina die Straße vom Obst- und Gemüsemarkt heraufgehastet. Sestina hatte ihr bestes Kleid an, ihre Haare waren frisch gefärbt und in wellige Locken gelegt. Sie war furchtbar nervös, das sah ich gleich. Wann war sie wohl das letzte Mal in Cagli gewesen, das für sie, die sie den Monte Dolciano nie verließ, wie eine laute, lärmende Großstadt war?

«Das ist nichts für mich, *cocco*!», rief sie mir zur Begrüßung zu. «Ich bin nur hier, weil Giuseppe mich sonst zur Schnecke macht!»

«Bleib einfach immer in meiner Nähe», sagte Gino gönnerhaft.

«Was redest du denn da, Basili? Du rennst doch schon weg, wenn mehr als fünf Menschen auf einem Haufen stehen.»

«Aber ich bin doch hier!», entrüstete sich Gino. «Und ins Theater passen mehr als fünf Leute.»

Sestina packte meinen Unterarm. «Seit einer Stunde liege ich ihm in den Ohren: Lass uns fahren, wenn ich schon da hinmuss. Vielleicht treffe ich ja ein paar Bekannte. Aber nichts zu machen.»

Gino schüttelte unwillig den Kopf, um zu vertuschen, dass sie recht hatte.

«Was ist eigentlich, wenn man mal –?», fragte Sestina und sah mich ein wenig verschämt an.

«Ich kann dir die Toiletten zeigen», mischte sich Gino ein.

«Wo werde ich mit dir zusammen dahin gehen, Basili!», schimpfte Sestina. «Sag mir, wo. Den Rest mach ich dann schon alleine, *poveretta me*.»

Gino deutete auf den Haupteingang. «Wenn du reingehst, gleich links.»

Sestina tippelte los und schimpfte vor sich hin. «Ich frag mich, wie Giuseppe das macht. Zu Hause rennt der doch ständig raus.»

«Ich warte hier auf dich!», rief Gino ihr hinterher und versenkte beide Hände in seinen Hosentaschen.

«Auch ein Spaccone!», rief sie mir über die Schulter zu. «Es gibt zwei davon am Berg, *ti dico io, cocco*! Einer spielt den lieben langen Tag Boccia, der andere treibt's mit dicken Frauen!»

Gino atmete tief durch. «Sie hat auf der Fahrt nicht einmal geschwiegen.»

«Sie ist nervös, Gino. Das hier ist nicht ihre Welt.»

Gino nickte. Er zog seine zu Fäusten geballten Hände aus den Hosentaschen und streckte sie mir entgegen. «Die linke oder die rechte, Max, welche willst du?»

Ich überlegte kurz und deutete auf die linke. Gino lachte mich an. «Die linke, ich verstehe!» Statt die Hand zu öffnen, hielt er mir noch einmal beide Fäuste hin. «Versuch's nochmal, *amico*.»

«*Va bene*, die rechte.»

Gino öffnete die Hand und hielt mir einen Stein hin.

«Den habe ich im Steinbruch von Sant'Anna gefunden, an der Nordseite des Monte Dolciano.»

Ich sah ihn mir genauer an. Es handelte sich um die Versteinerung einer kleinen Eidechse.

«Das war vor vierundsechzig Jahren.»

«Vierundsechzig? Als du sechs Jahre alt warst?»

«Da bin ich zum ersten Mal von zu Hause abgehauen. Mein Vater war sehr streng, weißt du. Und eines Tages habe ich gedacht: Jetzt habe ich genug, jetzt gehe ich weg. Ein kleiner Knirps, der ich war. Kaum größer als ein Daumen!» Gino fasste meinen Unterarm mit beiden Händen und schüttelte ihn lachend eine Weile, bevor er ihn wieder losließ. «Ich habe ein Stück Brot eingepackt und bin los. Quer durch den Wald, immer weiter. Und dann stand ich plötzlich in diesem riesigen Steinbruch und wusste nicht mehr weiter. Weit und breit war niemand, und die Sonne war schon blutrot. Da gucke ich auf den Boden und sehe diese Eidechse. Du Arme, habe ich zu ihr gesagt, du bist ja noch unfreier als ich, du kannst dich ja nicht einmal bewegen. Blödmann, hat sie geantwortet, darum geht es doch gar nicht, ich hocke hier seit ein paar Jahrmillionen herum, damit ich dir heute Abend sagen kann, in welche Richtung du gehen musst, um zurück nach Hause zu finden. Also mach schon!»

Ich boxte dem kleinen Maurer in die Rippen. «Gino, Gino, du mit deinen Geschichten.»

«Das ist keine Geschichte, Max», erwiderte Gino ernst. «Ich habe die Eidechse mitgenommen und ganz leicht nach Hause zurückgefunden. Und seitdem habe ich sie immer bei mir getragen. Fast immer.»

«Lass mich raten: Die letzten Monate hattest du sie nicht bei dir.»

Er lächelte, ohne zu antworten. «Jedenfalls brauche ich sie nicht mehr. Wieso auch?» Er lachte auf. «Demnächst werde ich selbst zum Fossil!» Er schloss mit beiden Händen meine Hand um die Versteinerung. «Vielleicht brauchst du sie. Du oder Anna.»

«*Dai*, Gino. Du klingst wie ein alter Elefant, der sich einsam und alleine auf den Elefantenfriedhof zurückzieht.»

Gino hielt immer noch meine Hand. «Ich bin ein alter Elefant, Max. Aber zum Glück bin ich nicht einsam. Ich habe den Monte Dolciano. Und ich habe Freunde.» Er lächelte mich warm und mit feuchten Augen an. Ich war verunsichert von diesem plötzlichen großen Gefühl, und mein Kopf begann rötlich zu pulsieren. «Manche sind allerdings nur blöde teutonische Holzköpfe. Die kapieren nichts, aber auch rein gar nichts!» Er gab mir meine Hand wieder zurück, sehr sanft. «Ich geh mal nachsehen, was Sestina macht.»

«Danke, Gino, *ho capito bene*», rief ich ihm hinterher, irgendwie zu spät, irgendwie zu verklemmt, irgendwie … zu deutsch?

«Ich danke dir, mein Freund», erwiderte er, lächelte mild über meine Unsicherheit und machte sich auf den Weg ins Foyer. Bevor er durch die Tür verschwand, drehte er sich noch einmal um. «*Ou,* Max, weißt du was? Die Zehn Gebote haben 279 Wörter. Die amerikanische Unabhängigkeitserklärung hat 300. Aber die EU-Verordnung über den Import von Karamellbonbons hat 25 911 Wörter. Was sagst du dazu?»

«Der Stein hat eine gute Energie», sagte Anna und wog ihn in der Hand. «Was würde wohl so eine kleine Eidechse erzählen, wenn sie könnte?»

Ich legte meinen Arm um sie und zog sie mit hinein ins Foyer des *Teatro Comunale*. «Ich kann es dir sagen, Anna.»

«Du Spinner.» Sie küsste mich und schmiegte sich an mich. «Aber wir passen gut zusammen.»

«Wieso?»

«Ich hatte eben eine lange Diskussion mit Uilly.»

«Und was sagt er?»

«Er fühlt sich unterfordert. Und in seinen Bestrebungen nach Selbstbestimmung behindert.»

«Der will einen eigenen Dosenöffner, das ist alles.»

«Er sieht sich als Opfer von Vorurteilen.»

«Blödsinn.»

«Weil er ein italienischer Hütehund ist und kein Deutscher Schäferhund.»

«Hast du ihm gesagt, er soll nicht so schwarz-weiß denken? *Al dente?* Das Leben ist eine Nudel?»

«Habe ich. Er sagt, es gibt alleine in Italien über 300 Nudelsorten.»

Ich zuckte mit den Schultern. «Der Kerl spinnt.»

«Das sagt er von dir auch.»

Ich hätte gerne noch etwas dazu gesagt, doch in dem

Moment setzte höllischer Lärm ein: Ois Punkband spielte die drei Eröffnungsakkorde, lauter als auf jeder Probe. Anna lächelte und schmiegte sich an mich. Ich legte meinen Arm um ihre Schulter und zog sie mit, hinaus aus dem Theater. Es war eine laue Nacht, mit klarem Himmel, viel zu schön, um sich auf einem schmalen Theaterstuhl die Ohren zu ruinieren und *Mario e Heidi* auf ihrem steinigen Weg bis zum Happy End zu begleiten. Vor allem wenn man wusste, dass um diese Uhrzeit der Strand unten in Fano menschenleer sein und uns allein gehören würde. Warum sich durch Hölle und Fegefeuer quälen, wenn man gleich die Abkürzung ins Paradies nehmen kann?

ENDE

Danksagung

… an die Menschen vom Monte Dolciano, der in Wirklichkeit ganz anders heißt. Für ihre Offenherzigkeit, für ihre Liebe zur Natur und für ihren Humor. Der mitunter schwer zugänglich ist, weil er sich hinter einem nahezu undurchdringlichen Dialekt versteckt. Wie in dem Gedicht *La Storia de Noiá* von Mauro Ferri, der mir jedes Jahr das Brennholz liefert. Es erzählt von seiner Jugend auf dem Monte Dolciano, als es noch keine Straße hinunter ins Tal gab und der Berg noch dreiunddreißig Familien ernährte. Heute kann dort oben niemand mehr von der beschwerlichen Landwirtschaft leben.

Wer die italienische Version von *La Storia de Noiá* lesen möchte, bitte eine Mail an *swidler@hotmail.de.*

La Storia de Noiá

Noiá sem neti ten paesin
Bell, famose e carin,
La gent ce niva da tutt le part
Chi per l'amore
Chi per l'art.

Per lo piú se lavoreva in campagna
Ma a volt se giva all' Acqua lagna
Chi per comprele scarp
Chi per comperi calzett
E chiva a venda en formagett.

I sua abitant erne tutti brevi
Lavorevne come i someri
Ma faticand ogni moment
Pensevne anch al divertiment:
A la sera ce se arduneva
Da chi era non importeva,
L'importante che c'erne tutti
E a beva e rida come matti.

De noiá ragazzi en ne parlem
Ce se divertiva anch tra el gren
Chi a mieta chi an de le mancete
Se feva i matti tutta l'estete
E d'invernen a viem loche
Ma ce tocheva tiena i coion
Davanti al foche.

Cle quattre ragazze che c'era
A noiá en ce t'a devne
Né a la matina né ala sera
Ma com ariveva un da fori post
I devne anch el cunill arost
En noiá per trove qualcun
Em dovute agí fori comun.

Dop pien pien la gent é gita via
E c'e armaste Givan, la Triesta e la Maria
Ma el colm de tutt quest
E che adé per fé na parola
Ce tocca parlé en tedesct.

Cagli, 23 maggio 1998
Mauro Ferri